La Nuit la plus longue

Du même auteur
chez le même éditeur

Série Dave Robicheaux

La Pluie de néon
Prisonniers du ciel
Black Cherry Blues
Une saison pour la peur
Une tache sur l'éternité
Dans la brume électrique avec les morts confédérés
Dixie City
Le Brasier de l'ange
Cadillac Juke-Box
Sunset Limited
Purple Cane Road
Jolie Blon's Bounce
Dernier tramway pour les Champs-Élysées
L'Emblème du croisé
La Descente de Pégase
La Nuit la plus longue

Série Billy Bob Holland

La Rose du Cimarron
Heartwood
Bitterroot

Autres ouvrages

Le Boogie des rêves perdus
Vers une aube radieuse
Le Bagnard
Jésus prend la mer

James Lee Burke

La Nuit la plus longue

Traduit de l'anglais (États-Unis)
par Christophe Mercier

*Collection dirigée par
François Guérif*

Rivages/Thriller

Retrouvez l'ensemble des parutions
des Éditions Payot & Rivages sur

www.payot-rivages.fr

Titre original : *The Tin Roof Blowdown*

© 2007, James Lee Burke
© 2011, Éditions Payot & Rivages
pour la traduction française
106, boulevard Saint-Germain – 75006 Paris

ISBN : 978-2-7436-2226-8

Remerciements

Merci à Glen Pitre pour ce qu'il m'a appris sur les recluses brunes[1], et ce qu'il m'a dit de la panique de ceux qui tentaient de fuir l'ouragan, sur la Nationale 23.

---

1. Type d'araignées courant aux États-Unis (toutes les notes sont du traducteur).

Pour John et Kathy Clark

*J'étais née avant que les montagnes fussent fondées,
Avant les collines,
Avant que l'Éternel eût fait la terre et les campagnes,
Et le commencement de la poussière du monde.
Quand il disposait les cieux, j'étais là ;
Quand il traçait le cercle au-dessus de l'abîme,
Quand il affermissait les nues en haut,
Quand bouillonnaient les sources de l'abîme,
Quand il imposait sa loi à la mer —
Et les eaux ne transgresseront pas sa parole —,
Quand il posait les fondements de la terre,
J'étais auprès de lui, son ouvrière,
J'étais ses délices, tous les jours
Et sans cesse je me réjouissais en sa présence.
Je me réjouissais sur la terre, sa création,
Et je faisais mes délices des enfants des hommes.*

(Proverbes 8 : 24-31[1])

---

1. Traduction de la version synodale, 1937.

1

Mes plus mauvais rêves comportent toujours des images d'eaux brunes et de champs d'*elephant grass*[1], le courant d'air descendant de pales d'hélicoptère. Ces rêves sont en couleurs, mais dépourvus de son, ni celui des voix noyées dans la rivière, ni celui des explosions sous les cahutes dans le village que nous avons brûlés, ni le vrombissement du Jolly Green[2] et des hélicoptères armés qui rasent la canopée, comme des insectes collés contre un soleil en fusion.

Dans mon rêve, je suis allongé sur un poncho, choqué par l'hémorragie, le haut de ma cuisse et mon flanc déchirés par des blessures qui auraient pu être faites par des loups. Je suis sûr que je vais mourir, à moins que je ne reçoive du plasma une fois rentré à l'antenne de secours du bataillon. À côté de moi est allongé un caporal noir, qui n'a plus que son pantalon et ses bottes, la peau couleur de charbon, le torse éventré comme une fermeture Éclair rouge de l'aisselle à l'aine, les dégâts subis par son corps si atroces, si traumatisants, si terribles à voir ou à toucher qu'il semble ne pas comprendre ce qui lui est arrivé.

---

1. Herbe rêche originaire d'Afrique, haute de près de trois mètres, et utilisée pour nourrir le bétail.
2. Hélicoptères militaires.

– J'ai la tête qui tourne, lieutenant. De quoi j'ai l'air ? demande-t-il.

– On a tiré le gros lot, Doo-doo. On est bons pour l'Avion de la Liberté.

Son visage est strié de sueur, sa bouche, quand il tente de sourire, aussi brillante, aussi lustrée qu'un rouge à lèvres appliqué de frais.

Le Jolly Green prend son chargement et s'élève, avec à son bord Doo-doo et douze autres blessés. J'ai les yeux fixés sur son étrange forme rectangulaire, ses pales tournant contre un ciel couleur lavande, et je suis secrètement fâché d'avoir été laissé en arrière en compagnie d'autres camarades, bon à attendre l'arrivée inopinée d'une bande de Viets, à travers champs. Puis j'assiste à la chose la plus bizarre, la plus cruelle, et apparemment la plus injuste de ma vie.

Tandis que le Jolly Green s'élève au-dessus de la rivière et effectue un virage en direction de la mer de Chine, un RPG[1] solitaire file à quarante-cinq degrés depuis la canopée et explose dans la baie. L'appareil frissonne une seule fois et se coupe en deux, ses réservoirs d'essence s'épanouissant en un énorme feu d'artifice orange. Les blessés à bord sont revêtus de flammes tandis qu'ils piquent vers la rivière.

La vie leur est ôtée selon une gradation — par des rafales de shrapnels et de balles, par la flamme liquide sur leur peau, par la noyade dans la rivière. En un sens, ils doivent mourir trois fois. Un bourreau du Moyen Âge n'aurait pu imaginer supplice plus diabolique.

Quand je sors de mon rêve, je dois rester longtemps assis au bord du lit, les bras croisés sur la poitrine, comme si j'avais pris froid, ou que, une fois de plus, le moustique de la malaria se frayait un chemin à l'intérieur de mon corps. Je me répète que le rêve n'est qu'un rêve, que s'il était réel

---

1. Grenades produites par le bloc de l'Est.

j'aurais entendu des bruits, et pas seulement vu des images qui font maintenant partie de l'Histoire et ne sont pas jugées intéressantes par ceux qui sont décidés à les recréer.

Je me dis aussi que le passé est un souvenir qui va en s'estompant, et que, sauf si je décide le contraire, je ne suis pas forcé de le revivre et de me soumettre à lui. Je suis un alcoolique repenti, et je sais que je ne peux m'offrir le luxe d'en vouloir au gouvernement pour avoir menti à toute une génération de jeunes gens, garçons et filles, qui croyaient servir une noble cause. Je ne peux non plus en vouloir à ceux qui, au retour, nous ont traités comme des curiosités, sinon comme des parias.

En me rendormant, je me répète une fois encore que plus jamais je n'aurai à être témoin, sur une grande échelle, de la souffrance de civils innocents, ni de la trahison et de l'abandon de mes compatriotes au moment où ils sont le plus dans le besoin.

Mais c'était avant Katrina. C'était avant qu'un ouragan plus puissant que la bombe qui a frappé Hiroshima n'épluche le sud de la Louisiane. C'était avant qu'une des plus belles villes d'Occident n'ait été tuée trois fois, et pas uniquement pas les forces de la nature.

2

Au cœur de mon histoire se trouve un homme sympathique du nom de Jude LeBlanc. Quand je l'ai connu, c'était un beau gamin qui distribuait le *Daily Iberian*, pratiquait le base-ball au lycée Catholique et fréquentait chaque semaine la même église que moi. Sa mère n'avait pas d'éducation et faisait des boulots sans intérêt, et son père avait été victime de l'explosion d'un puits de pétrole, mais Jude souriait tout le temps, avait confiance en lui, et semblait incapable de se laisser abattre par la malchance.

J'ai dit qu'il souriait. Ce n'est pas tout à fait exact. Jude illuminait le monde, et échappait aux pires de ses coups. Dans une bagarre, il savait comment avaler son sang et ne pas laisser voir qu'il était touché. Il avait les yeux étroits et les cheveux châtains de sa mère juive, et il les peignait en arrière, ondulés comme dans un film des années 1930. En le voyant, on se disait que la terre était un endroit où il faisait bon vivre, que la journée allait être bonne, et que de bonnes choses allaient arriver à tout le monde. Mais, au fur et à mesure qu'il devint adulte, je dus une nouvelle fois apprendre l'antique leçon selon laquelle les meilleurs d'entre nous sont parfois destinés au jardin de Gethsémani.

Les hommes et les femmes ordinaires se repèrent dans le temps grâce à des montres, à des calendriers. Les habitants de Gethsémani, non. Voici quelques histoires à leur sujet, chacune concernant, contre toute vraisemblance, la vie d'un gosse de New Iberia devenu un type bien et qui n'a pas cherché le destin qu'il a subi.

Le vendredi 26 août 2005, Jude LeBlanc se réveille dans un appartement au deuxième étage d'un immeuble du Vieux Carré, un appartement qui lui offre une vue à la fois sur la cour, en dessous, et sur les flèches de St. Louis Cathedral. Il pleut très fort, et il regarde l'eau dégouliner des tuyaux dans le parterre d'hibiscus, de bananiers et d'hortensias, formant des flaques au milieu des briques affaissées, filigranées de feuilles de menthe sauvage.

Pendant un bref instant, il oublie presque la boule douloureuse qu'il endure vingt-quatre heures sur vingt-quatre à la base de sa colonne vertébrale. Une Hispano-Américaine, Natalia, lui prépare du café et du lait chaud dans la minuscule cuisine qui donne dans le salon. Sa robe dos nu en coton violet sombre est imprimée de fleurs ivoire aux étamines roses. C'est une femme mince dont les mains fortes et les muscles fermes trahissent l'existence qu'elle mène. Par-dessus son épaule, elle jette un coup d'œil sur lui, avec une expression pleine d'inquiétude et de pitié pour l'homme qui se coiffe en arrière comme Mickey Rooney dans les vieux films américains qu'elle a loués au vidéo-club.

Quand elle fait le tapin, elle travaille avec un maquereau au volant d'un taxi indépendant. En général, son mac et elle trouvent des michetons aux petites heures du matin le long de Bourbon, et les conduisent soit sur un parking privé derrière un bâtiment démoli près de Tchoupitoulas, soit sur North Villere, dans une maison en bois qui appartient au beau-frère du maquereau. Ils évitent ainsi les embrouilles avec leurs concurrents plus organisés, dont la plupart entretiennent des relations suivies à la fois avec les flics et avec ce qui reste de l'ancienne mafia.

Natalia lui apporte un plateau avec son café, son lait chaud et un beignet, un seul, couvert de poudre, acheté au Café du Monde. Elle tire les stores, oriente le ventilateur électrique dans sa direction.

– Tu veux que je te la fasse ? propose-t-elle.

– Non, pas pour l'instant. J'attendrai un peu plus tard dans la journée.

– J'ai l'impression que tu n'as pas dormi, cette nuit.

Sans répondre, il regarde l'eau de pluie jaillir du toit. Quand il s'assied sur le lit pliant, des tentacules de feu parcourent ses cuisses et explorent son entrejambe. Natalia s'assied à côté de lui, sa robe faisant des méandres entre ses genoux. Elle a des cheveux noirs et épais qu'elle lave souvent, si bien qu'ils sont toujours brillants, et quand elle les laisse tomber sur ses épaules, elle est vraiment jolie. Elle ne boit pas, ne fume pas, et ni ses vêtements ni sa peau ne portent jamais la moindre trace de la vie qu'elle mène, sauf si l'on tient compte des marques à l'intérieur de ses cuisses.

Elle est perdue dans ses pensées, mais il ne saurait dire si elle pense à lui ou à elle-même. Pour elle, Jude LeBlanc est un mystère, quelqu'un qu'elle ne comprend jamais tout à fait, mais il est évident qu'elle l'accepte et qu'elle l'aime pour ce qu'il est, et ne le juge pas.

– Je peux faire autre chose pour toi ?

– Par exemple ?

– Parfois, j'ai l'impression que je ne fais jamais rien pour toi, que je ne peux rien te donner, dit-elle.

– Tu m'as préparé le petit déjeuner.

Elle change de position et s'agenouille derrière lui, sur le lit pliant, lui frotte les épaules, le serre rapidement contre elle, pose la joue contre sa nuque.

– Au Mexique, il y a des médicaments que les compagnies pharmaceutiques n'autorisent pas ici, dit-elle.

– Mon traitement, c'est toi.

Elle le tient fort, et pendant un instant il est tenté de donner libre cours au désespoir et au sentiment de perte qui ont marqué sa vie. Mais comment expliquer qu'un score erroné sur l'échelle de Gleason, lors d'une biopsie de la prostate, peut provoquer autant de dégâts dans la vie de quelqu'un ? La plupart des gens ne comprennent même pas ces termes. De plus, il n'a pas envie de priver les autres de leur foi dans l'exactitude de la science médicale. Faire une chose pareille serait, en un sens, les priver du seul système de croyance dont ils disposent.

L'échelle de Gleason avait indiqué que le cancer ne s'était pas étendu en dehors de la prostate. En conséquence, le chirurgien avait choisi de ne pas pratiquer une exérèse élargie comprenant le nerf érectile. Les zones envahies qu'on lui avait laissées avaient gagné les ganglions lymphatiques et les vaisseaux séminaux.

Natalia s'aplatit contre lui, presse fort ses reins contre son dos, et il sent monter en lui des désirs qu'il essaie de ne pas reconnaître, espérant peut-être secrètement qu'ils vont l'emporter sur les problèmes de conscience qui l'empêchent de jamais échapper à sa solitude.

Il se lève et enfile son pantalon tout en essayant de dissimuler son érection. Son col romain est tombé de la table de nuit, et un magma de poils d'animaux et de poussière s'est collé sur le bord. Il se dirige vers l'évier et essaie de le nettoyer. En la frottant, en l'aspergeant de la graisse d'une casserole sale, il incruste plus profondément la tache dans la blancheur du col. Il s'appuie lourdement sur les mains, submergé par son sentiment de la vanité des choses.

Dehors, la violence du vent disperse du toit des plaques de pluie. Un pot de fleurs bascule du balcon et s'écrase sur les briques en dessous. De l'autre coté de la cour, les persiennes de bois d'un voisin se secouent sur leurs gonds comme des marteaux.

– Tu vas dans le Neuvième District[1], aujourd'hui ? demande Natalia.
– C'est le seul endroit qui m'accepte.
– Reste avec moi.
– Tu as peur de la tempête ?
– J'ai peur pour toi. Il faut que tu restes là, avec moi. Tu ne peux pas partir sans ton médicament.

Elle parle de « médicament » pour protéger son amour-propre, même si elle sait qu'il a été arrêté deux fois avec des ordonnances volées, et une fois avec de la morphine résultant d'un braquage, qu'en réalité il n'est pas différent d'elle ni de n'importe quel junkie du Carré. L'ironie de la situation, c'est qu'une paysanne du tiers-monde, une fille qui se prostitue pour entretenir son addiction, éprouve pour cet homme un amour et un respect mystiques que peu de gens, dans son monde à lui, sont prêts à lui accorder.

Il ressent une soudaine tendresse pour elle, et ses reins se fondent en eau. Il pose la bouche sur la sienne, puis sort dans la pluie, un journal sur la tête, et prend l'un des quelques bus qui fonctionnent encore en direction du bas du Neuvième District.

---

1. Ninth Ward : Neuvième District de La Nouvelle-Orléans, le plus étendu.

3

Otis Baylor affirme fièrement qu'il est un émigré de l'Alabama du Nord qui se sent chez lui partout dans le monde, à La Nouvelle-Orléans comme à New Iberia, comme n'importe où que l'envoie sa compagnie d'assurances. Il est expansif, généreux, et dévoué à sa famille. Autant que possible, il refuse de juger les autres et d'avoir des préjugés, qu'il s'agisse de ceux de ses contemporains, ou de ses compatriotes, au milieu des bois de pins quand, enfant, il voyait son père et son oncle, affublés de l'attirail du Klan, autour de croix enflammées.

À vrai dire, Otis était entré dans les assurances par la petite porte, en tenant une agence en bord de route dans la région de Birmingham, peuplée de Noirs et d'ouvriers. Otis obtint des résultats brillants là où les autres vendeurs avaient échoué. À une convention de représentants à Mobile, un rival cynique lui demanda le secret de sa réussite.

– Traite les gens avec respect, et tu seras étonné de voir comment ils réagissent, répondit Otis.

Aujourd'hui, il rentre chez lui tôt, au milieu des trombes d'eau et des embouteillages, et il se répète que ni lui ni sa famille ne se laisseront détruire par les forces de la nature. Sa maison, qui date de 1856, a été le muet témoin de l'occupation yankee, d'épidémies de fièvre jaune, de batailles de rue entre les loyalistes de l'Union et les White Leaguers[1], du lynchage d'immigrants italiens à des lampadaires, de raz de marée laissant accrochés dans les arbres les cadavres de l'équipage de clippers engloutis. Les hommes qui ont bâti la maison d'Otis ont fait du bon travail, et, avec les générateurs à essence qu'il a installés dans son garage, les lampes torches et les provisions de médicaments, de boîtes de conserve et de bouteilles d'eau qu'il a entassées dans ses placards et son grenier, il a confiance : sa famille et lui peuvent survivre aux pires calamités naturelles.

Fais confiance à Dieu, mais fais-toi aussi confiance à toi-même. C'est ce que le papa d'Otis répétait toujours.

Mais tandis qu'il contemple la pluie qui balaie les chênes de son jardin, une peur d'un autre genre s'insinue en lui, une peur qui, pour lui, est encore plus perturbante que la perspective de l'ouragan qui tourbillonne en direction de la ville, engloutissant dans sa gueule le golfe du Mexique.

Otis a toujours eu foi dans l'éthique du travail, dans l'idée de s'occuper de soi et des siens. Dans sa vision du monde, la chance ne compte pas, qu'elle soit bonne ou mauvaise. Il est convaincu que la victimisation est devenue une culture en soi, une culture à laquelle il n'adhérera jamais. Quand des gens connaissent de mauvaises périodes, c'est en général la conséquence de leurs propres actes, se dit-il. Le serpent n'a pas forcé Ève à cueillir le fruit défendu, et Dieu n'a pas obligé Caïn à tuer son frère.

Mais, si la vision du monde qui est celle d'Otis est juste, pourquoi une souffrance imméritée s'est-elle abattue de façon aussi brutale sur sa fille, banale, triste, trop grosse, son unique enfant, qui avait si peu confiance en elle qu'elle était transportée à l'idée de se voir invitée au bal de la promo par

---

1. White League : organisation paramilitaire fondée dans le Sud après la guerre de Sécession.

un gamin filiforme avec des pellicules sur les épaules et des lunettes qui lui donnaient des yeux de poisson rouge ?

Après le bal, Thelma et son cavalier avaient pris l'Interstate 10 pour aller à une fête, mais le garçon, qui n'habitait La Nouvelle-Orléans que depuis deux mois, s'était perdu et les avait conduits dans un quartier peu éloigné du Desire Welfare Project[1]. Bêtement, le garçon avait calé, et demandé son chemin à un passant. Quand il s'était rendu compte que sa batterie était à plat et qu'il ne pouvait pas redémarrer, il avait marché jusqu'à une cabine téléphonique pour appeler Otis, laissant Thelma toute seule.

Les trois voyous noirs qui étaient tombés sur elle étaient sans doute défoncés à l'herbe et à l'alcool. Mais ce seul fait n'expliquait pas la férocité avec laquelle ils avaient attaqué la fille d'Otis. Ils lui avaient fourré un bandana rouge dans la bouche, lui avaient tordu les bras derrière le dos tandis qu'ils la poussaient entre deux bâtiments. Puis, chacun à son tour, ils l'avaient violée et sodomisée tout en lui brûlant la peau avec des cigarettes.

Deux années ont passé depuis cette nuit-là, et Otis cherche toujours des explications. On n'avait jamais retrouvé les agresseurs de Thelma, et Otis doute qu'ils le soient jamais. Des psychiatres, des thérapeutes et le ministre de l'église d'Otis n'ont que peu aidé à la guérison de Thelma, si tant est qu'on puisse parler de « guérison ». Otis se réveille en pleine nuit et va s'asseoir dans le bureau, déterminé à ce que sa femme ne se rende pas compte à quel point son âme est tourmentée.

Le plus important, peut-être, c'est qu'il refuse de se laisser dévorer par la haine, et de rejoindre les rangs de ses voisins qui font partie des quarante pour cent de l'électorat ayant

---

1. Projet de rénovation des quartiers dangereux (immeubles rasés, surveillance accrue) à La Nouvelle-Orléans.

voté pour David Duke, ancien Klansman et nazi, lors des élections au poste de gouverneur. Il prépare un sandwich fromage-salade-mayonnaise, le pose sur un plateau avec une cannette de soda et une rose à longue tige, et monte le plateau dans la chambre de Thelma. Elle est courbée sur son bureau, vêtue d'un T-shirt noir et d'un jean noir avec de gros clous de cuivre, des écouteurs vissés sur les oreilles. Il n'a aucune idée de ce qu'elle écoute. Parfois, elle est captivée par des enregistrements de chants d'oiseaux, ou de bruits de cascade, d'autres fois elle écoute des groupes de heavy-metal qui font regretter à Otis de n'être pas né sourd.

— J'ai pensé que tu voudrais peut-être grignoter quelque chose, dit-il.

Sa bouche est peinte en pourpre, ses cheveux noirs et shampouinés de frais sont coiffés en pétard, si bien qu'on dirait qu'elle porte un casque. Son expression perpétuellement ahurie donne à penser aux gens que ce sont eux, et pas elle, qui ont un problème de communication. Elle oscille entre des périodes d'anorexie, et d'autres de goinfrerie et de boulimie. Selon les critères d'usage, elle n'a rien d'aimable. Mais pourquoi serait-elle aimable ? se demande Otis. Combien de jeunes filles sont-elles psychologiquement préparées à supporter les dégâts que ces hommes lui ont infligés ?

Elle commence à manger le sandwich sans ôter les écouteurs de ses oreilles, ni lui parler. Il se penche, et lui écarte de la tête les coussinets en caoutchouc mousse

— On ne dit pas bonjour à son vieux papa ?

— Salut, papa.

— Quand tu auras fini, tu voudras bien m'aider à fixer les contrevents ?

Elle lève les yeux sur lui. Une réflexion intense, comme un oiseau noir au bec crochu, semble dissimulée derrière ses yeux.

— Un type de la défense civile a dit que ça va être terrible, annonce-t-elle.

– Ça se pourrait. Mais on est costauds.

Il essaie de déchiffrer son expression. Ce n'est pas une expression de peur, ni d'appréhension. En fait, il se demande s'il ne s'agit pas d'une expression d'attente enfin comblée. Elle lit Nostradamus, elle est attirée par les prophéties de destruction et de mort, comme si elle souhaitait voir son propre malheur transféré à la vie des autres.

– Les compagnies d'assurances vont baiser toute la ville, non ? Est-ce que ta compagnie précise des exceptions pour les dégâts des eaux ?

– C'est stupide.

– Pas si tu es un de ceux qui vont se faire baiser.

En bas, sa femme laisse tomber des sacs de quinze kilos de glace pilée dans le congélateur. Elle s'appelle Mélanie, et elle insiste pour qu'il ne l'appelle pas « Mel ». Pourtant, c'était le petit diminutif affectueux qu'il lui donnait quand il lui faisait la cour.

– Pourquoi est-ce que tu fais ça ? demande-t-il.

– Comme ça, si on est complètement en panne de courant, on pourra conserver la nourriture, dit-elle.

Un nuage d'air froid monte à son visage.

Otis commence à expliquer qu'il a déjà envisagé cette possibilité, et qu'il a installé des générateurs à essence, qu'en réalité elle prend dans le congélateur une place qui devrait être consacrée à toutes les denrées périssables qu'ils pourraient y entasser.

Mais il ne discute pas. Quand il l'a rencontrée, sur une plage des Bahamas, il y a cinq ans, il était veuf. Elle était divorcée, très bronzée, magnifique, avec des cheveux d'or, beaucoup plus jeune que lui, solide physiquement, l'air audacieux, ses yeux marron grands ouverts et imperturbables, avec un rire qui suggérait le dédain des conventions, et peut-être une certaine curiosité sexuelle. Elle était le genre de femme qui pouvait être une amie aussi bien qu'une amante.

À cette époque, Otis avait cinquante-trois ans, il était prématurément chauve, mais fier de la force de ses mains et de ses épaules, et il n'avait pas honte de sa libido ni de la façon dont il suait abondamment quand il travaillait, ni de l'odeur de sa testostérone, parfois, sur ses vêtements. Il était ce qu'il était et ne prétendait pas le contraire. Visiblement, Mélanie, « Mel », n'était pas sans le trouver attirant.

En bien des façons, ils étaient le contraire l'un de l'autre, mais chacun semblait posséder une série de qualités qui compensait une déficience chez l'autre : elle avec sa sophistication urbaine et son diplôme en finance de l'Université de Chicago, lui avec son éthique du travail et son bon sens dans ses rapports avec les gens.

Aux Bahamas, ils se dirent au revoir sans avoir poussé plus loin leur brève aventure, mais ils avaient continué à se parler par téléphone, à échanger des cadeaux et des e-mails. Deux mois avaient passé, et une nuit d'été, alors que le ciel était clair et qu'il était incapable de supporter plus longtemps sa solitude, Otis demanda à Mélanie de le retrouver au Ritz-Carlton d'Atlanta. Il fut surpris de son ardeur au lit, et par le fait qu'elle ait joui trois fois lors de leur première nuit ensemble, une chose qui ne lui était arrivée avec aucune autre femme. Il la demanda en mariage une semaine plus tard.

Ses amis estimèrent qu'ils se précipitaient, et que peut-être cette femme plus jeune de vingt ans profitait de lui. Mais qu'avait-il à perdre ? leur dit-il. Sa fille avait besoin d'une mère, lui avait besoin d'une femme et il fallait voir les choses en face, ajouta-t-il : il ne croisait pas tous les jours des femmes aussi belles que Mélanie.

Au bout de la première année, il finit par comprendre qu'il avait épousé une femme compliquée, sinon caractérielle. Même sur les sujets les plus insignifiants, elle se montrait souvent inflexible. Elle supprima l'abonnement au câble parce que le technicien avait les chaussures boueuses. Elle accusait Otis de laisser aux serveurs des pourboires trop importants, et de tolérer un travail bâclé de la part du jardinier. Le réservoir de colère qu'elle avait en elle était comme une matraque sociale, qu'elle utilisait de manière sélective pour causer des embarras dans les lieux publics, et pour arriver à ses fins.

Un ami de Chicago avait dit à Otis que le premier mari de Mélanie était alcoolique. Cette information à propos du passé de Mélanie n'avait fait que troubler Otis encore davantage. Mélanie est abstème jusqu'à la rigidité, mais Otis ne comprend pas en quoi la conduite de son ancien mari peut justifier ses inexplicables changements d'humeur d'aujourd'hui.

Mais ce qui, dans la transformation de Mélanie, fut le plus pénible à Otis, c'est ce qui se produisit après le viol de Thelma. Chaque soir, elle commença à se sentir fatiguée, à se plaindre de nausées, et à évoquer des problèmes financiers qui n'existaient pas. Au lit, quand il l'effleurait, il sentait son dos se raidir. Les samedis et dimanches matin, elle se réveillait une heure avant lui, descendait, et se lançait dans ses tâches de la journée, empêchant ainsi toute tentative romantique de sa part.

Une fois, sans qu'elle le sache, il l'aperçut qui ôtait ses vêtements à lui du dossier d'une chaise, qui les sentait, puis qui les jetait d'un air dégoûté dans une panière à linge.

Et maintenant, tandis qu'approche la pire tempête qu'ait connue la Louisiane, il se demande si elle ne lui en veut pas de l'agression dont sa fille a été victime. Est-ce ce qui explique son irritabilité, sa critique implicite de tout ce qu'il fait ? Ne le considère-t-elle plus comme le protecteur de la famille ?

– Je vais au club pour un entraînement. Tu veux venir ? lui demande-t-il.

– Maintenant ? Tu parles sérieusement ?

– Mon papa disait toujours « Respecte la nature, mais une fois que tu as cloué les contrevents, ne te laisse pas terroriser par elle. »

Elle dissimule à peine l'agacement que suscite en elle cette citation du père d'Otis, employé dans une scierie, qui n'a pas dépassé le cours élémentaire.

– Emmène Thelma avec toi, dit-elle.
– Elle n'aime pas aller au club.

Mélanie ne répond pas. Elle commence à sortir la vaisselle de la machine et à la ranger bruyamment dans les placards.

– Qu'y a-t-il ? Pourquoi tu te fâches ? demande-t-il.

Les yeux chargés d'électricité, elle semble prête à répondre directement à la question. Puis cet instant passe.

– Je ne me fâche pas. Je pense juste que ce n'est pas bon pour Thelma de passer toute la journée dans sa chambre. Elle devrait peut-être penser à chercher un boulot.

Mais, secrètement, Otis a souvent soupçonné sa femme d'être comme beaucoup de Nordistes. Elle aime les gens de couleur de façon collective, en tant qu'abstraction. Mais, individuellement, elle ne se sent pas à l'aise avec eux. Depuis la nuit de l'agression, il est évident qu'elle ne veut pas que ses amies sachent que sa belle-fille a été violée par des Noirs.

– Tu penses que je laisse tomber Thelma ? demande-t-il.

Elle examine ses mains au-dessus de l'évier, se tâte les os, les articulations. Elle a commencé à se plaindre d'arthrite, mais elle n'a pas vu de médecin depuis au moins un an. Elle regarde la pluie qui bat le philodendron, les bananiers et les palmiers dans le jardin.

– Pourquoi est-ce que tu l'as laissée aller au bal de la promo avec un idiot incapable de s'occuper de ses pellicules, et encore moins de protéger sa cavalière contre une horde de bêtes ?

– Tu n'as jamais commis d'erreur, quand tu avais cet âge ?
– D'erreur de cette importance ? Non. Pour le faire, il m'a fallu attendre d'être une femme mûre.

Il se jette son sac de sport sur l'épaule et suit le passage couvert qui mène au garage. Il recule sa voiture sous la canopée des chênes, puis dans la rue, expédiant la poubelle dans la haie. Il sait que la dernière chose que Mélanie vient de lui dire, il ne pourra jamais l'effacer de sa mémoire, quelle que soit la forme que puissent prendre sa réparation ou ses excuses, si jamais elle en fait.

Cette pensée est comme une vapeur froide autour de son cœur, et, brièvement, l'avenue, le terrain vague balayé par le vent et le tube de néon rouge et rose qui défile en rouleaux devant le drugstore du coin deviennent flous.

Le club de sport est presque vide, le terrain de basket résonnant du bruit d'un tireur solitaire dont les shoots rebondissent sur le cercle métallique. Le tireur est Tom Claggart, le voisin d'Otis, un homme qui travaille dans l'import-export, et qui prend des avions privés, en compagnie de collègues, pour se rendre dans l'Ouest, à des chasses organisées où l'on abat des animaux libérés de leurs cages ou de leurs enclos quelques instants avant l'arrivée des chasseurs. Avec un clin d'œil lascif, Tom a raconté à Otis que ses amis et lui atterrissaient sur un aérodrome privé non loin d'un bordel dans la banlieue de Vegas.

— Tout est paré ? demande-t-il, le ballon de basket serré entre les paumes.

— À peu près, dit Otis.

Le torse de Tom est solide comme une souche de cyprès, il a une tête ronde. Chaque semaine, un coiffeur taille sa moustache striée de blanc, lui met de la mousse sur le crâne, et passe un rasoir dessus.

— À mon avis, une fois que tout ça sera fini, on aura de la merde de singe dans les ventilateurs, dit Tom.

— Je crois que je ne te suis pas bien, répond Otis.

— Après les catastrophes naturelles, les négros deviennent nerveux.

Maintenant Tom sourit, comme si tous deux partageaient une connaissance particulière.

— Je suppose qu'on verra bien, répond Otis.

Tom jette son ballon sur le sol, et le regarde rebondir, rouler sur le parquet d'érable et disparaître dans l'ombre. Les fenêtres, très haut sur le mur, sont balayées de pluie, fouettées par les branches des arbres.

– Je ne t'ai encore jamais parlé de ça, mais ma belle-sœur m'a raconté ce qui est arrivé à ta fille. Ils n'ont jamais retrouvé ces types ?

– Pas encore.

– C'est une honte. S'ils ne les ont pas encore pris, ils ne les prendront jamais.

– Je ne sais pas, répond Otis.

– Tu as une arme ?

– Pourquoi ?

– D'ici lundi, ces salauds vont grouiller dans tout le quartier. À ta place, j'arrêterais de me raconter des histoires, et j'ouvrirais les yeux.

– De quel droit tu me parles comme ça ?

– Je te parle juste en voisin, et en ami.

– Eh bien, je te prie de ne pas le faire.

– Ça ne te ressemble pas, Otis.

C'est ce que tu crois, espèce d'idiot, se dit Otis, étonné par la virulence de ses propres pensées.

4

On est samedi après-midi, et, même si des rumeurs ont déjà filtré selon lesquelles il n'y a plus une chambre de motel disponible jusqu'à Saint Louis, dans le Missouri, de longues files d'automobiles s'écoulent de La Nouvelle-Orléans sur l'Interstate 10.

Mais ce qui fait plaisir, c'est que, dans le Vieux Carré, la vie continue à fond. Dans un bar au coin d'Ursulines, un de ces bars qui conservent toujours leurs guirlandes de Noël, Clete Purcel s'est installé à une fenêtre de façon à pouvoir observer une petite maison aux volets fermés, de l'autre côté de la rue, devant laquelle un homme noir fume une cigarette dans une camionnette en stationnement interdit. La pluie s'est arrêtée, et l'air est anormalement vert, rempli de l'odeur lourde, dense, du Golfe. Il y a même dans les nuages rouges un filet de lumière ivoire, comme si le soleil de l'après-midi allait disparaître. L'homme noir parle dans un téléphone portable et souffle par la vitre de la camionnette la fumée de sa cigarette, qui semble suspendue dans l'air comme un coton humide. Puis il tourne la tête et fixe le bar. Pendant un instant Clete pense qu'il s'est fait repérer.

Mais l'homme noir observe une femme en talons aiguilles et short moulant qui longe rapidement le trottoir, son sac à main à franges et sequins se balançant sur sa croupe. Le propriétaire du bar ouvre toutes les portes, inondant la salle d'un courant d'air frais qui sent l'eau de mer et les arbres mouillés. À l'intérieur, les joyeux drilles réagissent comme s'ils venaient de subir une agression.

– Tu prends autre chose ? C'est la maison qui paie, dit le propriétaire.

– J'ai l'air de quelqu'un qui ne peut pas se payer un verre ? demande Clete.

– Non, t'as l'air de quelqu'un qui a la bougeotte. Tu devrais peut-être tirer un coup.

Clete jette un coup d'œil sur le propriétaire, et le propriétaire détourne le regard du visage de Clete. Le propriétaire s'appelle Jimmy Flannigan, ex-lutteur professionnel qui porte des boucles d'oreilles et dont l'effigie en cire se trouve dans une salle d'attente d'Airline Highway.

– Bon, ne tire pas ton coup. Mais tu rends mes clients nerveux. Personne n'a envie de se faire marcher dessus par un éléphant de cirque en liberté.

Ça fait longtemps que Clete a renoncé à réagir aux insultes de Jimmy.

– J'ai une nouvelle pour toi. L'Apocalypse pourrait bien ravager ce rade que tes clients ne s'en apercevraient même pas, dit-il.

Jimmy remplit le verre de Clete d'un scotch dont la bouteille a l'embout chromé. Le scotch tourbillonne dans le lait comme une glace marbrée.

– Qu'est-ce qui ne va pas, chez toi, Purcel ? T'as arrêté le biberon ?

Clete boit la moitié de son verre.

– On pourrait dire ça, dit-il.

Comment expliquer à Jimmy Flannigan le sentiment d'appréhension et de déjà-vu qui lui dessèche la bouche, et tend sa peau sur son crâne ? Comment décrire des hélicoptères qui s'élèvent d'un toit dans un ciel nervuré de bandes de nuages rouges, tandis que des hordes de civils vietnamiens terrorisés se battent entre eux, et supplient les Marines des États-Unis de les laisser monter à bord ? On l'apprend tôt ou tard : il existe certaines expériences qu'on ne peut partager avec personne, même avec les gens dont le ticket a été poinçonné par le même conducteur que le vôtre.

Clete retourne à la fenêtre et essaie de se concentrer sur le Noir de l'autre côté de la rue. Le Noir s'appelle André Rochon, il a vingt-trois ans, il a violé sa conditionnelle, et sa caution est moins importante que les informations qu'il peut fournir à propos de deux autres types qui ont aussi violé leur conditionnelle et doivent trente sacs aux employeurs de Clete, Nig Rosewater et Wee Willie Bimstine.

Deux verres plus tard, la scène n'a pas changé. Ni le nœud d'anxiété dans l'estomac de Clete ni la sangle de tension qui continue à se serrer autour de sa tête comme une corde de piano.

Clete est persuadé qu'il assiste en direct à un trafic de méthadone. Les deux autres participants sont les frères Melancon, des petits malins dont les casiers font état d'arrestations pour vol à main armée, possession illégale d'armes à feu, intimidation de témoins. Clete soupçonne que l'un des deux frères Melancon va se pointer à la petite maison aux volets fermés.

Mais il semble qu'il ne se passe rien, pas plus à l'extérieur qu'à l'intérieur de la maison, et l'homme dans la camionnette s'impatiente, allume et éteint sa radio, n'arrête pas de démarrer et de couper son moteur.

Que faire ? se demande Clete. Faire tomber Rochon pour un viol de conditionnelle insignifiant, ou prendre le pari que les frères Melancon vont apparaître ? Tard demain soir, ou lundi matin tôt, quand la tempête arrivera, les petits truands pilleront la ville, ou s'éparpilleront comme des morceaux d'épaves dans toutes les directions. D'une manière ou d'une autre, il sera quasiment impossible de mettre la main sur Rochon et les Melancon.

Clete décide que c'est le moment.

Il porte à sa bouche une cigarette non allumée, se peigne en se regardant dans la glace derrière le bar, et enfile son chapeau de feutre. Son pantalon jaune paille est repassé, ses mocassins sang-de-bœuf cirés, sa chemise hawaïenne tendue sur ses épaules massives. Un .25 invisible est fixé à sa cheville par une bande Velcro, il a une matraque et une mini-torche dans une poche de son pantalon, et dans l'autre une paire de menottes. Il aimerait être dans un avion, s'élever au-dessus des nationales encombrées d'automobiles, de bus, de camions, tous leurs phares dirigés vers le nord. Ou être à New Iberia, où il a un second bureau et une chambre qu'il loue dans un vieux motel sur East Main. Mais on n'abandonne pas le lieu où l'on est né aux malfrats ni à une catastrophe naturelle, se dit-il, et il se demande s'il dira toujours la même chose dans vingt-quatre heures.

— Alors, t'as fini par décider d'aller voir une copine ? demande Jimmy.

— Non, j'ai rendez-vous dans la rue avec un tas de merde qui depuis longtemps ne devrait plus être qu'une trace dégueulasse sur le sol. Si, dans quelques minutes, ça castagne dehors, je ne veux pas que le NOPD[1] s'en mêle. Tu me suis ?

— Dans ce bar, neuf-un-un[2], c'est une date historique.

— T'es un chef, Jimmy. Rajoute quelques chambres à air sur le toit.

— Et toi ?

— T'as déjà entendu parler d'éléphants de cirque noyés à La Nouvelle-Orléans ? Tu vois, c'est jamais arrivé.

Clete descend sur le trottoir. Le ciel est sombre, et des nuages noirs roulent au-dessus de sa tête. Maintenant, il se rend compte que le baromètre chute rapidement, et il sent une odeur

---

1. New Orleans Police Department.
2. 911 : numéro d'appel de la police.

de soufre, ou d'œufs pourris, ou de punaises d'eau noyées dans les bouches d'égout. André Rochon regarde droit devant lui, ses poings posés sur le volant, mais Clete sait que Rochon le prend soit pour un flic, soit pour un prêteur de caution, et qu'il est en train de décider s'il va continuer à bluffer, ou démarrer sa camionnette et tirer son cul vers North Rampart.

Clete traverse la rue, ouvre l'étui de son insigne et le brandit au visage de Rochon.

— Descends de ce véhicule et garde tes mains là où je peux les voir. Ce n'est pas une suggestion. Soit tu m'obéis, soit tu vas en prison.

Il a choisi ses mots soigneusement, indiquant dès le départ à Rochon qu'il a un choix possible, qu'avec un peu de coopération et de finesse il peut échapper à la non-présentation et avoir encore le temps de courir.

Rochon descend sur la chaussée et referme la portière derrière lui. Il porte des tennis sans chaussettes, un pantalon ample aspergé de peinture et un T-shirt LSU[1] coupé au nombril et aux aisselles. Ses bras sont cerclés de tatouages d'une seule couleur. Il sent le fauve et la nourriture pourrie entre ses dents. Il a le visage étroit, un sourire lui tire le coin de la bouche. Il se frappe la peau du ventre, comme un véritable Narcisse. Il s'enfonce un doigt dans le nombril.

— T'es un privé, ma grosse ? demande-t-il.

Clete jette un coup d'œil au lampadaire du coin, ses sourcils papillonnent.

— Tu vois, les gens ne me donnent pas de surnom, surtout les gens de couleur, dit-il. Pour l'instant, t'es dans la merde jusqu'au cul. Dans une minute, de deux choses l'une. Soit tu me donnes les frères Melancon, soit t'es en route pour la Centrale. Si tu veux être au rez-de-chaussée quand l'ouragan arrivera, j'essaierai d'arranger ça.

---

1. Louisiana State University.

— Eddy et Bertrand ont déjà évacué. Je suis là juste pour chercher mon neveu. J'dis la vérité, mec.

Rochon se presse une paume contre le sternum, le visage sérieux.

— Tu vois, tu fais une autre chose qui m'agace. George W. Bush met sa main sur sa poitrine quand il veut montrer qu'il est sincère. Tu te prends pour George W. Bush ? Tu te prends pour le président des États-Unis ?

Rochon est mal à l'aise, ses yeux sont agités de tics.

— Pourquoi tu t'acharnes sur moi comme ça ? À cause d'un truc qu'Eddy ou Bertrand a fait ?

— Non, c'est parce que tu t'es pas pointé au tribunal, et que t'as planté Nig et Wee Willie pour ta caution. Et aussi parce que tu pues. Willie et Nig n'aiment pas les gens qui ne se douchent pas et qui ne se lavent pas les dents et qui puent. Ils sont obligés d'asperger les sièges chaque fois que tu entres dans leur bureau. Et maintenant, en plus, tu leur as manqué de parole.

— T'as dû boire un mauvais truc, mec.

Clete sent ses mains sèches et raides à ses côtés. Il ouvre et referme les paumes, et il s'humecte les lèvres. Il sent bouillonner en lui une colère dangereuse, une colère qui n'a pas grand-chose à voir avec André Rochon.

— Prends ton portable et dis à Eddy et à Bertrand de se bouger le cul et de venir ici.

— J'ai pas leur numéro.

— Vraiment ? Bon, on va voir ce que t'as.

Clete le jette sur le flanc du camion et le secoue. Quand Rochon essaie de tourner la tête pour parler, Clete la cogne contre la carrosserie, si fort qu'il la cabosse.

— Merde, dit Rochon, alors que du sang coule de son nez sur sa lèvre. J'ai rien fait pour mériter ça.

— Qu'est-ce que t'as, dans ce camion ?

— Rien. Et d'toute façon, t'as pas de mandat.

– Je travaille pour un bureau de cautionnement. J'ai pas besoin de mandat. Je peux passer d'un État à l'autre, défoncer ta porte, dévaster ta maison. Je peux t'arrêter et te garder où je veux, pour aussi longtemps que je veux. Tu sais pourquoi, André ? Quand quelqu'un paie ta caution, tu deviens sa propriété. Et si ce pays respecte une chose, c'est bien la propriété.

– J'résiste pas, mec. Fais c'que tu veux. J'ai rien fait ici. Quand ça sera fini, j'porterai plainte.

Clete ouvre la portière côté conducteur et dirige sa lampe torche sous les sièges et à l'arrière de la camionnette. Le plancher bricolé en planches, à l'arrière, est nu en dehors d'un rouleau de corde en polyéthylène posé sur un pneu de rechange. Un ours en peluche rose avec des coussinets blancs cousus sous ses pattes est coincé entre le sol et la paroi métallique de la camionnette.

Clete éteint la lumière, puis la rallume. La corde et l'animal en peluche lui rappellent un article de journal qu'il a lu il y a plusieurs semaines. Était-ce à propos d'un enlèvement ? Dans le Neuvième District ? Il est presque certain que l'article se trouvait dans le *Times-Picayune*, mais il ne se rappelle pas les détails.

– À qui appartient cet ours en peluche ?
– À ma nièce.
– Et à quoi sert cette corde ?
– J'installais des fils à linge pour ma tante. Qu'est-ce que t'as, mec ?

Derrière lui, Clete entend une voiture avec un silencieux en panne passer le coin.

– Je t'emmène à la Centrale. Et arrête de sourire.

À cet instant Clete entend la voiture avec le silencieux cassé accélérer, un enjoliveur se détachant d'une roue, et rebondissant sur le trottoir.

À l'instant où il se retourne, la calandre d'un gros tank des années 1970 arrache la portière ouverte, qu'elle projette sur le visage et le corps de Clete. Pendant une fraction de seconde, il aperçoit deux Noirs sur les sièges avant du gros tank, puis il est jeté en arrière sur la chaussée, la peau et les cheveux semés d'esquilles de verre brisé. Il atterrit si violemment sur le bitume que son souffle est évacué de sa poitrine en un long sifflement incontrôlable qui le laisse épuisé, suffoquant. Le gros tank roule sur son feutre et disparaît à un angle de rues, au bout du pâté de maisons. Tandis que Clete essaie de se dégager de la portière, André Rochon fait démarrer sa camionnette et, dans un grondement, s'éloigne en direction opposée, ses feux arrière rouges freinant au croisement avant de disparaître dans l'obscurité.

Jimmy Flannigan et les autres copains de Clete, dans le bar, le relèvent, époussettent le verre de ses vêtements, et le palpent comme un fruit talé, étonné qu'il soit toujours vivant. Quelqu'un appelle même le 911, et on lui répond que tous les flics et tous les véhicules d'urgence de la paroisse de La Nouvelle-Orléans sont déjà occupés au-delà de leurs capacités. Clete reste là, secoué et déçu, au milieu de la rue, incapable d'accepter le fait qu'il vient de se faire avoir par trois sacs à merde qui seraient incapable d'ôter du chewing-gum de leurs chaussures sans l'aide d'un schéma.

Il dit à ses copains de rentrer dans le bar, puis il ouvre la porte de la petite maison. À l'intérieur, un gamin qui n'a pas plus de dix-sept ans est assis par terre, regardant un dessin animé à la télévision, un sac en papier bourré de vêtements posé sur le sol. Le volume de la télévision est assourdissant.

– Baisse un peu ça, dit Clete.

Le gamin fait ce qu'on lui demande. Il porte le pantalon baggy stylisé et le T-shirt trop grand typiques des membres d'un gang, mais ses vêtements paraissent neufs, et son corps est si mince qu'il pourrait être fait de baguettes.

– Où sont tes parents ? demande Clete.

– Ma tante est en train de faire la queue au Dôme pour réserver des lits de camp. Mon oncle André va m'y emmener dans un petit moment, dit le gamin. Il faut que tout le monde apporte de quoi manger pour cinq jours. C'est ce qu'ils disent.

– André Rochon est ton oncle ?

– Ouais, m'sieur.

– Comment tu t'appelles ?

– Kevin Rochon.

– Ton oncle a dû partir quelque part. Si tu veux aller au Superdôme, il faudra y aller à pied.

– C'est pas un problème, dit le gamin, qui concentre à nouveau son attention sur le dessin animé.

Bien, se dit Clete.

Il retourne au bar, se dispense de scotch au lait, commande une chope de bière givrée et trois petits verres pleins à ras bord de Jim Beam. En moins d'une heure, il est aussi saoul que quiconque dans la salle, bien en sécurité dans l'ambiance dégoulinante de sueur de la musique de juke-box et des sourires manufacturés. Il a le visage brûlant, gras, sa tête résonne de bruits imaginaires suscités par des véhicules blindés et des pales d'hélicoptère. Deux étudiants de UCLA, bloqués en transit, un garçon et une fille, dansent sur le bar, le garçon tirant sur un joint planté sur un fume-joint que la fille serre entre ses lèvres. Jimmy Flannigan passe la main autour de la nuque couverte de marques de Clete et serre, comme s'il agrippait une bouche d'incendie.

– Je reviens du Superdôme. Tu devrais voir les queues. Tous ceux des logements sociaux d'Iberville essaient de s'entasser à l'intérieur, dit-il.

– Ouais ? répond Clete, qui ne voit pas où l'autre veut en venir.

– Pourquoi envoient-ils au Dôme tous ceux des logements sociaux ?

– Il y a des sièges de stade.

– Alors, pourquoi tous ceux des logements sociaux ont-ils droit à des sièges de stade ?
– Quand le lac Pontchartrain recouvrira la ville, peut-être que certains de ces pauvres types trouveront une poche d'air sous le toit pour ne pas se noyer.

5

Le dimanche après-midi, à New Iberia, les nuages sont gris, les feuilles des chênes verts le long de Main Street frissonnent de temps en temps d'un souffle de vent. La fin de l'été est arrivée avec son odeur de poussière, de pluie au loin, de fumée des grillades de l'autre côté du bayou, dans City Parc, mais rien n'indique que plus au sud un vortex blanc bouillonnant d'eau et de vent, d'une amplitude telle que seule une photographie par satellite peut le couvrir en entier, tourbillonne en direction des côtes de la Louisiane et du Mississippi.

En regardant, à la télévision, l'ouragan avancer, j'ai l'impression d'être le témoin d'un holocauste. Depuis deux jours, Kathleen Blanco, gouverneur de Louisiane, demande de l'aide à tous ceux qui veulent bien l'entendre. À Metairie, un fonctionnaire des états d'urgence a perdu les pédales pendant une interview de CNN, agitant les bras, le visage bouffi comme un type qui vient de prendre une cuite. Il a déclaré sans équivoque que, si l'ouragan reste ce qu'il est actuellement, un ouragan de catégorie 5, et heurte La Nouvelle-Orléans de plein fouet, il y aura soixante-deux mille morts.

Ma fille adoptive, Alafair, qui vient de rentrer du Reed College, prend le téléphone dans la cuisine. J'espère que c'est Clete Purcel, qu'il est d'accord pour quitter La Nouvelle-Orléans et pour venir chez nous. Mais ce n'est pas lui. C'est un appel du shérif d'Iberia, Helen Soileau, qui a d'autres soucis.

– On vient d'arrêter Herman Stanga, dit-elle. On a trouvé son labo de méthadone, et on tient deux de ses mules.

– Tu sais combien de fois on a arrêté Herman Stanga ?

– C'est pour ça que je veux que tu supervises l'affaire, papy. Cette fois-ci, on l'enterre.

– S'occuper de Herman Stanga, c'est comme prendre des merdes de chien dans la main. Trouve quelqu'un d'autre, Helen.

– Pour l'instant, les mules m'intéressent plus que Stanga. Je les ai mis au trou tous les deux.

– Je ne vois pas en quoi des types qui ont un QI en dessous de zéro sont intéressants.

– Allez, descends. Tu verras.

La cellule grillagée n'a pas de fenêtre, et sent le désinfectant dont on s'est servi pour frotter ses surfaces d'acier et de béton. Les deux hommes enfermés à l'intérieur ont retiré leurs chaussures et, torse nu, ils font des pompes, les pieds sur le banc de bois. Leurs bras et leurs poitrines plates sont bleus de lettres gothiques tatouées. Leurs aisselles sont rasées, leurs pectoraux paraissent aussi durs que des parois de tonneaux, s'effilant en tailles de quatre-vingt-dix centimètres de tour et en ventres plats du sternum à l'entrejambe. À chaque pompe, un réseau de tendons s'épanouit sur leur peau ferme. Ils ont des mains de maçons, ou d'hommes qui grattent les piscines à l'acide muriatique, ou taillent et façonnent des pierres dans une température glacée. La puissance de leur corps fait penser à un ressort comprimé au maximum, qui ne demande qu'à se libérer, qui n'attend plus que le plus infime déclenchement extérieur.

L'un d'eux arrête ses exercices, s'assoit sur le banc, et respire par le nez, indifférent au fait que Helen et moi nous trouvions à soixante centimètres de lui et le regardions comme un animal au zoo.

– J'aime bien tes tatouages. Vous êtes des Eighteenth Streeters[1], tous les deux ?

Il fait un grand sourire et ne répond pas. Ses cheveux sont rasés sur le côté, et ultracourts sur le dessus, son crâne zébré de cicatrices.

Je demande :

– Latin Kings[2] ?

– Qui ?

– Si je disais Mara Salvatrucha ?

Il marque une pause avant de répondre, ses doigts pianotant avec raideur sur ses genoux, les semelles de ses chaussures claquant sur le sol.

– Qu'est-ce qui te fait dire ça, mec ?

– Le « MS » tatoué sur une paupière, et le « 13 » sur l'autre, voilà les indices.

– Tu m'as eu, mec.

Il lève les yeux sur moi, souriant. Mais l'éclat noir de son regard est du genre à faire déglutir, et ne donne pas envie de sourire en retour.

– Je pensais que vous étiez tous sur la côte Ouest, ou en train de prospecter de nouveaux marchés en Virginie du Nord, dis-je.

Il a les yeux fixés droit devant lui, comme s'il percevait un sens dans les ombres de la cellule. À moins qu'il ne fixe des images à l'intérieur de sa tête, qu'il ne se rappelle les actes confortant la théorie selon laquelle nous ne descendons pas tous du même arbre. Il secoue la tête d'avant en arrière, en une boucle, comme un boxeur professionnel qui attend dans le coin que sonne la deuxième reprise.

---

1. Gang de rue originaire de Los Angeles.
2. Gang de rue originaire de Chicago.

– Quand est-ce qu'on bouffe ? demande-t-il.

– Le traiteur sera là à 18 heures, dit Helen.

L'autre homme se décolle du sol et commence à se toucher les orteils, un pli bien net traversant son nombril, ses fesses minces tournées vers nous. Je jette un coup d'œil aux tirages informatiques fixés à mon bloc-notes. Je demande à l'homme assis sur le banc :

– Ton nom de rue, c'est bien Chula ?

– Ouais, mec, tu l'as dit.

– Qu'est-ce que ça veut dire ?

– « Écarte-toi », mec. Comme au jai alai[1]. Avant que le type fasse claquer la balle contre le mur, tout le monde crie : « Chula ! » Écarte-toi.

– Vous avez des casiers impressionnants, tous les deux. Lewisburg, Pelican Island, Marion[2]. Pourquoi perdre votre temps avec un petit maquereau comme Herman Stanga ?

– Le Nègre ? On s'est juste arrêtés pour lui demander la route. Et alors les flics nous sont tombés dessus, dit l'homme assis.

– Ouais, des erreurs comme ça, ça arrive. Mais voilà ce qui se passe, Chula. On a un ouragan qui se prépare, et on n'a pas le temps d'écouter les conneries de types qui ne sont pas d'ici et qui n'ont pas payé leurs taxes. La Louisiane, vous savez, ce n'est pas un État, c'est un pays du tiers-monde. Ça veut dire que ça nous gonfle sérieusement quand des étrangers se pointent et imaginent qu'ils peuvent s'essuyer les godasses sur nous. Vous êtes des junkies, les gars. Je vais pas vous compliquer la vie. Mais passer du temps à Angola[3], ça peut être vraiment emmerdant, surtout si on décide de vous y envoyer avec un mauvais dossier. Si vous voulez porter le chapeau pour Herman Stanga, c'est votre problème. Mais soit vous crachez le morceau, soit on vous défonce le cul.

---

1. Variante de la pelote basque, très prisée dans les pays d'Amérique latine.
2. Nom de prisons américaines.
3. Louisiana State Penitentiary.

L'homme qui se touchait les orteils s'arrête et me regarde.
— Regarde un peu ça, mec, dit-il.

Il jette un pied contre le mur et fait un saut périlleux complet, revenant en un clin d'œil à la position verticale.

— Qu'est-ce que tu penses de ça ? J'ai appris ça à El Sal, des types qui avaient buté toute ma famille et m'avaient violé chacun son tour avant de me vendre à un cirque. Allez, mec, dis-moi ce que tu penses de ça.

— Pour être franc, je pense que tu aurais dû rester avec le cirque.

Cette remarque n'est pas destinée à ferrer l'hameçon. Mais, pourtant, c'est ce qui se passe. Alors que Helen et moi sommes presque dans le couloir, le type dont le nom de rue est Chula fait racler une écuelle d'étain contre les barreaux.

— Hé, toi, le type avec la *maricona*. Ma sœur baise un prêtre junkie de New Iberia. Tu disais qu'on payait pas nos taxes locales ici. Et ça, c'est pas une taxe locale ?

Helen retourne à la porte de la cellule, les muscles gonflés.

— Comment tu m'as appelée ?

Chula hausse les épaules et sourit modestement.

— C'était pas contre vous. Votre copain, là, il aurait pas dû se moquer de quelqu'un qui a été vendu à un cirque, dit-il.

Il s'appuie contre le mur, se détache du monde autour de lui, le visage rayé par les ombres des barreaux.

De retour à la maison, j'essaie d'oublier les deux hommes dans la cellule. Molly, ma femme, est une ancienne nonne et autrefois elle travaillait pour l'organisation catholique Maryknoll, en Amérique centrale. Elle a des taches de rousseur sur les épaules et des cheveux d'un roux sombre, épais, et courts sur la nuque. Alafair et elle sont dans le jardin, ramassant les outils qu'elles enferment dans un abri en tôle derrière la porte cochère. L'air est oppressant, frais, il sent la pluie, le chêne vert et le pacanier, et le bayou est aussi immobile qu'un tableau.

Je demande :

– Clete a appelé ?

– Non, c'est moi qui l'ai appelé. Il ne veut pas évacuer, dit Molly.

Elle observe mon visage. Elle sait que ce n'est pas à Clete que je pense.

– Il s'est passé quelque chose, à la prison ?

– Un ecclésiastique du coin, un certain Jude LeBlanc, est passé dans la quatrième dimension il y a un an. Il a un cancer au stade terminal, une addiction à la morphine, et trois ou quatre mandats d'arrêt aux fesses.

À vrai dire, je n'ai pas envie de parler de ça. Si l'âge apprend une chose, c'est bien que la plupart des mots sont inutiles, et qu'on ne participe pas aux souffrances des autres.

– Quel rapport avec la prison ? demande Molly.

– Un membre d'un gang salvadorien appelé MS-13 m'a dit que sa sœur baise avec Jude.

– Tu lui as demandé où se trouve ton ami ?

– On ne traite jamais avec les criminels, quels que soient les as qu'ils ont dans la manche.

Un violent souffle de vent parcourt le long corridor d'arbres qui longent Bayou Teche, ridant l'eau comme une vieille peau, remplissant l'air d'une odeur de frai de poisson et de feuilles devenues jaune et noire dans l'ombre. Dans les sept heures qui viennent, Katrina touchera terre tout autour du lac Pontchartrain.

– Je vais préparer le dîner, dit-elle.

– Je n'ai pas très faim.

Son visage paraît desséché et sans expression, ses joues légèrement creusées.

– Mon Dieu, ces pauvres gens, soupire-t-elle.

Les ouragans ne se prêtent pas à la description, pas plus que ne s'y prêtent les performances d'un raid de B-52. J'ai vu les survivants d'un raid de ce type. Leur douleur est de celles qu'on voudrait ne jamais voir. Ils pleurent, ils émettent des miaulements. En général, tous leurs mots sont inintelligibles. Je les ai toujours soupçonnés d'avoir rejoint le groupe de ceux que la Bible appelle les prisonniers du Paradis, consacrés par une onction à laquelle la plupart d'entre nous résisteraient, même s'ils voyaient le doigt de Dieu avancer pour leur toucher le front.

Un ouragan de catégorie 5 possède une force explosive bien supérieure à celle de la bombe atomique lâchée sur Hiroshima en 1945. Mais, à la différence d'une arme de destruction massive fabriquée par l'homme, un ouragan crée un environnement qui l'emporte sur les lois de la nature. Très vite, l'air prend une teinte d'un vert chimique et acquiert une densité telle qu'on peut le tenir dans la main. Les éclairs et le tonnerre sont presque accueillis comme des amis très prévisibles, puis se fondent dans l'éther et paraissent à peine plus qu'une bourrasque d'été. Des anneaux de pluie enchaînent les vagues qui se gonflent en moutons, et le vent sent la poussière de sel et le sable tassé chauffé au soleil. On se demande si tous ces préparatifs, cette inquiétude, n'ont pas été beaucoup de bruit pour rien.

Puis la marée semble s'éloigner de la terre, comme si une bonde géante s'était formée au centre du golfe. Les palmiers se dressent dans l'air immobile, leurs frondaisons soudain sans vie. On déglutit pour faire cesser le bruit d'explosions dans les oreilles, avec le même sentiment d'impuissance qu'on éprouve parfois dans un avion qui perd de l'altitude de façon spectaculaire. Au sud, une longue bosse noire commence à se former au bord de la terre. Elle monte de l'eau en gonflant comme une énorme baleine, puis s'étend d'un bout à l'autre de l'horizon. On n'en croit pas ses yeux. La bosse noire se précipite maintenant vers la côte, gagne en vitesse et en taille, devenant si rapide que sa propre crête est absorbée par la vague avant qu'elle ne s'écrase à la surface devant elle.

On appelle ça un raz de marée. Sa force peut transformer un système de digues en lignes serpentines de sable noir, ou aplanir une ville, en particulier quand la ville ne possède pas de barrières naturelles. La barrière d'îles au large des côtes de Louisiane est depuis longtemps érodée, ou a été draguée, chargée sur des barges et vendue pour faire des parkings en schiste. Les compagnies pétrochimiques ont taillé brutalement quinze mille kilomètres de canaux à travers les marécages, permettant à l'intrusion saline d'empoisonner les zones de marais d'eau douce entre Plaquemines et Sabine Pass. Les digues construites le long du Mississippi précipitent des centaines de tonnes de boue par-dessus le rebord de la plate-forme continentale, l'empêchant de s'écouler vers l'ouest le long de la côte, là où l'on en a le plus besoin. Les marais de Louisiane continuent de disparaître à une moyenne de douze mille hectares par an.

Il est 1 heure du matin, et j'entends le vent dans les chênes et les pacaniers. Les volets à lattes de notre maison sont crochetés, et vibrent légèrement contre les chambranles. Le seul signe d'un dérèglement du temps est le tremblement d'un éclair dans les nuages, ou une soudaine rafale de pluie qui décore notre toit de tôle d'aiguilles de pin. À deux heures de chez nous, vers l'est, les habitants de La Nouvelle-Orléans qui n'ont pas été évacués assistent à l'effacement de leur ville de la surface de la terre. Pourquoi un groupe est-il épargné, et pas un autre ? Je n'ai pas de réponse. Mais je suis décidé à ce que deux nouveaux venus dans notre communauté ne bénéficient pas de la sécurité de nos cellules, tout au moins de la façon dont ils l'entendent, alors que des gens honnêtes sont noyés dans leurs propres maisons. J'appelle le gardien de nuit et lui dis de séparer les deux membres de MS-13.

– Et s'ils me demandent pourquoi ?

– Dis-leur que, dans la paroisse d'Iberia, on a un règlement contre le fait que les homosexuels partagent la même cellule.

– Je leur dis *quoi* ?

Une demi-heure plus tard, je passe à mon bureau, et je lis une nouvelle fois les fax et les rapports informatiques à propos des deux membres de MS-13. Il existe toujours des infos sur les criminels. Il suffit juste de les trouver. Les criminels peuvent être habitués à la prison, ils peuvent être malins comme des singes, mais quand il s'agit de se confronter victorieusement au système, c'est comme s'ils partaient à l'assaut d'une colline avec un obusier.

Je vérifie mon arme à l'entrée de la zone de cellules, et je demande au gardien de nuit d'amener Félix « Chula » Ramos dans la salle d'interrogatoires. Quand Chula arrive, son corps cliquette des chaînes qu'il porte à la taille et aux jambes. Il n'est vêtu que d'un boxer-short blanc qui paraît étrangement inoffensif contre sa peau tatouée.

– Je lui desserre ses chaînes, cap ?

Le gardien de nuit est vieux et il a de la couperose sur le visage. La conduite théâtrale des autres ne l'intéresse pas, pas plus qu'il ne cherche à les sauver d'eux-mêmes.

– Criez à la porte, dit-il.

Chula s'assied à la table de métal provenant du surplus du gouvernement et m'observe, une main posée sur la table.

– Je pourrais t'arracher la gorge. Avant que t'aies eu le temps de supplier, aussi vite que ça, dit-il en claquant des doigts.

Je plisse les yeux pour en chasser la fatigue.

– Ton copain qui est tombé avec toi… Comment il s'appelle, déjà… Luis… C'est un ignare, mais je crois que t'es encore plus stupide que lui.

J'aperçois un petit mouvement convulsif sous l'œil gauche de Chula, comme si un insecte passait sous la peau.

– Répète un peu ça ?

– Vous nous avez pris pour des cons, le shérif et moi, parce que vous avez au cul des mandats fédéraux en cours, et que vous pensiez que vous alliez vous tirer au diable dans une prison fédérale haut de gamme. Mais ça n'est pas ce qui va se passer.

– Vous voulez nous envoyer à « Gola », c'est ce que vous voulez dire ?

– Éventuellement, mais pour l'instant on te transfère à la Centrale de La Nouvelle-Orléans. Remarque bien que je dis « toi » et pas « vous ». La paroisse de La Nouvelle-Orléans a des mandats contre vous deux. C'est de la petite bière, mais on va respecter le protocole et t'envoyer là-bas avant l'aube.

– Toute la ville va être rayée de la carte. Tu te fous de qui, mec ?

– Avec un peu de chance, le personnel n'abandonnera pas les détenus de la Centrale. Mais qui sait ? Le salaire des fonctionnaires de la paroisse de La Nouvelle-Orléans est vraiment merdique. Est-ce qu'on peut nager sur place dans une pièce inondée remplie de types qui font la même chose ?

– C'est pas drôle, mec.

– Le shérif et moi, on s'est bien amusés, avec vos dossiers, à tous les deux. Ton copain qui est tombé avec toi a braqué une banque en Pennsylvanie, mais un marqueur à teinture a explosé dans le sac, et a salopé tous les billets. Alors ton idiot de copain a pris soixante-quinze mille dollars en liquide, et les a portés dans une laverie automatique. Et il a lavé les billets jusqu'à ce qu'ils deviennent roses. Ensuite il a essayé d'acheter une SUV de quarante mille dollars. Non seulement ce débile s'est montré plus malin que toi, mais il t'a baisé six fois depuis le petit déjeuner. Tu vas faire une double peine à Angola, la moitié à cause de lui. Si tu crois que je mens, appelle-moi lorsque tu auras été bouclé avec des caïds. Tu sais ce que c'est, ici, le Midnight Special ? Imagine un peu un type noir de cent cinquante kilos qui conduit un convoi de fret sur ton cul.

Je lui fais un clin d'œil. Il fixe la blancheur opaque de la porte, une ride ombrée se formant sur son front. Je l'entends respirer dans le silence. Il y a un fracas d'éclairs à l'extérieur, et, un instant, la lumière dans le bâtiment vacille.

– Qu'est-ce que tu veux, mec ?

– T'as dit que ta sœur se faisait baiser par un prêtre junkie ?

6

En milieu de matinée, les présentateurs de tout le pays annonçaient que l'ouragan Katrina avait changé de cap, et qu'il était tombé de la catégorie 5 à la catégorie 3 juste avant de toucher terre, dévastant Gulfport mais épargnant la ville dont on ne s'était pas occupé.

Les rues de New Iberia étaient encombrées par la circulation, comme celles de n'importe quelle ville dans la partie sud-ouest de la Louisiane, et le parking du Wal-Mart s'était transformé en centre de coordination pour les Églises fondamentalistes qui, sans hésitation, ouvraient leurs portes à quiconque avait besoin d'aide. Mais le soleil brillait, le vent était semé de pluie, les fleurs s'épanouissaient le long d'East Main, et on se serait cru au printemps plus qu'en été. Nous retenions tous notre souffle, persuadés que nous avions vu le pire et que notre foi collective avait fait mentir les prophètes de malheur.

Mais les journalistes se trompaient, et nous aussi. La longue nuit de l'âme de La Nouvelle-Orléans ne faisait que commencer.

Pendant la nuit, un raz de marée et des vents de la force d'un ouragan avaient fait remonter énormément d'eau de mer dans le canal reliant le delta du Mississippi à La

Nouvelle-Orléans, ce canal qu'on appelle « Mr. Go[1] », qui va de la paroisse de St. Bernard jusqu'à la paroisse de La Nouvelle-Orléans et aux régions des basses-terres le long du canal Intracostal[2]. Après le coucher du soleil, les résidents du Lower Nine dirent qu'ils entendaient des explosions sous la digue retenant les eaux du lac Pontchartrain. Très vite, des rumeurs se répandirent de maison en maison, selon lesquelles des terroristes ou des racistes dynamitaient la seule barrière empêchant la totalité du lac de noyer la population, en majeure partie noire, du Lower Nine.

Évidemment, ces rumeurs étaient fausses. Les digues ont éclaté parce qu'elles étaient faibles structurellement, et n'avaient que peu de chances de résister à un ouragan de force 3, et encore moins à un ouragan de force 5. Chaque responsable des états d'urgence le savait. Le Corps des ingénieurs de l'armée le savait. Le National Hurricane Center, à Miami, le savait.

Mais, apparemment, le congrès des États-Unis et l'administration en poste à Washington, DC, l'ignoraient, car ils avaient, quelques mois plus tôt, effectué des coupes drastiques dans les fonds destinés à l'entretien des digues.

J'avais réussi à obtenir de l'un des membres du MS-13 l'adresse de mon ami le prêtre junkie, Jude LeBlanc. Mais, à 9 heures le lundi matin, toutes mes priorités se trouvèrent modifiées lorsque Helen Soileau entra dans mon bureau, sa plaque déjà suspendue à une lanière autour de son cou.

– Magne-toi le cul, papy. La moitié du service est envoyé à Big Sleazy[3].

---

1. Mississippi River-Golf Outlet.
2. Réseau de canaux le long du littoral américain, de l'Atlantique au golfe du Mexique.
3. Surnom affectueux donné à La Nouvelle-Orléans.

– Que se passe-t-il ?
– À ton avis ?

Ce n'est qu'arrivés à l'est de Morgan City que nous avons vu les premiers dommages à grande échelle causés par l'ouragan. Dans les champs, la canne à sucre était écrasée comme si un rouleau compresseur l'avait transformée en un matelas de poussière noire. Les poteaux téléphoniques étaient coupés en deux, des morceaux de panneaux publicitaires avaient été emportés, les toits de magasins arrachés dans de petits centres commerciaux de campagne. La quatre-voies était couverte d'une patine de feuilles et de boue en provenance des bois inondés qui la bordaient de chaque côté, et des milliers d'oiseaux piaillants mouchetaient le ciel comme s'ils n'avaient pas d'endroit pour se poser. Helen conduisait, le visage sombre, suivie par une dizaine d'autres véhicules du service, leurs gyrophares ondulant. Certains des véhicules remorquaient des bateaux bourrés jusqu'aux plats-bords de kits de première urgence, de générateurs à essence, de dons de nourriture, de vêtements et de bouteilles, le tout bâché et oscillant au gré des cahots.

Helen était une femme attirante et musclée, dont j'avais toujours admiré l'intelligence et l'intégrité. Elle avait commencé sa carrière comme contractuelle au NOPD, à une époque où une femme officier de police devait vraiment mériter sa place parmi ses collègues mâles. Elle n'essayait pas de dissimuler qu'elle était androgyne, et ça avait fait d'elle une cible spéciale pour plusieurs membres du service, en particulier pour un flic en civil du nom de Nate Baxter, un dépravé, un ancien de la police des mœurs dont je pensais sincèrement qu'il méritait d'être transformé en savon.

Un matin, à l'appel, juste après qu'un tireur isolé eut ouvert le feu sur des piétons depuis le toit d'un hôtel dans le Vieux Carré, Nate interrompit le commandant de la patrouille et s'adressa à tout le personnel en uniforme qui se trouvait dans la pièce.

– Je veux que tous ceux qui ont des couilles soient dans la ligne de feu, en tenue avec le maximum d'artillerie, dit-il. On a une feuille de route. Que ce type se fasse refroidir. Que personne d'autre ne soit blessé, ni flics ni civils. Tout le monde a bien compris ?

Jusque-là, ça allait.

Nate tourna les yeux vers Helen, le coin des lèvres relevé.

– Helen, tu peux nous dire si « ceux qui ont des couilles » te concerne, ou si on te compte pas ?

Plusieurs flics se mirent à rire. Helen se trouvait au deuxième rang, penchée en avant, les yeux toujours fixés sur le bloc-notes posé sur sa cuisse. Il y eut une toux ou deux, puis la pièce devint silencieuse.

– Je suis contente que tu aies soulevé le sujet des parties génitales, inspecteur, dit-elle. Il y a quelques semaines, un inspecteur travesti m'a dit que, quand tu travaillais aux mœurs, tu t'es fait sucer le bâton par plusieurs travestis sur le siège arrière d'un véhicule de patrouille. À cette époque, ce travesti se faisait appeler Rachel. Mais en fait Rachel est un homme, et son véritable nom est Ralph. Ralph m'a dit que tu avais subi une opération pour faire grossir ton pénis. Il se trouve que je ne partage pas les toilettes de ceux qui ont des couilles, et je ne peux donc pas dire si Ralph ment ou pas. Mais peut-être que ces officiers le savent.

Elle regardait devant elle d'un air pensif. La carrière de Nate Baxter ne se remit jamais de cette scène. *Via* la bureaucratie du service, il lança une vendetta contre Helen et, en conséquence, fut toujours considéré par ses collègues officiers comme un lâche sournois incapable de la jouer franc-jeu.

Nous nous trouvions maintenant sur le pont au-dessus du Mississippi, sa large étendue brune gonflée et impressionnante en dessous de nous, des péniches renversées tournoyant dans le courant comme si elles avaient été arrachées de sous le pont. Helen déchira avec ses dents l'emballage d'une barre aux céréales, et cracha le papier sur le volant.

– Qu'est-ce qui ne va pas ?

– Rien, dit-elle, une joue gonflée par la barre de céréales.

Je n'ai pas insisté. Nous sommes descendus de l'autre côté du pont, empruntant une rampe de sortie surélevée au-dessus des bois inondés dont la canopée était privée de ses feuilles et zébrée de déchets.

– Nous sommes censés coopérer avec une demi-douzaine de services, parmi lesquels le NOPD. Qu'ils aillent se faire foutre, dit-elle. Avant d'y aller, je vais parler aux gens de chez nous. On fait notre boulot, à notre façon. Ce qui veut dire qu'on ne descend pas les pillards. Que les compagnies d'assurances assument leurs propres pertes. Mais, si quelqu'un nous tire dessus, on l'explose.

Elle me regarda en face.

– Qu'est-ce qu'il y a de drôle ? demanda-t-elle.

– J'aurais bien aimé être encore au NOPD quand tu y étais.

– Tu peux développer un peu ?

– Non, m'dame, pas vraiment.

Elle mordit sa barre aux céréales et me jeta un autre coup d'œil, puis entra en ville. Nous n'étions ni l'un ni l'autre préparés à ce que nous allions voir.

Le plus impressionnant, ce n'était pas les kilomètres de bâtiments privés de leurs toitures, les fenêtres arrachées ni les rues inondées de déchets flottants, ni les chênes verts qui avaient été projetés à travers le toit des maisons. Ce qui était impressionnant, c'était l'impuissance absolue de la ville. Le réseau d'électricité avait été détruit et il n'y avait plus de pression dans aucun robinet des paroisses de St. Bernard et de La Nouvelle-Orléans. Les pompes qui auraient dû tirer l'eau des égouts pluviaux étaient inondées, et complètement inutilisables. Des conduites de gaz brûlaient sous l'eau ou, parfois, explosaient depuis le sol, remplissant en quelques secondes le ciel de centaines de feuilles roussies arrachées à un vieil arbre. En une nuit, la totalité de la ville était, techniquement, revenue au Moyen Âge. Mais, tandis que nous passions sous la chaussée surélevée et nous dirigions vers le Convention Center, j'ai vu une image qui ne me quittera jamais, et qui restera toujours emblématique de ce que j'ai vécu à La Nouvelle-Orléans, Louisiane, le 29 août de l'an de grâce 2005. Le corps d'un gros homme noir, à plat ventre, dansait sur l'eau contre un pilier. Ses vêtements étaient gonflés d'air, ses bras flottant à angle droit avec ses flancs. Dans notre sillage, une auréole sale d'écume jaune passait sur sa tête. Son corps est resté là au moins trois jours.

Au Convention Center, tout semblant d'ordre dégénérait en chaos. On avait dit aux milliers de gens qui y avaient cherché un abri d'apporter des provisions pour cinq jours. Nombre d'entre eux venaient des logements sociaux ou des quartiers les plus pauvres de la ville, ne possédaient pas de voiture, et, à la fin du mois, n'avaient pas beaucoup d'argent, et pas beaucoup à manger. Beaucoup d'entre eux avaient amené avec eux des gens malades ou âgés — des diabétiques, des paraplégiques, des gens atteints de la maladie d'Alzheimer, des malades ayant besoin de dialyses. Au-dessus de nous, le soleil était blanc, l'atmosphère, brumeuse et brillante d'humidité. La zone bétonnée à l'extérieur du Center grouillait de gens qui essayaient de trouver de l'ombre ou de l'eau potable. Presque tous, en colère, hurlaient contre les voitures de police et les véhicules des médias.

– Tu veux installer un centre de commandement ici ?

Je voyais que Helen se mordait la lèvre inférieure, les mains serrées sur le volant.

– Non, ils nous étriperaient. Les rues du Vieux Carré sont censées être à sec. Je fais demi-tour en direction de Jackson Square…

– Arrête !
– Qu'y a-t-il ?
– Je viens de voir Clete Purcel. Là, près de l'entrée.

Helen baissa la vitre pour scruter la brume. Un courant d'air trop chaud faisait penser à la vapeur soufflée à l'arrière d'une laverie automatique.

– Qu'est-ce qu'il est en train de faire, Clete ? demanda-t-elle.

Il nous fallut un moment, à tous les deux, pour assimiler la scène qui se déroulait devant le mur du Convention Center. Un homme immense, brûlé par le soleil, portant un pantalon jaune paille sale et une chemise hawaïenne déchirée aux épaules essayait d'ajuster un carton renversé sur le corps d'une vieille femme blanche étendue sur un fauteuil roulant. La mort avait rendu son corps flasque, et Clete ne parvenait pas à passer le carton autour d'elle sans la faire tomber de son fauteuil.

– Attends, Helen, dis-je.

Avant qu'elle ait eu le temps de me répondre, j'étais déjà descendu de la voiture.

Du coin de l'œil, je la vis faire demi-tour, s'arrêter un instant, puis prendre la direction du Vieux Carré, le reste de la caravane à sa suite. Mais Helen était bonne âme, et savait que je la rejoindrais bientôt, sans doute accompagné de Clete. Elle savait aussi qu'on ne laisse pas tomber ses amis, quoi que fasse le reste du monde.

Je tins la vieille femme droite sur son fauteuil pendant que Clete couvrait sa tête et le haut de son corps avec le carton. Alors j'ai senti sur ses vêtements une odeur qui me rappela des souvenirs d'une guerre lointaine que je voulais oublier.

– Tu trouves que c'est moche ? Entre dans le Center. Toute la plomberie est foutue. Il y a des morts entassés dans les coins. Des salopards tirent dans le tas et violent tout ce qu'ils veulent, dit Clete. T'as de quoi aller boire un coup ?

– Non, où est ta réserve ?

– Perdue dans Royal, à mon avis. Tout un balcon s'est effondré dans la rue. Je me suis fait cogner par un pot de fleurs.

Du dos de la main, il essuya la sueur de ses yeux et regarda fixement la ville naufragée et les pillards pataugeant à travers les rues, les bras chargés de tout ce qu'ils pouvaient porter.

– On n'a pas besoin des terroristes. Regarde toute cette merde.

Ceux qui n'aiment pas ruminer sur l'existence possible d'un ancêtre simiesque dans la génétique humaine, ou qui croient sincèrement que la socialisation augmente le sens collectif dans le cœur humain, auraient été choqués par ce qui se passa les jours suivants. Helen avait craint de devoir laisser les commandes de son service au NOPD, ou aux autorités fédérales. C'était bien le moindre de nos problèmes.

La structure de commandement et le système de communications du NOPD avaient été détruits par la tempête. Quatre à cinq cents officiers, en gros un tiers du service, avaient garé leurs fesses sur un terrain plus en hauteur. Le centre de commandement que le NOPD avait installé dans un bâtiment près de Canal Street avait été inondé. Grâce leur en soit rendue, les officiers de service n'avaient pas abandonné leurs positions, et, pendant deux jours, parcoururent le quartier avec de l'eau jusqu'à la taille. Ils n'avaient rien à manger, pas d'eau potable, et nombre d'entre eux étaient forcés de se soulager dans leurs vêtements, brandissant leurs radios à bout de bras pour les garder au sec.

Depuis un bateau, ou toute autre position élevée, La Nouvelle-Orléans ressemblait à une ville des Caraïbes effondrée sous les vagues. La soleil était impitoyable, l'humidité, comme des colonnes de fourmis rampant à l'intérieur des vêtements. On reconnaissait la structure d'un quartier uniquement aux taches vertes des arbres qui coupaient la surface des eaux, et aux alignements de toits semés de gens perchés sur les bardeaux en pente qui leur brûlaient les mains.

Je n'avais jamais senti une odeur pareille. L'eau était couleur chocolat, la surface brillante avec un lustre bleu-vert à cause de l'huile et des produits chimiques. Des étrons et du papier toilettes usagé sortaient des égouts défoncés. L'odeur de décomposition, grise, suffocante, imprégnait non seulement l'air, mais tout ce que nous touchions. Des cadavres d'animaux, y compris des chevreuils, roulaient dans le sillage de nos canots de sauvetage. Et aussi des cadavres humains, parfois juste une épaule, ou un bras, ou une nuque, qui faisait soudain surface, avant de plonger sous l'écume.

Ils se noyaient dans les mansardes, au premier étage des maisons. Ils se noyaient sur le bord de la Highway 23 en essayant de rouler jusqu'à la paroisse de Plaquemines. Ils se noyaient dans les maisons de retraite, dans les arbres, sur le toit des voitures, tout en agitant frénétiquement les bras en direction des hélicoptères qui volaient au-dessus de leurs têtes. Ils mouraient dans les hôpitaux et les maisons de santé, déshydratés, épuisés par la chaleur, et ils mouraient parce qu'une infirmière ne pouvait pas continuer à actionner un ventilateur manuel pendant des heures sans se reposer.

Si par hasard vous tombez sur une bande du 911, sur laquelle ont été enregistrés des appels depuis ces mansardes, écartez-vous le plus vite possible, sauf si vous voulez que, jusqu'à la fin de vos jours, votre sommeil ne soit hanté par des voix.

Les Gardes-Côtes des États-Unis volaient sans interruption, descendant très bas, le soleil dans le dos, en butte aux coups de feu des snipers, se balançant à des câbles, le courant d'air des hélices creusant une dépression dans l'eau. Ils récupéraient en priorité les enfants, les personnes âgées et les malades, et essayaient de revenir plus tard pour les autres. Ils perçaient les toits et fixaient des courroies sur des gens terrifiés qui n'étaient jamais montés dans un avion. Ils tenaient des enfants contre leur poitrine, et des grosses femmes qui pesaient cent cinquante kilos, et, avec une grâce digne des anges, les portaient au-dessus des eaux jusqu'à un terrain plus élevé. Ils sauvèrent plus de trente mille personnes et, quoi qu'il arrive dans notre histoire, aucun groupe humain ne manifestera plus de courage et de dévouement qu'ils n'en ont manifesté après Katrina.

Après le coucher du soleil, le premier jour, 29 août, le ciel était couleur d'encre, zébré de la fumée des feux que les vandales avaient allumés dans le Garden District. Il y avait aussi des moments électriques, des flashs de lumière dans le ciel, des éclairs de chaleur ou parfois la trajectoire ignée de balles traçantes tirées par des armes automatiques. Les règlements passaient par-dessus bord.

Les pillards s'en prirent d'abord aux pharmacies, aux magasins d'alcool et aux bijouteries, puis s'attaquèrent au reste du festin. Un groupe de flics dévoyés du NOPD avait installé un quartier général de pillards au neuvième étage d'un hôtel du centre, stockant le butin dans les chambres, terrorisant la direction, menaçant d'abattre un reporter qui essayait de leur poser des questions. Des flics de La Nouvelle-Orléans s'enfuirent aussi dans des véhicules du concessionnaire Cadillac. Les membres des gangs avaient convergé sur le Garden District et passèrent des vacances de vandales, brûlant des maisons datant d'avant la guerre civile, emportant tout ce qui n'était pas fixé.

Des gens qui avaient été évacués au Superdôme et au Convention Center essayèrent de traverser le pont pour gagner la paroisse de Jefferson. La plupart d'entre eux étaient noirs, certains tenaient des enfants dans les bras, tous étaient épuisés, affamés, déshydratés. Ils furent accueillis par des policiers armés de la paroisse de Jefferson qui tirèrent au-dessus de leurs têtes et n'autorisèrent aucun d'eux à quitter la paroisse de La Nouvelle-Orléans.

À travers la vitre de son véhicule de patrouille, un flic du NODP abattit un homme noir avec un calibre .12 devant le Convention Center, sous les yeux de centaines de personnes. Le flic accéléra avant que la foule ne s'en prenne à son véhicule. Certains témoins dirent qu'il roula sur le corps de la victime. Le flic affirma que le mort avait essayé de l'attaquer avec une paire de ciseaux.

À un demi-pâté de maisons d'une clinique d'État, j'ai compté les corps de neuf Noirs, tous flottant en cercles sur le ventre, comme des parachutistes en chute libre suspendus à un coussin d'air au-dessus du sol.

On entendait parler de tirs depuis les toits et les fenêtres. Le personnel d'urgence dans les bateaux de secours se mit à avoir peur des gens qu'il était censé sauver. Certaines personnes du Lower Nine, évacuées par la voie des airs par les Gardes, dirent que les coups de feu étaient une tentative désespérée afin de signaler des survivants aux équipages des bateaux qui cherchaient dans le noir. Qui disait la vérité ? Quel flic ou quel pompier ou quel volontaire, à genoux à l'avant d'un bateau de secours, se préparant à jeter une corde sur un toit, avait envie de le savoir ? Qui avait envie de se prendre un pruneau d'un AK-47 ?

Le Charity Hospital et le Baptist Memorial Hospital s'étaient transformés en nécropoles. Les rez-de-chaussée étaient inondés, et les membres des gangs renversaient les bateaux de secours qui essayaient d'évacuer les patients. En l'absence d'électricité, de glace, de nourriture consommable et d'eau courante, le personnel des hôpitaux en était réduit à soigner les plus démunis des patients — les victimes récentes de coups de feu, ceux dont les fonctions vitales dépendaient entièrement de machines, les patients qui venaient de subir l'ablation d'un organe, et le groupe le plus vulnérable, les personnes âgées et terrifiées, tout ça à l'intérieur d'un bâtiment qui cuisait dans sa propre puanteur.

Mais un tas de flics du NOPD se montrèrent fidèles à leur insigne et à leur serment, et travaillèrent infatigablement avec le reste d'entre nous pendant les soixante-douze heures qui suivirent. Parmi eux se trouvaient des ennemis de Clete, de ceux qui le dénigraient depuis longtemps, mais même les plus véhéments d'entre eux durent admettre que Clete Purcel était un homme précieux, le genre de type qui vous couvre, qui vous facilite la tâche. Il connaissait la moindre ruelle, le moindre trou à rats de La Nouvelle-Orléans, et il avait pêché dans le moindre bayou, la moindre baie, le moindre canal de Barataria à Lake Borgne. Il appelait par leurs prénoms les putes, les arnaqueurs, les voleurs, les grands prêtres du whisky, les junkies, les travelos, les flics dégradés, les monte-en-l'air, les traîne-savates, les prêteurs de caution, les journalistes, les vieux mafieux qui ont leur jardin d'agrément dans les faubourgs. Son courage était un don. Son indifférence à la douleur physique ou aux insultes, une malédiction pour ses ennemis, sa loyauté à ses amis, telle que, en toute conscience, il aurait volontairement donné sa vie pour eux.

Mais même Katrina ne put modifier les penchants hédoniques et sybarites de Clete. Le 31 août, il déclara qu'il allait voir dans quel état étaient son appartement et son bureau de St. Ann, dans le Carré. Deux heures passent, et pas de Clete. C'était l'après-midi, et Helen et moi nous trouvions en bateau dans le quartier de Gentilly, entourés par l'eau et les maisons qui commençaient à puer à cause des corps à l'intérieur. La combinaison de la chaleur, de l'humidité et du manque d'air était quasiment insupportable, le soleil comme un ballon jaune et tremblant emprisonné sous la surface de l'eau. Helen coupa le moteur et nous laissa dériver jusqu'à l'ombre d'une portion surélevée de l'Interstate 10. Son visage et ses bras étaient gravement brûlés par le soleil, sa chemise raide de sel durci.

– Va le chercher, dit-elle.

– Clete est assez grand pour prendre soin de lui.

– On a besoin de toutes les paires de couilles disponibles. Dis-lui de ramener son cul.

– C'est ce que disait Nate Baxter.

– Rappelle-moi de te passer la bouche à l'Ajax.

Je suis monté dans un autre bateau qui m'a conduit sur la terre ferme, puis j'ai marché jusqu'au Carré. Le Carré avait été ravagé par le vent et la pluie. Les volets à lattes avaient été arrachés de leurs gonds, et les maisons dépouillées de leurs balcons de bois qui s'étaient envolés, comme des files de claviers de piano ondulant dans les rues. Mais le Carré n'avait pas été inondé, et certains bars, qui possédaient des générateurs à essence, avaient marché à plein pot pendant trois jours — leurs patrons complètement dans le coaltar et marinant dans leur crasse au point de ressembler à des figures de cire abandonnées sous un lampadaire.

J'ai trouvé Clete dans un rade de quartier à deux rues de son bureau, sa chemise hawaïenne et son pantalon jaune paille noirs de graisse, sa peau pelée par les coups de soleil, le visage rutilant à cause de l'énorme chope de bière pression qu'il était en train de boire, et du petit verre de whisky qui l'accompagnait. Une brune en dos nu, short court en jean et talons aiguilles buvait à côté de lui, sa cuisse contre la sienne. Le haut de ses seins était tatoué de guirlandes de roses, son cou cerclé de perles de verre pourpres et vertes, son mascara coulant comme celui d'un clown.

– Il est temps d'aller travailler un peu, Cletus, dis-je.

– Souris, grand homme. Prends un soda citron. Ce type a des crevettes froides sur de la glace.

– T'es bourré.

– Et alors ? Je te présente Dominique. Elle est peintre, elle vient de Paris. On va passer un moment chez moi. T'as vu ce gros avion qui est passé ?

– Non, je ne l'ai pas vu. Sors une seconde avec moi.

– C'était un Air Force One. Au bout de trois jours, le Shrubster[1] a fini par survoler les lieux. Ouais, vraiment, on se sent mieux.

– T'as entendu ce que je t'ai dit ?

Il se pencha par-dessus le comptoir, remplit sa chope au fût, et y ajouta un petit verre de Beam. Il renversa la chope, la but jusqu'à la dernière goutte, ses yeux fixés sur les miens. Il sourit, le visage empourpré de chaleur.

– C'est notre pays, grand homme. On a combattu pour lui. Que tous ces suceurs de bite aillent se faire foutre. On ne pille pas Big Sleazy quand les Bobbsey Twins[2] de l'Homicide s'en occupent.

Je n'avais aucune idée de ce qu'il racontait. Mais, aux Alcooliques anonymes, on n'essaie pas de raisonner avec les ivrognes. En ce qui concerne Clete Purcel, on ne pouvait pénétrer dans la cathédrale privée où il se retirait parfois.

– Je dirai à Helen que tu nous rejoins plus tard.

Il posa sur mes épaules tout le poids de son énorme bras et m'accompagna à la porte. Un suffocant nuage de testostérone et de sueur de bière montait de ses aisselles.

– Accorde-moi une heure. Il faut juste que je me lave, et que je prépare à dîner pour Dominique et moi.

– Dîner ?

– Qu'est-ce que ça a de mal ?

– Cette femme n'est pas française. Elle travaillait dans un salon de massage de Lafayette. C'est une des putes de Stevie Giacano.

– Personne n'est parfait. Tu trouves quelque chose de négatif à dire sur toutes les femmes que je rencontre.

– Ce qui est un commentaire sur ton propre jugement, pas sur le mien.

---

1. Surnom péjoratif (« le cinglé ») donné à George Bush.
2. Héros d'une série de romans pour enfants, qui a duré de 1904 à 1979.

Avant d'avoir pu retirer ce que je venais de dire, je vis, à un tremblement de son visage, qu'il était blessé. Il retira son bras de mes épaules et sortit sur le trottoir. La rue était jonchée de plâtre, de verre brisé, de briques de cheminées, de cannettes de bière, de gobelets de plastique rouge, de bardeaux des toits, et de milliers de punaises d'eau qui avaient été chassées des bouches d'égout et craquaient sous les pieds quand on marchait dessus. Mais en cette fin d'après-midi, dans la flaque d'ombre du bâtiment derrière nous, dans le flottement d'un drapeau de mardi gras accroché à une hampe, sur un balcon, je sentis un instant qu'une vision de La Nouvelle-Orléans plus ancienne et plus chère à nos cœurs était encore possible pour nous.

– Je suis désolé de ce que je viens de dire, Clete.

Ses yeux se plissèrent, des rides blanches apparurent dans les coins. Entre deux doigts, il sortit de la poche de sa chemise un morceau de papier qu'il me tendit.

– En dehors de sa carrière de peintre, il se trouve que Dominique connaît toutes les filles qui travaillent dans le Carré. Tu veux toujours retrouver ce prêtre junkie qui est maqué avec la sœur de l'abruti du MS-13 ?

Sacré Clete, il était toujours partant.

7

En route pour rejoindre Helen, nous nous sommes arrêtés à l'appartement au premier étage où Jude LeBlanc vivait avec Natalia Ramos, la femme d'origine hispanique. Mais la porte était verrouillée, et les volets fermés au loquet. Une voisine, une Cajun qui avait survécu à la tempête, nous dit que Jude avait quitté l'appartement pour le Neuvième District le vendredi après-midi, et que Natalia avait décidé de le suivre.

– On dit qu'il s'est passé de drôles de choses, là-bas. Peut-être qu'ils ne reviendront pas, hein ? dit la voisine.

– Vous savez où ils sont allés, dans le Neuvième ?

– Y a une église, là-bas, qui pose pas trop de questions. Natalia dit qu'elle est en stuc, et qu'elle a un clocher.

– Merci, dis-je, et je commençai à m'éloigner.

– Hé, vous ! dit la voisine.

– Oui.

– Peut-être que c'est pas bien, un prêtre qui vit avec une femme, et tout ça, mais c'est un homme bon. Ah, pour ça, oui.

Cette nuit fut pleine d'images surréelles dont je soupçonne qu'elles ont leur origine plus dans l'inconscient que dans la conscience. Les gens semblaient sortis d'un rêve, agir comme dans un rêve — ils n'étaient pas tout à fait réels, leurs corps irisés de sueur, leurs vêtements en loques, comme des créatures qui subissent leur destin dans un paysage lunaire.

Je vis un homme pagayer, tirant vigoureusement sur les rames, tournant le dos à deux corps empilés à la proue, le visage figé dans une détermination stoïque, comme si ses efforts ne pouvaient rien face au pire coup du destin.

Je vis un bébé noir suspendu dans les branches d'un arbre, ses mains minuscules traînant dans le courant, sa couche de caoutchouc immaculée au clair de lune. Je vis des gens se partager des sachets de moutarde et de ketchup piqués dans un café. À trois mètres d'eux, une vache morte couverte de mouches était allongée à l'arrière d'un pick-up accidenté, une longe entortillée autour du cou.

Un gros homme adipeux arborant un short et des lunettes miroirs flotta près de nous sur un lit de chambres à air, un pack de douze bières en équilibre sur le ventre, la main tendue pour porter un toast à un avion qui passait dans le ciel.

– Vous voulez qu'on vous amène à la terre ferme ? demandai-je.

– Et que je loupe le spectacle ? Vous voulez rire ? a-t-il répondu en ouvrant une nouvelle bière.

Je vis des enfants s'éloigner en courant d'une maison d'avant la guerre de Sécession à laquelle ils venaient de mettre le feu, leurs silhouettes se découpant contre les flammes, comme des gamins qui font des farces à Halloween. Quand les conduites de gaz explosèrent, des étincelles se répandirent en gerbes dans tout le quartier. À deux pâtés de maisons, des miliciens armés de fusils de chasse et de carabines parcouraient les rues inondées dans un canot de pêche doté d'un moteur électrique. L'un d'eux portait une lampe frontale, un autre un chapeau de safari avec une bande en peau de léopard. Ils se repassaient une flasque en argent, et étaient aussi heureux que des porcs qui se roulent dans la merde. Je ne sais pas s'ils ont fini par trouver leur proie. En fait, à ce moment-là, j'étais trop fatigué pour y prêter attention.

Selon certaines rumeurs, des tireurs d'élite, membres des Forces spéciales, ou des Rangers, ou des commandos de la marine, conduisaient des snipers sous un drapeau noir. On racontait qu'un crocodile avait dévoré un chevreuil au premier étage d'une maison inondée, près d'Industrial Canal. Des flics du NOPD dirent que le personnel de la prison de la paroisse de La Nouvelle-Orléans s'était enfui, laissant les prisonniers se noyer. D'autres disaient qu'une bande avait attaqué un centre de commandement, imaginant qu'on y distribuait de la nourriture et des boissons. Un adjoint du shérif avait paniqué et commencé à décharger son arme automatique dans le ciel nocturne, confortant aussitôt la conviction très répandue selon laquelle les flics tuaient des innocents au hasard.

Le nombre des pillards, des incendiaires et des criminels dangereux sous surveillance grossissait d'heure en heure, sans endroit où les parquer. Nous avons jeté dehors des pillards, que nous avons retrouvés deux heures après en zone de détention provisoire. Certains d'entre eux étaient sans doute des meurtriers — des trafiquants de drogue ou des sociopathes qui avaient profité de l'ouragan pour éliminer des concurrents ou régler de vieux comptes. Quand une chaîne, comme une prison en plein air, fut créée à l'aéroport, nous avons commencé à emballer les pires d'entre eux dans des bus scolaires pour un voyage sur la I-10 en direction de la paroisse de Jefferson.

C'est alors que j'entendis une femme au milieu d'une chaîne de détenus menottés au poignet s'en prendre à un adjoint d'Iberia qui essayait de la pousser sur les marches d'un bus qui attendait. Elle s'assit lourdement sur le trottoir, tirant les autres avec elle.

– Que se passe-t-il, Top ? demandai-je à l'adjoint.

– Elle a craché sur un pompier, et l'a griffé au visage. Et elle a commencé à hurler à propos d'un prêtre sur le toit d'une église. Je crois qu'elle est folle. Elle avait aussi quelques produits pharmaceutiques sur elle.

La femme paraissait d'origine hispanique, et portait une robe violette sale avec des fleurs imprimées couleur ivoire. Ses cheveux et sa peau étaient couverts de graisse, ses pieds nus ensanglantés.

– Comment s'appelle ce prêtre ? lui demandai-je.

Elle leva les yeux sur moi.

– Le père LeBlanc.

– Jude LeBlanc ?

– Vous le connaissez ?

– Je connaissais un prêtre qui s'appelait comme ça, à New Iberia. Où est-il ?

– Dans le Lower Nine, à St. Mary Magdalene. Il lui arrive parfois de faire le bouche-trou là-bas, parce qu'ils n'ont pas de desservant régulier.

– Tu peux la libérer ? demandai-je à l'adjoint.

– Avec plaisir, dit-il, se penchant sur la chaîne avec la clef des menottes.

Quand elle se releva, elle perdit l'équilibre. Je l'ai retenue d'une main et l'ai conduite au poste de première urgence.

– Qu'est-ce que vous avez aux pieds ?

– Ça fait deux jours que j'ai perdu mes chaussures. On était sur un toit qui n'avait plus de bardeaux. Les clous dépassaient des planches.

– Où est Jude, Natalia ?

– Comment connaissez-vous mon nom ?

– Votre frère, c'est Chula Ramos. Il est membre du MS-13. C'est lui qui m'a dit, pour Jude et vous.

Elle se dégagea de ma main, et me regarda en face. Sa robe lui collait à la peau, son front était dévoré de piqûres d'insectes. Un hélicoptère équipé d'une torche descendait en piqué au-dessus de nous, pourchassant des pillards dans le quartier des affaires.

– Où est mon frère ? Vous vous êtes servi de lui pour retrouver Jude ?

– Changez de ton, ou vous retournez à la chaîne.

Des yeux, elle me parcourut le visage, se mordant le coin des lèvres.

– Il essayait de faire évacuer les gens de St. Mary Magdalene. Mais un tas d'entre eux n'avaient pas de véhicule. Alors on est tous allés à l'église, parce qu'il y a un grand grenier. Jude a vu un bateau qui flottait, un bateau à moteur. Il a nagé pour le rattraper, dans le noir. Ça fait deux nuits de ça.

Je vis Helen qui me faisait signe. Une bagarre s'était déclenchée à bord de l'un des bus, et par les fenêtres j'apercevais des silhouettes d'hommes qui s'agitaient.

– Continuez, dis-je.

– Je l'ai vu démarrer le bateau, et le ramener vers l'église. J'ai braqué une torche sur lui, pour qu'il puisse mieux voir. C'était un bateau vert, avec un canard peint sur le côté, et je le voyais assis à l'arrière, qui allait droit vers l'église. Il aurait pu emmener tous ceux qui étaient dans le grenier. Il avait pris une hache à quelqu'un, et s'apprêtait à faire un trou dans le toit, parce que la fenêtre n'était pas assez large pour laisser passer beaucoup de gens.

» Je l'entendais cogner sur le toit. L'eau montait, et je ne savais pas s'il aurait fini son trou assez tôt. Puis il a arrêté de taper, et j'ai entendu des piétinements, et quelqu'un qui criait. Je pense que c'était peut-être Jude.

Le grondement incessant des avions, les moteurs au repos des bus et des camions, le vrombissement des pales des hélicoptères, faisaient comme une roulette de dentiste sur un nerf à vif. Helen fit clignoter une torche dans ma direction pour attirer mon attention. Sa patience avait des limites.

– Il faut que j'y aille. Une fois que vos pieds seront soignés, je veux que vous montiez dans ce camion, là-bas. Dans quelques heures, il partira pour un abri dans la paroisse St. Mary. Je vous note mon numéro de portable. Je veux que vous m'appeliez quand vous serez arrivée à l'abri.

– Ceux qui n'ont pas pu sortir par la fenêtre se sont noyés, dit-elle.

– Répétez-moi ça.

– Presque tous ceux qui étaient dans le grenier se sont noyés. J'ai laissé tomber les enfants par la fenêtre, mais je ne les ai pas revus dans l'eau. La plupart des autres étaient trop vieux ou trop gros. Je les ai laissés derrière. Je les ai laissés derrière, et j'ai nagé vers un gros arbre qui flottait. Je les entendais hurler dans le noir.

Je commençai à dire quelque chose, pour essayer de la réconforter, mais il y a des moments où les mots n'ont aucune valeur. Je me suis éloigné pour rejoindre Helen et les autres membres de mon service, tous s'occupant de problèmes à la fois concrets et ponctuels.

J'ai cherché des yeux Clete Purcel, mais je ne l'ai pas aperçu dans la foule.

8

Otis Baylor était fier de la façon dont sa maison avait résisté à l'ouragan. Construite en chêne et en cyprès, avec des cheminées jumelles en brique, par un capitaine de clipper qui, plus tard, avait combattu du côté de Raphael Semmes, l'amiral confédéré, la maison, derrière ses volets crochetés, ne perdit pas de vitre et les plafonds ne furent pas troués, alors que des branches de chêne pesant des centaines de livres s'étaient écrasées sur le toit. Lorsque l'œil du cyclone se dirigea plus au nord, dans le Mississippi, les voisins d'Otis n'avaient plus d'électricité ni de téléphone, mais les générateurs d'Otis fonctionnaient parfaitement, et éclairaient sa maison de la lumière rose pâle d'un gâteau d'anniversaire.

Le mardi, en milieu de journée, il était en train de dégager son allée des branches brisées, qu'il tronçonnait en segments. Il se préparait à sortir sa voiture du garage pour prendre contact avec le quartier général de sa compagnie, dans le nord de la Louisiane. Sa rue était encore inondée et l'eau montait haut dans son jardin et celui de ses voisins, mais Otis était persuadé que le système de pompage municipal allait se mettre en marche, et assécher tous les hauts de La Nouvelle-Orléans. Pourquoi ne fonctionnerait-il pas ? La ville avait été inondée en 1965, et en était ressortie plus forte que jamais. Il ne fallait pas se laisser abattre.

Mais au fur et à mesure que les tas de branches tronçonnées s'élevaient de plus en plus haut dans son jardin, il se rendait compte qu'il faudrait une plate-forme élévatrice pour dégager son allée des plus gros débris, et il réalisait aussi que les quatre cinquièmes de ses voisins avaient évacué le quartier, abandonnant leurs maisons à quiconque aurait envie d'y pénétrer. Il ne leur en voulait pas, mais ne comprenait pas qu'un homme abandonne sa maison, que ce soit aux forces de la nature ou à des hommes sans foi ni loi.

Au crépuscule, le ciel vira au mauve, et des centaines d'oiseaux se posèrent dans son jardin, se nourrissant des vers que l'eau avait noyés et fait remonter à la surface. Otis entra dans la cuisine et se versa un verre de whisky, y ajouta une cuiller à café de miel, et le but lentement tout en regardant, par la fenêtre de derrière, l'or du soleil mouler d'une sorte de beauté fatale les branches dévastées de ses arbres.

— La chasse d'eau ne marche pas, dit Thelma, sa fille.

— Tu as bien rempli le réservoir avec l'eau de la baignoire ?

— Elle ne fonctionne pas parce que tout remonte. C'est dégoûtant.

— Le système d'égouts sera remis en marche dans un rien de temps. Tu verras.

— Pourquoi on n'est pas partis, comme tous les autres ? C'était idiot de rester là.

— Pour une fois, je suis d'accord avec elle, dit Mélanie, sa femme, depuis le seuil de la cuisine.

Elle fumait une cigarette, l'épaule appuyée contre le montant de la porte, le moindre de ses cheveux dorés parfaitement en place.

— J'ai préparé un repas froid, dit Otis. Sandwichs au poulet, salade de concombres et, en dessert, de la glace. Je crois qu'on a un tas de raisons de rendre grâce à Dieu.

— Les visiteurs, dehors, par exemple ? dit Mélanie, soufflant de la fumée du coin des lèvres avec un signe de tête en direction de l'avant de la maison.

Otis posa son verre de whisky, et entra dans le salon. Par la fenêtre de devant, à travers le fouillis de branches brisées dans le jardin, il distingua, plus haut dans la rue, quatre jeunes Noirs dans un bateau. Ils avaient coupé l'arrivée d'essence, et redressé le moteur à l'arrière du bateau, de façon que l'hélice ne s'accroche pas au trottoir tandis qu'ils dérivaient sur la pelouse inondée d'une maison obscure.

L'un d'eux descendit dans l'eau, et tira le bateau par la bosse en direction de la porte d'entrée.

— Pourquoi ne pas appeler notre maire noir ? demanda Mélanie.

— C'est le genre de discussion qui ne sert à rien, dit Otis.

Mélanie resta longtemps silencieuse. Il l'entendit mâchonner sa cigarette, puis la sentit debout à côté de lui.

— Tu peux voir s'ils sont armés ?

— Dans l'ombre, je ne les vois pas très bien, dit Otis en jetant un coup d'œil par une fenêtre sur le côté. Tom Claggart arrive. Si ces types cherchent la bagarre, avec Tom, je pense qu'ils seront servis.

— Tom Claggart est une grande gueule et un imbécile. En plus, c'est un vicieux.

Otis se retourna et regarda fixement sa femme.

— Ne me regarde pas comme ça. La femme de Tom m'a dit qu'il lui avait donné la syphilis. Avec ses copains, quand ils partent chasser, ils vont au bordel.

Otis n'avait pas envie de parler de Tom Claggart.

— On ne peut pas être responsables de ce que des vandales font dans la rue. Je vais sortir et leur crier après, mais les propriétaires de la maison ont fait un choix, et on n'y peut rien.

— Ne les provoque pas. Où est ton fusil ?

— Notre maison est bien éclairée. Ils verront qu'il y a quelqu'un. Ils ne viendront pas ici.

— Tu n'en sais rien.

– Les gens comme eux vivent sous les pierres, Mélanie. Ils ne sortent pas en plein jour.

Maintenant, elle se trouvait encore plus près de lui, son souffle parfumé de nicotine effleurant son visage. Sa voix devint un murmure.

– J'ai peur, Otis.

Elle glissa un bras sous le sien. Il sentait la pointe de son sein contre lui. Il ne se souvenait pas depuis combien de temps elle avait à ce point avoué son besoin de lui, le fait qu'elle se reposait sur sa force.

– Prends le fusil avec toi dans la chambre. Je suis sûre que tu en as un. Je t'ai vu avec l'autre jour.

– Je le garderai à portée de main. Promis.

Elle soupira, et appuya sa joue contre l'épaule d'Otis. En moins de dix secondes, la femme agressive avec laquelle il vivait avait fait place à la femme jolie, intelligente, qu'il avait rencontrée sur une plage des Bahamas, sous les étoiles, des années plus tôt.

Otis attendit que Mélanie et Thelma aient pris place à la table du dîner, puis sortit une paire de jumelles de son bureau, dans un coin, et les régla sur les hommes qui fracturaient les maisons de l'autre côté du terrain communal. Tom Claggart frappa à une fenêtre sur le côté. Otis déverrouilla la porte-fenêtre, et l'ouvrit.

– Qu'y a-t-il ? demanda-t-il.

– Le fan-club de Snoop Dogg[1] est en train de piller le quartier, voilà ce qu'il y a.

– Qu'est-ce que tu veux que j'y fasse ?

Le crâne rasé de Tom Claggart était perlé de gouttes de sueur dans l'humidité moite, son débardeur strié de crasse.

– Il faut qu'on reprenne notre putain de quartier. Tu veux en être, ou pas ?

---

1. Rappeur célèbre.

– Ce que je veux, c'est que tu ne parles pas comme ça chez moi.

– Ces types, dehors, ils se préparent, Otis. Étant donné ce qui est arrivé à Thelma, tu devrais être le premier à le savoir.

– S'ils essaient de pénétrer chez moi, je les tuerai. Jusque-là, ils n'ont pas essayé. Maintenant, retourne voir ta famille, Tom.

– Ma famille est partie.

Quand il prononça ces mots, le visage de Tom était sans expression, les yeux ronds, comme s'il annonçait une chose que lui-même n'avait pas encore assimilée.

– Je suis désolé, je ne peux rien pour toi, dit Otis.

Otis referma la porte-fenêtre, et la verrouilla. En voyant à travers la vitre l'expression sur le visage de Tom, il se sentit vraiment désolé pour lui, comme il se sentait désolé autrefois pour son père sans éducation, épuisé par le travail, qui avait si peu de respect de lui-même qu'il devait enfiler une tunique de Klansman pour savoir qui il était.

– Qui c'était ? demanda Thelma.

– Un type qui ne possédera jamais rien de valeur, dit Otis.

– Qu'est-ce que ça veut dire ?

– Ça veut dire qu'il faut manger, dit Otis en lui donnant une petite tape affectueuse dans le dos.

Mais, quelques minutes plus tard, Otis Baylor réalisa qu'il était arrivé à l'un de ces carrefours de l'existence, quand une décision ou un événement apparemment sans importance peuvent en changer la direction à jamais. Il avait oublié de remettre les jumelles dans le tiroir du bureau, et, dans la lumière tombante, Thelma les avait prises et avait commencé à scruter la rue.

Elle se raidit et un son étouffé monta de sa gorge, comme si elle avait marché sur une pierre coupante.

– Qu'est-ce qui ne va pas, ma chérie ? demanda Otis.

– Ces types dans le canot.

– Ils vont prendre ce qu'ils veulent, et ils partiront. Ils ne viendront pas ici.

– Non, ce sont *eux*, papa.

Il lui prit les jumelles des mains, et les dirigea sur les quatre hommes noirs qui maintenant étaient plus bas dans la rue, toujours de l'autre côté du terrain communal.

– Ce sont les hommes qui t'ont attaquée ?

– Celui qui est à l'avant du bateau, j'en suis sûre. Il n'arrêtait pas d'allumer des cigarettes et de rire pendant qu'ils me faisaient ça. Le type derrière lui, celui qui tient un marteau, il ressemble au type qui...

– Qui quoi ?

Maintenant, le visage de Thelma commençait à se plisser.

– Qui m'a forcée à la prendre dans ma bouche, dit-elle.

Otis s'éclaircit légèrement la gorge, comme si un os minuscule y était coincé. Il sentit qu'il cherchait sa respiration, ses mains s'ouvrant et se fermant à ses côtés, sa bouche plus sèche qu'il l'avait jamais eue.

– Tu en es absolument certaine ?

– Tu ne me crois pas ? Tu crois que je prendrais des Noirs au hasard, et que je mentirais ? C'est ce que tu penses de moi ?

La souffrance qu'exprimait son visage était telle qu'il avait du mal à la regarder.

Il sortit sur la galerie, et observa les quatre types de l'autre côté de la rue. Leur embarcation était un gros canot d'aluminium, peint en vert, les hommes noirs et le bateau vert presque noyés dans l'ombre de la maison. Il monta à l'étage, et, dans le couloir, tira sur la corde de l'escalier pliant qui montait au grenier. Son Springfield était appuyé contre un carton rempli des vêtements de sa mère disparue, et dont il ne pouvait se résoudre à se débarrasser. Le fusil était un cadeau de son père pour son seizième anniversaire, et c'était le plus beau cadeau qu'Otis ait jamais reçu, surtout parce que son père possédait très peu de chose, et n'était même pas propriétaire de la baraque en planches dans laquelle ils vivaient, et que le plus précieux de ses biens était son fusil Springfield.

Il avait conservé sa crosse au grain sombre, sa bretelle de cuir et son viseur métallique militaires d'origine, mais le moelleux et la précision de son tir étaient sans égaux.

Le grenier était sec et sentait le moisi, étrangement confortable et apaisant dans la pénombre de l'unique ampoule électrique suspendue à un fil. Otis déverrouilla la culasse et, d'une boîte de munitions de l'armée, fit glisser l'une après l'autre des balles de .30-06 dans le magasin. Il sentait le ressort tendu sous son pouce et fit coulisser la culasse en avant, la refermant, une balle pointue, gainée de métal, reposant douillettement dans la chambre.

Il descendit du grenier, et traversa sa chambre jusqu'à la porte vitrée qui donnait sur le balcon. Mais maintenant le ciel était sombre, la lune et les étoiles voilées de fumée, et il était impossible de voir à travers le fouillis des arbres abattus sur la pelouse de son voisin. Il ouvrit la porte et sortit sur le balcon, entortillant son avant-bras gauche dans la bretelle du fusil. Le courant d'air chaud qui montait de son parterre de fleurs le fit penser au printemps, à de nouveaux départs, à la prévisibilité des saisons, mais le souffle automnal du vent correspondait plus à sa situation, pensa-t-il. C'était une saison de mort, et pour Otis elle n'avait pas commencé avec l'ouragan, mais avec le viol de sa fille.

Il n'avait jamais essayé de décrire à quiconque la rage qu'il avait ressentie quand il avait vu sa fille dans la salle des urgences du Charity Hospital. Ses agresseurs lui avaient brûlé les seins. Une femme policier noire avait essayé de le réconforter, lui avait promis que le NOPD ferait tout ce qui était en son pouvoir pour attraper les hommes qui avaient fait du mal à Thelma. Elle lui dit que sa fille avait besoin de lui. Elle lui dit qu'il devait chasser certaines pensées. Elle lui dit que maintenant il était un spectateur, qu'il devait faire confiance aux autres pour traquer les bourreaux de sa fille, qu'il les suites légales de l'affaire ne le regardaient pas.

Le regard qu'Otis dirigea sur la femme policier la fit ciller. À partir de ce moment-là, il décida qu'il ne permettrait jamais à personne de déceler l'intensité de la rage qui bouillonnait en lui, pas avant qu'il n'ait retrouvé les trois Noirs sans visage qui vivaient silencieusement aux confins de sa conscience, vingt-quatre heures sur vingt-quatre.

Otis doutait que beaucoup de gens comprennent le processus mental, l'obsession, qui deviennent ceux d'un père quand il se réveille chaque matin en sachant que les dégénérés, les lâches, qui ont gâché la vie de sa fille, se trouvent sans doute à quelques kilomètres de sa maison, et rient de ce qu'ils ont fait. Peut-être les émotions d'un père ont-elles une origine atavique, se disait-il, comme la protection d'une caverne. Peut-être ces sentiments sont-ils gravés dans le cerveau pour une bonne raison et ne doivent-ils pas être discutés.

Après que Thelma eut été arrêtée pour possession de marijuana, Otis assista à de nombreuses réunions des Alcooliques anonymes au Garden District. Le seul autre participant aussi réticent que lui était un comptable, d'apparence très soignée, qui travaillait pour une association religieuse. Cinq réunions durant, le comptable resta assis sagement sur sa chaise, et ne demanda jamais la parole. Un soir, le leader du groupe demanda au comptable si les réunions l'avaient aidé, ou avaient aidé son épouse alcoolique. Le comptable parut réfléchir un moment à la question. « Quand ma fille a été violée par son professeur lors d'une sortie scolaire, j'ai pensé lâcher dix mille dollars pour le faire châtrer. Mais je n'ai toujours pas décidé si c'est la chose à faire. Alors, oui, je pense que, dans un sens, je peux dire que j'ai fait des progrès. »

La salle devint à ce point silencieuse qu'Otis eut l'impression que tout l'air en avait été aspiré. Après la réunion, il suivit le comptable jusqu'à sa voiture. Il venait de pleuvoir, et l'air de la nuit était âcre de l'odeur des boutons de magnolias, vibrant des coassements des reinettes.

– Hé, dit Otis.
– Oui, dit le comptable.
– Bonne journée.
– Vous essayez de me dire quelque chose ?
– Je viens de vous le dire.

Et maintenant il descendait l'escalier avec un fusil chargé niché contre sa poitrine. Il entendait Thelma en train de parler à Mélanie dans la cuisine, lui affirmant qu'elle était sûre qu'au moins deux des hommes dans le bateau vert faisaient partie de ses agresseurs. Puis, pour la première fois, elle commença à raconter en détail à Mélanie ce qu'ils lui avaient fait.

Otis sortit dans l'odeur fade de l'herbe de saint Augustin qui poussait comme une moquette bleu-vert sur sa pelouse. Quatre maisons plus loin, sur le trottoir opposé, il voyait le rayon d'une lampe torche se déplacer derrière les fenêtres du premier étage d'une maison où, autrefois, avait vécu Varina Davis, la veuve du président de la Confédération. Mais il ne voyait pas le bateau vert et il se demanda s'il s'agissait des mêmes voyous, ou d'une nouvelle bande. Il traversa le jardin de Tom Claggart, pataugeant dans l'eau sale qui recouvrait le trottoir, et s'étendait presque jusqu'à la galerie de Tom. Soudain il se trouva baigné dans la lumière blanche de la lanterne à piles que Tom, à cet instant, avait décidé de sortir sur la galerie.

– Éteins ce machin ! dit Otis.
– T'as repéré ces types ?
– Je n'en suis pas sûr. Rentre, Tom.
– J'ai appelé quelques gars. On peut boucler tout le coin, et régler le problème à la base. Tu piges ?
– Non.

Tom éteignit sa lanterne.

— Si t'as besoin de la cavalerie, frappe à la porte. Mes amis ne font pas de quartier.

Otis pataugea dans la rue jusqu'à ce que son pied heurte le trottoir qui bordait le terrain communal. Mais même au sommet du terrain communal, l'eau lui arrivait au-dessus des chevilles, et il apercevait le sillage en forme de V d'un mocassin d'eau qui nageait en direction d'un monticule de branches de chênes entassées sur une voiture.

Il se mit en position derrière le tronc d'un palmier, et fixa la maison d'où provenait un bruit de verre qui se brise et de meubles qu'on renverse. Mentalement, il se voyait faire irruption par la porte d'entrée, monter les marches, et les buter un par un, leurs blessures mortelles mouchetant de leur sang le papier peint, leurs corps heurtant le sol comme des sacs de sable.

Non, il fallait que ce soit œil pour œil, pensa-t-il. Thelma n'avait identifié que deux d'entre eux comme ses agresseurs. Il ne pouvait pas tuer au hasard, si tant est qu'il soit capable de tuer. C'était plus facile à imaginer qu'à faire. Quand ce serait le moment, serait-il capable d'appuyer sur la détente ? Est-ce qu'il avait envie de rejoindre les rangs de gens comme Tom Claggart et ses amis ?

Mais si les pillards le menaçaient, s'ils étaient armés ou refusaient de s'arrêter, ça serait une autre affaire, non ?

Dans la rue voisine, une maison s'enflamma, des étincelles orange se tordant haut dans le ciel. De là où il était, il entendit des coups de feu, et vit un hélicoptère qui essayait d'atterrir sur le toit de l'hôpital. Il se demanda si des snipers lui tiraient dessus. Sur la crosse du fusil, ses mains étaient moites ; la sueur lui piquait les yeux. Quand il déglutit, sa salive avait un goût de métal, comme le sang.

Il descendit à l'extrémité du terrain communal et commença à avancer dans la rue, longeant des véhicules dont les fenêtres avaient été brisées et les autoradios arrachés du tableau de bord. Il pataugea sur la pelouse de la maison que les pillards étaient en train de mettre à sac, et observa le rayon de la lampe torche qui se déplaçait de chambre en chambre, à l'étage. Puis la lumière éclaira une cage d'escalier, son rayon sautillant dans le couloir du bas tandis que celui qui la tenait descendait les marches. Otis entortilla son bras gauche dans la bretelle, appuya le canon du fusil contre le tronc d'un chêne vert, et attendit l'ouverture de la porte d'entrée.

Mais la lampe torche s'éteignit, et l'intérieur de la maison se trouva dans le noir. La porte d'entrée ne s'ouvrit pas.

Où était le bateau ?

Otis scruta l'ombre des deux côtés de la maison, sans rien voir de significatif. Puis, quand un éclair de chaleur ondula contre les nuages, il comprit que l'eau montait plus haut derrière la maison que devant. L'allée et les garages qui la bordaient étaient parcourus par une rivière noire au cours rapide, qui constituait un canal navigable à travers tout le quartier.

Quelqu'un appuya sur le starter d'un bateau à moteur, et Otis vit la proue du canot d'aluminium remonter l'allée, les silhouettes sombres de quatre hommes rentrant les épaules, penchés en avant sur les sièges.

Il rentra chez lui, le fusil à l'épaule. Tom Claggart et ses amis parlaient à voix haute dans le jardin de Claggart, allumant des cigarettes, mettant le cran de sûreté de leurs armes, avant de les charger. Ils firent de grands sourires à Otis. Deux d'entre eux portaient des T-shirt vert olive et des pantalons de camouflage avec de grandes poches.

— T'en as gardé pour nous ? demanda l'un des hommes.

— Ils m'ont échappé, dit Otis.

— Dommage, dit l'homme.

— Ouais, dommage. Quoi de plus agréable que de suspendre au mur de l'ivoire noir ?

Il avait dit ça aussi méchamment et aussi ironiquement que possible. Mais pour ses interlocuteurs, sa remarque était celle d'une âme sœur. Ils en rugirent de joie. Pour Otis, cet instant devait rester comme l'empreinte d'un doigt sale dans la brume, une empreinte qui reviendrait le hanter d'une façon qu'il n'aurait pu imaginer.

9

Eddy et Bertrand Melancon ne se posaient pas de questions. Ils prenaient les choses simplement. Si une bonne occasion se présentait, il fallait l'exploiter. Si elle risquait de vous mettre dans la merde, on laissait tomber. Quel mal à ça ?

Eddy et Bertrand virent dans l'ouragan un cadeau de Dieu. Depuis trois cents ans, les Blancs de La Nouvelle-Orléans gagnaient de l'argent sur le dos des Noirs. Il était temps de se rembourser. Toute la partie haute de la ville, depuis Lee Circle jusqu'à Carrollton District, en remontant St. Charles Avenue, était comme un arbre couvert de pêches mûres ne demandant qu'à être secouées. Les frères Melancon n'avaient jamais été cambrioleurs. Ils étaient spécialisés dans les attaques à main armée, ne s'attaquaient qu'à de gros coups, et estimaient que les effractions étaient pour les imbéciles qui n'avaient que ce qu'ils méritaient quand ils se retrouvaient devant un calibre douze. Mais lorsque des dizaines de milliers de maisons et de magasins se trouvaient abandonnés et sans électricité, privés de leurs systèmes de sécurité, et que les flics soit s'étaient enfuis, soit touchaient le jackpot pour leur propre compte, qu'est-ce qu'on était censé faire ? S'entasser dans la puanteur du Superdôme ou du Convention Center, et essayer de trouver sur le sol une place où personne ne s'était encore vidé les boyaux ?

Le canot qu'ils avaient fauché dans le Neuvième District était parfait pour ce boulot. Il était large, avec un faible tirant d'eau, des sièges rembourrés, et un moteur de soixante-quinze chevaux. S'ils se concentraient sur les bijoux, les collections de pièces, les armes et l'argenterie, et évitaient de se charger de matériel lourd, comme les télévisions et les ordinateurs, ils pouvaient avoir gagné avant l'aube une somme à cinq chiffres. Il suffisait de faire les choses simplement. Le seul lien entre eux et la Centrale, c'était ce pauvre type de Purcel, une baleine pleine de merde qui faisait de petits boulots pour Wee Willie Bimstine et Nig Rosewater, et ils étaient passés sur son gros cul avec leur tire dans le Carré. Cet enfoiré ne savait pas encore ce qui lui était arrivé.

Maintenant, ils allaient de maison en maison sur une rue inondée où, en haut des jardins, tous les chênes verts étaient coupés en deux. Une seule maison était éclairée, des hélicos volaient au-dessus du toit de l'hôpital, il n'y avait pas un bateau de la police en vue. Bertrand et Eddy travaillaient tous les deux à l'étage d'un manoir qui avait des lits avec des baldaquins, comme dans *Autant en emporte le vent*. Eddy enfonçait un manteau de fourrure dans un sac à linge sale muni d'un cordon, où il allait rejoindre une poignée de colliers qu'il avait trouvés enfouis au fond d'un tiroir rempli de petites culottes.

Bertrand éclaira de sa lampe le sommet du placard.

– Regarde un peu là, mec.

Eddy interrompit son travail et leva les yeux sur le panneau que son frère arrachait de la paroi du placard. Les deux frères étaient baraqués, les muscles de leurs épaules gonflés et durs comme du fer à force de soulever des haltères de trente kilos dans chaque main. Tous deux étaient nus jusqu'à la taille, et suaient abondamment dans l'intérieur surchauffé de la maison. Bertrand portait un bandana rouge serré autour du front.

Bertrand enfonça la main à l'intérieur du mur, et en ressortit un revolver bleu foncé à canon court et à la crosse en damier de noyer, et un sac zippé bourré de granulés de cristal.

— Oh maman ! La provision personnelle du Mal Blanchi, et un .38 très chic. J'en connais un qui sera bien emmerdé ! Attends une seconde. C'est pas tout.

Bertrand fourra le sac de cocaïne sur le devant de son pantalon, et tendit le revolver à son frère. Il plongea à nouveau la main dans le mur, et en sortit cinq liasses de billets de cent dollars, chacune entourée d'un large ruban de caoutchouc. Il siffla :

— T'y crois, à ça ? Ce fils de pute sait vivre !

— On devrait peut-être pas rester là.

— Hé, mec. Personne sait qu'on est là. C'est notre nuit. On va pas la laisser passer.

— T'as raison, mec. Ce sont plus les Ritals qui tiennent la baraque, de toute façon. Tu fais quoi ?

Bertrand enfonça les liasses dans le sac, ses yeux dansant dans la lueur de la torche.

— T'inquiète pas.

Un troisième homme pénétra dans la pièce. Il avait ôté son T-shirt jaune et rouge qu'il avait roulé en boule, et il s'en servait pour essuyer la sueur sur sa poitrine et ses aisselles. Il portait un pantalon éclaboussé de peinture et des tennis sans chaussettes. Sur son menton, une petite barbiche évoquait des mèches de fil de fer noir.

— Kevin dit qu'il a vu un type dans la rue.

— Ce gamin a passé la nuit à se pisser dessus. Je t'avais dit de pas l'amener, dit Bertrand.

— Il dit juste ce qu'il a vu, mec, dit le troisième homme.

Ses yeux se baissèrent jusqu'à la taille de Bertrand et au sac zippé qui dépassait de son pantalon.

— Où t'as trouvé la came ?

— Au même endroit que le .38. Maintenant va surveiller Kevin. On arrive tout de suite. Et je veux plus entendre parler de quelqu'un dans la rue. Dehors, c'est Michael Jackson, c'est *Thriller*. La ville, c'est un cimetière, et les pelles et les pierres tombales sont à nous. Si un fils de pute entre ici, il va se manger une bastos de .38. T'as entendu ce que j'ai dit, André ? Bouge ton cul, et va chercher le bateau. Et le démarre pas avant qu'on soit là.

– Qu'est-ce que t'as dans ce sac à linge sale ?

– André, t'as compris ce que je t'ai dit, ou pas ?

– J'demande juste, dit le troisième homme. On est ensemble, non ?

– C'est bon. Fais ce qu'il a dit, dit Eddy.

André, qui faisait la tête, souffla de l'air par les narines et disparut dans l'escalier. Bertrand tapota un de ses poings sur le sommet de l'autre, son regard errant à travers la pièce.

– Y a d'autres choses. J'le sens. J'sens l'argent dans les murs, dit-il.

– Ce que tu sens, ce sont ces fleurs qu'il y a partout. Ils sont bizarres, ces gens, à mettre des fleurs dans chaque pièce juste avant un ouragan, dit Eddy.

La question était justifiée. Qui peut se permettre de mettre dans une dizaine de pièces des vases remplis de roses, d'orchidées et d'œillets, changés tous les trois ou quatre jours ? Qui peut en avoir envie ? Bertrand observa les taches d'eau sur le papier peint, et appuya sur les lattes ramollies en dessous, l'estomac en feu, des rigoles de sueur dégoulinant de son bandana.

– Laisse tomber, mec, dit Eddy. Il fait une de ces chaleurs, ici. Au moins cinquante degrés.

Bertrand regarda attentivement son frère, et grimaça en sentant s'enflammer son ulcère. Ça pouvait être le coup parfait. Pourquoi ses intestins le trahissaient-ils en cet instant, pourquoi sa tête était-elle toujours pleine de verre brisé ? Pourquoi rien ne se passait-il facilement ?

– Bon, dit-il en respirant calmement.

– C'est mieux, dit Eddy. Tu te plains toujours, mec, tu te ronges pour des trucs que tu peux pas changer. On a pas fait le monde. C'est le moment de profiter de la vie, pas de s'inquiéter tout le temps.

Tous deux descendirent, le rayon de la lampe sautillant devant eux. Puis Bertrand éteignit la torche et tous deux grimpèrent dans le bateau avec André et son neveu. Le ciel était orange à cause d'un incendie dans la rue voisine, et avec la fumée, la brume et l'humidité, l'air avait une odeur d'ordures brûlant par un jour de froid dans une décharge municipale.

Bertrand regarda la maison par-dessus son épaule. Pour une raison qu'il ne comprenait pas, il sentait que son entrée dans ce bâtiment désert, datant d'avant la guerre de Sécession, avait changé sa vie de façon irréversible. Mais en bien ou en mal ? Pourquoi des lames tournoyaient-elles à l'intérieur de lui ?

Soudain, comme si un obturateur s'ouvrait dans son cerveau, il vit une jeune fille luttant avec la corde de polyéthylène qui liait ses bras et ses chevilles, battant des pieds contre le sol de la camionnette, son ours en peluche à côté d'elle. Il secoua la tête pour chasser cette vision et mit le visage dans le vent, tandis que leur embarcation d'aluminium accélérait à travers les allées inondées, des boîtes à ordures dansant dans le sillage du moteur, des hélicoptères volant pour évacuer les plus désespérés des désespérés de l'hôpital où Bertrand Melancon était né.

*
* *

Il était près de minuit quand Otis enfila son pyjama. Il retira la balle de la chambre du Springfield, fit basculer la chambre dans le magasin et verrouilla la culasse. Il appuya le fusil contre une lucarne qui donnait sur le jardin de devant, vérifia à nouveau toutes les portes et alla souhaiter bonne nuit à Thelma. Puis il prépara pour Mélanie et lui deux *old fashioned*[1], qu'il monta dans leur chambre sur un plateau d'argent, avec trois morceaux de chocolat.

– En quel honneur ? demanda-t-elle.

– On mérite bien ça. Demain, ce sera une belle journée. J'en suis sincèrement persuadé.

Elle lisait allongée sur les draps, vêtue d'une chemise de nuit rose. Les générateurs à essence ne pouvaient pas alimenter efficacement le système d'air conditionné, mais le ventilateur de la mansarde était dirigé sur elle, et ses épaules nues paraissaient fraîches et attirantes dans la brise qui entrait par la fenêtre. Elle posa son livre par terre et mordit un carré de chocolat fourré, en poussant du bout du doigt les miettes dans sa bouche. Elle lui sourit.

– Éteins la lumière, dit-elle.

Plus tard, quand Otis s'endormit, ses pensées étaient apaisées, son corps débarrassé de la rage et de l'agitation qui avaient gouverné son existence depuis que sa fille s'était fait attaquer. Son foyer avait survécu à Katrina. Sa femme était redevenue sa femme. Et il avait poursuivi les agresseurs de sa fille avec une grande détermination, mais aussi une dose de miséricorde. Enfin, plus important, il avait fait de sa maison un havre de sécurité en un moment d'effondrement de la société, son jardin et son allée baignés d'un carré de lumière qui repoussait les ténèbres et les hommes qui rôdaient. Il aurait pu faire pire.

Au fond du drugstore Rite Aid dévasté, Bertrand Melancon sentait des fourmis de feu lui dévorer la paroi de l'estomac. André et son neveu n'étaient toujours pas au courant des liasses de liquide dans le sac à linge, mais ce n'était qu'une question de temps avant qu'ils les voient, ou qu'ils compren-

---

1. Cocktail de whisky, d'amers, de sucre et d'eau de Seltz.

nent pourquoi Eddy était aussi nerveux. Peut-être que ce serait mieux de partager équitablement le butin, et d'en finir, pensa-t-il. Le Rite Aid avait été mis à sac et se trouvait dans une obscurité complète, mais c'était un bon endroit pour reprendre ses esprits, se préparer quelques lignes de la neige de première qualité trouvée dans la maison remplie de fleurs, et arranger les choses. Ouais, c'était ça : ne baise personne, et tu ne passeras pas ton temps à regarder derrière toi. Mais partager ce liquide que *lui* avait découvert, que *lui* avait arraché du mur, ça n'allait pas être facile. À divers points de vue, personnel et autres.

– Écoute, Eddy et moi, on a une surprise pour toi. Dans la dernière maison, y avait du fric dans un mur. On va te donner ta part maintenant, au cas où quelque chose foirerait, et où l'un ou l'autre d'entre nous se ferait prendre, dit Bertrand.

Il n'y avait aucun bruit dans la pièce. André était assis sur un bureau métallique, en train de boire une cannette de Coca-Cola chaud qu'il avait trouvée sous un présentoir démoli. Il avait jeté son T-shirt LSU souillé, et à la lumière des éclairs de chaleur, sa peau était de la couleur du cuir sale, ses mamelons marron comme des pièces de dix cents.

– Comment ça se fait que tu nous parles de ça que maintenant ?

Bertrand écrasa un moustique sur sa nuque, et le regarda.
— Parce que je voulais pas de complications là-bas. Parce que j'explique rien pendant qu'on travaille. Parce que tu vas avoir une part sur ce que t'as pas trouvé, André, avec une part égale pour ton jeune parent, même si lui et toi avez rien à voir dans la découverte du fric. À ta place, je montrerais un peu d'humilité, et je serais content de ce que j'ai.

– Le partage a toujours été équitable, non ? dit Eddy.

– S'il l'avait pas été, je pourrais pas le savoir, non ? dit André.

Mais Bertrand, maintenant, se fichait qu'André les croie ou pas, Eddy et lui. La maison avec l'allée inondée crissait de liquide. Dix minutes de plus avec le marteau et le levier, et il aurait épluché les murs de tout l'étage, jusqu'au sol. Bertrand voyait des monceaux de liquide lui tomber sur les chaussures.

Il regarda sa montre. Il était 1 heure du matin. Eddy et lui pouvaient être de retour dans l'allée dans moins d'une demi-heure, couper le moteur, et tirer le bateau à la main depuis la ruelle. Personne ne saurait qu'ils étaient là. Comme ils connaissaient déjà les lieux, ils pourraient sans doute se passer de leurs lampes pour travailler à l'intérieur. C'était le gros lot, mec. Il avait fait ce qu'il fallait avec André et son neveu, et il était temps de se remettre à agir. Et merde pour la diplomatie.

– Moi et Eddy, on y retourne. Vous, vous restez là, dit Bertrand.

André se gratta les abdos, le regard vide, la bouche pincée.
– Comment ça se fait que vous nous laissiez derrière ?
– Laisse-moi te poser une meilleure question, dit Bertrand. Comment ça se fait que tu passes ton temps à te tripoter ?
– Lâche-moi un peu, mec. Au cas où tu l'aurais pas remarqué, les bus et les trams marchent pas, dit André. Tu veux qu'on trimballe le butin à travers toute la ville ?
– André a raison, mec. Un pour tous, tous pour un. On y retourne tous ensemble, dit Eddy.

Il alluma une cigarette et souffla la fumée sans ôter la cigarette de ses lèvres. Il regarda le neveu d'André.
– T'es prêt, p'tit frère ?

Kevin était assis par terre, en train de manger un gâteau sec, ses cheveux ébouriffés luisant de sueur.
– J'ai pas peur, dit-il.

Bertrand aurait voulu couper la langue à Eddy.

Otis dormit comme une souche, la hanche de sa femme nichée contre lui, le ventilateur de la mansarde soufflant une petite brise sur leurs corps. Il rêva de ses parents, et de la minuscule maison jaune dans laquelle il avait grandi. Au printemps, l'herbe était toujours fraîche, le soir, et remplie de trèfle. Quand son père rentrait de la scierie, ils jouaient à pitch n' catch[1] dans le jardin. Il y avait des vaches et des chevaux dans un champ derrière la maison, et, sur le côté, un gros arbre qui faisait de l'ombre sur le toit pendant les heures les plus chaudes du jour. Otis avait toujours aimé la maison dans laquelle il avait grandi. Il avait aimé ses parents, et il avait toujours été persuadé que eux aussi l'aimaient.

Il avait cru ça jusqu'à l'après-midi, un jour d'été de la Saint-Martin, où son père avait découvert l'infidélité de sa femme et avait abattu son amant sur les marches de l'église baptiste dont il était pasteur, avant de revenir à la maison, où il fut abattu à son tour par un policier volontaire qui avait été son partenaire de pêche.

Otis s'assit dans son lit. Puis il alla dans la salle de bains et essaya de se laver le visage dans le lavabo. Le robinet émit un grincement sonore, et un tuyau à sec vibra à l'intérieur du mur.

– Qu'est-ce que c'était ? demanda Mélanie.
– C'est moi. J'avais oublié que l'eau était coupée.
– J'avais cru entendre quelque chose dehors.

Il revint dans la chambre, le bruit sourd de ses pieds nus sur la moquette. Tout ce qu'il entendait, c'était le bruit régulier du ventilateur de la mansarde, et le vent dans les arbres sur le côté nord de la maison. Il regarda dans la rue. La lune s'était dégagée des nuages, et luisait d'un éclat noir à la surface des eaux de l'inondation. Sur le terrain communal, la frondaison d'un palmier solitaire frémissait contre son tronc, et une poubelle créait un remous près d'un égout pluvial.

– J'ai fait un mauvais rêve. Je devais parler dans mon sommeil, dit-il.

---

1. Jeu d'extérieur pour enfants, inspiré par le base-ball.

– Tu es sûr qu'il n'y a personne dehors ?
– Je ne t'ai jamais raconté comment mon père était mort.

Elle se redressa sur un coude, le visage bordé par l'oreiller.

– Je croyais qu'il avait eu une leucémie.
– C'est vrai. Mais ce n'est pas de ça qu'il est mort. Il a été abattu par un de ses amis, un policier. Il s'apprêtait à tuer ma mère, dit Otis.

Quand il prononça ces mots, il était assis au bord du lit, le regard dans le vide, le dos tourné à sa femme.

La pièce resta longtemps silencieuse. Quand il se rallongea, Mélanie lui prit les mains dans les siennes.

– Otis ? dit-elle en levant les yeux dans le noir.
– Oui ?
– Il ne faut pas parler de ça, à personne. Jamais il ne s'est passé une chose pareille dans ta famille.

À la lueur de la lune, son visage semblait sculpté dans l'albâtre.

– Répète-moi ça, dit Otis.
– Tu es un respectable agent d'assurances de La Nouvelle-Orléans, et tu le resteras. Ce que tu viens de me raconter n'a plus rien à voir avec notre vie d'aujourd'hui.
– Mel… commença-t-il.
– Je t'en prie. Je t'ai déjà demandé de ne pas m'appeler comme ça, Otis. Ce n'est pas beaucoup demander.

Otis descendit dans son bureau et s'allongea sur le divan de cuir noir, un coussin sur la tête, ses oreilles résonnant de ce qui évoquait le vent dans les coquillages.

*
* *

Pendant tout le trajet jusqu'à la maison où il avait trouvé le liquide, la dope et le joli .38, Bertrand Melancon ne réussit pas à ne plus en vouloir à Eddy. Eddy aimait jouer le caïd, accorder des faveurs, se planter une cigarette dans la bouche, l'allumer avec son Zippo, refermer le couvercle avec un bruit sec, comme s'il était le type qui contrôlait tout. Sauf qu'Eddy faisait le généreux avec ce qui ne lui appartenait pas, et, dans le cas présent, avec ce qui était le plus gros coup de leur vie. André était assis à l'avant du bateau, comme s'il faisait le guet, scrutant l'horizon, tel un commando à la recherche d'Oussama Ben Laden.

Quelle bande de bouffons. Il était peut-être temps de se débarrasser de tous les deux.

Mais la vraie raison du ressentiment que Bertrand éprouvait envers Eddy et André avait peu à voir avec le butin dans la maison, et il le savait. Chaque fois qu'il regardait leur visage, il voyait son visage à lui, et ce qu'il y voyait remettait le feu à son estomac.

Peut-être que s'il s'éloignait d'André et d'Eddy, il pourrait repartir de zéro, ailleurs. Oublier ce qu'ils avaient fait un jour qu'ils étaient défoncés. Ouais, peut-être même qu'il pourrait se rattraper pour ça, écrire un mot à ces filles, et l'envoyer aux journaux, depuis une autre ville. C'est Eddy qui avait toujours eu un problème avec les jeunes Blanches, qui disait toujours des trucs de malade quand ils s'arrêtaient à côté d'elles à un feu rouge. André était un obsédé du sexe depuis qu'il avait été envoyé à la prison de la paroisse de Lafourche. Bertrand n'aimait pas faire de mal aux gens.

Mais quel que soit le nombre de fois qu'il avait assailli les deux victimes, il ne pouvait échapper à une conclusion concernant sa participation : il s'était lancé là-dedans de son plein gré, et quand il avait vu la répulsion sur le visage de la fille qu'ils avaient sortie de la voiture dont la batterie était en panne, il avait fait ça avec plus de violence que son frère ou André.

Dans ces moments-là, il se détestait, et parfois il souhaitait presque que quelqu'un lui tire une balle dans la tête, et mette fin à ces pensées qui enflammaient son estomac.

En dehors d'une maison dont le propriétaire, visiblement, avait mis en marche son propre générateur, la rue était complètement sombre. Eddy coupa le moteur au bout du pâté de maisons, et, à travers des monticules de branches de chêne en partie submergées, laissa le bateau dériver jusque dans le jardin de la propriété qu'ils avaient visitée trois heures plus tôt.

Quelques minutes après, les trois hommes arrachaient le placo, les lattes et le plâtre des montants de toutes les pièces de la maison. À vrai dire, c'était marrant de tout démolir. L'air et les moquettes étaient blancs de poussière, les vases brisés et les fleurs éparpillées, la cuisine un véritable désastre, les fils électriques pendouillant des murs comme des spaghettis.

— Quand il va rentrer, ce fils de pute va se chier dessus, dit Eddy. Hé, mec, regarde André dans la cuisine.

Bertrand n'en croyait pas ses yeux. André avait déboutonné son pantalon, et projetait dans l'évier un grand arc d'urine.

— C'est dingue, mec, dit Bertrand.
— T'as raison, répondit André.

Il tourna sur lui-même et arrosa la cuisinière et un tiroir ouvert rempli d'assaisonnements, en gardant assez pour le congélateur.

Ça y est, se dit Bertrand. Il pète les plombs.

Puis Eddy, avec son levier, fit voler en éclats un morceau de contreplaqué au plafond du garde-manger, et une cascade de liasses de billets de cinquante et de cent dollars se déversa sur sa tête.

— Oh mec, t'avais raison depuis le départ, Bertrand, c'est une putain de banque.

Les quatre hommes commencèrent à prendre l'argent à pleines mains, et à le jeter dans un sac poubelle, Bertrand effectuant une estimation au fur et à mesure que chaque liasse atterrissait au fond du sac. Il en était dans les soixante mille quand il perdit le compte.

— On est riches, dit André. On est riches, mec. Personne croira jamais un truc pareil.

— Ça, c'est sûr, parce que tu vas la boucler, dit Bertrand.

— Hé, mec, André est cool. Parle pas comme ça à un frère, dit Eddy.

— Je veux que t'enlèves la merde que t'as dans les oreilles, Eddy, et que tu m'écoutes une bonne fois pour toutes. C'est la dernière fois que tu joues le caïd sur mon dos, dit Bertrand.

— Hé, comme dit André, on est tous riches. On a pas le temps de se disputer, dit Kevin. On fout le feu à la baraque ? Je veux dire, pour se débarrasser des empreintes, tout ça ?

Les trois hommes plus âgés le regardèrent, la bouche ouverte.

Plus haut dans la rue, de l'autre côté du terrain communal, Tom Claggart et deux de ses amis étaient assoupis sur des paillasses qu'ils avaient étendues sur le sol du salon de Claggart, espérant ainsi profiter de la légère brise qui passait par la porte, et éviter autant que possible les couches de chaleur qui s'étaient accumulées au plafond. Leurs revolvers, leurs carabines et leurs fusils de chasse était huilés, chargés, et appuyés contre le divan, ou suspendus au dossier des chaises. Leurs boîtes de balles de cuivre et de cartouches de fusil étaient soigneusement alignées sur le manteau de la cheminée. Les cannettes de bière vides, les emballages de pain, les boîtes vides de corned-beef, de dinde désossée, de moutarde et de raifort, les assiettes en papier sales, les fourchettes et les cuillers en plastique, étaient emballés et bien enfermés dans des sacs étanches. Quand l'un d'eux devait se soulager, il allait dans le jardin de derrière, et emportait avec lui une pelle de tranchée.

Aucun camp de chasse n'aurait pu être mieux tenu, ou mieux organisé. Il n'y avait qu'un problème : Tom Claggart et ses amis n'avaient pas eu l'occasion de faire des rondes toute la nuit, même si eux et bien d'autres avaient effectué des sorties, en bateau et à pied, dans deux quartiers voisins où les étincelles de maisons en feu voletaient comme des lucioles entre les chênes verts.

Ça paraissait injuste.

– Repasse pas près de la maison éclairée, mec. Repars par où on est venus, dit Bertrand depuis l'avant du bateau.

– Non, mec, on se magne le cul. Si on embête pas ces gens, ils vont pas nous embêter, dit Eddy, assis de biais à l'arrière.

Il mit les gaz.

– Tu m'écoutes pas, mec, dit Bertrand.

Ses mots se perdirent dans le grondement du moteur.

Le bateau faisait des embardées pour éviter les amas de branches brisées dans la rue, et racla sur le trottoir le long du terrain communal. André riait, la main plongée dans le sac pour sentir les liasses de liquide bien serrées ; son neveu mangeait une des barres chocolatées trouvées au Rite Aid. Le vent avait chassé la fumée des rues, et l'eau était sombre, irisée par un arc-en-ciel d'huile, une canalisation défoncée projetant un geyser, comme une fontaine dans le parc. Si Bertrand sortait de là avec sa part intacte, il quitterait pour toujours La Nouvelle-Orléans, et repartirait de zéro dans un endroit nouveau, peut-être sur la côte Ouest, où les gens vivent dans des quartiers décents, avec des parcs et des plages, et de jolis supermarchés tout à côté. Ouais, un endroit où il fait toujours vingt-cinq degrés, et où, avec l'argent du butin, il pourrait ouvrir un restaurant ou un lave-voitures, et traîner sur des avenues bordées de palmiers dans une décapotable flambant neuve, avec Three 6 Mafia[1] hurlant par les haut-parleurs.

Ouais, voilà ce qu'il ferait.

---

1. Groupe de gangsta rap.

Le moteur toussa une fois, cracha, et mourut. Le bateau se souleva et glissa dans les branches d'un chêne abattu, qui raclaient bruyamment contre ses flancs d'aluminium. Bertrand sentit la peau de son visage se tendre, ses oreilles bourdonner dans le silence.

– J'y crois pas, dit-il.

– On est en panne d'essence, c'est pas ma faute, dit Eddy.

– T'as pas regardé la jauge ?

– Toi non plus, mec. Lâche-moi.

– Y en a peut-être un peu dans le bidon, dit André.

– Il est vide, mec, dit Eddy.

André se releva maladroitement, faisant tanguer l'embarcation. Il souleva le jerrycan d'essence et le rejeta au fond du bateau.

– Qu'est-ce qu'on fait ?

– Tu vas la fermer. Tu vas arrêter de nous gonfler, dit Bertrand.

– J'essaie juste de rendre service, mec. On peut le tirer, dit André.

– Y a deux mètres d'eau, là autour, dit Bertrand.

André recommença à parler.

– Laissez-moi réfléchir, dit Bertrand.

Tous les quatre étaient assis, silencieux dans le noir, les branches du chêne abattu leur frôlant les yeux et la nuque chaque fois que le vent soufflait sur le bateau.

Bertrand enjamba le rebord et descendit dans l'eau.

– Vous allez m'attendre ici. Faites rien. Parlez pas. Faites aucun bruit. Vous amusez pas avec le fric dans le sac. Restez le cul sur le bateau et fermez votre gueule. C'est bien compris ?

– Qu'est-ce que tu vas faire ? demanda Eddy.

– T'as entendu ce bruit ? Le type ici a des générateurs dans son garage. Ça veut dire qu'il a des jerrycans d'essence.

– Pourquoi tu marches plié en deux comme ça, avec les mains sur le ventre ? demanda André.

– Parce que vous me donnez des ulcères, tous, dit Bertrand.

– Je disais pas ça pour t'embêter, t'es un mec malin, dit André.

Non, juste un débile, comme vous, pensa Bertrand.

Il pataugea à travers le terrain communal, et s'approcha de l'allée de la maison éclairée. Une ampoule brûlait sur la galerie, et une autre sous la porte cochère. Une lumière, dans la cuisine, éclairait une partie de l'allée et du jardin à l'arrière. Son cœur cognait dans sa poitrine, son cou palpitait. Il trébucha contre un trottoir et faillit s'étaler dans l'eau. Dans l'obscurité, il crut voir des yeux qui le regardaient depuis le fouillis de broussailles et de branches. Il se demanda s'il ne perdait pas la tête. Il s'arrêta et scruta le jardin, puis comprit que des lapins sauvages, pour fuir l'inondation, s'étaient réfugiés dans les arbres abattus, où ils étaient perchés comme des oiseaux, leur fourrure luisante d'humidité.

Pour éviter la lumière, Bertrand contourna la porte cochère. Il passa entre deux énormes parterres de camélias dont les feuilles humides lui frôlèrent les bras, puis pénétra sur le parking à côté de ce que les riches Blancs de la ville appelaient la « remise à calèches ». Il se demanda pourquoi ils appelaient ça « remise à calèches », alors qu'ils n'avaient pas de calèches. Est-ce que c'était un moyen de dire à tout le monde que Robert E. Lee avait coulé un bronze dans leur chaise percée en 1865 ?

Il entendait au moins deux générateurs ronronner derrière la porte entrouverte de la « remise à calèches ». Il fit un détour par le jardin de derrière, traversa la propriété du voisin, regarda autour de lui, et sortit quelque chose de sous sa chemise. Il se pencha rapidement, puis revint dans le jardin d'Otis Baylor, son ulcère creusant de plus en plus profond la paroi de son estomac. Il entra dans la « remise à calèches », et laissa ses yeux s'habituer à l'obscurité. Cinq jerrycans d'essence étaient alignés contre le mur. Il en prit un dans chaque main, et se dirigea vers la rue, l'herbe de saint Augustin devant la porte cochère clapotant sous ses pas, l'essence se balançant dans les jerrycans. Il avait réussi. Bravo, Bertrand. Tu peux aller te faire voir, mon frère, disait une voix à l'intérieur de lui.

Puis il passa à côté de la zone éclairée par la lumière électrique du jardin, retrouva la sécurité de la rue et la chaleur de l'eau qui lui couvrait les chevilles et lui montait jusqu'aux mollets, comme une vieille amie. Bientôt, il se séparerait d'Eddy et des Rochon, il rentrerait chez lui, enfin libre, avec assez de fric pour s'offrir de bons médecins, et une belle vie. Ça serait *Adios*, stupides fils de putes, Bertrand Melancon est en route pour la Californie.

À cet instant il vit Eddy tirer le bateau de derrière un tas de branches cassées, abandonnant leur abri naturel, aux lèvres une cigarette qui n'était pas allumée. André et Kevin étaient eux aussi sortis du bateau, qu'ils guidaient autour des obstacles au fond de l'eau, tous parfaitement visibles depuis la maison où Bertrand venait de voler les jerrycans.

– Putain, qu'est-ce que tu fous, mec ? Pourquoi vous êtes pas restés cachés ? dit Bertrand.

– Pourquoi t'as mis aussi longtemps ? Tu t'es arrêté pour t'astiquer le jonc ? On remplit et on file, dit Eddy.

Il alluma son Zippo, la petite molette roulant sur le silex une fois, deux fois, trois fois.

La flamme du Zippo monta dans l'obscurité, faisant craquer l'extrémité de la cigarette. Un sourire inquisiteur apparut sur le visage d'Eddy, comme s'il n'avait pas compris ce que son frère avait dit.

Bertrand entendit une détonation derrière lui, mais il ne parvenait pas à faire le lien entre le son et ce qui se passait devant lui. Une fleur rouge éclata dans la gorge d'Eddy et, une fraction de seconde plus tard, juste derrière Eddy, la calotte crânienne de Kevin Rochon explosa, éparpillant dans l'eau sa cervelle comme des flocons d'avoine fraîchement cuisinés.

10

Dans les bas quartiers de n'importe quelle ville d'Amérique, deux bâtiments ne sont jamais attaqués par les émeutiers : la maison funéraire et le bureau du prêteur de caution. Selon Clete Purcel, le gros avantage qu'il y avait à poursuivre des condamnés en rupture de conditionnelle pour le compte de prêteurs comme Nig Rosewater et Wee Willie Bimstine, c'est que leur grosse clientèle de vauriens est, par nature, composée de flagorneurs essayant toujours d'être dans les bonnes grâces de ceux qui contrôlent leur existence. Les diplômés d'Angola, les diplômés à rayures qui se seraient fait tabasser à coups de matraque dans une ruelle plutôt que de donner un ami, auraient baisé leur mère pour garder la faveur de Nig et de Willie.

Dès l'instant où une voiture eut roulé sur Clete, dans le Carré, son feutre marqué de traces de pneus, la nouvelle se répandit : Bertrand et Eddy Melancon, et leur trou-du-cul de copain, André Rochon, étaient bons à jeter aux requins.

Pendant que les Melancon, Rochon et son neveu Kevin parcouraient en bateau à moteur les hauteurs de La Nouvelle-Orléans, dévorant des amphètes volées dans une pharmacie, buvant de la bière chaude et mangeant des poulets rôtis offerts par un Winn-Dixie[1] en riant de l'incroyable quantité de butin qu'ils amassaient, ils avaient été donnés au moins deux fois par des voyous comme eux qui avaient fini parmi les enchaînés de l'aéroport, où les représentants de Nig et de Willie faisaient des affaires incroyables.

Mais, ironiquement, ce ne fut pas la trahison de ses collègues qui amena la chute de Bertrand. Pour la première fois de sa vie, sans doute, il se ficha complètement de son propre intérêt, et chargea son frère dans le bateau tandis qu'André s'éloignait dans la rue. La gorge d'Eddy crachait des flots de sang.

En remplissant le réservoir, Bertrand avait les mains qui tremblaient. Il était sûr que le tireur était toujours là, soit dans un jardin, soit dans l'une des maisons qui bordaient la rue. Il était persuadé que le tireur le visait, déplaçant son viseur métallique sur le visage de Bertrand, sur sa poitrine, peut-être sur son scrotum, prenant son temps, jouissant, mordant doucement sa lèvre inférieure tandis qu'il enfonçait le doigt sur la détente. Cette image donna à Bertrand la sensation de se faire arracher la peau par des pinces. Non seulement ses mains étaient gluantes du sang et de la salive d'Eddy, mais elles tremblaient tellement que, lorsqu'il essaya d'appuyer dessus, son pouce glissa du bouton de starter.

Lorsque le moteur démarra, il mit tous les gaz et le bateau gronda sur l'eau, le corps de Kevin dansant dans son sillage. Il fit un bruit sourd en passant sur un animal mort, au croisement, et entendit l'hélice gémir dans l'air avant de replonger dans l'eau. Il manqua être heurté par une embarcation du NOPD chargée de flics copieusement armés. Il traversa leur sillage, et tourna dans une ruelle qui le mena à une allée, où il s'arrêta le temps de fourrer le sac poubelle et le sac à linge sale à l'intérieur des chevrons d'un garage. Devant lui, il

---

1. Chaîne de supermarchés répandue dans le sud des États-Unis.

aperçut les lumières d'un hélicoptère qui se posait sur le toit d'un hôpital. Il réduisit sa vitesse, inspira à fond, expira lentement. Eddy et lui avaient trouvé un havre, un endroit où quelqu'un s'occuperait de son frère, et lui sauverait la vie. C'était le bâtiment dans lequel tous deux étaient nés. C'était presque comme un retour à la maison.

Bertrand n'avait jamais entendu parler du Neuvième Cercle de Dante. Mais il s'apprêtait à en faire une visite guidée.

Il y avait un mètre d'eau au rez-de-chaussée de l'hôpital. En dehors du rayon des lampes torches du personnel, les couloirs étaient noirs. L'odeur chaude de déchets médicaux et humains dans l'eau força Clete à remonter sa chemise sur sa bouche pour pouvoir respirer. À deux reprises, il essaya de demander son chemin, mais le personnel passait près de lui comme s'il n'était pas là. Il renonça et ressortit à l'extérieur, aspirant l'air de la nuit, la sueur sur son visage soudain aussi froide que de l'eau glacée.

Un flic noir du NOPD, qui devait peser au moins cent trente kilos, braqua sa torche sur le visage de Clete. Dans l'autre main, il tenait un Remington calibre douze à canon scié calé sur la hanche. Sa mâchoire pas rasée semblait couverte d'un film de poussière noire, et il émanait de son corps une odeur de vêtements moisis, de sueur, de renfermé. Il s'appelait Tee Boy Pellerin, et quand il était dans la police, il avait soulevé à mains nues une voiture de patrouille de la poitrine de son partenaire.

– Qu'est-ce que tu cherches, Purcel ? demanda-t-il.

– La victime d'un coup de feu, Eddy Melancon.

– Il est vivant, ou il est mort ?

– Je l'ignore. L'hôpital accepte les morts ?

– J'aimerais bien. J'en ai quatre dans un bateau. J'ai fait toute la ville pour essayer de les larguer. Il n'y a plus de frigo nulle part. Tu parles d'Eddy Melancon du Neuvième District ?

– Ouais, le frère de Bertrand Melancon. Nig Rosewater a entendu dire qu'Eddy s'est fait descendre alors qu'il pillait une maison de ce côté de Claiborne.

– Essaie le deuxième étage. Les victimes de blessures sont stockées là-haut après être passées aux urgences. T'as une torche ?

– Je l'ai perdue.

– Prends celle-là. J'en ai une autre. T'es pas encore monté ?

– Non.

Tee Boy regarda dans le vide, comme s'il venait d'être rattrapé par sa longue journée et sa longue nuit.

– Il y a quoi de spécial, en haut ? demanda Clete.

– Le service de gériatrie est au deuxième étage. À ta place, je n'y entrerais pas.

– Qu'est-ce que t'essaies de me dire ?

– Il se passe rien de bien dans ce bâtiment, Purcel. Après cette nuit, je prierai tous les jours le bon Dieu de pas me laisser mourir dans mon lit.

Clete monta au deuxième étage. La température était suffocante, comme si de la vapeur de cuisson était collée au plafond, et du verre brisé crissait sous ses pas. Il entra dans un service où on avait roulé les vieillards dans les couloirs pour qu'ils puissent profiter du peu d'air pénétrant par les fenêtres arrachées de la façade sud du bâtiment. Les gens sur les brancards portaient des tuniques raides de nourriture séchée et de leurs propres excréments. Leur peau semblait briller d'un éclat putride qu'il associa à du poisson que la marée aurait abandonné sur la grève. Quand il passa près d'elle, les doigts d'une femme agrippèrent la chemise de Clete. Elle avait le visage exsangue, les yeux du bleu laiteux d'un nouveau-né qui voit le monde pour la première fois.

– Est-ce que mon fils va venir ? demanda-t-elle.

– M'dame ?

– C'est vous ? Vous êtes mon fils ?

– Je crois qu'il va arriver d'un instant à l'autre, dit Clete avant d'avancer rapidement dans le couloir, une boule dans la gorge.

La zone de soins intensifs ressemblait à un charnier. Des poches d'eau s'étaient formées au plafond et s'écoulaient goutte à goutte, comme des ampoules géantes, sur les patients, dont la plupart portaient encore leurs vêtements de ville. Ceux qui avaient été amenés des urgences avaient été blessés par balles, poignardés, tailladés, tabassés, électrocutés, heurtés par des automobiles, retirés des égouts, à moitié morts. Certains avaient des os brisés pas encore réparés. Une femme brûlée à quatre-vingts pour cent était emballée dans un drap qui collait à ses blessures. Un homme heurté par une hélice de bateau émettait des sons tels que Clete n'en avait pas entendu depuis qu'il se trouvait dans le poste de secours du bataillon, au Central Highlands. Presque tous les patients avaient soif. La plupart d'entre eux avaient besoin de morphine. Tous ceux qui étaient immobilisés devaient se soulager sur eux.

Clete prit un interne par le bras. L'interne avait le physique sec d'un coureur de fond, les yeux inquiets, le crâne luisant d'humidité.

– Otez votre main, dit-il.

Clete leva la paume en l'air.

– J'ai une licence d'agent de cautionnement. Je recherche un fugitif du nom d'Eddy Melancon. Un informateur m'a dit que son frère l'avait laissé dans cet hôpital.

– Et alors ?

– Les victimes de ses méfaits le recherchent.

L'interne sembla réfléchir.

– Ouais, Melancon, je l'ai opéré. Troisième lit. Je ne pense pas que vous le trouviez trop bavard.

– Il est vivant ?

– On peut dire ça comme ça.

– Hé, doc, je sais que vous passez de sales moments, ici. Mais moi non plus je ne passe pas exactement la plus belle journée de ma vie. Si vous vous déliez un peu la langue ?

– Sa colonne vertébrale a été sectionnée. S'il survit, il sera un sac de bouillie pour le restant de ses jours. Vous voulez parler à son frère ?

– Il est là ? demanda Clete stupéfait.

– Il était là il y a cinq minutes.

L'interne dirigea sa torche vers le bout du couloir, sur un homme assis près d'une fenêtre ouverte.

– Vous le voyez ? Amusez-vous bien.

Clete se fraya un chemin entre les brancards et, de sa lampe torche, donna un petit coup sur l'épaule de Bertrand Melancon.

– Salut, trou-du-cul. Tu te souviens de moi ? La dernière fois que tu m'as vu, c'était à travers le pare-brise de ta voiture.

– Je sais qui t'es. Tu travailles pour les juifs du bureau des cautions.

– Il se trouve que je suis aussi le type sur lequel tu es passé avec ta bagnole.

– J'ai pas de bagnole. Hé, pousse-toi, tu me coupes l'air.

Clete sentit sa bouche devenir sèche, et de petits picotements à l'intérieur de son crâne.

– Ça te plairait de passer par cette fenêtre ?

– Fais ce que t'as à faire, mec.

Bertrand Melancon personnifiait ce que Clete détestait le plus dans la clientèle à laquelle il avait quotidiennement affaire. Ils étaient élevés par leur grand-mère, et n'avaient pas la moindre idée de qui était leur père. Ils se retrouvaient en prison, et envisageaient le sexe en termes de prédateur et de proie. Ils mentaient par instinct, même si c'était inutile. Il était impossible d'avoir sur eux la moindre prise. Ils étaient habitués aux insultes, indifférents à leur propre sort, et complètement étrangers à la honte et aux remords. Ce qui, chez eux, agaçait le plus Clete, c'est qu'il était persuadé que quiconque aurait connu la même existence aurait terminé de la même façon.

– Retourne-toi. On va aller voir un flic noir qui s'appelle Tee Boy Pellerin, dit Clete en détachant ses menottes de l'arrière de sa ceinture. Ce mec va bien te plaire. Lui aussi a grandi dans le Lower Nine. Il a un faible pour les types des gangs qui volent à main armée les gens de leur race, et vendent de la méth à leurs enfants. Mais ne lui marche pas sur les pieds. Il déteste les gens qui lui marchent sur les pieds.

Clete serra les menottes sur les poignets de Bertrand, et le fit tourner, pour pouvoir le regarder en face.

– Je t'ai entendu rire ?
– J'ai pas ri, mec.
– Si, t'as ri. Je t'ai entendu.
– J'me fiche de c'que tu peux dire, mon gros. Tu devrais prendre un bain. Fais c'que t'as à faire. J'en ai marre de t'entendre.

Clete avait envie de le frapper. Non, il avait envie de le mettre en pièces. Mais quelle était la véritable source de sa colère ? En réalité, c'est qu'il n'avait aucun pouvoir sur un homme qui avait essayé de lui passer sur le corps. Il n'y avait nulle part où le garder. Clete s'était fait amener à l'hôpital par un appareil rempli de flics qui avaient poursuivi leur chemin vers Carrollton District. La prison centrale était inondée, et il n'avait aucun moyen de joindre effectivement Bertrand aux autres gars enchaînés à l'aéroport. Avec un peu de chance, il pourrait confier la garde de Bertrand à Tee Boy, aller chercher son indemnité chez Nig et Wee Willie, et un supplément pour retrouver Eddy Melancon parmi les morts-vivants de l'hôpital, mais il y avait de grandes chances que Bertrand profite du chaos causé par Katrina pour échapper de nouveau à la justice.

En plus, André Rochon était encore en liberté, et Clete avait un compte particulier à régler avec lui.

Clete dirigea Bertrand vers l'escalier et le poussa pour qu'il descende.

– Hé, mec, j'résiste pas. Arrête de me pousser comme ça, dit Bertrand.

– La ferme, dit Clete, qui l'aiguilla vers Tee Boy, assis sur un muret qui séparait le parking de l'hôpital.

Tee Boy mangeait un sandwich en partie emballé dans un papier d'aluminium.

– Qu'est-ce que tu m'amènes ? demanda-t-il.

– Bertrand Melancon, trois mandats d'arrêt, vol à main armée, intimidation de témoins, et une conduite générale de merde depuis qu'il a chié pour la première fois. Je te confie la garde de Bertrand. Je l'ai déjà averti de ce qui arrive quand on te marche sur les pieds.

– Y a pas de quoi rire, Purcel.

– T'as raison, il n'y a pas de quoi rire. Bertrand et son frère Eddy me sont passés dessus avec leur bagnole. Ils ont fait ça pendant que je fouillais la camionnette de leur copain André Rochon. À l'arrière de cette camionnette, j'ai vu un animal en peluche et un rouleau de corde en polyéthylène. Juste avant que la merde ici présente ne me passe dessus, je me suis souvenu d'un article que j'avais lu dans un journal, à propos de trois Noirs qui avaient enlevé une gamine de quinze ans. Elle revenait d'une kermesse dans le Lower Nine. Elle portait un ours en peluche. Ces types l'ont tirée dans une camionnette, l'ont ficelée et ensuite ils l'ont violée. T'habites toujours dans le Lower Nine, hein, Tee Boy ?

– Ouais, répondit Tee Boy en essuyant les miettes de son visage, les yeux fixés sur Bertrand.

– Tu crois que ce remarquable exemple de jeune adulte pourrait être un suspect possible ? demanda Clete.

– Eh bien, mon garçon ? demanda Tee.

– Eh bien quoi ? dit Bertrand.

– Tu vas me marcher sur les pieds ?

– T'es fou, mec.

Tee Boy le frappa au visage, fort, du plat de la main, le genre de coup qui fait sortir les globes oculaires de leurs orbites.

– Je t'ai posé une question. Tu vas me répondre ?

– Non, m'sieur, j'vais pas vous marcher sur les pieds.

– T'as kidnappé et violé une gamine dans le Lower Nine ?

– J'ai conduit mon frère à l'hôpital parce que quelqu'un lui a tiré une balle dans la gorge. Un gosse qui était avec nous a été tué aussi. J'ai pas essayé de m'enfuir. Je suis venu chercher de l'aide. Je me suis pas présenté devant la cour parce que j'étais malade. C'est tout ce que vous avez contre moi. Alors arrêtez de me frapper.

– Tourne-toi, et regarde bien ce bateau attaché au pare-chocs de cette voiture, dit Clete. Tu vois ces corps là-dedans ? Ces corps appartiennent à des gens qui sont morts. Tu vas être menotté avec eux. Ça fait un long chemin pour rejoindre les autres types enchaînés à l'aéroport. Si t'étais à la place de Tee Boy et que tu te trouvais coincé avec quatre cadavres et une merde de chien comme toi, et que t'avais une occasion de balancer toute la collection à la flotte, qu'est-ce que tu ferais ?

Mais Clete se rendit compte qu'il parlait dans le vide. Bertrand Melancon avait vu une balle transformer le corps de son frère en glace de la veille, et, sur l'échelle de l'horreur, les scénarios catastrophe fabriqués par un chasseur de cautions arrivaient loin derrière. Clete se rendit compte aussi que Tee Boy Pellerin ne l'écoutait pas non plus, que ses yeux restaient rivés à Bertrand, et que son visage se fendait d'un sourire, tandis qu'il reliait entre eux des bribes d'information que Clete n'avait pas.

– Tu veux bien m'expliquer ? demanda Clete.

– On a eu un « échange de coups de feu », et un accident mortel, il y a deux ou trois heures. Quatre pillards sur un bateau en direction de Clairborne. Un type a pris une balle dans la tête. Devine à qui appartient la maison qu'ils venaient de se faire ?

– Je ne sais pas, dit Clete.

– Ce type possède un magasin de fleurs. Et un service d'escort-girls. Sa femme ressemble à la femme de Frankenstein.

Maintenant, Tee Boy commençait à rire.

– Sidney Kovick ? demanda Clete.

– Ces crétins se sont attaqués au gangster le plus dangereux de La Nouvelle-Orléans, et en plus, ils ont dévasté sa maison. Un type de chez nous est entré, et il m'a raconté qu'on aurait dit que quelqu'un avait défoncé les murs avec un camion de pompiers.

Tee Boy s'étouffait avec son sandwich. Il riait si fort que des larmes lui coulaient sur les joues.

– Hé, gamin, si t'as volé quelque chose à Sidney Kovick, tu ferais mieux de lui renvoyer d'Alaska contre remboursement, et ensuite achète une arme et fais-toi sauter le caisson. Avec un peu de chance, il retrouvera pas ta tombe.

Tee Boy se leva, et toussa dans sa paume jusqu'à en faire trembler ses genoux.

– Qui c'est, ce Kovick ? demanda Bertrand à Clete. Vous vous foutez de ma gueule, c'est ça ?

11

Au bout de sept jours, je fus à nouveau muté à New Iberia. J'avais presque oublié Natalia Ramos, la compagne du père Jude LeBlanc. Pour tout dire, j'avais volontairement chassé son nom de mon esprit. Je ne voulais plus entendre parler de La Nouvelle-Orléans et des souffrances des autres. Je voulais rejoindre Bayou Teche et ma famille, et Tripod, notre raton laveur, et notre chat intrépide, Snuggs. Je voulais me réveiller le matin dans l'odeur du café, des noix pécan dans le jardin et des massifs de camélias dégoulinant de rosée, et dans celle, féconde, de poissons en train de frayer dans le bayou. Je voulais me réveiller dans la grande promesse d'un vert doré, resplendissante de soleil, du sud de la Louisiane, où j'avais grandi. Je ne voulais pas faire partie de l'histoire qui se déroulait dans notre État.

– Téléphone, Dave, dit Alafair de la cuisine.

– Tu veux bien répondre, s'il te plaît ?

Par la porte ouverte, je la voyais faire frire des œufs et des tranches de bacon dans une lourde poêle de métal, la soulevant par le manche, sans manique, le dos tourné. Il était difficile de croire que c'était la même petite Indienne du Salvador que j'avais tirée d'un avion submergé, bien des années auparavant. Elle posa violemment sa poêle sur la cuisinière et décrocha le téléphone, la croupe appuyée contre l'égouttoir. Elle me jeta un coup d'œil.

– Si Dave Robicheaux est là ? Une seconde, je vais voir.

Elle baissa l'appareil, sans le recouvrir.

– Tu es là, Dave ? Si tu es là, il y a une dame qui voudrait te parler.

C'est ce qui arrive quand on a des enfants qui fréquentent le Reed College et pratiquent le kickboxing.

Je lui ai pris l'appareil.

– Allô ?

– Ici Natalia Ramos, monsieur Robicheaux. Je suis dans un abri, celui où vous m'avez dit d'aller. Est-ce que vous avez découvert où est parti Jude ? Dans l'abri, personne ne peut me renseigner. Je pensais que vous aviez peut-être des listes de personnes récupérées par la police maritime.

– Non, m'dame. Non, malheureusement.

– Jude souffre perpétuellement à cause de son cancer. Il est allé dans le Lower Nine pour donner la communion. Il est toujours effrayé à l'idée de donner la communion pendant la messe.

– Je suis désolé, madame Ramos, mais je ne comprends pas ce que vous voulez dire.

– Il a tout le temps les mains qui tremblent. Il a peur de laisser tomber le calice. À la messe, il laisse toujours un autre prêtre donner la communion. Mais ce jour-là, il allait dire la messe et donner la communion.

En arrière-fond, j'entendais des voix résonnant sur un vaste espace, peut-être dans un gymnase, ou un dépôt d'armes de la Garde nationale.

Alafair installait mon petit déjeuner sur la table de la cuisine, posant soigneusement, pour ne pas faire de bruit, l'assiette, le couteau, la fourchette, la tasse de café et la soucoupe.

Je ne savais pas quoi dire à Natalia Ramos.

– Où êtes-vous ? demandai-je.

– Au lycée de Franklin.

– Je serai là dans trois quarts d'heure.
– Où est Chula ?
– Votre frère ?
– Ouais, où vous l'avez mis ?
– À la prison de la paroisse d'Iberia, avec le copain qui est tombé en même temps que lui.

J'attendais une réponse agressive, mais je me trompais.

– Peut-être qu'on pourra l'aider, là-bas. La prison est le seul endroit où Chula s'est bien conduit. Je vous attends, monsieur Robicheaux.

Je reposai l'appareil sur son socle, regrettant déjà d'avoir pris cet appel.

– Qui c'était ? demanda Alafair.
– Une prostituée junkie d'Amérique centrale, qui était maquée avec un prêtre catholique.

Je m'assis et commençai à manger. Je sentais Alafair derrière moi, comme une ombre qui me coupait la lumière. Elle posa une main sur mon épaule.

– Dave, je ne connais personne qui ait aussi bon cœur que toi, dit-elle.

Je sentais le sang me picoter la nuque.

Le gymnase du lycée de Franklin, dans la paroisse St. Mary, au bout du bayou, était entouré de rangées de lits de camp de l'armée. Des enfants couraient partout, dedans et dehors, lançant des Frisbee qu'un marchand du coin avait apportés de sa boutique. J'ai trouvé Natalia en train de laver, à la main, des vêtements sous l'auvent du bâtiment, les bras enfoncés dans un tub d'aluminium, le pan de sa chemise en jean noué sur la poitrine. Je lui ai demandé de me raconter à nouveau les derniers instants qu'elle avait passés avec Jude LeBlanc.

– Il a amené le bateau près du toit de l'église. Il était là-haut, avec sa hache, en train de percer un trou pour que tout le monde puisse sortir. Et puis j'ai entendu un bruit de lutte. Je ne l'ai pas revu.

À l'ombre il faisait chaud, mais son visage paraissait frais et sec, ses côtes en relief contre sa peau sombre. Elle portait des sandales et un pantalon d'homme, kaki. On aurait dit une paysanne du tiers-monde en train de laver les vêtements d'enfants qui n'étaient pas les siens. Elle ne ressemblait ni à une prostituée ni à une junkie.

– Vous avez apporté de la came, dans l'abri ?

– Vous êtes venu jusqu'ici pour me demander ça ?

– Quand on vous a arrêtée, vous en aviez sur vous. Je vous ai libérée de la chaîne, et envoyée ici. Vous êtes donc sous ma responsabilité. C'est pourquoi je vous demande si vous avez apporté de la came dans l'abri.

– J'essaie de décrocher. Il y a des gens qui montent un groupe de Drogués anonymes dans le gymnase. Je vais recommencer à aller aux réunions.

Elle avait réussi à répondre à ma question sans y répondre.

– Madame Ramos, si j'apprends que vous prenez ou que vous distribuez des narcotiques dans cet abri, je vous fais foutre dehors, ou mettre en prison.

Elle essora un jean d'enfant qu'elle posa sur le bord du tub.

– Il faut que je rentre à La Nouvelle-Orléans, dit-elle.

– Je crois que c'est une erreur.

– Je n'arrête pas de voir Jude en train de se noyer dans le noir, sans personne pour l'aider.

– Jude est un type solide. Je vous conseille de ne pas le traiter comme quelqu'un de fragile.

– Le samedi après-midi, il disait une messe spéciale de réconciliation pour les prostituées, les junkies, les gens de la rue. Il donnait l'absolution à tout le monde, à tous à la fois, quoi qu'ils aient pu faire. Quelqu'un l'a attaqué pour prendre son bateau. Je pense qu'ils l'ont tué. Il faut que je sache. Je ne peux pas vivre sans savoir ce qui lui est arrivé.

— Madame Ramos, en ce moment, des dizaines de milliers de gens sont portés disparus. La FEMA[1] essaie de...

— Comment se fait-il que personne ne soit venu ?

— Je vous demande pardon ?

— Des gens se noyaient dans tout le quartier, et personne n'est venu. Une grosse femme noire avec une robe mauve était debout sur le toit d'une voiture, et elle agitait les bras vers le ciel. Sa robe flottait autour d'elle. Elle est restée une demi-heure sur la voiture, à agiter les bras, pendant que l'eau continuait de monter. Je l'ai vue tomber de la voiture. Elle en avait au-dessus de la tête.

Je n'avais pas envie d'entendre d'autres histoires à propos de Katrina. Les images que j'avais vues pendant une semaine, immédiatement après l'ouragan, ne s'effaceraient jamais. Je ne pouvais pas non plus m'autoriser la colère qu'elles faisaient naître en moi. Je ne souhaitais pas non plus m'occuper du racisme latent dans notre culture, un racisme qui commençait déjà à refaire son apparition. Selon le *Washington Post*, un législateur de Baton Rouge venait de déclarer à un groupe de pression : « On a fini par arriver à nettoyer les logements sociaux de La Nouvelle-Orléans. On n'y arrivait pas par nous-mêmes, mais Dieu l'a fait pour nous. »

Comment expliquer une déclaration pareille à des victimes de la pire catastrophe naturelle de l'histoire de l'Amérique ? C'est impossible. Comme on n'essaie pas de réparer un monde brisé, comme on n'essaie pas de monter des Band-Aid pour des gens brisés, pensais-je.

— Je suis persuadé que Jude voudrait que vous restiez dans l'abri. Vous pouvez faire beaucoup de bien, ici. Je vous promets que je ferai tout mon possible pour découvrir ce qui lui est arrivé.

---

1. Federal Emergency Management Agency : agence gouvernementale américaine pour la prévention des catastrophes et l'aide aux sinistrés.

– Je crois qu'il m'a parlé de vous, dit-elle.
– Pardon ?
– Jude disait qu'il livrait le journal à un policier qui possédait un magasin d'appâts. Il disait que le policier était alcoolique, mais que c'était un homme bon, qui essayait d'aider les gens sans défense. Ce n'est pas de vous qu'il parlait ?

Elle savait comment ferrer le poisson.

Après déjeuner, je me suis rendu aux services de police d'Iberia, et je suis monté dans mon bureau. Le contraste entre la normalité de mon boulot à Iberia et les sept jours que je venais de vivre à La Nouvelle-Orléans ressemblait à la différence entre l'éclat et la confiance de la jeunesse et la condition mentale d'un homme soudain touché par une maladie mortelle. L'intérieur du bâtiment était immaculé, inondé de soleil. Les ventilateurs muraux diffusaient de l'air frais. Une des secrétaires avait mis des fleurs sur le rebord de la fenêtre. Un groupe d'adjoints, uniformes pimpants et ceintures astiquées, buvaient du café en mangeant des beignets au comptoir de réception. De la fenêtre de mon bureau, au premier étage, je pouvais voir une canopée de palmiers et de chênes verts qui couvrait un quartier de classe moyenne, et, derrière la cathédrale, j'apercevais un cimetière rempli de tombes de brique passées à la chaux, où les morts confédérés nous rappelaient que Shiloh n'est pas une abstraction historique.

Helen regarda par ma porte vitrée, puis entra sans frapper.
– T'as l'air en forme, papy.
– Tout le monde me dit ça.

Elle s'approcha de ma fenêtre et regarda le Sunset Limited[1] qui passait sur les rails. Elle portait un pantalon moulant et une chemise blanche aux manches courtes soigneusement

---

1. Train effectuant la liaison La Nouvelle-Orléans-Los Angeles.

retroussées. Un bloc-notes jaune était glissé dans sa poche arrière. Elle glissa les pouces dans sa ceinture.

– Tu es reposé ?

Je fermai les yeux très fort, puis les rouvris.

– Crache le morceau, Helen.

– Je viens d'avoir la FEMA et le FBI au téléphone. La structure des services civils et gouvernementaux de La Nouvelle-Orléans est complètement détruite. On va se farcir un tas d'affaires de merde dont on n'a pas besoin.

– Tu ne pourrais pas dire ça à tout le service ?

– Cette affaire-là implique un des condamnés en rupture de conditionnelle de Clete Purcel. Il implique aussi un type que tu connais, un certain Otis Baylor.

– L'agent d'assurances ?

– Oui, c'est lui. Les Fédés sont persuadés qu'un grand nombre d'homicides ont été commis par des milices armées qui avaient décidé de s'amuser un peu pendant la tempête. Ils pensent qu'Otis Baylor a peut-être descendu des pillards qui venaient de saccager la maison de Sidney Kovick.

– Une intrusion chez Sidney Kovick ?

– Ouais. Évidemment, c'était quatre des voyous les plus stupides de La Nouvelle-Orléans. L'un d'eux s'est fait exploser la tête, et un autre restera tétraplégique pour le restant de ses jours. Les Fédéraux pensent que Baylor avait un compte à régler avec les Noirs, qui ont violé sa fille, et qu'il a sans doute profité de l'occasion pour foutre en l'air quelques merdes de ce genre.

– Ça ne lui ressemble pas.

– Les Fédéraux se font critiquer. On dit qu'ils s'en prennent aux gangs, et qu'ils laissent tranquilles les tireurs blancs. Pour eux, l'enquête sur Baylor sera comme un ornement de jardin. Bref, on est censés faire ce qu'on peut. Ça te va, bwana ?

– Quel rôle Clete joue-t-il là-dedans ?

Elle sortit le bloc-notes jaune de sa poche arrière, et y jeta un coup d'œil.

— Le frère du tétraplégique s'appelle Bertrand Melancon. Clete l'avait arrêté, mais il s'est échappé sur le chemin de la chaîne, à l'aéroport. Et voilà l'ironie du sort, Dave. Clete a dit aux Fédéraux qu'il pensait que les frères Melancon et un copain à eux, un certain André Rochon, étaient peut-être les violeurs.

— Sur quoi il se base ?

— Clete dit que la camionnette de Rochon contenait des preuves qui pourraient établir un lien entre Rochon, et peut-être les Melancon, et un enlèvement suivi de viol dans le Lower Nine.

— Ouais, il m'a parlé de ces types. Ce sont eux qui lui ont roulé dessus avant la tempête. Tu veux que j'aille voir Baylor ?

— Ça ne te dérange pas ?

Autrefois, au Vietnam, je connaissais un *door gunner*[1] qui ne voulait pas partir en permission, de crainte de déserter et de ne pas revenir à son poste. Alors il était resté défoncé à la porte de son Huey[2], défoncé dans le bush, et défoncé à Saigon, et il a fini son temps sans quitter l'asile psychiatrique en plein air qu'est l'Indochine. Tandis que Helen attendait ma réponse, le point de vue de mon ami me semblait beaucoup plus raisonnable que je ne le croyais.

Tôt le lendemain matin, j'ai pris une voiture de patrouille, et je suis retourné à La Nouvelle-Orléans. Le ciel au-dessus des terres inondées était encore rempli d'oiseaux sans destination, sans abri. Au bout de quatre jours, les membres de la 82ᵉ force aéroportée étaient arrivés en ville, et le pillage et les

---

1. Membre de l'équipage d'un hélicoptère militaire chargé de manipuler les armes manuelles.
2. Hélicoptère créé en 1956, devenu un symbole de la guerre du Vietnam.

violences avaient en grande partie cessé. Mais quatre-vingts pour cent de la ville était encore sous les eaux, et dix mille personnes n'avaient toujours nulle part où aller.

J'ai quitté St. Charles, et, par les rues adjacentes, je me suis frayé un chemin parmi les tas d'arbres abattus, en suivant la direction générale de la maison d'Otis Baylor. J'ai fini par garer mon pick-up, et j'ai terminé la route en pataugeant ou en marchant sur des pelouses privées.

La galerie de la maison d'Otis Baylor était arrondie, avec un toit en demi-cercle soutenu par des colonnes doriques. J'ai soulevé le heurtoir de cuivre, et j'ai frappé. Dans sa rue, l'eau avait reculé, laissant à découvert le terrain communal. Plus loin, sur le côté opposé, je voyais la maison de Sidney Kovick. Une équipe d'ouvriers posait du contreplaqué sur les fenêtres panoramiques.

C'est Otis Baylor qui a ouvert la porte. Son visage rond était sans expression, comme celui d'un homme qui revient d'un enterrement.

– Oui ? dit-il.

– Je m'appelle Dave Robicheaux, des services de police de la paroisse d'Iberia. On m'a demandé de participer à l'enquête sur une fusillade qui s'est passée devant chez vous. Vous vous souvenez peut-être de moi, à New Iberia ?

Il ne me tendit pas la main.

– Que puis-je faire pour vous ?

– J'ai un petit problème. Un lycéen s'est fait exploser la tête devant votre porte, et un *loser* professionnel qui était avec lui a pris une balle dans la colonne vertébrale. Les Fédéraux pensent que ce sont peut-être des miliciens qui ont fait le coup. Franchement, je ne pense pas que cette enquête mène à quoi que ce soit, mais notre service a été prêté à la ville de La Nouvelle-Orléans, et on doit faire notre possible.

Il y eut une pause, un silence d'une fraction de seconde pendant lequel il détourna les yeux.

— Entrez, dit-il en me tenant la porte ouverte. Vous avez de la chance de m'avoir trouvé à la maison. Maintenant elle me sert de bureau, mais en général je suis sur le terrain avec mes experts. Vous voulez une tasse de thé ? J'ai du thé glacé au réfrigérateur.

— Non, merci. Je ferai aussi vite que possible, monsieur.

Il m'invita à m'asseoir dans son bureau. Les livres sur les étagères étaient en grande partie de nature référentielle ou encyclopédique, ou bien venaient de clubs de livres spécialisés dans l'histoire et les biographies. Son bureau était enfoui sous la paperasse. Par une porte qui donnait sur le côté, je voyais un homme à la tête ronde, grimpé sur une échelle, qui essayait de dégager une branche de chêne de son toit.

— Un enquêteur du FBI a dit que vous aviez entendu un seul coup de feu, mais sans savoir d'où il venait.

— Je dormais. Le coup de feu m'a réveillé. J'ai regardé par la lucarne, et j'ai vu un gamin qui flottait, et un autre type à moitié allongé à l'avant du bateau.

— Vous possédez une arme à feu, monsieur Baylor ?

— Appelez-moi Otis. Oui, un Springfield à culasse, modèle 1903. Vous voulez le voir ?

— Pas pour l'instant. Merci de la proposition. Après que vous avez vu ce gosse dans l'eau, et l'autre à moitié allongé dans le bateau, vous êtes rentré ?

— Le temps que je m'habille, un type a entièrement chargé le blessé dans le bateau, et il était déjà au coin de la rue. Il y avait un autre type qui courait.

— Tous des Noirs ?

— Autant que je puisse dire. Il faisait nuit.

— Et vous n'avez vu personne d'autre dans la rue, ou sur un porche, ou dans une baie vitrée ?

— Non. Je n'ai vu personne.

J'ouvris le porte-documents en toile que j'avais à la main, et je lus les notes qu'un agent du FBI qui travaillait à Baton Rouge m'avait données par téléphone.

– Les Fédéraux et les types du NOPD pensent que le coup de feu venait de ce côté de la rue.

– C'est possible. Je l'ignore.

– Les seules maisons occupées dans la proximité immédiate de la fusillade sont la vôtre et celle de votre voisin d'à côté ?

– Je n'ai pas d'argument à opposer aux conclusions d'autres personnes à propos de ce qui s'est passé. Je vous ai dit ce que j'avais entendu, et ce que j'avais vu.

Il regarda sa montre.

– Vous voulez voir le Springfield ?

– Si ça ne vous dérange pas.

Il monta à l'étage, et revint avec le fusil, qu'il me tendit, la culasse ouverte sur un magasin vide.

– Je suis suspect dans cette fusillade ?

– Pour l'instant, on en est à éliminer des suspects.

– Pourquoi vos amis n'ont-ils pas pris mon arme ? C'est ce que j'aurais fait.

– Parce qu'ils n'ont pas d'endroit pour stocker les preuves. Parce qu'ils n'ont pas de mandat. Parce que le système ne fonctionne plus.

Mais il y avait aussi une autre réalité en jeu, une réalité dont je ne lui fis pas part. La balle qui avait touché Eddy Melancon à la gorge, et vidé la cavité crânienne de Kevin, n'avait pas ralenti sa course, et les traces de métal à l'intérieur des blessures qu'elle avait infligées n'étaient pas d'une grande utilité.

J'ai soulevé le fusil, et reniflé le magasin.

– Vous venez de le graisser ?

– Je ne me souviens pas exactement quand je l'ai nettoyé.

– Je peux voir les munitions qui vont avec ?

– Je ne sais pas si j'en ai.

– Quel genre de munitions utilisez-vous ?

– C'est un calibre 30-06. Il tire des balles de calibre 30-06.

J'étais assis dans un moelleux fauteuil de cuir bordeaux, une lumière automnale d'un vert jaune filtrant à travers les arbres. Mais l'ambiance douillette ne correspondait pas à l'impression de malaise qui commençait à monter en moi.

– Ce n'est pas ce que je veux dire, monsieur. Il s'agit d'une arme militaire. Vous utilisez des balles pointues, gainées de métal ?

– Je tire à la cible. Je ne suis pas chasseur. Je me sers des munitions que je trouve. Qu'est-ce que c'est que cette histoire ?

– Il est illégal de chasser avec des munitions de type militaire, parce qu'elles traversent l'animal et qu'elles le blessent au lieu de le tuer. Je crois que les deux victimes de la fusillade ont été touchées par des balles gainées de métal, plutôt que par des balles à bout rond. Autre chose. Vous n'arrêtez pas de parler de la victime comme d'un « gamin ». Pour les autres pillards, vous parlez de « types ».

– Je n'avais pas fait attention.

– Vous avez raison, la victime était un adolescent. L'homme blessé et son frère sont tous les deux des adultes. L'homme qui s'est enfui était probablement un dénommé André Rochon, un adulte lui aussi. Vous parlez de ces types avec une certaine familiarité, comme si vous les aviez vus de près.

Il fit les yeux ronds. Il s'apprêtait à parler, puis y renonça. Il était assis à son bureau, sa chemise blanche à manches longues froissée. Son visage impassible, ses mains carrées et son apparence récurée me faisaient penser à un fermier obligé d'accompagner sa femme à l'église. Je continuai à l'observer en silence.

– Écoutez, monsieur Robicheaux...

– Dave.

– Je vous ai dit ce que je savais. En ce moment, il y a des milliers de gens, en Louisiane et dans le Mississippi, qui attendent des nouvelles de leur courtier d'assurances. C'est moi. Je ne voudrais pas vous vexer, mais cette conversation est terminée.

– Je crains que non.

Je fermai le porte-documents en toile, et le posai à mes pieds comme si ce qu'il contenait n'avait plus d'intérêt.

– Il y a quelques années, j'assistais à un congrès d'officiers de police de la Louisiane et du Mississippi, à l'hôtel Evangeline, à Lafayette. Ce week-end-là, le FBI draguait la Pearl River à la recherche de la victime d'un lynchage. Ils n'ont pas trouvé le type qu'ils cherchaient, mais ils en ont trouvé trois autres. Un des corps avait été scié en deux. J'étais au bar de l'hôtel quand j'ai entendu quatre flics en civil qui riaient dans un box derrière moi. L'un deux disait : « Vous connaissez celle du Nègre qui avait volé tant de chaînes qu'il ne pouvait pas traverser la Pearl à la nage ? » Un autre disait : « Vous savez comment ils l'ont trouvé ? Ils ont agité un chèque d'allocations au-dessus de l'eau, et cette tête-de-nœud a surgi à la surface en criant : Je suis là, chef. »

» Non seulement ces types me faisaient honte d'être officier de police, mais ils me faisaient honte d'être blanc. Je crois que vous êtes un type comme moi, monsieur Baylor. Je ne crois pas que vous soyez raciste, ni que vous apparteniez à une milice. Je sais ce qui est arrivé à votre fille. Si ma fille se faisait agresser par une bande de sadiques dégénérés, je serais tenté de rendre une justice sommaire, moi aussi. En fait, un père qui n'aurait pas ces sentiments ne serait pas un père.

Il avait des yeux bleus, sans paupières ; il gardait ses grosses mains sur les genoux, leur dos aussi rugueux que des étoiles de mer.

– Crachez le morceau, dis-je. Le système judiciaire est sélectif, et recherche les symboles. Ne vous laissez pas crucifier par un bureaucrate.

Ses yeux restaient fixés sur les miens, ses pensées dissimulées. Puis les conclusions, ou les spéculations, qu'ils contenaient les abandonnèrent, et il regarda la porte.

– Salut, Mélanie. Je te présente M. Robicheaux, de New Iberia. Il était dans le coin, et il est passé pour voir comment on allait. Je lui ai que ça allait bien, dit Otis Baylor.

– Oui, je me souviens de vous. Ça fait plaisir de vous revoir, dit sa femme en me tendant une main, une boisson glacée dans l'autre. Étant donné les circonstances, ça va plutôt bien.

Elle regarda le Springfield appuyé contre mon fauteuil.

– Vous n'êtes pas là pour les Nègres qui se sont fait descendre, n'est-ce pas ? On a déjà dit aux autorités tout ce qu'on savait. Je ne peux pas arriver à croire qu'une chose pareille se soit produite devant chez nous.

Je me dirigeai vers la maison voisine, et levai les yeux sur l'homme à la tête ronde qui bataillait avec une branche de chêne sur son toit. Dans l'allée, un élévateur déchargeait un gros générateur de son camion.

– Je peux vous parler un instant, monsieur ? dis-je en montrant mon insigne.

Le type à la tête ronde descendit de son échelle, le visage rouge d'effort. Je lui dis qui j'étais et pourquoi je me trouvais dans le quartier.

– Tom Claggart, dit-il en me serrant chaleureusement la main de sa main charnue.

– Le FBI ou la police municipale vous ont-ils déjà parlé ?

– Attendez une minute.

Il s'approcha de l'allée, et dit à l'opérateur de l'élévateur où poser le générateur. Puis il revint, regardant par-dessus son épaule pour s'assurer que le générateur finissait au bon endroit, un vieux patio de brique à moitié enfoui dans la boue.

– J'ai un ami qui construit des bateaux. Il m'a donné un de ses générateurs, dit-il. J'aurais dû en installer un avant l'ouragan, comme Otis. Vous disiez ?

– Le FBI ou la police municipale sont venus vous voir ?

– Non. Pourtant, j'aurais bien aimé.

– Vous avez entendu le coup de feu ?

– Je n'ai rien entendu du tout. Je dormais comme un loir. J'avais pourchassé ces salopards à travers tout le quartier.

– Je vois. Pourquoi auriez-vous aimé que le FBI ou le NOPD viennent vous voir ?

– Pour leur dire de nettoyer cette putain de ville, voilà pourquoi.

J'acquiesçai avec un sourire, les yeux fixés sur son parterre de fleurs.

– Avez-vous des armes à feu, monsieur ?

– Un peu, que j'en ai.

– Vous pensez que, la nuit dernière, un de vos voisins a pu en avoir marre de se faire voler et menacer ?

– Pouvez-vous me dire ça de façon plus claire ?

– Les gens finissent par en avoir marre. Et parfois, il leur arrive d'en avoir marre et d'avoir la trouille. Alors une maîtresse de maison prend un Colt .45 et tire sur un rôdeur à travers une porte vitrée. Et on s'aperçoit que le type est un violeur en série. Le matin, à l'appel, ça déclenche en général une salve d'applaudissements dans la plupart des postes de police.

Il me lança un regard vide, les lèvres serrées.

– Le Second Amendement nous donne le droit de posséder des armes afin de protéger nos foyers et ceux que nous aimons, dis-je. Pendant une période d'anarchie sociale, les braves gens éprouvent parfois le besoin de mesures radicales. Je comprends leur point de vue. Vous me suivez, monsieur Claggart ?

– Otis avait une lourde croix à porter, dit-il.

– J'en ai bien conscience.

Je gardais les yeux rivés aux siens.

Il souffla de l'air par le nez, et regarda la maison d'Otis Baylor. Pendant un bref instant je crus voir un sourire passer sur son visage, une expression fugitive de ressentiment ou d'envie.

– Il m'a dit quelque chose, à propos de suspendre au mur de l'ivoire noir.

– M. Baylor vous a dit ça ?

– Un peu plus tôt dans la soirée, pendant que des types fracturaient des maisons de l'autre côté de la rue.

– Est-ce que d'autres personnes l'ont entendu dire ça ?

– Quelques amis étaient dans le jardin avec moi. Otis était dehors, avec son fusil. Écoutez, je ne lui en veux pas. À vrai dire, on lui a proposé de l'aider.

– Pourriez-vous me noter les noms et adresses de vos amis, s'il vous plaît ?

– J'espère que je ne vais créer d'ennuis à qui que ce soit. Je veux juste faire mon devoir, dit-il, en me prenant des mains mon stylo et mon bloc-notes.

Avec des voisins comme Tom Claggart, Otis Baylor n'avait pas besoin d'ennemis.

Mais il y avait dans le quartier un second rôle que je ne pouvais résister à l'envie d'interroger. Sidney Kovick était un homme mystérieux, dont la personnalité était soit celle d'un sociopathe, soit celle d'un comédien chevronné. Il était grand, bien bâti, avec les cheveux noirs, des yeux rapprochés, et un front noueux. Il portait des vêtements de luxe, et des mocassins rouge sang parfaitement astiqués, avec des glands. Quand il marchait, il semblait tinter du bruit invisible que font l'argent et le pouvoir. Quand il entrait dans une pièce, la plupart des gens, même ceux qui ne le connaissaient pas, baissaient automatiquement la voix.

Il avait grandi sur North Villere Street, et travaillait comme chauffeur chez UPS avant de s'engager dans les forces aéroportées, et de partir pour le Vietnam. Il était rentré avec la Bronze Star et la Purple Heart, mais ne paraissait pas intéressé par son propre héroïsme. Sidney avait aimé l'armée car il la comprenait, et appréciait sa logique et sa prévisibilité. Il appréciait aussi le nombre de magouilles qu'elle lui permettait. Il prêtait de l'argent à vingt pour cent à des engagés comme lui, avait des liens avec la mafia de Bring-Cash Alley[1], à Saigon, et vendait des cargaisons de biens militaires au marché noir vietnamien. Sidney ne jugeait pas nécessaire d'imposer à ses talents des limites géographiques.

Chaque fois que quelqu'un lui demandait un conseil, quel qu'il soit, sa réponse était toujours la même : « Ne laisse jamais voir ce que tu penses. »

Il possédait un magasin de fleurs, adorait le cinéma, et portait toujours un œillet à la boutonnière. Sa citation préférée paraphrasait une réplique de Rhett Butler dans *Autant en emporte le vent* : « Les grandes fortunes se font pendant l'ascension et la chute des nations. » Sidney était invité au bal d'intronisation du gouverneur, se trouvait sous les feux de la rampe pendant le mardi gras, et, un jour, exécuta une cascade sur l'aile d'un biplan lors d'un meeting aérien au-dessus du lac Pontchartrain. Pendant longtemps, les flics trouvèrent qu'il les changeait agréablement des petites frappes dont ils avaient l'habitude. Le seul problème, si l'on se mettait à avoir de Sidney Kovick une vision romantique, c'est qu'il était capable de vous sucer la bite tout en buvant un verre de bourgogne.

Les ouvriers n'arrêtaient pas de faire des va-et-vient. Je suis entré sans frapper. L'intérieur de la maison donnait l'impression d'avoir été traversé par une horde de Vikings. Sidney était dans sa salle à manger, les yeux levés sur un lustre qui avait été déchiqueté en un fouillis de bandes sur un pourtour de fer.

— Ils t'ont pas loupé, dis-je.

---

1. Ruelle de Saïgon, la rue des bordels, où s'effectuent trocs et achats en liquide.

Il me regarda fixement comme s'il faisait défiler des visages sur un répertoire de bureau.

– Ouais, la population de raclures est définitivement incontrôlable. À mon avis, il faudrait un lâcher massif de contraceptifs sur les deux tiers de la ville. Qu'est-ce que tu fais ici, Dave ?

– J'enquête sur la fusillade dont ont été victimes les rôdeurs qui se sont introduits chez toi.

– Les rôdeurs ne pissent pas dans le four et le réfrigérateur.

– T'as raison, dis-je, du plâtre crissant sous mes pas. On dirait qu'ils ont défoncé tous les murs, et une partie du plafond. Tu crois qu'ils cherchaient quelque chose en particulier ?

– Ouais, les secrets du Da Vinci Code. T'es toujours au régime sec ?

– Je suis toujours aux AA, si c'est ce que tu veux dire.

– Pose ta valise. J'allais te proposer un petit verre de Beam, parce que j'ai rien d'autre. Mais je voulais pas te vexer. J'ai entendu dire qu'un de ces Nègres avait été transformé en limace.

– C'est bien le terme. Je ne l'ai pas encore interrogé.

– Ouais ?

Je ne savais pas s'il m'écoutait, ou s'il me demandait de répéter ce que je venais de dire. Il dit à un ouvrier d'aller chercher une échelle et de descendre le lustre saccagé, puis il effleura la surface endommagée de la table, et se frotta les doigts.

– Dans quel hôpital se trouve la limace humaine ?

– Pourquoi tu me demandes ça ?

– Je suis désolé pour lui. N'importe qui capable de faire une chose pareille à une maison doit être le résidu d'une poche à colostomie.

– T'as toujours su dire les choses, Sidney.

– Hé, je suis né à La Nouvelle-Orléans. C'était une belle ville, autrefois. Tu te rappelles la musique, et le parc d'attractions du lac Pontchartrain ? Et les *snowball carts*[1] au coin des rues, et les familles assises sur leur perron ? Depuis quand tu ne t'es pas senti en sécurité en te baladant la nuit dans La Nouvelle-Orléans ?

Je ne répondis pas. Il tendit un doigt vers moi.

– Je te comprends, dit-il.

Quand je sortis, je vis la femme de Sidney dans le jardin. Elle était originaire d'un village de pêcheurs de la paroisse de Plaquemines, une aberration géologique qui s'avance comme un cordon ombilical à l'intérieur du golfe du Mexique. Elle était aussi grande que son mari et avait un visage creux, des yeux caverneux, et des épaules d'homme. Pendant des dizaines d'années, sa famille avait été politiquement alliée à un juge raciste tristement célèbre, qui dirigeait la paroisse de Plaquemines comme son fief personnel, allant jusqu'à cadenasser une église catholique pour laquelle l'évêque avait nommé un desservant noir.

Mais elle semblait avoir peu de choses en commun avec sa famille, du moins à ce que j'en voyais. Un jour, le père d'Eunice Kovick avait dit de sa fille : « Le visage de cette pauvre petite forcerait un train à changer de route, mais elle a bon cœur. Elle nourrit tous les chiens perdus et tous les Nègres de la paroisse. »

Je ne comprenais pas pourquoi elle avait épousé Sidney Kovick.

– Comment ça va, Eunice ?

– Ça va. Et toi, Dave ?

– Désolé pour la maison. Vous avez une bonne assurance ?

– C'est ce qu'on va voir.

---

1. Carrioles décorées dans lesquelles sont vendues les « snow balls », boules de glace parfumées très populaires en Louisiane.

– Tu as une idée de la raison pour laquelle ces types ont défoncé les murs et le plafond ?
– Que t'a dit Sidney ?
– Il n'a pas émis de supposition.
– Sans blague ?

Elle avait un des sourires les plus doux que j'aie jamais vus sur un visage de femme.
– À bientôt, Eunice.
– Quand tu voudras, dit-elle.

Mon dernier arrêt fut pour l'hôpital où Bertrand Melancon avait déposé son frère blessé.

12

Mais je découvris qu'Eddy Melancon avait été transféré dans un hôpital de Baton Rouge. Je pris la I-10 au milieu d'une circulation dense, activant le gyrophare de ma voiture de patrouille. Quand je suis arrivé dans la banlieue de Baton Rouge, les rues étaient encombrées d'automobiles, de camions, de bus, de véhicules de réparation. Même avec le statut prioritaire que me donnait mon véhicule de patrouille, je ne suis arrivé à l'hôpital Notre-Dame-du-Lac qu'en milieu d'après-midi.

Je regrettais presque d'être là. Je supposais qu'Eddy Melancon, dans sa courte vie, avait sans doute causé des dommages irréparables à beaucoup de gens, mais si le karma existe, il l'avait touché avec l'impact d'un boulet de démolition hérissé de pointes.

Dans son lit, il paraissait léger comme une plume, avec des yeux de raton laveur, comme si, autour de ses orbites, sa peau avait été frottée avec du charbon. Son corps était bardé de fils de fer et de tubes, ses bras morts à ses côtés. Je sortis mon insigne, et lui dis qui j'étais.

– Tu sais qui t'a dégommé ? demandai-je.

Il fixa sur moi son regard vide, mais ne répondit pas.

– Tu peux parler, Eddy ?

Il pinça les lèvres, mais ne dit rien.

– Est-ce que le coup de feu venait de devant toi ?

Sa voix émit un cliquètement humide, comme de l'air qui s'échappe d'un ballon de foot percé.

– Ouais, murmura-t-il.

– Tu as vu un éclair ?

– Non.

– Tu as entendu le coup de feu, mais tu n'as pas vu d'éclair ?

– Ouais. J'lai pas vu.

– Tu te rends compte que vous avez démoli la maison de Sidney Kovick, les gars ?

– J'suis entré dans aucune maison.

– Bien, dis-je.

Je rapprochai ma chaise de son lit.

– Écoute-moi, Eddy. Si des gens que tu ne connais pas viennent te voir, assure-toi bien que ce sont des flics, d'accord ? Ne laisse personne que tu ne reconnais pas te faire sortir de cet hôpital.

Il me regarda, l'air interrogateur.

– Si vous avez pris un gros paquet chez Sidney, il va vouloir le récupérer, dis-je. Et il utilisera n'importe quelle méthode.

Eddy essaya de parler, mais s'étouffa avec sa salive. Je me penchai sur lui, mon oreille près de sa bouche. Son haleine sentait la tombe, ses mots humides contre ma joue.

– Répète un peu ça ?

– On a volé un bateau, c'est tout.

– Chez Sidney Kovick ?

– Dans le Lower Nine. On voulait juste rester en vie. On n'a été dans aucune maison là-haut.

Je posai ma carte professionnelle sur sa poitrine.

– Bonne chance, camarade. Je pense que tu en auras besoin, dis-je.

Ce soir-là, quand je suis rentré à la maison, j'ai dormi comme une souche.

À l'aube, j'ai mangé un bol de Grape Nuts[1] avec des tranches de bananes, et j'ai bu du café et du lait chaud sur les marches de derrière. La brume était grise au milieu des chênes verts et des pacaniers. Tripod, notre raton laveur à trois pattes, et Snuggs, notre chat, mangeaient des sardines dans une boîte à mes pieds. Molly ouvrit la porte-écran et s'assit à côté de moi. Elle était encore en chemise de nuit. Elle me chatouilla la nuque avec ses ongles.

– Alafair a passé la nuit chez les Munson, dit-elle.

– Vraiment ?

Son regard se perdit sur la pente du bayou. Les mirabilis rouge et or étaient encore ouverts dans l'ombre au pied des troncs. Dans la brume, j'entendis un gros poisson sauter au milieu des nénuphars.

– Tu as le temps de rentrer un moment ? demandai-je.

À 10 heures, Helen Soileau est venue dans mon bureau.

– Comment ça s'est passé, hier ? demanda-t-elle.

– J'ai fait un rapport que j'ai faxé au FBI à Baton Rouge. Il y a une copie dans ton casier. J'ai aussi parlé au téléphone avec un type du NOPD. Je crois qu'ils ne sont pas sur la bonne piste.

– Tu ne crois pas que c'est Otis Baylor qui a descendu ces types ?

– C'est ce que son voisin paraissait désireux de me faire penser, mais j'ai l'impression que le voisin lui-même n'est pas très clair. À mon avis, pendant des mois, des corps vont réapparaître au milieu des gravats et de la boue. Qui va s'empêcher de dormir pour deux pillards qui ont pris une balle pendant qu'ils saccageaient des maisons ?

– Bon. Voyons la suite. Le terrain de jeux du City Park déborde de gens évacués. Il faut qu'on en expédie une partie

---

1. Marque de céréales pour le petit déjeuner créée en 1897, très répandue.

à Houston, si on peut. L'Iberia General et l'hôpital Dauterive sont en train d'éclater. C'est encore pire à Lafayette. Je vais te dire, Belle-Mèche, j'ai vu pas mal de merde dans ma vie, mais c'était rien comparé à ça.

Je ne pouvais pas discuter avec elle. En fait, je n'avais même pas envie de faire de commentaire.

– Que pensais-tu de Lyndon Johnson ? demanda-t-elle.

– Avant ou après mon passage au Vietnam ?

– Quand l'ouragan Betsy a frappé La Nouvelle-Orléans, en 1965, Johnson est venu, s'est rendu dans un abri rempli de réfugiés d'Algiers. À l'intérieur, il faisait sombre, les gens avaient peur, et ne savaient pas ce qui allait leur arriver. Il a braqué une lampe électrique sur son visage, et il a dit : « Je m'appelle Lyndon Baines Johnson. Je suis votre putain de Président, et je suis ici pour vous dire que mon équipe et tout le peuple des États-Unis sont derrière vous. » Pas mal, non ?

Mais je n'écoutais pas. Il y avait à propos de l'enquête sur Otis Baylor un détail que je n'avais pas mentionné à Helen, parce qu'elle n'aimait pas les complications, et, en particulier, elle ne les aimait pas quand elles étaient en dehors de notre juridiction.

– Je me suis arrêté chez Sidney Kovick, hier, et j'ai eu avec lui une petite conversation informelle. Les pillards ont arraché tout le placo, les lattes et le plâtre de la plus grande partie de ses plafonds et de ses murs.

– Un point pour ces ordures.

– Je crois qu'ils ont salement baisé Sidney. Sidney n'a jamais été très porté sur les impôts. Je ne serais pas surpris si ses murs avaient été bourrés de liquide.

– Et alors ?

– Il essayait de savoir dans quel hôpital se trouve le pillard tétraplégique.

– Et alors ?

– Le tétraplégique est à Notre-Dame-du-Lac, à Baton Rouge. J'ai essayé de le prévenir, mais il n'est pas du genre à écouter.

Helen tirailla le lobe d'une de ses oreilles.

– Bwana ?

– Qu'y a-t-il ?

– Ce qui est arrivé à cette bande, c'est leur problème. Compris ?

– Le contraire ne me serait pas venu à l'esprit.

Ce n'est pas au cours de son transfert à la chaîne de l'aéroport que Bertrand Melancon échappa à la garde de Clete Purcell. Bertrand se fit la malle plus loin sur la route, près de Gonzales, quand le bus de la prison dans lequel il se trouvait s'arrêta dans un champ détrempé transformé en zone de surveillance au plus fort de la tempête. Des centaines de détenus des prisons de deux paroisses s'étaient entassés dans le champ, ainsi que leurs gardiens, tandis que les éclairs éclataient sur leurs têtes et que la pluie leur arrachait presque les vêtements du corps. Nombre d'entre eux, à mon avis, passèrent les instants les plus mystiques de leur existence. Mais quand Bertrand Melancon arriva et qu'on lui dit de prendre la file à côté d'un Porta Potti[1], le drame que ses pareils avaient connu était déjà de l'histoire ancienne, et le champ n'était plus qu'une parcelle de terrain cultivable ravagé et jonché de déchets que se disputaient les aigrettes et les mouettes.

– On va rester là combien de temps, mec ? demanda Bertrand à un gardien.

– Pour l'instant, le Four Seasons est complet. Mais on a dit aux femmes de chambre que vous arriviez, et de préparer vos chambres dès que possible, répondit le gardien.

---

1. Toilettes portatives.

La plupart des détenus dans les bus n'avaient aucune envie de s'enfuir. La plupart étaient épuisés, dévorés par les moustiques, brûlés par le soleil, malades à force de manger de la nourriture avariée. La plupart d'entre eux avaient envie de regarder la télévision dans une grande prison équipée de l'air conditionné, et qui leur assurerait des lits propres et des repas chauds. Si la plupart d'entre eux avaient eu le choix, ils auraient demandé à être logés dans un bâtiment aux murs épais de deux mètres, avec des fondations capables de résister au Déluge.

Bertrand, lui, avait d'autres projets. À la tombée de la nuit, quand le bus prit la nationale, il arracha la grille d'une fenêtre de derrière et sauta dans un fossé plein d'eau. On ne remarqua son absence que lorsque le bus se trouva à mi-chemin de Shreveport.

Nig Rosewater se rendit personnellement à l'appartement de Clete, sur St. Ann, pour lui apprendre la nouvelle. On ne pouvait même pas dire de Nig qu'il avait le cou comme une borne d'incendie : il n'avait pas de cou. Ses bajoues et son menton semblaient sortir directement de ses épaules. Sa chemise amidonnée et son épingle de cravate dorée n'amélioraient pas non plus son apparence. À vrai dire, avec sa cravate jaune d'or, il ressemblait à un porc en train de manger un épi de blé vertical.

– J'ai livré le colis, Nig. J'ai un reçu signé pour le transfert de garde. À cet instant, Bertrand Melancon est devenu la propriété de la paroisse de La Nouvelle-Orléans. L'autre moitié de ta caution de trente mille dollars se trouve à Notre-Dame-du-Lac. Tu me dois trois mille dollars.

– Tu n'as rien eu à voir avec l'arrestation du légume qui est à l'hôpital. Alors ça te fait au mieux quinze cents dollars, répliqua Nig. Et ce n'est pas non plus pour ça que je suis là. Ce matin, à 7 heures, j'avais deux gars de Sidney Kovick qui frappaient à ma porte. Je leur ai dit que je ne savais pas où se trouvent Bertrand Melancon et André Rochon, et que, si j'avais ce type d'information, je ne serais pas en train de me faire enfiler de quinze plaques. Alors ils veulent savoir à quel hôpital se trouve le légume. Je leur dis que je l'ignore aussi, parce que le gouvernement ne me consulte pas quand il expédie des gens à travers le pays.

» Un des gars me dit : « Les quinze plaques que t'as perdues, c'est du papier-cul. Soit tu nous livres les crétins qui sont entrés dans la maison de M. Kovick, soit M. Kovick va imaginer que ce qu'ils ont fait, ou ce qu'ils ont pris, c'est pour ton compte. »

L'appartement de Clete se trouvait au-dessus de son bureau. La journée était claire et ensoleillée, et des cadavres d'oiseaux que la tempête avait balayés contre la façade de l'immeuble s'entassaient sur son balcon, leurs plumes flottant dans le vent.

— Je ne vois pas en quoi ça me concerne, surtout quand tu essaies déjà de m'arnaquer de ma prime, dit Clete.

— Apprends à mieux te laver les oreilles, Purcel. Ces types ont fauché à Sidney un truc pour lequel il ne peut pas faire marcher son assurance, ni privée ni professionnelle. Ses gars disent que mes quinze plaques, c'est du papier-cul. Qu'est-ce que t'en conclus ? Ces idiots sont tombés par hasard sur un énorme truc, peut-être une chose dont ils ne pourront pas se débarrasser. Et si c'était des titres au porteur, ou du matériel militaire high-tech ? Qui aurait intérêt à laisser ces deux voyous violer leur conditionnelle ? Qui aurait les relations pour receler, ou pour blanchir, ce que ces voyous ont fauché à Sidney, quoi que ce soit ?

Pour dissimuler son expression, Clete se moucha.

— Je te dis qu'il faut bluffer, et leur dire d'aller se faire foutre. Ne te laisse pas malmener par Sidney.

— Tu me gonfles.

— Aïe, j'en suis désolé !

Il n'y avait plus de courant dans l'appartement, et Nig, avec sa veste de sport, dégoulinait de sueur.

– Pourquoi t'as pas nettoyé les cadavres d'oiseaux sur ton balcon ? Ça pue, là-dedans, dit Nig, et on ne pouvait pas ne pas percevoir une lueur de peur dans ses yeux.

Avant l'ouragan, Clete avait rempli sa baignoire, son lavabo, et son évier d'eau du robinet. Il s'en servait maintenant pour se laver à l'éponge, se raser, se brosser les dents, remplir la cuvette des toilettes. Après le départ de Nig, il enfila des vêtements propres, se peigna, et glissa à son épaule son holster de nylon et un Smith & Wesson bleu foncé. Il descendit dans la cour et fit démarrer sa toute nouvelle acquisition, une vieille Cadillac décapotable pastel, criblée de cloques de peinture, et dont le toit était taché de moisissure. Quand il démarra, le pot d'échappement explosa en un énorme nuage de fumée d'huile. Son feutre incliné sur sa tête, Clete se lança dans la rue. Il se mordillait les lèvres, se demandant jusqu'où on pouvait pousser un homme dont ni la pègre de La Nouvelle-Orléans ni la police de La Nouvelle-Orléans n'avaient exactement estimé le potentiel.

À Algiers, de l'autre côté du fleuve, des quartiers entiers avaient survécu à l'ouragan sans être inondés, et n'avaient subi qu'une coupure de courant temporaire. Depuis le pont, sa capote baissée, Clete voyait, derrière lui, l'éclat vitreux de l'eau brune qui recouvrait encore la plus grande partie de La Nouvelle-Orléans, et les kilomètres de maisons privées de toits, les fleuves de boue qui avaient rempli les automobiles, comme du ciment. Cette image était si forte et d'une telle tristesse qu'il appuya machinalement sur l'accélérateur, et faillit percuter l'arrière d'un camion d'essence.

À Algiers, il se gara dans une rue résidentielle, devant un magasin de fleurs joliment niché en bas d'un bâtiment de brique rouge. Deux employés de Sidney Kovick jouaient au gin-rummy autour d'une table, à l'ombre d'un auvent à rayures blanches et vertes, qui partait du haut de la vitrine. Les deux hommes étaient les rescapés d'une grande famille de la mafia, la famille Giacano, et, pendant une courte période, ils avaient cru que leurs jours au soleil étaient terminés. Puis le 11 Septembre leur était tombé dessus tel un cadeau du ciel, et les bêtes noires du gouvernement ne furent plus les voyous qui vendaient du crack dans les cités, mais les jeunes mâles originaires du Moyen-Orient qui se chargeaient de téléphones portables au Wal-Mart local.

Clete descendit sur le trottoir, entrouvrit sa veste, et, du bout des doigts, sortit son .38 de son holster. Il le tint en l'air pour que les deux hommes puissent le voir, puis le laissa tomber sur le siège passager de la Cadillac.

– Tu veux bien surveiller ça pour moi une minute, Marco ?

– Pas de problème, dit Marco.

– Hé, Purcel, on dirait que ta décapotable a de l'herpès, dit l'autre homme.

– Ouais, je sais. J'avais dit à ta sœur de ne pas s'asseoir là. Mais qu'est-ce qu'on peut faire ? répondit Clete qui, en entrant dans la boutique, déclencha une clochette au-dessus de la porte.

À l'intérieur, la température était glaciale, les placards de verre fumant de buée froide. L'homme de grande taille derrière le comptoir était vêtu d'un pantalon de coton, et d'une chemise bleue à manches longues au col ouvert, qui laissait voir l'épaisse toison noire bouclée sur sa poitrine.

– Comment ça va, Sidney ? demanda Clete.

Sidney se mit à installer des roses, une par une, dans un vase vert.

– C'est Nig Rosewater qui t'envoie ?

– Nig dit que tu cherches les voyous qui t'ont piqué des trucs. C'est compréhensible. Mais du coup on est quatre sur le coup : toi, moi, Nig et Wee Willie Bimstine. Mais je dois t'expliquer qu'on a aucune idée de l'endroit où se trouvent ces types.

– Me raconte pas de conneries. T'avais déjà trouvé un type à l'hôpital. Mais il est plus là-bas.

– C'est exact, je l'ai trouvé, et il a été transféré pour une « destination inconnue ». Alors ne me dis pas que je raconte des conneries.

– Pourquoi t'es venu, alors ?

– Parce que tes messagers ont sous-entendu une menace, quand ils ont rendu visite à Nig, ce matin. J'ai trouvé que ça traduisait un manque de classe.

– Un manque de classe ?

– Il y a de l'écho, dans ta boutique ?

Sidney fit un signe de tête en direction d'une table installée contre le mur.

– Assieds-toi. Je m'apprêtais à manger. Tu veux un café ?

– Je n'effleurerais pas une chaise sur laquelle se sont assis Charlie Weiss ou Marco Scarlotti, sauf si elle été désinfectée contre les poux.

Sidney glissa une main à l'intérieur de sa chemise, gratta une piqûre d'insecte sur son épaule, et observa le bout de ses doigts.

– C'est vrai que t'as descendu un informateur fédéral, quand t'étais au NOPD ? Un type qui n'avait rien vu venir ?

– Et alors ? dit Clete en détournant les yeux.

– Rien. T'es pas un type ordinaire, Purcel.

Clete s'éclaircit la gorge, et laissa passer un instant.

– Voilà la situation. D'une manière ou d'une autre, je remettrai André Rochon et Bertrand Melancon dans le circuit. Parce que j'ai un compte personnel à régler avec ces types, qui n'a rien à voir avec toi. Mais ça ne veut pas dire qu'on ne peut pas faire affaire. Si je récupère du liquide, ou des objets qui viennent de ta maison, tu me donnes vingt pour cent. Si ça ne te va pas, vois ce que tu peux faire avec ton assurance.

» Entre-temps, tu nous fiches la paix, à Nig, à Willie et à moi. Je connais l'histoire de la tronçonneuse, et du type de Metairie. Personnellement, je pense que c'est un coup de la mafia. Malgré tout, je m'occupe des voyous, et les deux abrutis qui sont dehors restent en dehors de ça. Ça te paraît raisonnable, Sidney ?

– Dix pour cent.

– Quinze.

– Je te contacterai.

– Va te faire foutre, dit Clete.

Le regard de Sidney glissa jusqu'à la fenêtre, sur ses deux hommes qui jouaient aux cartes à l'ombre.

– Qu'est-ce qui te dit que tu peux assurer ? dit-il.

– C'est comme la prière. Qu'est-ce qu'on a à perdre ?

Sidney installa encore trois autres roses dans le vase, une par une. Il fixa Clete. Un rayon de soleil, comme une lame, coupait son visage en deux.

– Ne fous pas tout en l'air, dit-il.

– T'es fou, dis-je à Clete lorsqu'il me téléphona pour me dire ce qu'il venait de faire.

– Qu'est-ce que je suis censé faire ? Laisser un animal comme Kovick nous menacer, moi et mon employeur ?

J'entendais, en bruit de fond, ce qui ressemblait à l'explosion d'un rack de quilles.

– Pourquoi tu ne te contentes pas de mettre du verre brisé dans ton petit déjeuner ? Ça serait plus simple, et ça t'éviterait de perdre du temps avec Kovick.

– Qu'est-ce que c'est, déjà, cette phrase de Machiavel, où il dit qu'il faut être proche de ses amis, mais encore plus proche de ses ennemis ?

– Ouais, c'est bien de Machiavel, et c'est des conneries.

– Écoute, il me faut un endroit où crécher. Je n'ai toujours pas de courant, et il y a des machins avec des bouclettes noires qui commencent à sortir de mes tuyaux.

– Et ta chambre au motel ?

– Elle est louée à des réfugiés.

– Viens chez nous, dis-je, tout en essayant de garder une voix neutre alors que j'imaginais que n'importe quel participant des événements cauchemardesques associés à Clete pourrait devenir un hôte inattendu.

– Ça ne dérangera pas Molly ?

– Non, elle sera heureuse.

– Je suis au bowling sur East Main. J'arrive d'un coup de bagnole. Dis à Molly de ne rien préparer. Je m'occupe de tout. C'est super, tout ça, grand homme.

Et il arriva d'un coup de bagnole, l'après-midi, à 18 heures pile, avec un seau de *Popeyes fried chicken*[1], des biscuits au babeurre et un grand carton d'huîtres frites et de *dirty rice*[2]. Il apportait aussi, à part, un sac contenant des assiettes en papier, des fourchettes et des couteaux en plastique, des nappes de papier, et un pack de six Dr Pepper. Il entreprit de mettre la table tandis que Molly et Alafair essayaient de dissimuler leurs sourires.

– Clete, on a de la vaisselle et des couverts, tu sais, dis-je.

– Inutile de les salir.

Molly secoua la tête sans qu'il la voie, pour m'empêcher de lui faire la leçon, mais Alafair se montra moins diplomate.

– Tu as de la salade, là-dedans, Clete ? demanda-t-elle.

– Évidemment, dit-il, en sortant fièrement du sac une barquette de salade de pommes de terre.

Mais, chez Clete, la belle humeur traduisait souvent des soucis et des souvenirs qu'il partageait avec peu de gens. Aux yeux du monde, il était un escroc hédoniste et irresponsable, qui semait le chaos et la destruction partout où il passait. Mais quand il dormait, il rêvait souvent de deux adultes qui se battaient dans leur chambre, tard dans la nuit, et se revoyait agenouillé en short sur des grains de riz que son père avait répandus sur le sol, et des flammes liquides formant des voûtes dans un village de huttes. Si parfois il

---

1. Beignets de poulet frit, spécialité de la Louisiane.
2. Plat cajun : riz cuit avec des petits morceaux de foie de poulet.

paraissait déconnecté, jamais il n'aurait admis qu'il avait jeté un coup d'œil dans l'obscurité, et vu, par la fenêtre, une *mamasan* morte qui lui retournait son regard.

Quand on a eu fini de manger, il est sorti tout seul faire une grande marche dans le City Park. Il est rentré tôt, et il est allé se coucher, dans notre chambre d'amis. Peu après 4 heures du matin, j'ai entendu Tripod aller et venir le long du fil à linge auquel sa chaîne était accrochée. J'ai enfilé mon treillis sans réveiller Molly, et j'ai ouvert la porte de derrière. Clete était assis en caleçon à notre table en séquoia, le clair de lune dessinant des mailles sur sa peau. Quand il entendit s'ouvrir la porte-écran, il retira de la table la demi-bouteille de bourbon et la posa à côté de sa cuisse.

– Inutile de cacher ça, dis-je.

– Je n'arrivais pas à dormir. J'ai cru entendre le tonnerre. Mais le ciel est clair.

Je m'assis à côté de lui.

– Qu'est-ce qui ne va pas, *podna* ?

– Je suis retourné dans mon vieux quartier de l'Irish Channel. J'ai toujours détesté la maison où j'ai grandi. Je détestais mon vieux. Mais je suis retourné là-bas, et j'ai vu ce que l'ouragan avait fait, et j'ai éprouvé un sentiment que je n'avais encore jamais éprouvé. Mon vieux me manquait, et le bruit de ferraille que faisait son camion de laitier quand il partait à 4 heures du matin. Ma mère en train de faire cuire des pancakes dans la cuisine me manquait. C'était comme si toute mon enfance était enfin terminée, mais que je ne voulais pas que çe soit terminé. C'était comme si j'étais mort, et que personne ne m'avait prévenu.

Il prit la pinte de bourbon sur le banc, et dévissa le bouchon. La bouteille était enveloppée dans un sac de papier marron, et le clair de lune se reflétait sur son goulot. Je sentais le bourbon tandis qu'il roulait sur sa langue. J'eus une vision de sa couleur ambrée à l'intérieur des douelles jaunes du tonneau de fumaison, le collier de gouttelettes dans le goulot quand il était enfermé sous le bouchon, le petit clapotis qu'il émettait quand il était à nouveau libéré, et qu'on le versait dans un verre sur de la glace et de la menthe pilée.

Inconsciemment, j'ai dégluti, et je me suis touché le front comme si une veine se tendait dans mon cerveau.

– On appelle ça une vision de la mortalité, dis-je.

– Qu'est-ce qu'on appelle comme ça ?

– Les sentiments que tu as éprouvés quand tu es retourné dans ton ancienne maison.

– Ça veut dire que j'ai peur de mourir ?

– Tu as vu mourir Big Sleazy, Clete. C'est comme quand on a une liaison avec la Grande Putain de Babylone. Quand on se reprend, et qu'on la chasse de sa vie, on s'aperçoit que c'était la seule femme qu'on ait jamais aimée.

Clete renversa à nouveau la bouteille, sa gorge travaillant en rythme. Il me regardait d'un œil, comme si quelqu'un lui avait parlé du fond de ses propres rêves.

Mais Clete n'était pas le seul ami ou la seule connaissance de La Nouvelle-Orléans à avoir cherché refuge dans la paroisse d'Iberia. Deux semaines après que j'ai été envoyé pour enquêter sur la fusillade où Kevin Rochon avait trouvé la mort, et à la suite de laquelle Eddy Melancon était paralysé, Helen Soileau me fit venir dans son bureau. Elle cracha une rognure d'ongle.

– Otis Baylor vient de revenir en ville avec sa famille. Apparemment, ils ont toujours une maison sur Old Jeanerette Road, dit-elle.

J'attendais qu'elle continue.

– Tu penses qu'il a descendu les deux pillards, oui ou non ?

– Tu me demandes si c'est le genre de type à faire ça ? Non, je ne crois pas. Mais…

– Quoi ?

– Sa fille a traversé une épreuve terrible entre les mains de ces voyous. Je ne sais pas ce que je ferais à sa place.

– Je n'ai pas entendu la dernière phrase, dit-elle.

– Peut-être que Baylor pensait qu'ils venaient cambrioler sa maison. Il avait peut-être les nerfs à vif.

– Si ce type est coupable d'un homicide, il n'est pas question qu'il se réfugie dans notre paroisse. Va parler à sa femme et à sa fille.

– Je préférerais éviter ça.

– Et moi, je préférerais ne pas assister à ma propre mort. Vas-y.

La maison de Baylor était une maison du XIXe siècle, vert sombre, à un seul niveau, dotée de grandes fenêtres et de hauts plafonds, et d'un toit pointu en zinc, strié de rouille, avec un reflet rouge sombre, pas très différente de la mienne. Elle avait une large véranda vitrée, et elle se trouvait un peu à l'écart du Bayou Teche, sous des palmiers et des pacaniers. Un chêne vert solitaire dégoulinait de mousse. Une balancelle, au bout d'une chaîne, était suspendue à une branche, et une Honda jaune était garée dans l'allée de schiste, sa carrosserie mouchetée de crottes d'oiseaux. Une fille qui pouvait avoir dix-neuf ans m'ouvrit la porte.

– Je m'appelle Dave Robicheaux, des services de police d'Iberia, dis-je en montrant mon insigne. Est-ce que M. Baylor est là ?

– Il est au travail.

Elle portait un bas de survêtement noir et un T-shirt blanc semé de minuscules morceaux de feuilles.

– Quand vous avez sonné, j'étais en train de nettoyer le jardin, dit-elle.

– Vous êtes la fille d'Otis Baylor ?

– Je suis Thelma Baylor.

– Est-ce que votre mère est là ?

– Ma belle-mère est à l'épicerie.

— Je peux vous parler une minute ? J'enquête sur la fusillade qui a eu lieu devant votre maison de La Nouvelle-Orléans. On a une ou deux pistes, mais je n'arrive toujours pas à comprendre où ces types étaient quand ils se sont fait descendre.

— Quelle importance ? Ils se sont fait descendre.

— Ça, c'est vrai. Je peux entrer ?

— Vous pouvez me regarder ratisser les feuilles, si vous voulez.

Je l'ai suivie à travers la cuisine, jusque dans le jardin. Des deux côtés de cette maison toute simple se dressaient des demeures d'avant la guerre de Sécession, comme les plantations qu'on voit en général uniquement sur les cartes postales. À une centaine de mètres, en direction du bayou, de l'autre côté du pont mobile, s'étendait un terrain vague plein de camping-cars, où toutes les formes imaginables de délabrement social étaient érigées en mode de vie.

— Vous vous plaisez, à New Iberia ?

— Il y a toujours des embouteillages devant le Wal-Mart, ou c'est juste à cause de l'ouragan ? demanda-t-elle en tirant un râteau de bambou à travers les feuilles noires de mousse.

Je compris que ça allait être très long. Je m'assis sur les marches de derrière.

— Vous avez entendu les coups de feu ?

Ses yeux fixèrent le vide, et ses coups de râteau perdirent leur rythme.

— J'ai entendu un coup de feu. Ça m'a réveillée.

— Un seul coup de feu ?

— Oui.

— Où est-ce que vous dormiez ?

Dans l'ombre, son visage était pâle et sphérique, dépourvu d'expression, son rouge à lèvres brillant et peu naturel, ses boucles aussi nettes que la guimpe d'une nonne.

— Dans ma chambre.

— À l'étage ?

– Oui, ma chambre se trouve à l'étage. Vous voulez parler à mon père ? Je ne vois pas en quoi tout ça peut vous être utile.

– Pensez-vous que votre voisin, Tom Claggart, soit capable de descendre deux pillards ?

– M. Claggart est un pénis sur pattes, équipé de bras et de jambes, avec un visage dessiné dessus. Je ne sais pas de quoi il est capable.

C'est le moment de sauter sur l'occasion, pensai-je.

– Je suis au courant de l'agression dont vous avez été victime, il y a deux ans, mademoiselle Thelma. J'ai une fille un petit peu plus âgée que vous. Si je pensais qu'elle court un danger, en particulier de la part du genre d'hommes qui vous ont fait du mal, je les pendrais par la peau du cou.

Son coup de râteau se ralentit ; sa poitrine palpitait.

Je poursuivis :

– J'ai perdu ma mère et ma femme à cause de brutes comme ça. Je pense que les hommes qui violentent les femmes sont toujours des lâches, moralement et physiquement. Je pense qu'un violeur devrait aller direct sur la table d'injection.

Elle s'immobilisa. Des grains de poussière lui collaient au coin de la bouche.

– Je pense que vous en avez vu plus, et que vous en savez plus que vous ne le dites, dis-je.

– J'ai vu un type qui flottait dans l'eau, sur le ventre. Un autre type était blessé. Un troisième type s'est mis à courir dans l'eau. Un quatrième type essayait de hisser le type blessé dans le bateau.

– C'est très détaillé. J'apprécie.

J'ai pris quelques notes sur mon carnet, et j'ai rangé mon stylo, comme si c'était terminé.

– Où se trouvait votre père ?

– Dans sa chambre.

– Où se trouvait votre mère ?

– Il s'agit de ma belle-mère. Ma véritable mère est morte.

– Où se trouvait votre belle-mère ?
– Dans la chambre, avec mon père.
– Est-ce que votre vieux a tiré sur ces types ?
– Si vous ne le croyez pas, lui, vous ne me croirez pas, moi. Pourquoi me poser la question ?
– Je pense que vous portez un fardeau très lourd, mademoiselle Thelma. Je ne suis pas ici pour y ajouter.
– Vous devriez la fermer, monsieur Robicheaux.
– Pardon ?
– Pourquoi prétendre savoir ce que je ressens ? Pourquoi prétendre que ma famille veut se venger de gens qui ne nous ont rien fait ? Je ne supporte pas les gens comme vous. Vous n'avez aucune idée de ce que c'est que d'être la victime d'un viol. Si vous en aviez la moindre idée, vous perdriez ce ton paternaliste, et vous n'essaieriez pas de me manipuler.
– Si c'est l'impression que j'ai donnée, je m'en excuse.
– Ce n'est pas une impression.
Je me levai, et époussetai le fond de mon pantalon.
– Je suis quand même désolé.
– Allez vous faire foutre.
En quittant le jardin, je jetai un coup d'œil par-dessus mon épaule. Son corps paraissait flotter à l'intérieur d'un halo de légères particules de poussière, de fumée et de fragments de feuilles sèches. Pendant un instant, alors qu'elle reprenait son travail, donnant de grands coups de râteau sur le sol, les dents de bambou se brisant sur les racines d'un cyprès, l'intensité de sa concentration et de sa colère lui conféra le type d'intégrité que j'avais toujours associée à Alafair.

Le lendemain, j'ai appelé la maison de Baylor et demandé à Mme Baylor de venir à mon bureau pour un entretien.
– C'est encore à propos des pillards qui se sont fait descendre ? demanda-t-elle.
– Exactement.
– C'est absolument nécessaire ?

– Oui, m'dame. C'est nécessaire.

– On habite sur Old Jeanerette Road, à côté de la plantation Alice. Si vous voulez qu'on discute, pourquoi ne viendriez-vous pas ?

Je compris que Thelma n'avait pas parlé de ma visite à sa belle-mère.

– Volontiers.

– Écoutez, monsieur Robicheaux, on va partir sur une autre base. Je suis sincèrement persuadée que vous perdez votre temps avec nous, mais néanmoins on voudrait se montrer amicaux. Est-ce qu'on peut vous inviter à dîner, votre famille et vous ? Je pense que vous comprendrez que nous sommes des gens honnêtes, et qu'on est prêts à vous aider par tous les moyens en notre possession. Mais, en réalité, on est juste des spectateurs, et on n'a aucune idée de qui a tiré sur ces hommes.

– Merci de votre invitation. Mais je dois respecter un protocole. Vous serez chez vous, dans une demi-heure ?

– Non, j'ai rendez-vous chez le médecin.

– Et demain ?

– Je ne sais pas. Je peux vous appeler ?

– Il faut qu'on fixe un rendez-vous tout de suite, madame Baylor.

– Ce n'est malheureusement pas possible. J'ai essayé de me montrer coopérative, monsieur Robicheaux, mais ça commence à devenir fatigant. Maintenant, je vais raccrocher. Je vous souhaite bonne chance dans votre enquête.

La ligne devint silencieuse.

Mal joué, Mme Baylor.

*
* *

J'entrai dans le bureau de Helen.

– J'ai interrogé la fille d'Otis Baylor, hier, et je viens de me faire snober dans les grandes largeurs par sa femme, dis-je.

– Ralentis un peu, papy, dit elle en s'enfonçant dans son fauteuil pivotant.

– Ils mentent, dis-je en étalant mes notes sur le bureau de Helen. Regarde. Otis et sa fille disent tous les deux qu'ils ont entendu un seul coup de feu. Ils utilisent tous les deux les mêmes mots. Ils disent « Ça m'a réveillé ». Quand j'ai parlé à sa fille de plusieurs coups de feu, elle m'a même corrigé. Dès le début, j'ai été gêné par la déposition de Baylor, selon laquelle il a entendu un seul coup de feu. Ce n'est pas ce que les gens disent quand ils sont réveillés par une fusillade. Tous ce qu'ils savent, c'est qu'un bruit effrayant les a réveillés en sursaut. Ils ne comptent pas les coups de feu.

Je vis s'éveiller l'attention de Helen.

– Otis et Thelma ont tous les deux raconté ce qu'ils ont vu dans le même ordre. Tous les deux ont commencé par parler d'un homme qui flottait dans l'eau. Il y avait quatre types dans le bateau, ou autour du bateau. Mais Otis et Thelma commencent par parler du gamin qui flottait. Pourquoi pas du gars qui perdait son sang par la bouche ? Je crois qu'ils avaient préparé leur histoire.

Helen se frotta la nuque. Quand elle réfléchissait, son visage subissait toujours une transformation androgyne à la fois plaisante et mystérieuse. J'étais persuadé que plusieurs personnes vivaient en elle, mais je ne le lui ai jamais dit. Au fil des ans, elle avait compté parmi ses amants un bon nombre d'hommes et de femmes, parmi lesquels Clete Purcel. Elle me regardait parfois d'une façon qui me mettait sexuellement mal à l'aise, comme si une des femmes qui vivaient en elle avait décidé de partir en chasse.

– Tu as eu d'autres nouvelles des Fédés ou du NOPD ? demanda-t-elle.

– Que dalle.

– Écris ce que tu viens de me dire, et envoie le rapport à Baton Rouge. Tant que tu y es, dis-leur de s'occuper de leur propre merde. Je ne veux plus qu'on s'enquiquine avec ça.

– Pourquoi ce changement d'attitude ?
– Tu as vu la chaîne météo ?
– Non.
– Ce nouvel ouragan, je ne sais plus comment il s'appelle… Celui qui était censé toucher le Texas.
– Rita ?
– Ce n'est pas au Texas qu'il va.

Nos existences obéissent-elles à un dessein préétabli ? Ou bien est-ce que les choses arrivent juste comme ça, comme un dépotoir qui se forme au fond d'une cage d'escalier ? Et dans ce cas, comment faire ?

Si vous avez régulièrement joué aux courses ou aux dés à en avoir les mains moites, ou si vous vous êtes permis de croire que vous aviez le pouvoir psychique de deviner la prochaine carte du sabot à une table de black-jack, vous avez sans doute, en bien des occasions, franchi le Rubicon dans le mauvais sens, et l'expérience suivante vous est familière.

Il y a de la magie dans vos mains et dans votre démarche. Le ciel magenta au-dessus de la route et les flamants qui s'élèvent d'un étang verdoyant indiquent que votre pari jumelé gagnant ne peut pas perdre. À l'intérieur du casino, les dés dans votre paume sont aussi affûtés et aussi solides que des rubis, et vous doublez vos mises chaque fois que vous les jetez sur le feutre de la table de jeu. À la table de black-jack, la chute du cou de la jeune femme qui tire une carte du sabot ne peut rivaliser avec l'excitation ressentie en recevant une basse carte comme cinquième carte.

Vous savez que vous ne pouvez pas perdre, que Dieu ne veut pas que vous perdiez. Les autres s'agglutinent autour de vous comme des papillons de nuit autour de la lumière incandescente à l'intérieur d'un globe de cristal. Ils retiennent leur souffle, impressionnés à la fois par votre intrépidité et par votre confiance en vous. Ils ont envie de se frotter à vous, d'absorber votre pouvoir dans leur corps.

Puis ça commence à se détraquer. Votre cheval est disqualifié parce que le jockey est entré en collision avec un autre cheval dans le virage. Dans votre main, les dés se transforment en cubes de plomb, et font des trois, des douze, des deux. La jeune femme qui donne vous matraque, et vous distribue toutes les cartes hautes, ne cessant de vous enfoncer, étouffant un bâillement, son décolleté flottant comme une invitation refusée à quelques centimètres de votre visage.

Bienvenue dans la « zone morte ». Il s'agit d'un lieu très particulier, que, sans le savoir, recherche quiconque est accro au jeu. Regardez au bar après la septième course. Les gens qui sont là sont aussi heureux que des porcs rassasiés. Ils ont perdu l'argent des provisions, du loyer, de l'hypothèque et du paiement de la voiture, et même les intérêts qu'ils doivent à leur Shylock. Mais maintenant ils ne risquent plus rien, parce qu'ils n'ont plus rien à perdre. Ils ont aussi, une bonne fois pour toutes, prouvé empiriquement que le monde a juré de les tromper et de leur faire du mal. C'est un échec personnel pour Dieu, pas pour eux. Désormais, l'âme est entourée de glace, le combat est terminé.

Quand je suis entré dans la cafétéria du service, plusieurs adjoints en uniforme regardaient CNN. Leur expression et leur attitude à tous me rappelaient les pilotes d'hélicoptère que j'avais vus, il y a des années de cela, avant l'aube, dans une salle de briefing au bord de la mer de Chine. La plupart des ces pilotes étaient des adjudants qui n'avaient pas plus de vingt ans. Mais je n'avais jamais pu oublier l'absence de tension sur leurs visages, la retenue délibérée de leurs voix, le solipsisme auto-imposé de leur regard, tout ce qui vous apprenait que l'aube allait finir par arriver comme un tonnerre depuis la Chine, de l'autre côté de la baie.

L'ouragan Rita soufflait à deux cent soixante-dix kilomètres-heure, et, à l'origine, il devait toucher terre quelque part vers Matagorda Bay, au nord-est de Corpus Christi. Puis il avait obliqué plus à l'est. À Houston, les autorités, qui craignaient qu'une nouvelle Katrina n'atteigne leur ville, avait ordonné une évacuation massive, créant des embouteillages sur toutes les routes de San Antonio à Dallas. Puis l'ouragan avait à nouveau changé de cap, visant presque certainement, cette fois, Beaumont et Port Arthur.

C'est le Texas qui allait subit le choc. Nous ne serions touchés que de façon marginale, ne subirions que des dégâts mineurs, des arbres abattus, une coupure de courant temporaire. Nous avons poussé un soupir de soulagement. La providence était de notre côté.

Et puis le National Hurricane Center, à Miami, nous guérit de notre outrecuidance. En réalité, les prévisions météo étaient incroyables. La Louisiane allait être frappée de plein fouet, avec des vagues de sept mètres de haut et un vent qui allait arracher les toits de Sabine Pass à l'autre rive de l'Atchafalaya River. Et, encore plus incroyable, on nous disait que la tempête allait sans doute toucher terre dans la paroisse de Cameron, juste au sud du lac Charles, au même endroit qu'Audrey en 1957. Le raz de marée qui avait précédé la tempête de 1957, comme un marteau géant, s'était abattu sur le palais de justice et sur les rues du centre, et avait tout transformé en gravats, faisant près de cinq cents victimes.

– Tu n'étais pas là, au moment d'Audrey ? me demanda un adjoint alors que j'avais les yeux fixés sur l'écran.

– Oh que si, j'étais là.

– Sur une plate-forme pétrolière ?

– Sur une barge sismographique.

– Ça a fait des dégâts, hein ?

– On s'en est pas mal tirés.

C'était un homme à l'allure martiale, les cheveux en brosse, l'uniforme trop empesé, un cure-dents au coin de la bouche. Il ôta le cure-dents, le jeta dans une poubelle et se concentra sur l'écran. Quand il déglutit, j'entendis le bruit humide que faisait sa gorge.

Personne n'a envie de faire deux fois la même guerre. Une fois qu'on a payé le prix, on est censé entrer dans une zone morte, où l'on est en sécurité. Malheureusement, ça n'est pas comme ça que ça marche.

13

New Iberia et Lafayette, en plus des réfugiés fuyant Katrina, grouillaient maintenant de ceux qui fuyaient Rita. Les ventes d'armes à feu et de munitions montaient en flèche. La sympathie ressentie à l'origine pour les réfugiés de La Nouvelle-Orléans subissait une transformation étrange. Les « talk-shows » de droite étaient submergés d'appels viscéralement enragés à l'idée que les réfugiés recevaient en une seule fois deux cents dollars pour les aider à acheter de la nourriture et à trouver un logement. La vieille Némésis sudiste — une haine absolue pour les plus pauvres des pauvres — était de retour, nue, crue, dégoulinante de peur.

Le vendredi soir, quand le soleil se coucha, l'air était doré comme du pollen. On aurait cru l'été indien. La baisse de la pression barométrique semblait n'annoncer rien de plus qu'une petite averse. Des brèmes faisaient onduler la surface, à la lisière des nénuphars, comme des cercles de pluie. J'entendais mon vieux voisin jouer du piano derrière sa fenêtre ouverte. Puis l'air est devenu frais et humide, et des feuilles ont commencé à s'arracher des arbres du jardin, tourbillonnant jusqu'à la surface de l'eau. Tandis que le ciel se remplissait de poussière, une ombre s'étendit sur les jardins et les cours des maisons bordant East Main, et le bayou se trouva soudain ridé par un vent puissant qui soufflait du sud-est. Mon voisin s'est levé de son piano et a commencé à descendre ses fenêtres.

Depuis mes marches de derrière, je vis le toit en aluminium d'un abri pour pique-nique dans le City Park s'éplucher comme le couvercle d'une boîte de sardines, et dégringoler sur la pelouse. Je vis un homme continuer à pêcher tandis qu'un éclair frappait un chêne au milieu du parc. Je vis un homme nu jusqu'à la ceinture passer devant notre propriété dans un grondement de moteur, souriant sereinement au ciel. J'entendis hurler une sirène de la défense civile, à la mairie.

Je pris mon service à minuit, et j'eus l'occasion de méditer une fois de plus sur l'avertissement de la Bible selon lequel le soleil brille sur le Bien et le Mal, et la pluie tombe sur les Justes et les Injustes. En dehors des bardeaux arrachés, ou des branches s'écrasant sur les lignes électriques ou téléphoniques, East Main avait été épargnée. Mais dans le sud de la paroisse d'Iberia, quatre mètres d'eau s'étaient rués sur les caravanes et les maisons basses. Il n'y a rien de comparable au destin des paroisses côtières.

Un raz de marée d'eau salée, de boue, de poissons morts, de vase huileuse, de débris organiques, avait littéralement effacé le pourtour sud de la Louisiane. Plus à l'intérieur, il avait détruit ce qu'il n'avait pas effacé. À travers les marais, presque toutes les maisons étaient désormais inhabitables, tous les poteaux téléphoniques brisés au niveau du sol, toutes les routes impraticables. Les champs de riz et de canne à sucre étaient incrustés de dépôts salins, le matériel agricole enfoui dans la boue, les habitations près du golfe réduites à des morceaux de plomberie tordus qui dépassaient d'un sable évoquant le papier émeri.

Ceux qui avaient le plus souffert étaient les animaux. Rien que dans les paroisses de Vermilion et de Cameron, on estime à cent mille le nombre de bovins noyés. Ils s'entassaient sur les galeries, essayaient de grimper sur les tracteurs et les wagons de canne à sucre. Certains finirent même sur les toits. Mais ils se noyèrent quand même.

J'étais debout sur une moissonneuse, muni d'une paire de jumelles. Tourné vers le sud, j'effectuai un balayage de cent quatre-vingts degrés d'est en ouest, et retour. Je ne vis pas une créature vivante : pas un chien, pas un chat. Pas même un oiseau. Les arbres étaient dénudés jusqu'à l'écorce, et ressemblaient à des doigts noueux. Les maisons de brique étaient transformées en grenaille. Des crevettiers de quinze mètres étaient entassés sur les vannes d'une écluse, comme des animaux dans un zoo, qui se pressent aux barreaux de leur cage. Dans les cimetières, des tombes avaient été détruites, les cercueils emportés dans des jardins privés et même, une fois, à travers la vitrine d'un magasin.

Je vis au moins trente Hereford prises dans un barbelé, le ventre gonflé de chaleur, des essaims de moucherons tournant au-dessus d'elles.

Le lundi matin, j'étais épuisé.

– Rentre chez toi, Belle-Mèche, dit Helen.

– Pas question.

– Pourquoi ?

– Je rentrerai chez moi quand tu en feras autant.

– Je suis rentrée hier soir, et je suis revenue. J'ai dîné et j'ai enfilé des vêtements propres. J'ai aussi fait une petite sieste. Je t'avais chargé de me remplacer.

Je l'ai regardée d'un œil vide.

– Rentre chez toi, bwana, dit-elle.

Quand je suis arrivé à New Iberia, les rues séchaient au soleil, les trottoirs étaient couverts de feuilles gorgées d'eau. J'ai garé mon pick-up dans mon allée, et je suis entré dans la maison. Mais ni Alafair, ni Molly, ni Clete n'étaient là. Je me suis déshabillé dans la maison vide, et j'ai pris une douche, comme un ancien combattant qui revient d'un lieu qui est encore dans sa tête, et dont il ne parlera jamais à personne. Puis je me suis assis au fond de la cabine de douche, l'eau éclaboussant mon dos, et je me suis endormi.

Pendant que Rita ravageait les côtes de la Louisiane, Eddy Melancon était allongé, adossé à un oreiller, sur un lit près d'une fenêtre au troisième étage de l'hôpital Notre-Dame-du-Lac, à Baton Rouge. Il avait une belle vue sur le ciel nocturne et la nationale surélevée, et les torrents de pluie balayant les files de voitures qui entraient en ville ou en sortaient. Mais Eddy s'intéressait peu à la vue, ou au fait que l'infirmière avait fait un détour pour déplacer son lit et le réhausser, lui, de façon qu'il puisse voir la ville et les lumières dans le ciel. À la vérité, Eddy Melancon ne pensait qu'à sa propre personne. Elle était allongée là, dans ce lit, comme si elle avait été lâchée de trois cents mètres d'altitude, déconnectée de tous ses contrôles moteurs, insensible, flasque, nourrie par des tuyaux dont les aiguilles lui perforaient les veines sans qu'Eddy le sente.

C'était comme être enterré vivant dans son propre corps. Chaque fois qu'il s'endormait passaient dans sa tête des images incohérentes aboutissant au moment où quelqu'un s'était fixé sur lui avec un fusil de forte puissance. Il entendait le bruit sec de la minuscule roulette de son briquet, puis il entendait et sentait à la fois le flamboiement du liquide inflammable à l'intérieur de la grille. À l'instant où il aspirait la fumée, il voyait un projectile à tête d'épingle siffler à la surface de l'eau, volant à travers les flammes, et vrombir en pénétrant et en ressortant de son corps, brisant sa colonne vertébrale comme un tubercule séché.

Dans son rêve, il avait envie de se mettre le bras devant les yeux, ou de plonger dans l'eau. Mais il ne pouvait pas bouger, ni courir, ni même laisser tomber le briquet qui le brûlait. Quand il s'éveillait, il imaginait un instant que sa terreur venait d'un cauchemar, qu'il avait retrouvé sa motricité, et qu'il pouvait marcher jusqu'à la salle de bains et uriner dans la cuvette tandis que la journée et le monde s'adaptaient à ses besoins. Mais sa paralysie l'enveloppait comme du béton. Il passait sa langue entre ses lèvres, ouvrait et fermait les yeux dans le noir, attendant que le mouvement, ou la sensation, fassent à nouveau leur chemin dans son corps. Il baissait les yeux sur ses mains posées sur le drap, et attendait qu'elles obéissent aux ordres qu'il leur donnait mentalement. C'est alors qu'il entendait un hurlement à l'intérieur de sa tête, plus fort que n'importe quelle voix qu'il ait jamais entendue dans le monde réel.

Eddy observait les rideaux de pluie glissant le long de la vitre, et les ombres qu'ils faisaient sur sa peau. Quand les deux hommes vêtus de la tenue verte de l'hôpital entrèrent dans sa chambre, il pensa qu'ils venaient vérifier son cathéter, ou le laver avec une éponge, ou porter à sa bouche un verre avec une paille. Ou peut-être qu'ils allaient lui parler. Ses cordes vocales étaient intactes. Tant qu'il pouvait parler, il possédait encore un certain contrôle sur son existence. Il pouvait parler à ces types de sa convalescence. Il devait bien exister un moyen de réparer une colonne vertébrale, pensait-il. Ouais, il fallait juste aller dans un meilleur hôpital — à Houston, ou à Boston, ou à New York, dans un endroit comme ça. Bertrand avait dû planquer l'argent du casse. Il y aurait de quoi payer de bons docteurs, de bons programmes de rééducation. Ouais, ces fils de pute du coin peuvent aller jouer avec leurs bassins, pensa-t-il.

Un des hommes en vert fixa les yeux sur Eddy, son visage flottant au-dessus de lui comme un ballon blanc.

– Comment ça va ? demanda-t-il.

– Je me sens bien, murmura Eddy.

Pourquoi avait-il répondu ça ?

Comme un gamin qui crache des grains de pastèque et fait des claquettes pour plaire à M. Charlie. Ce n'est pas comme ça qu'il s'était adressé au personnel de l'hôpital, jusque-là. Qu'est-ce que ce type avait de différent ?

— Parce qu'on veut que tu te sentes bien pour le trajet jusqu'à la salle d'opération, dit le même homme.

— On est en plein milieu de la nuit, dit Eddy.

— Tout est détraqué, Eddy. Cet ouragan a tout foutu en l'air, dit l'homme.

Il bâilla et regarda sa montre.

— On va aller dans le couloir. Je veux rentrer voir mes gosses.

Le second homme approcha un brancard du lit d'Eddy. Quand un éclair s'incrusta sur un fond de ciel noir, Eddy vit nettement le visage de l'homme. Il était concave, les yeux enfoncés, la tête chauve et allongée, les lèvres du rose d'une gomme de crayon. Le second homme commença à débrancher les fils et les tuyaux que, quelques instants plus tôt, Eddy considérait comme un tel embarras.

— Qu'est-ce que tu fous, mec ? demanda-t-il.

L'homme au visage concave lui sourit.

— Relax. T'es dans de bonnes mains, dit-il.

Puis les deux hommes en vert le soulevèrent comme s'il ne pesait rien et l'allongèrent délicatement sur le brancard. Tandis qu'ils le poussaient dans le couloir, en direction de l'ascenseur, ils n'arrêtaient pas de le regarder avec bienveillance, le tapotant gentiment pour le réconforter chaque fois qu'il s'apprêtait à parler. Au rez-de-chaussée, il entendit s'ouvrir les portes de l'ascenseur, puis il sentit les roues du brancard gronder dans un couloir. Quelques instants plus tard, il y eut un souffle d'air, le bruit de portes qui se refermaient en glissant, et il sentit une odeur de pluie et de fumées d'échappement, il entendit des sirènes hurler à travers les rues.

Les deux hommes soulevèrent le brancard, et le chargèrent à l'arrière d'une ambulance.

— Qui êtes-vous ? Qu'est-ce que vous faites ? dit Eddy. Au secours !

L'homme au visage concave et aux yeux enfoncés entra à côté de lui et claqua la portière. Quand l'ambulance démarra et s'éloigna à toute vitesse, le corps d'Eddy bascula sur le brancard.

– T'as peur ? demanda l'homme.

– J'ai peur de rien, dit Eddy. Pas peur des mal blanchis, peur de rien.

– Pourtant tu devrais, dit l'homme en glissant dans sa bouche une barre de chocolat.

Il la mâcha en souriant.

Clete Purcel travaillait dans son bureau d'appoint, sur Main, et habitait chez nous, mais il retourna trois fois à La Nouvelle-Orléans, à la rechercher des frères Melancon et d'André Rochon. Pour reconstituer les chemins que Bertrand Melancon avait pu emprunter pour s'enfuir de chez Otis Baylor, juste après la fusillade, il utilisait un plan. Il traversait des jardins et des allées, quand, à un croisement, dans un quartier résidentiel, il tomba sur une femme qui jetait sur sa terrasse les vestiges de sa vaisselle, assiettes et verres s'écrasant sur les dalles.

– Je peux vous aider ? lui proposa-t-elle quand elle s'aperçut qu'il la regardait.

De la sueur coulait de son bandeau.

Il lui montra son insigne de privé et lui parla de la fusillade, plus loin dans la rue. Il lui donna la date et l'heure approximative où elle s'était produite.

– Je suis au courant de tout. Je pense qu'ils ont eu ce qu'ils méritaient, dit-elle.

Elle portait un dos nu, un short et des tongs, et ses cheveux châtains pendaient en mèches sur son front. Sa peau était anormalement blanche, et semée de grains de beauté. Clete pensa que, s'il n'avait pas fait si chaud à l'intérieur de sa maison, elle n'aurait pas été du genre à se laisser voir en dos nu et en short.

— Deux de ces types sont encore en cavale. J'aimerais les retrouver. Ils avaient un bateau vert en aluminium, avec un moteur hors-bord.

— Et alors, vous pensez qu'ils se sont installés quelque part dans la rue pour vous attendre ?

— Non, je pense qu'ils ont planqué ce qu'ils ont volé quelque part par là. J'aimerais retrouver ça pour mes clients.

Elle s'approcha du bord de la pelouse. Elle se mit les mains sur les hanches, et regarda l'intersection. Elle avait des veines bleues au-dessus des seins.

— J'ai vu un hors-bord de ce genre qui a failli se faire heurter par un hydroglisseur rempli de flics. Il y avait un homme noir à l'arrière. Il ressemblait à n'importe quel type effondré sur un bateau. Ils ont tourné après ma maison, et ils ont remonté l'allée. Ce sont ceux que vous cherchez ?

— On le dirait bien. Ils se sont arrêtés ?

— Ça m'aurait fait plaisir.

— Pardon ?

— Si des pillards étaient entrés dans ma maison, j'avais l'intention de leur servir des sandwichs au jambon fourrés à la mort au rat. J'avais mélangé le poison avec la moutarde, pour qu'ils ne le sentent pas. J'en avais préparé une douzaine.

Clete finit de griffonner dans son carnet ce qu'elle venait de dire à propos du bateau.

— Je peux vous poser une question personnelle ? demanda-t-il.

— Quelle question ? dit-elle, en fronçant l'œil gauche.

— Pourquoi détruisez-vous votre vaisselle ?

— Parce que cette satanée compagnie d'assurances vient de me dire que ma police ne couvre pas les dégâts des eaux. Parce que je pensais que j'allais leur fournir l'estimation de dommages la plus basse qu'ils puissent imaginer. Parce qu'ils m'ont pompé jusqu'au dernier cent que j'avais reçus au moment de mon divorce.

Clete, dissimulant un sourire, regarda plus loin dans la rue.

– Désolé, j'ai mal entendu votre nom. Vous ne voulez pas faire une pause ? Venir manger un morceau ? proposa-t-il.

On était vendredi midi, et je me trouvais dans le bureau que Clete avait à New Iberia, dans un immeuble de brique restauré de Main Street, en train d'écouter le compte rendu de sa descente la plus récente à La Nouvelle-Orléans. Le plafond en étain ouvragé du XIXe siècle était semé de fleurs de lys, et les murs décorés d'armes à feu anciennes. Par la fenêtre de derrière on voyait un patio de briques, ombragé de palmiers et de bananiers en pot, et Clete, souvent, déjeunait là. Mais aujourd'hui il n'arrêtait pas de parler des frères Melancon, d'André Rochon, et de la femme qu'il venait de rencontrer dans la rue où habitait Otis Baylor.

À mon avis, Clete était encore traumatisé par Katrina, et s'abandonnait à une obsession qui lui permettait d'imaginer que, s'il coinçait les types qui lui étaient passés dessus en voiture, il pourrait, d'une certaine façon, modifier les événements ayant transformé une cité de pain d'épice des Caraïbes en pâture pour les chacals de toutes sortes.

– J'ai tout compris, grand homme, dit-il. Bertrand Melancon a failli rentrer dans un hydroglisseur rempli de flics du NOPD. Alors il a tourné brusquement dans une allée derrière la maison de Courtney.

– La maison de qui ?

– La fille dont je t'ai parlé, celle qui balançait des assiettes sur sa terrasse. Bertrand a enfilé l'allée, et il a caché ce qu'il avait pris à Sidney Kovick quelque part en route. L'hôpital n'est qu'à trois rues de la maison de Courtney. Je crois que j'ai même retrouvé son bateau. Il était planqué sous un tas de branches. Le moteur avait disparu, mais il est vert, et en aluminium. Sur la coque, il y a écrit *Ducks Unlimited*. Je parie qu'ils l'ont piqué à une équipe de secours.

– Je trouve que tu consacres à ces types plus de temps qu'ils n'en méritent.

– Comment tu en arrives à cette brillante conclusion ?

– Coincer ces mecs ne va pas ressusciter La Nouvelle-Orléans, Clete. Elle a disparu, comme notre jeunesse. La ville qu'on connaissait sera une ville qu'on regarde dans les livres de photos anciennes.

Il se leva de son bureau, et regarda par la fenêtre. Il portait une chemise verte à manches courtes avec des rouges-gorges et des fleurs. Son cou était grêlé, ses cheveux taillés court et légèrement gras. Je vis le rouge monter à sa nuque.

– Ne dis pas de choses pareilles à propos de La Nouvelle-Orléans.

– Bon, je ne dis plus rien. Les types qui pendant deux jours ont laissé les gens se noyer vont envoyer des milliards pour reconstruire les quartiers pauvres.

Il se retourna face à moi. La vieille cicatrice qui allait d'un sourcil à son nez avait la couleur terne et la forme d'une rustine étirée.

– L'insigne que je porte pourrait sortir d'une boîte de céréales. Ma seule crédibilité, c'est le degré de respect que j'apporte à des raclures comme les Melancon. J'aimerais que ce soit différent. J'aimerais être encore au NOPD. Mais ça fait longtemps que j'ai saboté ma carrière. Ne me fais pas la leçon, Belle-Mèche.

La pièce resta longtemps silencieuse.

– Ce matin, j'ai eu sur mon portable un appel de Bertrand Melancon, dit-il.

– Les Melancon ont ton numéro ? dis-je, content d'avoir un autre sujet de conversation.

– Nig l'a donné à Bertrand. Il dit que son frère n'est plus à Notre-Dame-du-Lac, qu'il a été kidnappé. Il veut que je le retrouve. C'est ce que j'essayais de te dire, mais tu n'arrêtes pas de m'interrompre.

– Qui l'a kidnappé ?

– Bertrand pense que ce sont des gars de Sidney Kovick.
– Qu'est-ce que tu lui as dit ?
– Que je ne travaille pas pour les voyous, en particulier pour ceux dont je pense que ce sont aussi des violeurs.
– Et ensuite ?
– J'ai commis une erreur. J'aurais dû imaginer un moyen de le faire sortir. Bertrand a dû trouver dans cette maison quelque chose qu'il ne peut pas fourguer. En fait, j'ai l'impression qu'il ne sait pas vraiment ce qu'il a entre les mains.
– Je ne comprends pas ce que tu veux dire.
– C'est ce que j'ai dit à Bertrand. Il veut passer un accord avec Sidney pour qu'il lui rende son frère, mais il pense que ce qu'il a entre les mains est si chaud qu'une fois qu'il aura récupéré ça, Sidney les tuera, lui, Eddy et André Rochon.
– Ne fourre pas ton nez plus profond là-dedans.
– Tu n'en as pas entendu la moitié. Bertrand a commencé à parler de cadavres sous l'eau dans le Lower Nine. Il m'a dit qu'ils brillaient sous son bateau. Il m'a dit qu'il irait en enfer pour une chose qu'il a faite. Je lui ai dit de raconter ces conneries à un prêtre, et d'oublier mon numéro de portable. Tu sais ce qu'il m'a répondu ?

Je n'ai pas voulu en entendre plus. Le visage de Clete était marbré de taches de couleur, comme parfois quand son estomac réclamait de l'alcool.

– Bertrand a dit qu'un prêtre était bien la dernière personne qu'il avait envie de voir. Il a dit que c'était à cause d'un prêtre que ces cadavres brillaient sous l'eau.
– Je suis parti, dis-je.
– Tu vois ce qui arrive quand je suis franco avec toi ? cria-t-il dans mon dos.

À mon retour au bureau, j'avais mal à la tête. Le grand nombre de victimes à La Nouvelle-Orléans focalisait l'attention sur Katrina, mais l'ouragan Rita nous avait fait aussi beaucoup de mal, et avait rasé ou noyé des milliers de maison le long de la côte sud-est du Texas. À Lake Charles et Orange, au Texas, certains pâtés de maisons ressemblaient à une forêt après une tornade. Mon téléphone de bureau et mon portable n'arrêtaient pas de sonner. Mon bac de courrier débordait, et mon casier était bourré de mémos roses. Tous les flics, tous les pompiers, tous les auxiliaires médicaux de la paroisse ne dormaient que quelques heures par nuit, parfois sur un bureau. On nous avait prêté des flics et des pompiers d'autres États, mais la tâche était écrasante. Je n'avais pas le temps de m'inquiéter pour des gens qui avaient fait de mauvais choix, ou pour lesquels je ne pouvais rien, et ça valait pour le père Jude LeBlanc.

Paroles, paroles.

Clete avait mentionné un détail que je n'arrivais pas à me sortir de la tête à propos du bateau vert en aluminium. Je décrochai le téléphone sur mon bureau et composai son numéro.

— Tu m'as dit que tu avais trouvé le bateau de Bertrand Melancon ?

— Ouais, il était renversé sous un tas de branches et de détritus, près de l'entrée des urgences. On aurait dit qu'il y avait des taches de sang à l'avant.

— Les mots *Ducks Unlimited* étaient peints sur la coque ?

— Ouais, et alors ?

— Il y avait autre chose, sur la coque ?

Il réfléchit une seconde.

— Un colvert aux ailes étendues. Quel est le problème ?

— La petite amie de Jude LeBlanc dit que Jude avait trouvé un bateau pour évacuer ses paroissiens du grenier de l'église. Elle dit qu'il y avait un canard peint dessus. Jude faisait un trou dans le toit quand quelqu'un l'a agressé. Elle ne l'a jamais revu.

Il ne répondit pas, et je savais qu'il avait fait autre chose qu'il n'était pas pressé de me dire.

— Qu'est-ce que tu me caches ? dis-je.

— Bertrand Melancon m'a rappelé, il y a trois minutes. Il veut que je l'aide, mais il ne veut pas venir. Il craint que je lui botte le cul, ou que je le livre à Sidney Kovick. Alors je lui ai donné tes deux numéros de téléphone, bureau et portable. Si tu ne veux pas parler à ce type, tu lui raccroches au nez.

— Tu as fait exactement ce qu'il fallait.

— Je n'y crois pas. Tu te sens bien ? demanda-t-il.

Ce soir-là, on a mangé tous les deux seuls dans la cuisine, Molly et moi. Clete avait repris sa vieille chambre au motel dans la rue du Winn-Dixie, et Alafair travaillait comme volontaire au refuge du City Park.

— Je pensais qu'un steak à l'étouffée, ça changerait un peu. Tu n'aimes pas ça ? demanda-t-elle.

Je ne suis pas arrivé à me concentrer sur sa question.

— Je pense que Jude LeBlanc s'est sans doute noyé dans le Lower Nine. Mais sa mort était peut-être un homicide, dis-je.

Je vis une exaspération silencieuse s'emparer de son visage, comme le souvenir d'un cauchemar que la lumière du jour ne parvient pas à dissiper.

— Dave, personne ne pourra jamais rien changer à ce qui est arrivé à La Nouvelle-Orléans. Je me souviens de Jude. Je l'aimais bien. Mais c'était un homme malade.

— J'ai peut-être connaissance d'un meurtre. Je suis un officier de police. Je ne peux pas me contenter de dire « Désolé, espèce de fils de pute, mais j'ai d'autres chats à fouetter. »

Elle regarda par la fenêtre, l'ombre dans les pacaniers et les chênes verts, et la crue de Bayou Teche, qui montait maintenant de six ou sept mètres dans le jardin. Elle posa sa fourchette sur son assiette. De son pouce, elle tapota un cal sur sa paume.

— Tu devrais peut-être faire une sieste, te reposer un peu avant de retourner travailler, dit-elle.

— Un voyou qui s'appelle Bertrand Melancon a dit à Clete qu'il avait vu des cadavres de noyés briller sous son bateau dans le Lower Nine. Je crois que lui et des salopards de son espèce ont attaqué Jude et lui ont pris son bateau. Je crois que ça a coûté la vie à Jude et à ceux qui attendaient dans le grenier de l'église qu'il vienne à leur secours. C'est difficile d'évacuer ça.

Elle n'avait mangé que la moitié de son assiette. Elle la prit et sortit, scrutant la pente comme si elle voulait voir le soleil se coucher. J'ai pensé qu'elle allait peut-être terminer son repas sur la table à pique-nique, toute seule. Mais elle versa par terre son steak, son riz, sa sauce et son maïs, pour Tripod et pour Snuggs. Quand elle revint, elle lava dans l'évier son assiette, son couteau et sa fourchette, les posa sur l'égouttoir, et soupira.

— Je crois que je vais faire un petit tour. Tu viens avec moi ?

— Pas tout de suite, merci.

— Alors à tout à l'heure.

— J'aime beaucoup ce que tu as préparé, Molly, mais je ne peux pas me sortir de la tête tous ces pauvres gens qui sont morts. Quand je pense à eux, j'ai envie de tuer quelqu'un. C'est comme ça.

J'entendis la porte d'entrée se refermer derrière elle. Par la fenêtre sur le côté, j'apercevais dans son jardin le fils de mon voisin, rondelet, entre deux âges, féminin, en train de se vider lentement dans la gorge une bouteille de bière à long goulot. Un rayon de soleil couchant se reflétait à l'intérieur de la bouteille.

Un quart d'heure plus tard, une Honda jaune s'arrêta le long du trottoir. Alafair en sortit et remercia la jeune femme qui était au volant, puis elle entra.

— Où est Molly ? demanda-t-elle.

— Elle est allée faire un petit tour. Qui c'était ?

— Thelma Baylor. Elle nous aide au refuge.

– Vraiment ?
– Elle m'a dit que tu avais été chez elle.
– C'est vrai.
– Elle dit que tu penses que son père a descendu des Noirs.
– C'est une possibilité.
– Je ne crois pas que M. Baylor soit le genre d'homme à faire une chose pareille.
– Peut-être que non, Alf.
– Ne m'appelle pas comme ça, c'est stupide.
– La fille de M. Baylor a été violée, sodomisée et couverte de brûlures de cigarettes par trois Noirs tarés. Si ça t'arrivait, je ne serais peut-être plus le genre d'homme que tu penses que je suis.
– Ne parle pas comme ça, papa.
– Je ne vais pas te dicter tes fréquentations, mais à ta place j'arrêterais de voir Thelma Baylor.
– C'est moralisateur, et c'est injuste.
– Tuer les gens aussi.
– De qui tu parles ?
– Comme tu viens de le dire, M. Baylor ne paraît pas le genre de type à répandre dans l'eau la cervelle d'un gosse de dix-sept ans. Mais sa fille ? Tu crois qu'elle en serait capable ?
– Je reviens de l'abri, et j'ai l'impression d'avoir traversé des toiles d'araignées.
– Tu as mangé ?
– Mon Dieu ! dit-elle.

J'ai traversé la voie de chemin de fer dans le vrombissement des cigales pour me rendre à une réunion des AA, qui se tenait deux fois par semaine dans une villa en face du vieux lycée que je fréquentais il y a si longtemps. Après la réunion, j'ai marché jusqu'au bureau, et j'ai commencé à trier le tas de paperasse dans mon bac de courrier. À 22 h 14, mon portable sonna.

– Monsieur Robicheaux ?

– Oui.
– Ces enculés de Baton Rouge font rien pour mon frère.
– Surveillez un peu votre langage, je vous prie.
– Bon, mon frère a été kidnappé, et tu parles de mon putain de langage ?
– Laissez-moi deviner. Vous êtes Bertrand Melancon ?
– Écoute, mec, je veux pas savoir s'il y avait ou pas du sang sur ces pierres, je veux juste retrouver mon frère.
– Des pierres avec du sang dessus ?
– T'as un problème d'audition ?

J'avais les nerfs à vif, et j'étais complètement à plat. Les gens violents et stupides se conduisent toujours de la même façon. Le choix de l'attitude à avoir, des références à utiliser, vous appartient, et pas à eux. Quand on est un pro, on devient laconique et impassible, et leur propre énergie se retourne contre eux. Mais je n'étais pas en état.

– Écoute-moi, espèce d'idiot, ton frère s'est fait buter parce qu'il l'a bien cherché. Je ne sais pas de quelles pierres tu parles, et je ne suis pas le gardien de ton frère, ni le tien.
– J'ai essayé de parler à cette grosse raclure de Purcel, mais il a pas voulu m'écouter. Je veux débarrasser la ville de moi, mec. Je veux tirer mon frère d'ici. Je pète pas les plombs. Tu veux m'aider ou pas ? Si c'est non, dis-le tout de suite.
– Où es-tu ?
– J'ai ta parole, mec.
– Tu n'es pas dans ma juridiction. Les mandats d'arrêt contre toi dépendent de La Nouvelle-Orléans. Je ne dirai rien de plus.

Je l'entendais respirer dans l'appareil.

– Tu connais le quartier de Jeanerette ? Si je vois une voiture de patrouille, si je vois un uniforme, je tire.

14

Le club était fait de parpaings, avec un toit en zinc plat récupéré sur une grange, et se trouvait dans une ruelle derrière Jeanerette, non loin du pont mobile sur le Teche. Le ciel était noir, mais des projecteurs illuminaient les panneaux indiquant l'ouverture où le patron vendait cinq dollars des daiquiris glacés aux heureux automobilistes. Les lumières à l'intérieur éclairaient aussi la structure métallique du pont et la surface du bayou, qui montait haut sur les piles, comme une rouille jaunâtre. Quand je sortis de mon pick-up, l'air nocturne vibrait du chant des rainettes, et, dans l'obscurité, le vent soufflait sur un champ de canne à sucre. Je n'avais aucune envie d'entrer dans le club. Je n'avais aucune envie de respirer la fumée des cigarettes, l'odeur de désinfectant et de sueur froide, et de retrouver le monde dans lequel j'avais passé une grande partie de mon adolescence et de ma vie d'adulte. Mais c'est pourtant ce que j'ai fait.

À l'intérieur, les seules lumières provenaient de l'enseigne au néon, une publicité de bière, au-dessus du bar, et des portes entrouvertes des toilettes. Les box étaient en bois et en vinyle rouge. Ils étaient entaillés, fendus, creusés, couverts de brûlures de cigarettes, et ils m'évoquaient un alignement de grottes sombres le long du mur. La plupart de ceux qui buvaient là étaient soit des Afro-Américains, soit des ouvriers cajun endurcis, ou des gens qui s'intitulaient créoles et vivaient des deux côtés de la frontière des couleurs. C'était un lieu qui ne respirait ni la joie ni le désespoir, un lieu rarement marqué par la violence, rarement choisi pour les rendez-vous romantiques. C'était un lieu où les gens venaient quand ils avaient envie de mettre leur vie en suspens, un de ces lieux où les montres ne signifient plus rien, et où les nouvelles de Fox TV leur assuraient que les problèmes qu'ils connaissaient dans leur existence étaient dus aux autres.

Dans un box au fond de la salle, je vis un jeune Noir assis tout seul, avec devant lui une bière et une part de boudin blanc encore emballé dans son papier sulfurisé. Il portait un feutre à bord étroit, avec une minuscule plume rouge glissée dans le ruban, comme John Lee Hooker. Mais il avait le même regard hanté, un regard de prison, que celui du gosse dont la photo d'identité judiciaire se trouvait dans un dossier de toile, dans le classeur de mon bureau. Il leva les yeux sur les miens.

– T'es Robicheaux ?

Je m'assis en face de lui.

– Au téléphone, tu m'as dit « monsieur ». Maintenant, tu peux m'appeler « monsieur » ou « inspecteur ».

– Ça m'est égal.

– J'ai une longue nuit devant moi. Qu'est-ce que tu as à dire qui pourrait nous intéresser ?

– Tu pues l'hostilité, mec. C'est quoi, ton putain de problème ?

– Toi.

– Moi ? Qu'est-ce que je t'ai fait ?

– Je suis pratiquement sûr que toi, ton frère et tes amis, vous êtes des violeurs.

– Et si tu baissais un peu la voix, mec ?

Je sentais qu'un diapason commençait à vibrer à l'intérieur de moi. Un jour, j'ai vu des soldats américains suspendus dans des arbres, écorchés vifs. La colère que j'ai éprouvée alors était de celles qui détruisent l'humanité, et offrent de fausses justifications au mal qu'on fait à notre tour aux autres. À cet instant, je ressentais les mêmes sentiments envers Bertrand Melancon.

Je suis allé au bar acheter une bouteille d'eau gazeuse, puis je me suis rassis. J'ai bu à la bouteille, et revissé la capsule.

– Qu'est-ce que vous avez pris, dans la maison de Sidney Kovick ?

Il persistait à essayer de lire sur mon visage, comme s'il observait un animal dangereux à travers les barreaux d'une cage.

– Un .38 et un peu de liquide, de l'argenterie, du shit. Écoute, mec, avant que je continue...

– Quelles sont ces « pierres » dont tu n'arrêtes pas de parler ?

– Écoute, mec, il faut que t'éclaircisses cette rumeur que j'ai entendue. À propos de ce Kovick. Il a coupé les jambes de quelqu'un avec une tronçonneuse ?

– Sidney et sa femme vivaient à Metairie. Ils avaient un petit garçon de cinq ans. Il jouait sur son tricycle dans l'allée du voisin. Le voisin est rentré bourré, il a roulé dessus avec sa voiture. Il l'a tué. Six mois plus tard, le voisin a disparu. Personne ne sait ce qui lui est arrivé. Mais certains disent que Sidney a enfilé un imperméable et des gants en caoutchouc, dans un sous-sol de Shreveport, et qu'il a fait quelque chose d'affreux. Je ne sais pas s'il faut le croire ou pas.

Bertrand semblait épouvanté, le visage gris de peur. Il mit ses mains entre ses cuisses, et aspira, les dents serrées.

– Je veux pas entendre de trucs comme ça, mec.

– Si tu te mêles des affaires de Sidney, c'est comme ça que ça se terminera. Parle-moi des pierres que vous avez prises dans sa maison.

– Aucun fourgue y touchera. Le type qui a ces pierres en sa possession va se retrouver suspendu dans un casier frigorifique, un membre à la fois. C'est pas du flanc, mec. Y a trois mecs différents qui m'ont dit ça. C'est pour ça qu'ils ont pris Eddy. Pendant qu'on est ici, ils font cracher le morceau à Eddy. Je peux pas penser à ça.

Son haleine puait la peur, son visage était luisant. Il se prit le ventre et ferma les yeux.

– Ça va ? dis-je.

– J'ai des ulcères.

– Et tu manges du boudin ? Et tu bois de l'alcool ?

– Écoute, si je laissais presque tout dans un sac, que j'en garde juste un peu, et que tu donnes ça à M. Kovick ?

– D'où venait le coup de feu ?

Il déglutit, déconcerté, fâché de sentir son impuissance et de voir que je continuais à mener la conversation.

– J'l'ai pas vu. J'l'ai juste entendu, et j'ai vu Eddy tomber.

– Tu sais ce qui me dérange, dans cette histoire, Bertrand ? Tu ne parles pas de Kevin. Il avait dix-sept ans. C'était le seul d'entre vous qui n'avait pas de casier. Il s'est fait exploser la cervelle, et tout ce que tu sais faire, c'est parler de toi et de ton frère.

– On avait dit à André de pas l'amener. C'est pas notre faute. Pourquoi t'arrêtes pas de me chercher ?

– Vous avez fauché un bateau dans le Lower Nine, n'est-ce pas ?

Je vis ses doigts s'étaler encore une fois sur son ventre, sa bouche ouverte tandis qu'un spasme de douleur élançait ses intestins et son rectum.

– Je peux pas supporter ça. J'aurais préféré que ce soit moi plutôt qu'Eddy ou Kevin. Je veux juste récupérer mon frère. Je veux juste me tirer.

Il ne jouait pas. J'étais sincèrement persuadé que Bertrand Melancon habitait dans un lieu qui n'a pas de frontières géographiques, un lieu qu'on associe avec la mythologie et les religions démodées.

– Si j'étais à ta place, j'expédierais les affaires de Kovick à son magasin de fleurs, à Algiers. Avec un peu de chance, il libérerait ton frère, et ne vous poursuivrait pas.

J'ai essayé de garder les yeux rivés aux siens, sans ciller, mais il y a lu le mensonge.

– J'suis mort, c'est ça ?

– Dis-moi ce que tu as fait au prêtre du Lower Nine.

– Cette grosse raclure disait que t'étais correct. Mais t'es pas différent de moi. Tu t'occupes de tes affaires, t'essaies de me rendre malade et de me foutre la trouille pour avoir ce que tu veux. Les gens brillaient sous l'eau. Ça s'est passé là-bas, mec. Personne veut le croire. Mais j'l'ai vu. J'espère que je finirai avec eux. Peut-être qu'un jour toi aussi tu ressentiras ça, fils de pute.

Il serra son boudin dans le papier sulfurisé dans lequel il avait chauffé, et le prit avec lui en sortant. Je décapsulai la bouteille d'eau gazeuse, et bus au goulot. Je m'émerveillais de la facilité avec laquelle j'avais mis en pièces un homme diminué. Le club était silencieux comme une tombe. Je pouvais entendre les bulles monter dans la bouteille que j'avais entre les mains.

Quand je suis rentré, Molly dormait, le visage tourné vers le mur, ses hanches arrondies sous le drap. J'ai posé ma chemise et mon pantalon sur le dossier d'une chaise, mais je ne me suis pas couché. Je me suis assis par terre en caleçon, à l'intérieur d'une tache de clair de lune découpée en lamelles, appuyé droit contre le montant du lit. Je suis resté comme ça un long moment, mais je ne saurais dire pourquoi. Dehors, j'entendais le pont mobile cliqueter sur Burke Street, et un bateau à moteur à fort tirant qui remontait le bayou.

– Qu'est-ce que tu fais par terre ? demanda la voix de Molly au-dessus de moi.

– Je ne voulais pas te réveiller.

Je l'entendis se déplacer sur le matelas pour mieux me voir.

– Tu n'es pas fâché contre moi, n'est-ce pas ?

C'était une plaisanterie.

– Il y a des images que je ne peux pas oublier, quoi que je fasse, dis-je. C'est comme essayer d'exorciser un succube. Je n'ai pas ton degré de spiritualité, Molly. Je me rappelle des événements qui se sont produits hier, ou il y a des années, je me rappelle les salauds qui en sont responsables, et j'ai envie de remonter le temps, et de leur faire du mal. Je vais être encore plus franc : j'ai envie d'en barbouiller le mur.

Elle se mit à plat ventre, appuyée sur les coudes, sa tête penchée près de la mienne.

– Tu ne peux pas te confier à moi ? Tu ne penses pas qu'on constitue une équipe chargée de résoudre les problèmes qui se présentent, quels qu'ils soient ? Notre mariage en est là ?

Elle pianota sur ma nuque.

– Je t'ai posé une question, soldat.

– Je viens de mettre la pression sur un gosse noir, à Jeanerette. C'est un voyou, un dealer de méth, et peut-être un violeur. Mais on ne tire pas sur une ambulance.

Son visage flottait à la limite de mon champ de vision. Je sentais dans ses cheveux une odeur de shampooing. Elle posa une main sur mon épaule, et serra.

– De ta vie, tu n'as jamais délibérément fait du mal à un innocent, Dave. Tu prends en charge la souffrance des autres sans qu'ils te l'aient demandé. Ta plus grande qualité est ta plus grande faiblesse.

J'ai tourné la tête pour la regarder en face. Sa bouche était rose, sa peau brillait dans le clair de lune. Elle s'était fait couper les cheveux court, et les pointes qui lui pendaient sur les joues étaient denses et régulières. Une des bretelles de sa chemise de nuit s'était défaite, et je voyais les taches de rousseur sur son épaule. Elle me passa les doigts dans les cheveux.

– Tu veux bien quitter ce plancher, s'il te plaît ?

Je me suis allongé à côté d'elle, et elle s'est serrée contre moi. Je sentais son souffle contre mon oreille. Ses mains m'appuyaient fort dans le bas du dos. Elle glissa un pouce dans l'élastique de mon caleçon, et commença à faire descendre le tissu sur mes hanches, puis elle y renonça, et me laissa me déshabiller moi-même tandis qu'elle quittait sa culotte et sa chemise de nuit. Je commençai à monter sur elle, mais elle me repoussa, et s'assit sur mes cuisses, les bras tendus sur mes épaules. Elle me fixait d'un air bizarre.

– S'il t'arrivait quelque chose, je ne sais pas ce que je ferais, Dave. Je n'avais jamais imaginé que je pourrais ressentir ça pour un homme. Mais je le ressens avec toi.

– Molly...

– Non, c'est comme ça. Celui qui voudra te faire du mal devra commencer par me tuer.

Elle baissa la main et m'attira en elle. Quand ce fut terminé, je posai la tête contre l'humidité de sa poitrine, et je sentis son cœur battre aussi fort qu'un tambour.

Le lendemain, le jeudi, un sans-abri fourrageait dans une benne à ordures derrière la clinique vétérinaire de Baton Rouge, harponnant des cannettes à l'aide d'un bâton équipé d'une pointe. À l'annonce de l'ouragan Rita, on avait retiré tous les animaux de la clinique, et le vétérinaire n'avait pas encore repris son affaire. Le bar à côté avait ouvert à 7 heures, mais le seul mouvement qu'il y eût à l'intérieur était celui du domestique qui aérait le bâtiment et, par la porte de derrière, balayait des ordures dans la ruelle. Le sans-abri remplit son sac plastique de cannettes, et il était en train de faire un nœud au sommet quand il entendit un bruit qui ne s'intégrait pas à la routine du matin.

Il posa précautionneusement son sac sur l'asphalte, laissant les cannettes se tasser à l'intérieur. Il tendit l'oreille au cas où le bruit se reproduirait, mais il n'entendit rien, à part le vent qui soufflait dans les arbres du cimetière, au bout de la rue. Il alla à une extrémité de la ruelle, et regarda des deux côtés, puis il fit la même chose à l'autre extrémité. Le balayeur, un Noir, fit une pause dans son travail.

– Quelque chose ne va pas ?
– T'as pas entendu ce bruit ?
– Quel bruit ?
– Un bruit comme celui d'un animal enfermé dans le mur.
– Il n'y a pas d'animaux dans ce bâtiment. Les propriétaires sont tous venus les chercher. L'orage a fait cramer le système d'air conditionné. Et il n'y a pas d'animal dans le mur.

Le balayeur entra dans le bar, mais le sans-abri resta debout au milieu de la ruelle, tournant la tête d'un côté, puis de l'autre, tandis que le vent soufflait en rafales. Il prit son sac de cannettes et le jeta sur son épaule, son poids lui heurtant violemment le dos. Puis il entendit à nouveau le bruit. Cette fois, il n'y avait aucun doute sur sa provenance. Le sans-abri posa son sac et ouvrit une lourde porte de métal qui donnait dans un vestibule et l'entrée de service de la clinique.

Tout au fond des ténèbres, il distingua un brancard abandonné près de la porte de la clinique. Sur le brancard se trouvait une forme allongée que quelqu'un avait enveloppée dans un drap et sanglée sur un matelas de caoutchouc qui sentait l'urine. Le sans-abri souleva le drap, révélant le sommet de la tête d'un Noir. Il tira le drap un peu plus bas et vit les yeux du Noir, sa mâchoire couverte de chaume, un bandage sur sa gorge. Mais ce furent les yeux du Noir, et leur expression, qui firent trembler les mains du sans-abri.

– Je vais chercher de l'aide. Je reviens. Promis, dit-il.

En courant, agitant les bras, vers la porte arrière du bar, il trébucha sur son sac de cannettes.

Ce même après-midi, je reçus un appel de l'agent special Betsy Mossbacher, de Baton Rouge. Elle avait grandi à Chugwater, dans le Wyoming, et elle portait un jean et des bottes. Un jour, elle avait cherché la bagarre dans le bureau de Helen

Soileau, et, en sa présence, parlé d'elle comme d'un membre du « club des lécheuses ». Curieusement, elles étaient devenues depuis les meilleures amies du monde.

— Comment ça va, Dave ? Je prends en charge la fusillade contre Eddy Melancon et Kevin Rochon. J'ai pensé qu'il fallait que je te mette au courant.

Betsy Mossbacher était une vraie femme de cow-boy, sans doute l'officier de police fédérale le moins adapté socialement du Bureau[1], et le pire conducteur sobre avec qui j'aie jamais travaillé. Mais question honnêteté et courage, elle était sans égale. J'avais imaginé que l'enquête sur la fusillade de Melancon et de Rochon s'éteindrait d'elle-même, en raison soit de culs-de-sac, soit de l'inertie bureaucratique. Le fait que Betsy en soit chargée n'était pas une bonne nouvelle pour celui qui avait appuyé sur la détente.

— Je ne suis concerné par l'enquête sur l'affaire Melancon-Rochon que de façon périphérique, dis-je.

— J'adore ton vocabulaire, mais arrête ces conneries. Un sans-abri a découvert Eddy Melancon derrière une clinique vétérinaire, tôt ce matin.

— Melancon est mort ?

— On pourrait le décrire comme ça. Il a des sensations au-dessus du cou, mais pour son cerveau, on ne peut pas savoir. Il y avait des traces d'adhésif sur sa bouche et son nez. Je suppose qu'il a été torturé d'une façon qui implique la privation d'air. À mon avis, il n'avait rien à dire, et il a fallu longtemps à ses bourreaux pour l'admettre.

Elle marqua une pause pour laisser ses mots faire leur chemin en moi.

— Qu'est-ce que t'as comme pistes ? demanda-t-elle.

— Pas grand-chose. À l'origine, j'ai été prêté pour cette enquête à la suite de Katrina. J'ai parlé à Bertrand Melancon

---

[1]. FBI : Federal Bureau of Investigation.

dans un bar de Jeanerette, hier soir. Je crois qu'il détient des biens volés dans la maison de Sidney Kovick, qu'il a peur de les garder, et encore plus peur de les rendre.

– Tu étais avec Bertrand Melancon et tu ne l'as pas bouclé ?

– Notre Ritz-Carlton est plein. Et le tien ?

J'entendais la frustration monter en elle.

– Écoute, Dave, on laisserait tomber cette affaire si quelqu'un n'avait pas collé une balle dans la cervelle d'un gosse noir de dix-sept ans qui n'avait pas de casier. Il y a trop de gros branleurs blancs qui ont passé du bon temps à casser du Noir dans les hauteurs de La Nouvelle-Orléans. C'est du moins ce que pense mon patron. Par ailleurs, Sidney Kovick est quelqu'un qui intéresse de plus en plus le Bureau. Quand tu interroges des criminels qui sont mêlés à une affaire dont je m'occupe, je veux être au courant.

– Bertrand m'a dit qu'il avait je ne sais quelles pierres prises dans la maison de Kovick. Il parlait de pierres qui ont du sang dessus.

Cette fois, c'était à mon tour de laisser ce que je venais de dire faire son chemin en elle.

– Des « diamants de sang » ? demanda-t-elle.

– On le dirait bien.

– Tu veux dire qu'un voyou pourrait avoir empoché des millions sur une simple effraction ?

– Tout ce que je sais, c'est qu'en ce moment Bertrand Melancon les changerait contre un ticket de bus pour Saskatoon.

Je voulais oublier les frères Melancon, les Rochon, Sidney Kovick, mais je ne pouvais pas me sortir de l'esprit le père Jude LeBlanc. Néanmoins, je n'avais pas cité son nom à Betsy Mossbacher. Pourquoi ? Parce que, en toute franchise, faire respecter la loi ne consiste pas même à la faire « respecter ». On s'occupe des problèmes une fois que les choses se sont passées. On attrape les criminels par chance ou par hasard, soit lorsque les crimes sont perpétrés, soit grâce à des indices. Pour des raisons légales et par manque de preuves, la plupart des crimes commis par des récidivistes ne sont même pas susceptibles d'être poursuivis. La plupart des détenus qui sont au trou ont passé leur vie à imaginer des moyens de se faire remarquer par le système. Finalement, la prison est le seul endroit où ils se sentent à l'abri de leur propre échec.

Malheureusement, les dernières personnes auxquelles on pense sont les victimes. Elles deviennent un post-scriptum à l'enquête et au procès, des adverbes plutôt que des noms. Demandez à la victime d'un viol, ou à des gens qui se sont fait tabasser à coups de crosse de revolver ou de tuyau de métal, ou ont été attachés à des chaises et torturés, ce qu'ils ont pensé du système, quand ils ont appris que leurs agresseurs avaient été relâchés sous caution sans que leurs victimes en aient été prévenues ?

Je ne crois pas à la peine capitale, mais je n'ai pas d'argument contre ceux qui la défendent. Les bouches des gens qu'ils représentent sont remplies de sable. Quel serait l'avocat qui n'essaierait pas de leur prêter sa voix ? Mais que pouvais-je faire pour Jude LeBlanc ? Il s'était porté volontaire pour le jardin de Gehtsémani, non ? Chacun assume son fardeau.

Voilà le genre de pensées que je ruminais en milieu de journée.

Ce soir-là, au crépuscule, le ciel au-dessus de nous était vraiment bleu, les arbres dans le jardin, gagnés pas l'ombre, et vibrant de rouges-gorges qui revenaient du Nord. Pendant qu'on débarrassait la table de la cuisine, Alafair jeta un coup d'œil par la fenêtre.

– Clete Purcel est dans le jardin.

Il était assis à la table en séquoia, regardant un remorqueur passer sur le bayou. Tripod et Snuggs étaient tous les deux sur la table, profitant de la soirée. Tripod humait la brise, tandis que Snuggs arpentait la table, sa queue raide balayant le visage de Clete.

Clete alluma une cigarette, ce que je ne l'avais pas vu faire depuis des mois. Je sortis et m'assis à côté de lui. Il avait le visage rouge, mais son haleine ne sentait pas l'alcool, et il n'y avait pas de traces d'herbe sur ses vêtements. Il lut dans mes yeux.

– Je suis retourné à Big Sleazy avec la capote baissée, dit-il.

– T'as le cafard ?

– On est devenu un peu gourmands, Courtney et moi.

– Attends une seconde. Redis-moi qui est Courtney.

– Courtney Degravelle, la fille qui habite dans la rue d'Otis Baylor, celle qui a vu Bertrand Melancon manquer de se faire balayer par un hydroglisseur du NOPD.

J'ôtai la cigarette de la main de Clete, la jetai par terre, et l'écrasai.

– Dave, lâche-moi un peu, tu veux bien ?

– Tu es devenu gourmand, en quel sens ?

Il prit Snuggs par la queue, et le fit rebondir sur ses pattes arrière. Snuggs était trapu, avec de courts poils blancs, et des muscles qui ondulaient quand il marchait. Ses oreilles étaient déchirées et tordues, sa fourrure striée de cicatrices roses. Il avait une vie amoureuse débridée, et se montrait très possessif en ce qui concernait son jardin. Il menait des batailles féroces pour protéger Tripod et, la nuit, souvent, il dormait sur le toit pour bien s'assurer qu'aucun intrus ne violait leur propriété, à Tripod et à lui. Clete était la seule personne à laquelle il permettait quelques libertés. Je suppose que Snuggs savait reconnaître un frère d'armes quand il en voyait un.

– Courtney dit qu'elle a vu un jeune Noir rôder dans la ruelle derrière sa maison, il y a quelques semaines. Il a tiré quelque chose d'un bateau et l'a mis dans un garage. Elle n'y a pas repensé jusqu'à ce que je lui dise qu'à mon avis, avant de conduire son frère à l'hôpital, Bertrand Melancon avait planqué ce qu'il avait pris chez Kovick quelque part dans cette ruelle.

– Tu lui as raconté tout ça ?

– Hé, elle essaie d'aider. Elle m'a appelé hier, et elle m'a dit qu'elle avait trouvé des billets détrempés dans sa haie. Pas juste quelques-uns, des liasses entières. À mon avis, Bertrand les a laissés tomber dans l'eau, et ils ont flotté jusque chez Courtney.

– On parle de quelle somme ?

– Dix-sept mille dollars et des poussières.

– Vous aviez l'intention de le garder, Courtney et toi ?

– J'y ai réfléchi. Qu'est-ce que je devais faire, le rapporter à Sidney ? Et si ce n'était pas à lui ? Tu crois qu'il allait le reconnaître ? « Ce n'est pas à moi, Purcel. Garde-le, t'es un type super ».

– Alors qu'est-ce que t'as fait ?

– Ces billets me faisaient une sensation bizarre. S'ils appartenaient à Sidney, pourquoi il les aurait gardés dans sa maison ? Même si c'était de l'argent sale, il pouvait le blanchir en passant par une banque sud-américaine. Alors j'ai apporté quelques échantillons à Tommy la Baleine, tu te souviens, Tommy l'Orque, le type qui recelait des bijoux et des montres volés pour les Carlucci ? Tommy a commencé par observer les billets à la loupe, avec des gargouillements approbateurs, jusqu'à ce que je finisse par dire : « Les présidents morts te font un drôle d'effet, hein ? »

» Il me dit : « Ouais, un drôle d'effet, Purcel, c'est le mot. Le monde est merveilleux, mais il est parfois drôle. Qui a fait ça ? »

» T'arrives à imaginer une chose pareille ? Ces voyous non seulement ont eu la malchance de piller et de saccager la maison de Sidney Kovick, mais l'argent qu'ils ont pris, c'est de la fausse monnaie.

Le récit de Clete était long et tortueux, ce qui était toujours sa méthode pour éviter de reconnaître quelque chose.

– Viens-en au fait, dis-je.

– J'ai envie de me plonger dans un bain de lessive. Depuis Katrina, je n'arrête pas d'entendre piétiner des petits cochons qui vont à la soupe. Les envahisseurs de Washington arrivent par tombereaux entiers. Maintenant je suis aussi sale qu'eux.

De mon poing fermé, je lui tapotai les omoplates.

– T'es le meilleur des meilleurs, Cletus. Rends les billets à Courtney Degravelle, et dis-lui de les donner au FBI. Ne t'approche pas de Sidney. Fin de l'histoire.

Snuggs fit demi-tour et donna un coup de queue dans le visage de Clete, attendant qu'il le gratte entre les oreilles.

Le matin venu, j'ai appelé Betsy Mossbacher à l'antenne du FBI à Baton Rouge. Je suis tombé sur sa boîte vocale.

– Sidney Kovick devait avoir de la fausse monnaie planquée dans sa maison. Des billets qui ont flotté dans la rue. Mais attention, je ne suis pas sûr qu'ils soient à lui. Bonne chance, dis-je.

J'espérais ne pas entendre parler de Betsy pendant un moment, mais elle me rappela trois minutes plus tard.

– Comment tu sais, pour ces billets ?

– Information confidentielle.

– Bon.

Puis j'abordai le sujet qui s'était emparé de mon esprit depuis que Natalia Ramos m'avait raconté le destin probable de Jude LeBlanc.

– Tu n'as pas entendu parler d'un prêtre noyé dans le Lower Nine ?

– Non.

– Il s'appelle le père Jude LeBlanc. Il essayait de percer un trou dans le grenier d'une église, quand on lui a volé son bateau. Ce sont peut-être les frères Melancon et les deux Rochon qui ont pris le bateau.

— Un tas de gens ont été emportés dans la mer, dit-elle. Je crois qu'il a y a encore des centaines de gens sous les décombres. Certains troupiers pensent qu'il y a plus de trente-cinq personnes enfouies sous un seul immeuble. L'odeur est affreuse.

— Il n'y a pas que ça, Betsy. Bertrand Melancon dit qu'il a vu des corps lumineux sous l'eau dans le Lower Nine. T'as déjà entendu parler d'un truc comme ça ?

— Je vais te laisser.

— Ne raccroche pas. Melancon dit que c'est Jude LeBlanc qui a fait briller les corps. Ce type est poursuivi par les Furies. Il a fait quelque chose, ou il a vu quelque chose, là-bas. Il a peut-être commis un homicide.

— On vit une sale période. Pourquoi porter un fardeau qui va nous briser le dos, sans alléger le fardeau des autres ? Prends soin de soi, Dave.

*
* *

Il y a bien des années, Huey P. Long, sénateur des États-Unis, connu aussi sous le surnom de Kingfish, a fait cadeau de notre État à Frank Costello. À son tour, Costello a sous-traité le vice en Louisiane avec la famille du crime de La Nouvelle-Orléans. Le NOPD et la mafia coexistaient à peu près de la même façon que la mafia coexistait avec les autorités légales à Chicago et à New York. Le Carré était devenu Elsie la vache à lait, et personne n'avait le droit de s'en mêler. Le modèle, c'était les thermes de Caracalla. Les congressistes d'Omaha et de Meridian pouvaient assister à des spectacles de nus sur Bourbon Street. Ils pouvaient se cracher dessus mutuellement du whisky-soda dans les chambres d'hôtel, et se faire baiser par des putes qui ressemblaient à des stars de cinéma. Au mardi gras, ils pouvaient s'ébattre avec des travestis et faire tourniquer leurs bites sur le balcon du night-club gay de Tony Bacino. Si la facture était un peu salée, personne ne se plaignait. La règle était simple. Tout le monde passait du bon temps, et rentrait chez lui content. La Cité du Péché était sauve, et tous les péchés qui y étaient commis étaient pardonnés, grâce au NOPD et au chapitre local de la mafia de La Nouvelle-Orléans.

« La loi et l'ordre », « les valeurs familiales », n'étaient pas des abstractions. Les arnaqueurs étaient jetés des toits, et les pickpockets se trouvaient escortés à la frontière de la paroisse, leur structure osseuse remodelée. Quiconque braquait un restaurant ou un bar fréquenté soit par les flics de La Nouvelle-Orléans, soit par les mafieux, se faisait descendre *illico*. Personne ne sait trop ce qui arrivait aux pédophiles. J'ai toujours soupçonné que certains s'étaient réincarnés en pâtée pour poissons.

La symbiose culturelle était un mode de vie. Les chefs de la mafia étaient amoraux et impitoyables, mais ils opéraient toujours de façon pragmatique. C'étaient des pères de famille, qui adoptaient certaines règles, dont l'une consistait à ne pas attirer l'attention. En tant qu'hommes d'affaires, ils comprenaient qu'il était important de se rendre à l'église, d'assister aux cérémonies patriotiques, et de garder une apparence de décence. La plupart d'entre eux tenaient leur parole, en particulier quand ils traitaient avec le NOPD. En fait, c'était la seule devise qui leur permettait de rester en activité.

Tout ça a changé avec l'arrivée en ville de la cocaïne. En deux ou trois ans, les morts-vivants ont envahi le centre. Des adolescents noirs qui semblaient cuits au micro-ondes traînaient avec des neuf millimètres, complètement déconnectés des souffrances et de la mort qu'ils infligeaient parfois. La relation ancienne et heureuse de La Nouvelle-Orléans avec la Grande Putain de Babylone était terminée. Un gamin avec le QI d'un gâteau de semoule vous piquait votre fric dans le cimetière St. Louis et, après réflexion, sans raison explicable, étalait votre cervelle sur une tombe de brique.

Un jour, un journaliste demanda à John Dillinger, qui était bouclé à la prison de Crown Point, Indiana, ce qu'il pensait de Bonnie Parker et de Clyde Barrow. Il eut un grand sourire tordu, et répondit : « Ce sont deux vauriens. Ils dévalorisent le pillage de banque. » À La Nouvelle-Orléans, la respectable infrastructure criminelle de la ville fut remplacée par des camés et des voyous. C'étaient les nouveaux « vauriens», et ils ont gâché le plaisir de tout le monde.

Mais certains partisans de l'ordre ancien s'en tenaient aux anciennes méthodes, et refusaient d'admettre qu'ils étaient devenus des dinosaures. L'un d'eux était un tas de sperme de deux cent cinquante kilos qui s'appelait Tommy la Baleine, connu aussi sous le nom de Tommy l'Orque, ou de Tommy la Nageoire. Il portait des costumes de lin couleur crème, et ses yeux se réduisaient à des fentes. Le country-club de son quartier le révoqua après qu'il se fut jeté du plongeoir comme un boulet de canon, suscitant un raz de marée au cours d'une cérémonie de mariage, et expédiant la mariée sur un parterre de fleurs. Le véhicule familial était un SUV dont le châssis était supporté par des ressorts de tank. Le plus jeune de ses cinq enfants, sa fille, pesait plus de cent cinquante kilos. Il y a des années, le vendredi et le samedi soir, Tommy conduisait toute la famille Baleine à Metairie, à un buffet à volonté qui coûtait six dollars, et il a ruiné le patron. C'était un personnage à la Damon Runyon, avec qui j'avais partagé un box à une course de chevaux, un personnage de bande dessinée, gélatineux, qui sentait le talc pour bébé, l'eau de lilas et le déodorant pour la bouche. Mais la culture de la dope avait été le fléau des respectables entreprises illégales de La Nouvelle-Orléans, et le code de conduite personnel de Tommy avait été évacué avec celui de la ville.

Pour dire les choses plus simplement, Clete Purcel avait réussi à se fourrer à l'intérieur d'un réacteur en marche.

Le gros de l'histoire fit la une du *Times-Picayune* ; j'appris les détails par un auxiliaire médical de New Iberia parti travailler à New York juste après l'ouragan.

Tommy la Nageoire arriva en grande pompe au magasin de fleurs de Sidney Kovick, à Algiers, resplendissant avec son pantalon blanc qui aurait convenu à un rhinocéros, sa chemise de soie bleu ciel, et sa cravate à pois. L'un des larbins de Sidney, Marco Scarlotti, lui ouvrit la porte de son SUV, comme pour un membre de la famille royale, et l'accompagna jusqu'à l'entrée du magasin. La matinée était encore fraîche, et, au-dessus de la vitrine, le store à rayures vertes et blanches était gonflé par la brise venue du fleuve. Marco tint la porte grande ouverte pour que Fat Tommy puisse entrer.

– Sidney aura un peu de retard. Prenez un café et des beignets au chocolat. On en a des provisions.

– Ouais, je grignoterais bien quelque chose. Merci, Marco.

– Ça baigne, Tommy. Vous avez bonne mine. On dirait que vous avez perdu quelques kilos.

Mais pendant qu'il parlait à Marco, Tommy la Baleine n'avait pas jaugé la largeur de la porte. Avant qu'il ait pu s'en rendre compte, il se trouva coincé dans le cadre, le postérieur portant sur une jambe, l'estomac et le scrotum écrasant l'autre.

– Il faudrait me pousser un peu, Marco, siffla-t-il.

Marco, bien planté sur le sol, commença à appuyer par-derrière, poussant de l'épaule comme pour faire monter un cheval dans un van. Puis l'autre garde du corps, Charlie Weiss, arriva du fond du magasin et commença à tirer sur le bras de Tommy, qu'il déboîta.

– Vous avez mauvaise mine. Ça va ? dit Marco. Va lui chercher un verre d'eau, Charlie.

– Il est assez lourd comme ça. Seigneur, ses jambes le lâchent. Debout, Tommy. Ce n'est pas un endroit pour s'asseoir. Oh merde, dit Charlie.

Mais le temps que les secouristes arrivent au magasin, Tommy et son embonpoint s'étaient encastrés dans le cadre de la porte, comme un dirigeable à moitié dégonflé. Ses lèvres étaient couvertes d'une pellicule de bave, sa respiration, un halètement de souffrance.

— Tenez bon, mon vieux. On va démolir le mur, dit un infirmier.

Mais Tommy n'écoutait pas. Son visage ruisselait de sueur, ses yeux étaient fixés sur ceux de Marco.

— Je suis foutu, dit-il.

— Non, on va vous sortir de là, Tommy. Tenez bon, dit Marco.

Tommy haletait, comme s'il cherchait délibérément à s'oxygéner le sang.

— Écoutez, dites à Sidney que c'est Clete Purcel qui a ses faux billets. Dites à Sidney de prendre soin de ma famille.

Puis Tommy la Baleine ferma les yeux et partit en mer, laissant Clete avec une pierre au cou.

15

Otis Baylor entra dans mon bureau tôt le lundi matin. Son pantalon était retenu par des bretelles, il portait une chemise blanche à manches longues et une cravate, et la fraîcheur de l'aube semblait irradier de lui. Mais, visiblement, il ne voulait pas qu'il y ait de malentendu quant au but de sa visite.

– J'ai à vous poser une question qui exige une réponse, m'annonça-t-il.

– Asseyez-vous.

– Un certain Ronald Bledsoe est venu chez moi samedi, sans s'annoncer et sans être invité. Il m'a dit qu'il était détective privé, et qu'il travaillait pour l'État. Il m'a montré un insigne doré, et une carte d'identité avec sa photo. L'État fait des choses comme ça ?

– Je n'en suis pas certain. Que voulait ce type ?

– Il m'a dit qu'il enquêtait sur la fusillade dont ont été victimes ces deux gamins noirs. Il m'a demandé si l'un d'eux était passé dans mon allée. Je lui ai répondu que je l'ignorais. Il m'a demandé si j'avais trouvé dans ma propriété des objets qui auraient pu être volés chez quelqu'un.

– Que lui avez-vous répondu ?

– Que si j'avais trouvé des objets volés quelque part, je les aurais apportés aux autorités. Il m'a dit qu'un voisin avait vu un des pillards dans mon allée.

– Quel voisin ?

– Au début, il n'a pas voulu me le dire. Puis il m'a dit que c'était Tom Claggart. Les manières de cet homme ne m'ont pas plu, monsieur Robicheaux.

– Appelez-moi Dave.

Il ne tint pas compte de mon interruption.

– Je pense que cet homme se fait passer pour ce qu'il n'est pas. C'est un type bizarre. Il a un regard étrange.

Je sortis de mon bureau un bloc jaune, pour les dépositions.

– Il vous a laissé une carte professionnelle ?

– Non. Mais je ne le lui avais pas demandé.

– Vous pouvez me le décrire, s'il vous plaît ?

– Un homme blanc, grand, chauve, avec un visage long, un peu enfoncé au milieu. Sa bouche a une drôle de couleur, comme s'il y avait passé du rouge, ou qu'elle ne correspondait pas à son teint. Il a une voix douce, avec un accent, du genre de celui des gens de Caroline. Ses yeux sont verts. Ma fille travaillait dans le jardin. Il n'arrêtait pas de la regarder. Je ne veux plus que ce type traîne autour de chez moi.

– S'il revient, dites-lui de partir. S'il n'obéit pas, appelez-nous.

– Vous viendrez ?

– Bien sûr.

– C'est tout ce que je voulais savoir.

Il commença à se lever.

– Je voulais vous poser une question à propos d'autre chose, dis-je, en écartant mon bloc-notes comme si la partie officielle de notre entretien était terminée. Quand j'étais dans l'armée, la première arme militaire dont je me suis servi était un Springfield de 1903.

Maintenant il était debout, attendant que je dégaine.

– C'est un bon fusil. Vous avez laissé le vôtre à La Nouvelle-Orléans ? demandai-je.

– Non, il est dans ma maison de New Iberia. Vous voulez le voir ?

– Je pensais que je pourrais peut-être m'en servir un jour.

– Quand vous voulez. Vous devez avoir tout le temps que vous voulez, dit-il.

Après son départ, je traçai des cercles sur mon buvard. Soit Otis Baylor était innocent, soit il était très malin. Si c'était lui ou un membre de sa famille qui avait descendu les deux pillards, il aurait été tenté de perdre l'arme supposée du crime, au cas où on retrouverait la balle incrustée dans une maison ou un tronc d'arbre de l'autre côté de la rue. Mais j'ai supposé qu'Otis n'était pas arrivé où il était arrivé en agissant de façon prévisible.

Je tirai de mon classeur métallique le dossier sur la fusillade, et je relus les notes concernant mon entretien avec le voisin, Tom Claggart. Claggart avait déclaré qu'il dormait profondément et qu'il n'avait pas entendu le coup de feu qui avait tué Kevin Rochon et fait d'Eddy Melancon un invalide. Mais le type qui se disait détective privé prétendait que Claggart lui avait dit avoir vu un des pillards sortir de l'allée d'Otis Baylor. Si le privé disait la vérité, Claggart avait menti, soit à lui, soit à moi.

Pourquoi ?

Je l'ignorais.

Tôt le mardi matin, Clete Purcel fut réveillé par un chant d'oiseau dans son pavillon du motel. Dans un style bohème, son domicile secondaire ne manquait pas d'allure. C'était un endroit venu d'une autre époque, sans téléphone, ombragé par des chênes verts, la pente qui menait au bayou, pailletée par le soleil d'automne. Il se prépara un café et laissa tomber dans une poêle à frire une tranche de jambon et trois œufs. Puis, pendant que ça cuisait, il se rasa et se lava les dents. Ensuite, il ouvrit les stores, et regarda sa Caddy, son toit moucheté de chiures d'oiseaux. Elle était là où il l'avait garée, sous un chêne vert florissant. Un homme de grande taille au crâne chauve et brillant et à la tête étrangement allongée observait la voiture, le menton sur le poing. Il se pencha en avant, et regarda les roues et les jantes à rayons, le chrome rouillé sur le pare-chocs arrière, et la plaque de la Louisiane couverte de boue séchée. Avec le pouce, il essuya la boue de l'un des numéros, puis se frotta les doigts.

— Je peux vous aider ? demanda Clete depuis sa porte.

— J'admirais votre véhicule. Je m'amuse à restaurer des voitures anciennes, répondit l'homme.

Il avait des sourcils épais, comme des demi-lunes de fourrure animale collées sur un visage sans expression.

— J'ai une Rolls-Royce. Mais j'adore aussi les Cadillac. Où vous l'avez trouvée ?

— Une compagnie de cinéma tournait un film à New Iberia. Quand ils sont partis, ils ont vendu tous leurs véhicules.

— J'aurais bien aimé être au courant, dit l'homme. Je m'appelle Ronald Bledsoe. Et vous ?

— Je vous prie de m'excuser. Mon petit déjeuner est prêt, dit Clete qui s'apprêtait à refermer la porte.

— Je viens juste de m'installer en face, et je voulais me présenter.

— C'est drôle. C'est une famille réfugiée de la paroisse de Cameron qui habitait là.

— Mon agence a aidé à les reloger. Je suis détective privé.

— C'est pour ça que vous regardiez ma plaque ?

— Non, c'est juste une habitude. Quand je vois de la boue, je l'essuie. Ça vient de mon éducation, je suppose.

— Vous pourriez peut-être m'indiquer un endroit où on restaure les vieilles Caddy ?

Le type qui disait s'appeler Ronald Bledsoe regarda le bayou, pensif.

— À vrai dire, je connais un type dans le coin. Laissez-moi vous écrire son nom sur ma carte.

Il écrivit un nom au dos de sa carte, qu'il tendit à Clete.

– Dites-lui que vous venez de ma part.

– Merci beaucoup, vraiment, dit Clete, qui glissa la carte dans la poche de sa chemise.

Clete termina son petit déjeuner, puis m'appela sur mon portable.

– Un type à la voix onctueuse, qui dit s'appeler Ronald Bledsoe, traînait autour de ma Caddy. Il a l'air franc comme un âne qui recule. Tu peux faire faire des recherches par le NCIC ?

– Je l'ai déjà fait.

– Pourquoi ?

– Ce même type est allé chez Otis Baylor. Baylor l'a trouvé bizarre, lui aussi. Le National Crime Information Center n'a rien sur lui.

– Ce type a parlé à Baylor ?

– Il paraît penser que Bertrand Melancon a peut-être planqué des objets volés sur la propriété de Baylor. Il prétend travailler pour l'État.

– D'après sa carte professionnelle, il vient de Key West. J'ai appelé le numéro, mais la ligne est coupée. Il m'a aussi parlé d'un marchand de voitures de Lafayette. Le type m'a dit que ce nom ne lui disait rien. Tu crois qu'il travaille pour Sidney ?

– Peut-être.

– Ce type est un vrai faux-cul, Dave.

– Tu connais beaucoup de privés qui sont des gens normaux ?

– Je n'arrive pas à croire que tu puisses dire une chose pareille.

– Enfin, tu vois ce que je veux dire.

– Je suis content que tu t'expliques. Sinon, je t'aurais trouvé insultant.

Clete avait dit que, depuis Katrina, il entendait piétiner des petits cochons qui vont à la soupe. Je trouvais cette image gentille. Selon moi, la réalité était bien pire. Les nouveaux venus n'avaient rien à voir avec les parasites du cru qui sucent le sang à la Louisiane depuis des générations. Ils étaient bien élevés, stylés, dotés d'une expérience globale de la cupidité et de la vénalité, et, à côté d'eux, les membres gominés de notre législature locale avaient l'air d'enfants de chœur. Imaginez une pyramide inversée. Des sommes d'argent à tomber par terre était versées à des groupes d'initiés qui sous-traitaient avec de petites entreprises n'employant que des travailleurs non syndiqués. Un contrat de cinq cents millions de dollars pour déblayer des gravats avait été accordé à une compagnie de Miami qui ne possédait pas un seul camion, puis le travail avait été sous-traité à des manœuvres qui, effectivement, dégagèrent les gravats et les emportèrent à dos d'homme. Les réparations d'urgence des toits exigeaient un peu plus que de clouer des rouleaux de feutre bleu sur du contreplaqué. La FEMA fournissait gratuitement le feutre. Les initiés eurent le contrat pour cent dollars le *square foot*[1], et sous-traitaient pour deux dollars. Entre-temps arrivèrent cinquante mille ouvriers non syndiqués, la plupart venus des Caraïbes, qui furent payés en moyenne de cinq à neuf dollars de l'heure pour faire le travail.

Pourquoi s'étendre là-dessus ? C'est inévitable. Après Katrina, il est devenu évident que la destruction de La Nouvelle-Orléans était une tragédie nationale, et sans doute un grand tournant de l'histoire du cynisme politique américain. Très tôt, j'avais compris que ce qui était en train de se passer à La Nouvelle-Orléans aurait une influence énorme sur le reste de ma carrière, sinon sur le reste de mon existence. Si j'avais réussi à me convaincre du contraire, l'appel que j'allais recevoir de l'agent spécial Betsy Mossbacher m'aurait rapidement ôté mes illusions.

---

1. Soit environ un dixième de mètre carré.

– Désolé de te déranger à nouveau, mais j'ai des informations contradictoires concernant un certain Félix Ramos, connu sous le nom de Chula Ramos. Ce type et son copain étaient censés être transférés de la prison d'Iberia pour nous être confiés.

– C'est exact. Son associé et lui se sont fait épingler dans un labo de méth. Je les ai interrogés tous les deux. C'était juste avant Katrina. Vous deviez venir les prendre.

– Deux informateurs, sans rapport l'un avec l'autre, disent que Chula travaille comme électricien et plombier à La Nouvelle-Orléans. J'ai parlé à cinq personnes différentes de la paroisse d'Iberia, y compris au gardien de la prison. Personne ne semble savoir où se trouve Ramos, ni ce qui lui est arrivé, ni même s'il a jamais existé. Tu peux m'expliquer ça ?

– Et son associé ?

– Son associé est en prison. Il n'y a pas de problème avec son associé. À moins que vous ne l'égariez avant qu'on ne vienne le chercher.

– Je te rappelle.

J'ai appelé la prison de la paroisse, et le procureur. Puis je suis entré dans le bureau de Helen.

– Le FBI pense qu'on a perdu Félix Ramos, un des deux types qui…

– Ouais, celui qui m'a traité de pédé en espagnol.

– Ouais, celui-là, dis-je en détournant les yeux. L'adjointe chargée de l'affaire dit qu'il devait être transféré dans une prison fédérale, alors elle a tout mis en attente. En fait, elle pensait que le FBI était déjà venu le chercher.

– C'est peut-être ce qu'ils ont fait. Peut-être qu'ils l'ont égaré dans leur propre système.

– Betsy Mossbacher n'est pas du genre à se planter comme ça. Elle dit que Ramos est peut-être en train de toucher son salaire à La Nouvelle-Orléans. Un tas de types du MS-13 ont un métier.

– Laisse-moi quelques minutes, dit-elle.

Je suis retourné dans mon bureau. Il était presque l'heure de partir. Je me sentais comme dans un mauvais rêve, incapable de m'arracher à La Nouvelle-Orléans, à la fusillade Melancon-Rochon, et à l'assassinat probable de Jude LeBlanc. J'avais envie de rentrer chez moi, de prendre un repas chaud en famille, et peut-être de me promener avec ma femme et ma fille sur Main Street, au clair de lune, et de manger un dessert à une terrasse derrière le restaurant Clementine. Je voulais retrouver une vie normale.

Ma ligne a sonné.

– Le nom de Ramos a été mal épelé sur le rapport d'arrestation, dit Helen. L'erreur est passée dans l'ordinateur. On a trois autres détenus qui portent le même nom. L'un d'eux a fini de purger sa peine pendant Rita. Le jour où il était censé sortir, il se trouvait à Iberia General pour le traitement d'une maladie vénérienne. Félix Ramos est sorti à sa place. Pour couronner le tout, l'adjointe administrative dit que de toute façon l'inculpation ne tiendra pas. Ramos était à trente mètres du labo quand on a effectué la descente, et il n'y a aucune preuve ni aucun témoignage contre lui. Rien de mieux qu'un bon rhum-Coca dans le bayou, hein, patron ?

Le matin, j'ai décidé que la seule façon de me libérer du dossier Melancon-Rochon consistait à le prendre bille en tête, et d'arrêter de donner un laissez-passer à des gens qui m'avaient menti. Il n'y avait plus de téléphone classique à La Nouvelle-Orléans, et je doutais qu'il fût rétabli avant longtemps. J'ai appelé Otis Baylor, et lui ai demandé s'il avait le numéro de portable de son voisin Tom Claggart.

– Je l'ai peut-être sur mon répertoire de bureau, dit-il.

– Vous voulez bien regarder ?

Il y eut un silence, puis il dit : « Un instant. »

Il reprit le téléphone et me donna le numéro, sans pour autant dissimuler son irritation.

— Ce coup de téléphone à Tom Claggart a-t-il un rapport avec nous ?

— Je n'en sais encore rien. Mais ça regarde la police, monsieur Baylor. Nous ne sommes pas forcés d'informer le public du contenu d'une enquête, ni des procédures suivies. Je crois qu'il est important que vous compreniez bien ça.

Il reposa le téléphone sur l'appareil, coupant la communication.

Je composai le numéro du portable de Claggart. Il répondit à la troisième sonnerie.

— Tom Claggart, dit-il.

— C'est à nouveau Dave Robicheaux. Je voudrais vérifier une contradiction entre…

— Comment avez-vous eu ce numéro ?

— Ce n'est pas le problème, monsieur Claggart.

— Pour moi, si. Mon numéro de portable est privé.

— Peut-être préféreriez-vous avoir cette conversation menotté ?

— Je suis désolé. On a beaucoup de pression, ici. J'aurais dû m'adresser à Otis Baylor. Il peut être emmerdant, mais au moins il est honnête.

— Répétez-moi ça ?

— J'aurais dû acheter une police d'assurances à Otis. Mon courtier est en train de m'enfiler. J'ai entendu dire qu'Otis avait approuvé immédiatement les demandes de ses clients concernant les dégâts des eaux. Je parie que sa compagnie fait dans son froc.

Je tentai de remettre la conversation sur les rails.

— Il y a une contradiction entre la déposition que vous m'avez faite et ce que vous avez raconté à un détective privé concernant la fusillade dont ont été victimes les pillards. Vous m'avez dit que vous dormiez, et que vous n'aviez rien vu ni rien entendu. Vous vous en tenez à cette déclaration ?

— Ce soir-là, j'avais pas mal bu. Ça se mélangeait un peu.

– Avez-vous dit au détective privé qu'un des pillards se trouvait dans l'allée de Baylor, et qu'il y avait peut-être planqué des objets volés ?

– Je ne me souviens pas d'avoir dit ça. Je veux dire, je ne me souviens pas d'avoir dit la dernière partie.

– Le privé s'appelle Ronald Bledsoe. Ce nom vous dit quelque chose ?

– Je crois.

– Pouvez-vous venir à mon bureau ?

– Non, c'est impossible. Je suis coincé ici. Je ne comprends rien à tout ça.

Pourquoi avait-il menti ? Parce qu'il n'avait pas tenté d'arrêter les pillards ? Essayait-il juste de dissimuler le fait qu'il était grande gueule ? Les gens mentent pour moins que ça.

– Vous avez dit la vérité à Bledsoe ?

– J'ai peut-être vu un de ces types noirs dans l'ombre. Mais je n'ai pas vu la fusillade. Écoutez, je veux en finir avec cette histoire.

– Quelle histoire ?

– Tout ça ! Je n'ai fait de mal à personne. Fichez-moi la paix.

Je pouvais presque sentir sa peur à l'autre bout de la ligne.

– Monsieur Claggart ?

Il coupa son portable.

Mentalement, je voyais un homme qui fermait les yeux très fort, la main crispée sur son portable tandis qu'il essayait de repenser à toutes les erreurs qu'il avait commises jusque-là. Je voyais un homme qui se méprisait de sa propre faiblesse, et qui portait maintenant le poids supplémentaire de savoir que, de son propre chef, il s'était révélé aux autres comme un menteur et un imposteur, sinon un lâche. Il avait aussi laissé échapper qu'il n'avait « fait de mal à personne », alors qu'à vrai dire personne ne l'avait accusé du contraire. Il y avait des chances que Tom Claggart évoque un autre incident, peut-être un autre meurtre dont je n'étais pas au courant. Pour une raison qui m'échappait, il s'était infligé tout ça de lui-même, sans provocation extérieure. Je crois que Tom Claggart venait de découvrir que se fourrer dans la merde est une question de définition, et non de topographie.

Après avoir raccroché, j'ai préparé trois montages d'identification. Un montage d'identification est composé de six photos d'identité judicaire glissées dans un étui en carton. Parmi les six photos, une seule représente le suspect. Dans l'idéal, les autres photos doivent être celles de gens de la même tranche d'âge, et de la même race que le suspect. Le montage d'identification a plusieurs avantages. Il évite à celui qui regarde, et qui, souvent, a été victime de violence, de se trouver gêné en public, et il court moins le risque de représailles de la part des amis et des parents du suspect. Il est donc moins susceptible de se laisser influencer par la présence de procureurs ou d'avocats de la défense dans un poste de police. Deuxièmement, de par sa nature même, la photo d'identité judiciaire implique que le suspect a déjà été arrêté, et peut donc l'être à nouveau.

J'ai inséré des photos d'André Rochon, d'Eddy Melancon et de Bertrand Melancon parmi celles de leurs congénères, j'ai laissé tomber les trois montages dans une enveloppe marron, et je me suis rendu à Jeanerette Road, chez Otis Baylor, tandis que le soleil dessinait à travers la pluie des anneaux sur le bayou.

Je ne sais pas à quoi je pensais arriver. J'en avais marre qu'on me mente, c'était évident, mais ce n'est pas la seule raison pour laquelle je voulais affronter Otis Baylor. Nous, les Américains, nous sommes un peu spéciaux. Nous croyons en l'ordre et en la loi, mais nous croyons aussi que les véritables crimes sont commis par une espèce particulière de gens, une espèce qui n'a rien à voir avec notre vie à nous, ni avec le monde raisonnable, respectueux, qui est le nôtre. En conséquence, beaucoup de gens, en particulier parmi les gens riches, considèrent les officiers de police comme un personnel de maintenance de banlieue, qui doit être traité poliment, mais dont l'importance sociale est à peine plus grande que celle de leurs jardiniers.

Vous avez déjà vu des feuilletons policiers ? Regardez bien les types qui surgissent toujours à travers des fils à linge, dans des jardins obscurs, leurs tennis clapotant à leurs pieds, leur seul crime consistant en la possession d'un sachet de drogue. À quelle conclusion le spectateur arrive-t-il ? Que les crimes sont commis par des voyous débraillés. On ne montre jamais les barons de la pègre ni les politiciens pourris.

Il était temps que quelqu'un mette un visage humain sur les hommes qui s'étaient pris une balle ultrarapide juste en face de la porte d'Otis.

Je pensais qu'Otis Baylor serait encore chez lui, mais ce n'était pas le cas.

– Pouvez-vous me dire où il se trouve ? demandai-je à sa fille sur le porche.

– Il doit être à Vermilion, sur la côte. Sa compagnie assurait un tas de maisons, par là-bas.

– À ce que je vois, votre père soutient bien ses clients ?

– « Soutenir », qu'est-ce que ça veut dire ? répondit-elle, les yeux papillonnant comme si elle avait du mal avec mes faibles capacités.

– Votre père s'occupe bien des demandes de ses clients pour les dégâts des eaux. J'ai entendu dire qu'un tas de gens n'ont pas cette chance. On peut s'asseoir quelque part ?

– J'ai cours à 13 heures.

– Votre mère est là ?

– Je vous ai déjà dit que c'était ma belle-mère. Et non, elle n'est pas là.

– Je ne voudrais pas me montrer brutal, mademoiselle Thelma, mais je commence à en avoir assez de votre attitude. Venez un peu dehors, je vous prie.

– Pourquoi ?

– On veut s'assurer qu'on a bien identifié les hommes qui pillaient votre quartier. Un de ces types est mort, et l'autre est un légume qui a été kidnappé, et sans doute torturé, parce qu'il sait où sont planqués les biens volés. Je n'accepterai plus de remarques sarcastiques de votre part. Pour tout dire, je pense que votre famille va se trouver dans une sacrée merde. Peut-être qu'en étant honnête, pour changer, vous lui rendrez service.

Nous étions maintenant dans le jardin. Elle essayait d'oublier la leçon de morale qu'elle venait de subir, mais, à l'intérieur du rectangle noir de ses cheveux, son visage était blême, et sa lèvre inférieure tremblait. Il me semblait l'écraser, et je n'aimais pas cette sensation.

– Voilà, dis-je, en lui mettant les montages d'identification dans la main. Est-ce qu'un de ces types ressemble à ceux que vous avez vus devant votre maison, la nuit de la fusillade ?

Elle commença à examiner les montages, glissant de l'un à l'autre d'un air distant, machinalement, sans se concentrer, comme si elle savait déjà qu'elle ne reconnaîtrait personne. Mais je ne m'attendais pas à ce qui s'est passé ensuite. Elle écarquilla les yeux, et non sous l'effet de la surprise, mais pour tenter de contrôler les larmes qui les gonflaient.

– Écoutez, mon petit. Je viens de me montrer un peu dur. Asseyez-vous sur la balancelle, et prenez votre temps. Votre famille et vous, vous êtes des gens honnêtes. Vous avez été touchés par un boulet, mais vous finirez par oublier tout ça.

Elle s'assit lourdement sur la balancelle, et je compris qu'elle était préoccupée par quelque chose de bien plus sérieux que le fait de revoir la tête de gens qui avaient pillé son quartier.

– Qu'y a-t-il ? demandai-je.

– Quoi, qu'y a-t-il ? Je n'ai vu aucun de ces hommes. Il faisait sombre. Je dormais à moitié. Comment je pourrais reconnaître ces hommes ?

Ses doigts serraient fort les étuis de photos. Je ne lui ai pas proposé de les reprendre.

– Vous ne reconnaissez aucune de ces photos ?

– Non, je viens de vous le dire. Je ne sais pas qui c'est.

Je m'assis à côté d'elle. J'entendais la chaîne de la balancelle mordre l'écorce du chêne, au-dessus de nous.

– Thelma, regardez-moi.

– Je n'ai pas envie de vous regarder. Allez-vous-en, je vous en prie, monsieur Robicheaux. J'ai un cours d'anthropologie. Je dois me préparer.

Je lui ai repris les photos.

– Pourquoi mentez-vous ? Pourquoi ne voulez-vous pas admettre que vous reconnaissez certaines de ces photos ? C'est vous qui avez tiré ?

– Non, je n'ai jamais tiré de ma vie. Je déteste les armes à feu.

Puis elle se posa la main sur la bouche, et commença à avoir un haut-le-cœur. Je lui mis la main dans le dos. Sa chemise était humide de transpiration, et lui collait à la peau. Je sentais ses muscles se contracter à chaque respiration. Un frisson parcourut son corps, et elle commença à sangloter et à trembler de tous ses membres.

Soudain, j'ai su son secret. Il n'existe qu'une seule sorte d'agression capable de susciter le niveau de douleur qui était le sien. C'est une douleur qui ne se dissipe jamais, qui porte en elle une honte, une humiliation, un déshonneur, une rage sans égal, en comparaison desquels mes pires souvenirs ne sont rien.

– Ce sont les types qui vous ont violée, c'est ça ?

– Non, dit-elle.

Elle déglutit, ravala sa douleur, essuya de ses doigts les larmes sur ses joues.

– Si, ce sont eux, Thelma.

– Non, vous ne devez pas dire ça.

– Un jour, par hasard, ils ont fait à nouveau irruption dans votre vie. Vous les avez reconnus, et vous l'avez dit à votre père. Vous ne voulez pas l'admettre, parce que vous craignez de nous fournir un motif pour accuser votre père de leur avoir tiré dessus.

— Ne nous faites pas une chose pareille, monsieur Robicheaux.

— Vous êtes une gosse courageuse, mais vous ne voyez pas les choses clairement. À partir du moment où vous avez dit à votre père que c'étaient les types qui vous avaient agressée, il avait le droit d'user de violence pour protéger sa famille et son foyer. Trouvez un bon avocat, et dites-lui la vérité. Ensuite, venez à mon bureau, et faites la même chose.

Mais elle se précipitait déjà vers l'intérieur de la maison, comme une petite fille qui vient de se faire piéger, et qui a trahi son seul ami.

16

Pour Clete Purcel, la méthode à appliquer avec les camés et les sacs à merde professionnels était simple : quand ils avancent leur pion, on les arrête ou on les cogne. Mais que faire avec un type n'appartenant à aucune catégorie ? Ou, pire, à un type qui agit sans donner aucune prise ?

Tôt le samedi matin, Alafair se rendit au City Park avec Clete, pour faire un footing sur un serpentin d'asphalte qui passait sous des chênes verts encore dans l'ombre. Elle s'était persuadée qu'elle pouvait le guérir de son régime à base d'alcool et de fritures, et de l'illusion que soulever de la fonte trois fois par semaine, tout en continuant à boire un pichet de vodka Collins, lui permettait de contrôler son poids, et de faire baisser sa pression sanguine.

Des nuages de pluie obstruaient le ciel, et au milieu des arbres l'air était chaud, et presque brillant d'humidité. Clete et Alafair passèrent en trottinant à côté de la vieille caserne de brique, puis traversèrent l'herbe de saint Augustin coupée à ras, et que la pluie avait dotée d'une couleur vert émeraude, avant de longer des buissons de camélias et des îlots d'hyacinthes flottant dans le bayou, et la mare avec un cyprès nain, au milieu du parc. Ils traversèrent un pont de bois destiné aux piétons, puis retrouvèrent l'asphalte, la sueur leur piquant les yeux, l'odeur de feux de feuilles leur collant à la peau. Un peu plus loin, ils virent un homme assis dans un abri pour pique-nique, en train de refaire le lacet d'une tennis, la bouche tordue en un sourire content de lui. Il était trop habillé pour le matin, son pantalon de survêtement bleu marine marqué de taches de sueur en dessous de la taille, son coupe-vent assorti ouvert sur un T-shirt qui lui collait à la poitrine.

– Tu vois ce type au visage enfoncé ? dit Clete, essoufflé.

– Et alors, qu'est-ce qu'il a ?

– C'est un paquet d'ennuis à lui tout seul. Coupe par la pelouse.

Alafair suivit Clete, qui revint sur ses pas en direction du bayou, courant à nouveau à l'ombre des arbres dans des creux pleins de feuilles, dont montait une odeur tannique de décomposition. Puis elle commit une erreur. Elle jeta un coup d'œil derrière elle à l'homme au visage allongé, au visage qui paraissait avoir fondu et été remodelé pour ressembler à l'arrière d'un pouce.

Quelques instants plus tard, elle entendit un pas d'homme marteler le sol derrière elle, une respiration haletante.

– Il me semblait bien que c'était vous, dit l'homme à Clete. Qui est votre jeune amie ?

Clete ralentit. Il avait du mal à reprendre son souffle.

– On fait notre parcours, dit-il.

– Regardez ça, dit l'homme

Il sauta sur un banc de pique-nique et s'accrocha des deux mains à une branche, souriant jusqu'aux oreilles, son ventre nu blanc comme celui d'un poisson, semé de poils noirs. Il se laissa tomber sur le sol. Il s'essuya les mains sur son coupe-vent, souriant toujours. Il avait les yeux verts et enfoncés, durs comme du verre.

– Je m'appelle Ronald, dit-il à Alafair.

– Enchantée.

– J'ai mal compris votre nom.

– Elle ne vous l'a pas dit. Maintenant, il faut qu'on finisse notre entraînement, monsieur Bledsoe. On discutera une autre fois, dit Clete.

– Vous êtes tout essoufflés. J'ai des bières froides dans la glacière. J'ai aussi de gros sandwichs.

Ses yeux passèrent à Alafair, brillants de curiosité, ou peut-être d'une expression de propriétaire, comme s'il la connaissait, et avait des droits sur elle.

– Vous êtes la fille de M. Purcel ?

– Non.

Clete appuya les mains sur un tronc. Il respirait par le nez, son rythme cardiaque commençait à baisser, la tête lui tournait.

– Je ne sais pas comment vous dire ça autrement, podjo, mais il faut vraiment que vous nous lâchiez. Que vous vous cassiez. Sans vouloir vous vexer.

Bledsoe ignora Clete.

– Vous venez de Ca'oline du Sud ? demanda-t-il en brandissant sous le nez d'Alafair un index mutin.

Elle regarda sa montre, dont elle essuya le cadran sur son poignet. Elle la tapota du bout d'un ongle, comme si la trotteuse était coincée. Dans le silence, le dénommé Bledsoe passa d'une jambe sur l'autre, sa chaussure écrasant une noix pécan.

– Je connaissais une fille à Savannah, elle vous ressemblait, dit-il. Elle était à moitié indienne, et elle avait le même teint que vous. Elle avait de longues jambes, et elle portait un bracelet à la cheville, de ces bracelets avec des grigris. Quand elle marchait, on les entendait tinter. J'ai toujours eu le béguin pour elle.

– Continue sans moi une minute, dit Clete à Alafair.

– Dave et Molly nous attendent, Clete, dit-elle, en le prenant par le bras. Allons-y.

Il lui posa ses clefs de voiture dans la main.

– Va chercher la Caddy. Je suis vanné. J'arrive dans une minute.

Il lui fit un clin d'œil.

– Il n'y a pas de problèmes, je t'assure.

Dans la main d'Alafair, les clefs étaient lourdes et dures, étrangères, et, en quelque sorte, réductrices, comme si la façon dont il les lui avait données la reléguait au niveau d'un objet, qui a besoin de protection. Le soleil apparut, et elle vit des blocs de feuilles desséchées dériver dans les puits de lumière qui passaient à travers les arbres. L'atmosphère était humide et souillée par la puanteur de toilettes publiques à quelques mètres de là. Elle chassa de son visage une nuée de moustiques, et sentit monter en elle, comme une bulle, un accès de colère. Un écureuil faisait du bruit sur une branche au-dessus, et, involontairement, elle leva les yeux. Quand elle les baissa à nouveau, le dénommé Ronald Bledsoe la regardait fixement, son regard s'attardant sur ses traits et sur les gouttes de sueur qui coulaient dans son soutien-gorge.

– Je vais chercher la voiture de mon ami, et je reviens le prendre, dit-elle. Si vous nous embêtez à nouveau, mon ami ou moi, quand on est dans ce parc, je vous ferai arrêter.

– Je n'ai pas le moins du monde l'intention de vous offenser, dit Bledsoe en se mettant la main sur le cœur. Mais vous ne m'avez toujours pas dit votre nom, ma petite chérie.

Elle retourna au parking, près de la bretelle d'accès pour les bateaux, et fit démarrer la Caddy de Clete, dont le pot d'échappement toussa un nuage de fumée. Tandis qu'elle revenait vers le bouquet de chênes, elle vit Clete qui s'adressait à Bledsoe, excité comme un coach fâché contre un arbitre, les muscles gonflés. Pendant tout ce temps, Bledsoe continuait de regarder Clete sans dire un mot, secouant de temps en temps la tête, sa bouche formant un sourire qui, pour Alafair, évoquait un ver de terre rampant sur un morceau de pâte roulé à la main. Elle obliqua sur l'herbe, et s'arrêta à quelques pas d'eux. La capote de la Caddy était baissée, et des feuilles se détachaient des arbres et tombaient sur les sièges de cuir.

– Il est temps de bouger, Clete, dit-elle.

– Tu l'as dit.

En ouvrant la portière côté passager, il regarda derrière lui, le visage rouge.

Alafair fit faire demi-tour à la décapotable, et se dirigea vers la sortie du parc. Elle jeta un coup d'œil dans le rétroviseur.

– Qu'est-ce qu'il voulait, ce type ?

– Rien. C'est juste un mec qui n'est pas bien fini.

Mais pendant le trajet jusqu'à la maison, ça tournait dans la tête de Clete, la sueur séchée brillant sur sa peau. Alafair gara la Caddy le long du trottoir, et descendit.

– Qu'est-ce qu'il a dit, Clete.

– Ce type est cinglé. Ne t'approche pas de lui.

Il se glissa derrière le volant, s'essuya les paumes dessus, puis se mit à allumer et à éteindre la radio.

– Arrête de faire l'idiot, et dis-moi ce qu'il a dit.

Clete poussa un soupir, et leva les yeux sur elle.

– Et si je vous emmenais tous dîner, ce soir ?

Au bout de la rue, Clete se trouva coincé derrière un car de touristes, devant une maison d'avant la guerre de Sécession, *The Shadows*. Au feu rouge, il se dégagea de la circulation et obliqua vers St. Peter's Street et vers son motel, tout en composant mon numéro sur son portable.

– Dave ?

– Salut, Clete.

– On a rencontré ce Ronald Bledsoe, dans le parc. Il a fait le malin avec Alafair.

– En quel sens ?

– Surtout des insinuations. Mais…

– Mais quoi ?

– Ce type me fout les chocottes. Il ne décollait pas les yeux du corps d'Alafair. Ce type est un sadique. On le sent sur lui. Alafair peut t'entendre ?

– Elle n'est pas là.

– Comment, elle n'est pas là ? Je viens juste de la déposer.

Je posai le téléphone, et regardai par la porte d'entrée, puis par la fenêtre sur le côté.

– Elle n'est pas là, Clete. Il a dit quoi, ce type ?

– Je l'ai envoyée chercher la voiture. Il l'a regardée s'éloigner, et il a dit : « Assez grande pour saigner, bonne à violer. C'est ce que les gens de la campagne disent, en Ca'oline du Sud. »

– Je te rappelle.

En sortant de l'allée, j'ai envoyé la poubelle valdinguer dans un chêne.

Alafair était retournée en courant le long d'East Main, et, à grandes enjambées, traversait le pont mobile au niveau de Burke Street, la respiration égale, les semelles de ses chaussures de sport résonnant sur la grille du pont. Maintenant, le soleil était bien au-dessus des arbres, la surface du bayou, zébrée de reflets comme des miroirs qui lui piquaient les yeux. Devant elle, dans le parc, elle voyait l'homme qui disait s'appeler Ronald Bledsoe, debout sous un abri de pique-nique, regardant en direction de sa maison à elle, de l'autre côté du bayou.

Elle trottina sur le chemin d'asphalte, puis ralentit et se mit à marcher, les yeux fixés sur le sol. La silhouette de Bledsoe se découpait dans l'angle de sa vision. Dave lui aurait dit qu'il ne faut jamais affronter un fou, qu'il ne faut pas donner de pouvoir à ceux dont l'énergie destructrice se retourne toujours contre eux quand ils sont livrés à eux-mêmes. Mais Clete l'avait traitée comme une gamine, et avait essayé de lui dissimuler quelque chose, comme si elle était incapable de comprendre. Et Bledsoe l'avait violée avec son regard, avec son langage, avec la courbe lascive de sa bouche, sans en subir les conséquences.

Elle s'approcha du bord du bayou, à une dizaine de mètres de l'abri de pique-nique. Elle lança une baguette dans l'eau. Le vent plissa la surface de l'eau, porteur d'une odeur de charbon brûlant sur un gril.

– Je savais que tu reviendrais, lui dit Bledsoe, qu'elle apercevait du coin de l'œil.

– C'est vrai ?

Il était maintenant assis à la table de pique-nique, un pied sur le banc, son sourire comme une fente aux extrémités relevées.

– Tu sais comment je le savais ?

– Non. Si vous me le disiez ?

– Parce que t'es pas du genre à te laisser embêter.

– Vraiment ?

– Tu es vive. Ça veut dire que les gens ne peuvent pas l'emporter sur toi. Ça veut dire que tu te laisses pas commander par un vieux.

La baguette qu'elle avait jetée à l'eau tournoyait à la lisière du courant, un taon vert posé dessus.

– Je ne voulais pas que vous ayez une impression fausse.

– Je le sais. Je sais ce que tu vas penser avant que tu le penses, chérie.

– Je suis indienne, vous voyez. Je suis née dans un village du Salvador. Un prêtre catholique a essayé de nous faire fuir aux États-Unis, ma mère et moi, mais l'avion s'est écrasé dans la Southwest Pass. Ma mère a été noyée dans l'avion. Je crois qu'elle était courageuse.

– Sacrée histoire ! On dirait que t'as de l'éducation, aussi. Mais t'as aussi autre chose dans la tête, hein, mon petit cœur ? T'allais pas laisser M. Purcel te traiter comme si t'avais pas ton avis à toi.

Il plongea la main dans la glacière et en sortit une bouteille de bière, sombre, avec une étiquette or et argent. Du pouce et de l'index, il forma un anneau, essuya la glace pilée de la bouteille, puis fit sauter la capsule. Il s'avança d'un pas au soleil et s'approcha d'elle, la main en coupelle autour de la bouteille fraîche.

– Voilà, dit-il. Avale ça, et tu m'en diras des nouvelles.

– Je vous ai parlé de ma mère, parce que je voulais que vous compreniez bien que je me fiche complètement des remarques racistes et sexistes d'un plouc dégénéré. Eu égard à votre milieu misérable et à votre ignorance, on va vous donner un C moins en tant qu'être humain, en espérant que vous trouviez un endroit où les standards requis sont moindres. Mais cette exception n'est valable qu'une seule fois. Vous ne devez pas imaginer qu'à l'avenir vous serez aussi bien traité. Vous êtes capable de comprendre ce que je viens de vous dire ?

– Chérie, j'ai baisé dans tout le pays, des Blanches et des Noires, des Indiennes, des Latinos, et même une femme eskimo, une fois. Je repense à toutes avec respect. Mais ce n'est pas la selle qui compte. C'est le cavalier qui monte dessus.

Il s'avança entre elle et le soleil, le visage dans l'ombre. Elle sentait son déodorant, et son bain de bouche à la menthe. La main qu'il lui posa sur le biceps était moite. Il commença à lui masser le muscle.

– Tu veux faire un tour ? Dans ma voiture, je veux dire. Jusqu'à la baie ?

– Lâchez-moi.

Il se pencha en avant et commença à chuchoter. Elle sentait sa salive lui toucher la peau, son souffle pénétrer son oreille. L'instant qui suivit, elle se le rappela sous forme d'images et de sensations plutôt que de façon linéaire. Elle fit un pas en arrière, tournant en même temps sur elle-même pour se libérer de sa prise. Sa jambe gauche se souleva du sol si rapidement qu'il ne la vit pas venir. Les pieds de l'homme devaient être solidement plantés, car il reçut le coup en plein sur la bouche, le nez et les lèvres explosant sous la semelle d'Alafair.

La bouteille de bière roula dans l'eau. Bledsoe se porta les deux mains au visage, et, plié en deux, marcha jusqu'à l'abri de pique-nique, où il s'assit avec l'air d'un homme qui empêche sa cervelle de lui sortir de la tête. Dans un crissement de freins, j'arrêtai mon pick-up à côté de l'abri, et sortis. Je n'en croyais pas mes yeux. Bledsoe tenait une dent cassée dans la paume de sa main, et la regardait fixement. Puis il me fit un grand sourire, ses lèvres rouge sang.

– Je parie que je sais qui vous êtes. Vous êtes son père, l'ami de M. Purcel. Je m'appelle Ronald. Et vous ?

Ce soir-là, quand j'ai garé mon pick-up devant le magasin de fleurs de Sidney Kovick, à Algiers, le ciel était luisant d'humidité. De l'autre côté du fleuve, La Nouvelle-Orléans étouffait dans la moisissure et les eaux d'égouts, et, de loin, paraissait vide d'automobiles et d'habitants. Pendant un long moment, Clete garda les yeux fixés sur sa ville natale, puis on est entrés tous les deux dans la boutique. Sidney sortit de la réserve, un long tablier propre attaché autour de la taille. Comme toujours, son visage était sans expression. Derrière lui, sa femme Eunice agita vers nous les doigts d'une main.

– Je n'irai pas par quatre chemins, Sidney, dit Clete. J'ai trouvé des billets que l'inondation avait dû balayer d'un garage, dans ta rue, un peu au-dessus de chez toi. Je les ai apportés à Tommy la Baleine pour avoir son avis. Il m'a dit qu'ils étaient faux, alors je les ai mis dans une enveloppe, j'ai marqué dessus « FBI », et je l'ai mise dans une boîte aux lettres. Je ne sais pas si ces faux billets étaient à toi ou non, mais je les aurais postés de la même façon. Ça ne t'autorise pas à envoyer ce Bledsoe me faire chier.

– Surveille ton langage, dit Sidney.

– Ce que Clete est en train de te dire, Sidney, c'est que tu as sans doute introduit parmi les tiens un homme dangereux, dis-je. Ce matin, il a fait à ma fille des remarques déplacées. Elle lui a fait sauter quelques dents, mais je suppose qu'il va revenir. Si ça se produit, je le dézinguerai. Mais je te dézinguerai avant.

Sidney se mordait les joues, comme pour faire monter la salive, ses narines se gonflant légèrement tandis qu'il inspirait et soufflait. Il ferma la porte de l'arrière-boutique, puis se tourna à nouveau vers nous.

– Ce sont ces voyous qui ont déclenché ça, pas moi. Deux d'entre eux ont eu ce qu'ils méritaient. Que les deux autres me rendent ce qui m'appartient, et il n'y aura plus de problèmes. Vous vous mêlez de trucs qui vous passent bien au-dessus de la tête, les gars.

– Ah ouais ? Écoute un peu, Sidney. J'étais à Saigon quand des gibiers de potence comme toi écoulaient des biens militaires auprès du Viêtcong, alors arrête de le prendre de haut.

En dessous du comptoir, j'effleurai le haut de la cuisse de Clete, pour qu'il la ferme.

– T'as toujours eu deux problèmes, Purcel. La plupart du temps, t'es imbibé à quatre-vingt-dix degrés, et t'as jamais su garder ta grosse queue dans ton pantalon. Ça t'a coûté ta carrière et ton mariage, et à La Nouvelle-Orléans, tout le monde le sait, sauf toi. C'est pour ça qu'on te tolère comme on tolère un gamin. Mais ne reviens jamais ici dire des choses irrespectueuses devant ma femme.

– On s'écarte du sujet, Sidney, dis-je.

– Non, laisse-le parler, dit Clete.

Je gardais les yeux fixés sur Sidney, essayant de maintenir un mur invisible entre Clete et moi d'un côté, et de l'autre la blessure évidente que Sidney venait de lui infliger.

– Ma fille n'a rien à voir là-dedans. Ce Bledsoe l'a insultée sans qu'elle l'ait provoqué. Tu veux qu'on respecte ta famille, mais tu ne respectes pas la mienne. Qu'est-ce qu'on devrait faire, à ton avis ?

– Qui t'a dit que ce Bledsoe travaille pour moi ?

– On parle en pères de famille, Sidney. Si tu veux nous mener en bateau, on n'a plus rien à faire ici. J'avais meilleure opinion de toi.

Son visage était opaque, impossible à déchiffrer.

– Je n'ai pas mon mot à dire sur ce qui se passe à New Iberia.

– Je suis désolé de te voir prendre une attitude pareille, dis-je.

– Vous entrez là tous les deux comme des cadors, vous me menacez dans mon magasin, et c'est moi qui ai un problème ? Je sais ce que c'est que le deuil, Dave. Tu dis que tu vas me dézinguer ? J'ai une nouvelle pour toi. Ça fait longtemps que j'ai payé mon dû.

Notre visite était inutile. Sidney utilisait maintenant la mort accidentelle de son fils comme un paravent pour ses crimes à lui. Je ne sais pas si c'était à cause de son narcissisme, ou s'il croyait sincèrement que les dieux lui avaient fait du mal, et, en conséquence, ne le tenaient pas pour responsable du mal qu'il faisait aux autres. Mais, quoi qu'il en soit, Sidney savait comment se draper dans le rôle de la victime.

Je donnai un petit coup sur l'épaule de Clete.

– On y va, podna.

– Ce n'est pas terminé, Sidney. Quand on était gamins, à Magazine, je te bottais le cul. Je peux encore le faire.

Quand j'ouvris la porte à Clete, la sonnette tinta au-dessus de ma tête. Mais il restait debout devant le comptoir, le sang lui montant à la nuque, les poings serrés. Le fait d'avoir été traité d'ivrogne, de baiseur compulsif et de flic déchu restait incrusté en lui comme un hameçon rouillé. Sidney commença à ôter des fleurs fanées d'un vase, secouant l'eau de leurs tiges avant de les laisser tomber dans une poubelle. Il jeta un coup d'œil sur Clete.

– T'es toujours là ?

J'attendais Clete dans le camion. Quand il sortit du magasin de fleurs, il avait l'air sombre, sa chemise hawaïenne collée à la peau, son feutre incliné sur sa tête. On aurait dit une meule de foin. Même dans les Marines, ses camarades aussi têtes brûlées que lui l'appelaient « le Tas », un type imprévisible, consumé par ses propres appétits, instantanément identifié comme un enquiquineur par les représentants de l'autorité. Mais sa plus grande vulnérabilité avait toujours été le pouvoir qu'il abandonnait aux autres, et, dans le cas présent, à Sidney Kovick.

Il monta dans le pick-up et referma la portière calmement, canalisant son énergie afin de ne pas manifester sa colère et son impression d'avoir subi une défaite.

– Laisse tomber, Clete. Tu as foutu la paix à Kovick, alors qu'il méritait une balle dans la gueule.

– Je l'ai laissé s'essuyer les pieds sur moi.

– Non, c'est faux. Sidney Kovick est une ordure. Quand on lui a parlé, on a envie de prendre une douche.

Mais Clete n'était pas d'accord. J'ai fait démarrer le pick-up et roulé jusqu'au bout du pâté de maisons, puis tourné dans la rue sur laquelle donnait la ruelle derrière la boutique de Sidney. En croisant la ruelle, j'ai jeté un coup d'œil dedans. Au milieu des poubelles et des bananiers entre les garages, je vis une camionnette de livraison de fleuriste garée derrière le magasin. La femme de Sidney aidait un Latino à charger des fleurs dans la camionnette. J'ai appuyé sur le frein, et enclenché la marche arrière.

– Que se passe-t-il ? demanda Clete.

– Ce type, dans la rue, avec les lettres gothiques tatouées. Il ressemble à Chula Ramos.

– À qui ?

– Le type du MS-13, le frère de Natalia Ramos. Il a été libéré de la prison d'Iberia par erreur.

– Le frère de la pute qui était à la colle avec le curé ?

– Ouais, de celle-là.

– Tu veux vraiment te mêler de ça, Dave ?
– Ouais. Je le veux vraiment.

J'ai foncé dans la ruelle, en direction de la camionnette. Une femme d'un certain âge sortait d'un garage en marche arrière avec un vieux chariot. Elle coinça son véhicule entre le garage et une benne à ordures en métal. Quand j'ai klaxonné, elle m'a regardé sans comprendre, puis elle a retiré ses lunettes, qu'elle a essuyées avec un Kleenex pour me voir plus nettement. J'ai sorti mon insigne par la fenêtre, et je l'ai agité pour qu'elle dégage le chemin avec sa voiture. Elle a appuyé sur l'accélérateur, et percuté la benne avec son feu arrière.

Je suis sorti de mon pick-up, et je me suis dirigé vers la camionnette de livraison.

– Attends un peu, bubba, dis-je, sans être vraiment certain que c'était bien Ramos.

Le Latino claqua la portière derrière lui, et démarra.

– Qu'y a-t-il, Dave ? demanda Eunice.

– C'est qui, ton livreur ?

– C'est Chula Je-ne-sais-plus-comment. Il a fait quelque chose ?

J'entendis les pas de Clete derrière moi.

– Comment ça se fait que tu connaisses ce type, Eunice ? dis-je.

– Sidney lui a donné du boulot. La sœur de Chula faisait le ménage dans le bureau de Sidney, dans le Carré.

– Natalia était la femme de ménage de Sidney ?

– Oui, ce sont des réfugiés d'Amérique centrale, je crois. Sidney voulait les aider. Pourquoi ?

Je regardai son visage. Il était dépourvu de toute ruse, de toute duplicité. Eunice avait beau être une forte femme de la campagne, et la cible de moqueries de la part des flics du NOPD, elle semblait possédée par une beauté intérieure. J'essayais de garder le visage et les yeux inexpressifs. Je ne voulais pas qu'Eunice apprenne par moi les mensonges de son mari.

– Tu as l'adresse de Chula, ou son téléphone ? Je pense qu'il détient des informations qui pourraient être utiles à un agent fédéral de ma connaissance.

– J'en doute. Chula passe quand il a le temps. Je crois qu'il a un emploi de la FEMA, et qu'il vit dans un baraquement. Il ramènera la camionnette vers 20 heures. Tu veux revenir, ou lui laisser un message ?

– Non, c'est bon. Je le trouverai une autre fois. À vrai dire, oublie que je suis passé, d'accord ?

– Si c'est ce que tu veux…

– Ça m'a fait plaisir de te voir, Eunice.

– Pareil pour moi, Dave.

Quand elle sourit, je fus, comme toujours, persuadé qu'elle était la plus belle femme de La Nouvelle-Orléans.

Je suis retourné au pick-up, accompagné de Clete. Tandis que je démarrais, il retira son chapeau et se coiffa. Il glissa son peigne dans sa poche de chemise, et remit son chapeau.

– Sidney baisait la fille du Salvador ? demanda-t-il.

– On dirait.

– Pourquoi Eunice a-t-elle épousé un tas de merde pareil ?

Je haussai les épaules en le regardant. J'entendais presque les pensées qui lui tournaient dans la tête.

– Repasse devant le magasin, dit-il.

– Tu veux l'humilier devant sa femme ?

– Ne t'occupe pas de ça. Reste dans la voiture.

– Ce n'est pas bien, Clete.

Le pick-up roulait encore quand il ouvrit la portière, et sortit. Il claqua la portière, et regarda derrière lui.

– Arrête de me juger, Belle-Mèche.

Quand Clete entra dans le magasin, Kovick se trouvait encore derrière le comptoir.

– Salut, Sidney. J'ai quelque chose à te dire, dit Clete.

– Quoi donc, Purcel ?

— Ça va te surprendre. Mais il faudra essayer d'assumer, et de voir les choses du bon côté. *Comprenez-vous* ?

— Non, je ne *comprenez-vous* pas. Et ça ne m'intéresse pas vraiment.

— Quand on était gosses, je te cognais la tête sur le trottoir. J'en suis désolé. Mais ne laisse pas Bledsoe s'approcher de la fille de Dave. Personnellement, je n'ai rien contre toi.

— C'est ça, la grande nouvelle ?

— Ouais, c'est ça. Va boucler ton minable.

Sidney coinça une allumette entre ses lèvres, et la fit rouler sur ses dents, essayant de comprendre le sens des paroles de Clete.

Quand Clete revint au pick-up, il était serein. Il verrouilla la portière, et me sourit des yeux.

— Que s'est-il passé là-dedans ? demandai-je.

— Rien.

— Qu'est-ce que tu veux dire, « rien » ?

— Rien. C'est justement ça, dit-il. Allez, on y va, grand homme.

17

Le lundi matin, j'appelai Betsy Mossbacher, au FBI, pour lui dire que Chula Ramos travaillait sans doute à mi-temps comme livreur pour Sidney Kovick.

— Il livre quoi ? demanda-t-elle.

— Peut-être juste des fleurs. Écoute, Clete Purcel et moi, on a dit à Sidney qu'on savait qu'il planquait de faux billets dans sa maison. Il a dit que Clete et moi, ça nous passait au-dessus de la tête.

— Qu'est-ce que Purcel a à voir là-dedans ?

— Pas grand-chose.

— De faux billets ont fait leur apparition dans une boîte aux lettres de Morgan City. La gravure et le papier sont impressionnants. C'est de ces billets-là qu'on parle ?

— Ça se pourrait.

— Dis à Purcel de ne pas se mêler du boulot des Fédéraux.

Le but de mon appel m'échappait, et je crois que c'est ce que voulait Betsy. Je n'ai pas mordu à l'appât.

— Pourquoi est-ce que Kovick a dit que ça nous passait au-dessus de la tête ?

— Je crois qu'il a réussi à se persuader qu'il était un patriote qui défend son pays. Personnellement, je crois qu'il est psychotique. Un agent du Mississippi est persuadé que les abrutis de Kovick ont coulé le corps du voisin de Kovick dans les fondations d'un casino de Biloxi.

– Je ne te comprends plus, Betsy.

– Les Taliban financent al-Qaida avec la vente de l'héroïne. Tu ne crois pas qu'ils sont capables d'autres entreprises criminelles ?

Je ne comprenais toujours pas de quoi elle parlait, et je n'avais nulle envie de jouer aux devinettes.

– J'ai un service à te demander, dis-je. Un certain Ronald Bledsoe risque d'essayer de s'en prendre à ma fille. Il prétend être un privé de Key West, mais à Tallahassee on ne sait presque rien de lui, sauf qu'il acheté une licence à un bureau de cautionnement, il y a une dizaine d'années. Le NCIC ne sait rien non plus. Je suis persuadé qu'il est dangereux et pervers, le genre de type qui laisse des traces de merde partout. Mais jusque-là je les ai pas trouvées.

– Tu as essayé l'AFIS[1] ?

– Pas encore.

– Tente le coup. En attendant, je vais voir ce que je peux faire. Qu'est-ce qu'elle lui a fait, à ce type, ta fille ?

– Elle lui a défoncé le nez et les lèvres, et elle lui a fait sauter une dent.

– Et il s'est foutu en rogne pour ça ?

Mais les plaisanteries sur Ronald Bledsoe ne m'amusaient pas.

Trois jours plus tôt, un Guatémaltèque en situation irrégulière était en train d'arracher des planches de cyprès du mur de l'entrée d'une demeure historique de La Nouvelle-Orléans. Il gagnait huit dollars de l'heure, et craignait les autorités civiles des États-Unis et celles de son pays. Mais il craignait encore plus de perdre son travail. L'entrepreneur qui l'avait embauché

---

1. Automatic Fingerprints Identification System.

était spécialisé dans la restauration de propriétés historiques. Il gagnait aussi un revenu confortable en récupérant des briques de l'époque coloniale, des planchers en pin, des charnières et des marteaux de porte en cuivre, des clous à tête carrée, des boutons de porte en verre, des baignoires à pieds de lion, des crochets métalliques pour suspendre les casseroles, et de la mitraille et des balles minié de .58 incrustées dans le perron des maisons lorsque la White League[1] avait pris le pouvoir à La Nouvelle-Orléans, en 1874. Tous les objets qui avaient une quelconque valeur de revente allaient sur un tas.

Le Guatémaltèque plongea sa barre à mine dans une planche de cyprès pourri, qu'il arracha. Une pluie de termites arrosa le sol. Au milieu de la sciure, des insectes et du bois spongieux, il aperçut une balle entourée de métal, émoussée et tordue, pas plus grosse que la moitié de son petit doigt.

Il souffla pour en ôter la poussière, et examina ses surfaces endommagées.

– Hé, patron, qu'est-ce que vous allez en faire ? demanda-t-il.

*
* *

Je m'apprêtais à rentrer chez moi quand Helen m'appela dans son bureau. Des gouttes de pluie s'étaient mises à tomber sur sa fenêtre, et je voyais les arbres du cimetière se courber dans le vent. Elle était penchée sur son bureau, le menton appuyé sur le poing. C'est le genre de langage corporel opaque dont elle se servait quand elle s'apprêtait à me dire une chose qu'il ne me plairait pas d'entendre.

– Je viens d'avoir Betsy Mossbacher au téléphone. Elle sera là dans une heure et demie, dit-elle. Elle a un mandat fédéral pour perquisitionner chez Otis Baylor.

---

1. Organisation paramilitaire apparue dans le Sud après la guerre de Sécession.

– Je lui ai parlé ce matin. Elle ne m'a pas dit qu'elle venait à New Iberia.

– Elle vient juste d'avoir le mandat. La semaine dernière, des ouvriers de La Nouvelle-Orléans qui travaillaient en face de la maison de Baylor ont trouvé une balle de fusil dans un mur. L'entrepreneur avait entendu parler de l'affaire Melancon-Rochon, et il a appelé le NOPD. Ils ont transmis ça au FBI. C'est une balle de .30-06. Elle a traversé un volet à lattes et un carreau, et s'est incrustée entre deux planches. Betsy dit qu'elle est vraiment en bon état, si l'on tient compte du fait qu'elle est passée à travers deux personnes. Bref, les Fédés se sont emparés de ça avant que Baylor ne soit au courant.

– Et alors ?

– Quand ils présenteront le mandat, il faut que tu sois là.

– Ils n'ont pas besoin de moi pour délivrer un mandat de perquisition.

– C'est notre paroisse. On coopère avec les services extérieurs, mais on ne leur abandonne pas notre juridiction. Respecte le programme, Belle-Mèche.

J'ai avalé un sandwich dans mon bureau, et j'ai retrouvé Betsy et un autre agent dans le parking, à 19 heures. À l'ouest, la pluie avait lavé le ciel, et, tandis que nous quittions la ville en direction de Jeanerette, les chênes le long de Main étaient d'un vert sombre. J'étais assis à l'arrière de leur véhicule. J'avais l'impression d'être une potiche, témoin pour la forme de la crucifixion injuste d'un homme qui avait été pris dans des événements qui le dépassaient, ou qu'il n'était pas capable d'assumer.

Betsy resta silencieuse pendant la plus grande partie du trajet. J'avais le sentiment que, ce soir-là, elle non plus n'était pas contente de sa mission. Betsy était toujours la pièce dépareillée du puzzle, la flèche rectiligne à laquelle sa gaucherie et ses manières de cow-girl donnaient une réputation imméritée d'excentrique. Comme dans le cas de Helen

Soileau, ses collègues masculins faisaient souvent des plaisanteries dans son dos, alors qu'en réalité la plupart d'entre eux ne lui arrivaient pas à la cheville.

– Vous dites qu'il a encore le Springfield ? me demanda l'homme qui était au volant.

– La dernière fois, c'est ce qu'il m'a dit.

L'agent qui conduisait avait les cheveux coupés droit sur la nuque. Sur le volant, il gardait les mains en position 10 heures-14 heures, les yeux fixés sur la route, sans un clin d'œil dans le rétroviseur quand il m'adressait la parole.

– Pourquoi il ne s'est pas débarrassé du Springfield ? dit-il.

– Parce qu'il sait que c'est la première chose que ferait un coupable.

– Et pour vous, ça le rend suspect ?

– Non. Je dis juste qu'Otis est malin. Et je dis aussi qu'il est sans doute en train de porter le chapeau pour quelqu'un d'autre.

– Ah ouais ? Comment vous en arrivez à cette conclusion ?

– Des centaines d'habitants de La Nouvelle-Orléans, sinon des milliers, se sont noyés alors qu'ils n'auraient pas dû se noyer. Je suppose que c'est parce qu'à Washington des types comme ceux pour lesquels vous travaillez s'en fichaient complètement. C'est comme ça qu'un type qui vend des assurances se retrouve dans la merde jusqu'au cou. Des fois, c'est comme ça que ça se termine.

Cette fois, ses yeux effleurèrent le rétroviseur.

– Vous, les gars d'ici, vous êtes pas d'accord avec quelque chose ?

– Non. On est heureux comme des papillons.

Betsy me jeta un regard qui aurait fait cloquer la peinture d'un cuirassé.

À notre arrivée, le jardin et les arbres autour de la maison d'Otis étaient dans l'ombre. L'intérieur était très éclairé, l'air frais rempli d'une fragrance de fleurs et de l'odeur du pain qui venait de cuire dans la cuisine, et l'eau de pluie filtrait à travers le feuillage des chênes. La maison donnait l'image d'une famille en paix avec le monde entier. Mais rien n'aurait pu être plus éloigné de la réalité, surtout après notre arrivée.

Betsy s'avança sur la galerie vitrée, et frappa à la porte, fort, la bouche pincée, sa carte d'identification à la main. Dans le crépuscule, ses cheveux étaient jaune paille. Elle jeta un coup d'œil sur sa montre et frappa de nouveau, plus fort cette fois, du plat du poing.

C'est Otis qui ouvrit, en cravate et chemise blanche, un morceau de poulet frit à la main.

– Vous êtes bien monsieur Baylor ? demanda Betsy.

– C'est bien moi.

Ses yeux allèrent de Betsy à moi, comme si, d'une certaine façon, je l'avais trahi.

– Je suis l'agent spécial Betsy Mossbacher. Nous avons un mandat de perquisition de votre maison. Pendant la perquisition, je veux que vous restiez assis dans le salon, vous et votre famille. Où est votre fusil, monsieur Baylor ?

– Je vais vous le chercher.

– Non. Vous, votre femme, votre fille, et quiconque se trouve dans la maison, vous allez vous asseoir au salon. Et ensuite vous me direz où le trouver.

– Qu'est-ce que c'est que cette histoire ?

– Faites ce qu'elle vous demande, monsieur Baylor, dis-je.

Il retourna dans la cuisine, et en ressortit avec Thelma et Mme Baylor. Ils s'assirent et nous regardèrent avec l'air d'attendre quelque chose, comme auraient pu le faire des enfants, pris entre leur désir très américain d'obéir à la loi, et le fait que des étrangers qui, à la base, n'étaient pas différents d'eux, ni plus puissants, aient le droit d'entrer chez eux, pendant le dîner, et de les traiter comme du bétail.

– Le fusil est dans le placard de la grande chambre, dit Otis. Il y a une boîte de balles sur l'étagère. Il n'y a pas d'autre arme à feu dans la maison.

– Pourquoi faites-vous ça maintenant ? Je croyais que tout était arrangé, dit Mme Baylor.

Elle avait apporté son verre. La boisson était de la couleur du thé, mais sans glace dedans. Elle essayait de paraître calme, le dos bien droit, son verre posé sur un genou, mais elle me faisait penser à une assiette de porcelaine zébrée de fêlures.

– On va raconter ça dans les médias ? Vous vous rendez compte des préjudices que ça peut causer à mon mari, dans son travail ?

– Non, m'dame, on ne parlera pas aux médias, dit Betsy. Nous faisons notre possible pour vous traiter de façon respectueuse. Nous essayons d'être aussi peu importuns que possible.

– Alors pourquoi n'arrêtez-vous pas de nous harceler ? C'est à ça que sert l'argent des impôts ? Au nom du ciel, Otis, dis quelque chose.

– Les hommes qui ont été abattus devant votre maison l'ont été de sang-froid, madame Baylor. Selon la définition courante, ça s'appelle un meurtre, dit Betsy. Le gosse de dix-sept ans n'avait pas de casier judiciaire, et il a perdu la vie pour un cambriolage. Les hommes des milices ont pourchassé des gens de couleur dans toutes les hauteurs de La Nouvelle-Orléans. Mon patron ne laissera pas ça impuni.

– J'aimerais contacter mon avocat. Au point où nous en sommes, je pense que nous n'avons plus à discuter avec vous, dit Otis.

– C'est votre droit. Mais nous ne sommes pas vos ennemis, dit Betsy.

– Arrêtez de mentir, dit Thelma.

– Répétez un peu ça ? dit Betsy.

– Vous êtes là pour mettre mon père en prison. Arrêtez de faire semblant d'être ses amis. De sa vie, mon père n'a jamais fait de mal à personne. Vous êtes tous des salauds, dit Thelma.

– Ça suffit, Thelma, dit Otis.

Le collègue de Betsy arriva de l'arrière de la maison avec le Springfield en bandoulière, à l'envers, le chargeur ouvert. Dans la main gauche, il avait une boîte de carton contenant des balles de .30-.06.

– Un rêve de sniper, dit-il.

Betsy baissa les yeux sur Thelma.

– Avez-vous vu le visage de ces Noirs ? demanda-t-elle.

– Oui, dit Thelma.

– Où ? demanda Betsy, surprise.

– M. Robicheaux m'a montré leurs photos, l'autre jour.

– Les aviez-vous déjà vus avant le soir où ils sont venus chez vous ?

– Non.

– Ainsi, personne de votre famille n'avait la moindre raison de leur tirer dessus ?

Le cerveau de Thelma se mit à travailler à toute vitesse, ses yeux fixés sur ceux de Betsy, le visage totalement inexpressif.

– Vous savez que j'ai été violée par des Noirs, n'est-ce pas ? Vous utilisez ce qui m'est arrivé pour monter un dossier contre mon père.

– D'après ce que je sais de votre père, il ne tirerait pas arbitrairement sur quelqu'un. Alors, Thelma ?

– C'est bon. Vous avez ce que vous cherchiez. Maintenant, s'il vous plaît, allez-vous-en, dit Otis.

– Réfléchissez un peu, monsieur Baylor. Vous êtes un homme intelligent. Nous avons une bonne raison pour prendre votre fusil. Demain à midi, nous aurons peut-être une preuve qui pourrait vous éloigner d'ici pour le restant de vos jours, vous ou un membre de votre famille. C'est ce que vous voulez ?

Les yeux d'Otis brillaient, il serrait la mâchoire.

Une fois dehors, je suis monté à l'arrière du véhicule, content de quitter la maison Baylor, la peur et l'angoisse que nous venions d'y semer. Maintenant il faisait nuit, et les lumières des maisons se réfléchissant sur la surface de Bayou Teche. À la lueur du tableau de bord, je voyais le visage de Betsy.

– Tu n'as pas dit grand-chose, Dave.

– C'est comme utiliser un fusil harpon pour tuer un poisson d'aquarium.

– Drôle d'attitude, pour un flic, dit l'homme au volant.

Betsy était à moitié tournée sur son siège, ses yeux scrutant mon visage.

– Tu me caches quelque chose, dit-elle.

– Peut-être.

– On est du même côté, non, mon pote ? Alors si vous arrêtiez de jouer au mec laconique de mes deux ? dit le chauffeur avec un coup d'œil dans le rétroviseur.

– Quand je lui ai montré les photos d'identité judiciaire des pillards, Thelma Baylor a paru bouleversée. Je crois que ce sont les hommes qui l'ont violée et torturée. Je crois qu'elle voulait me dissimuler ce fait, pour ne pas enfoncer le dernier clou dans le cercueil de son père.

– Et vous attendez maintenant pour nous raconter ça ? dit le chauffeur.

Je me penchai en avant autant que la ceinture de sécurité me le permettait. Il y avait de petits trous dans la nuque du chauffeur, juste sous ses cheveux coupés droit. Il avait des bajoues plissées, qui ne correspondaient pas à son corps jeune.

– Par nature, mes conclusions ne sont que des suppositions. En fait, elles sont entièrement fondées sur une impression personnelle, et n'ont aucune valeur légale, dis-je.

La lune était haute, et, dans les champs, les cannes à sucre qui avaient été broyées par Rita paraissaient sèches et dures sur le sol, comme des milliers de manches de balai mis au rebut. En passant à toute vitesse, le chauffeur jeta un coup d'œil sur une rangée de cabanes de Nègres. Plusieurs d'entre elles avaient perdu leur toit d'étain, et du contreplaqué et du feutre bleu avaient été cloués sur les solives mises à nu. Plus loin, un homme ivre chaloupait au bord de la route, sa silhouette se découpant à la lumière de l'enseigne au néon, une publicité de bière, sur une caravane rouillée qui servait de bar.

– Quel trou ! dit le chauffeur. Il faut le voir pour le croire.

Le lendemain matin, un technicien du laboratoire de criminologie d'Acadiana releva une empreinte digitale sur la plaque d'immatriculation de Clete, là où Ronald Bledsoe avait essuyé la boue pour mieux voir le numéro. On a passé l'empreinte à l'AFIS, sans résultat.

– Je ne comprends pas, dis-je à Helen. Des types comme ça, il leur arrive des ennuis.

– Il est peut-être plus malin qu'on ne pense, dit-elle. Cette personnalité névrosée est peut-être un leurre. Il travaille peut-être pour le gouvernement.

– Et si je trouvais un moyen de le démasquer ?

– Je ne voudrais pas te vexer, mais, légalement, Bledsoe est la victime, pas le criminel. Ta fille lui a refait le visage à coups de semelle. Il aurait pu demander un constat, et te faire un procès par-dessus le marché. Estime-toi heureux, papy.

– Je ne vois pas les choses comme ça.

– Ça m'aurait étonnée.

Je suis rentré à la maison pour déjeuner. Alafair était dans sa chambre, travaillant à son premier roman, qu'elle tapait sur un ordinateur trouvé dans un vide-grenier. Je lui avais proposé de lui en acheter un meilleur, mais elle avait déclaré qu'un ordinateur plus coûteux ne l'aurait pas aidée à mieux écrire. Elle avait un carnet sur sa table de nuit, et elle notait des choses avant de s'endormir. Elle avait déjà rempli deux cents pages de notes et d'essais de phrases. Parfois elle se réveillait au milieu de la nuit, et notait les rêves qu'elle venait de faire. Le matin, à son réveil, deux scènes s'étaient déjà écrites toutes seules dans sa tête, et pendant les heures suivantes elle les transcrivait en un millier de mots avec double interligne.

Elle écrivait souvent des paragraphes à la main, puis elle retravaillait chaque paragraphe avant de le taper sur du papier pelure. Elle retravaillait chaque page machine avec un crayon bleu, la posait à l'envers dans une panière grillagée, et en commençait une autre. Si elle me surprenait à lire par-dessus son épaule, elle me donnait un coup de coude dans le ventre. Le lendemain matin, elle révisait tout ce qu'elle avait écrit la veille, puis attaquait le millier de mots qu'elle exigeait d'elle pour le jour à venir. J'étais surpris de la qualité du travail produit par son système.

Au lycée, elle avait obtenu une autorisation spéciale pour s'inscrire à un cours d'écriture donné par Ernest Gaines, à l'Université de Louisiane, à Lafayette. Gaines la trouvait exceptionnellement douée. C'est aussi ce qu'avaient pensé les membres de la commission d'admission de Reed College, à Portland. Elle avait obtenu une bourse, et reçu un diplôme de littérature anglaise, au printemps dernier. Elle avait aussi obtenu une bourse de recherche à Stanford, qu'elle allait intégrer au printemps prochain. Le fait qu'elle soit entrée en conflit avec un débile comme Ronald Bledsoe était pour moi source d'une frustration que j'avais du mal à contenir, surtout au moment où je devais en parler franchement avec elle.

– Tu as une seconde, Alf ?

Elle posa ses mains sur ses genoux, regardant droit devant elle, essayant de dissimuler son agacement de se voir dérangée pendant qu'elle écrivait.

– Bien sûr. Qu'y a-t-il ?

Je tirai une chaise près de son bureau.

— On a fait effectuer des recherches sur Bledsoe, par l'AFIS et le National Crime Information Center, mais on a fait chou blanc. D'une certaine façon, c'est plus troublant que si on avait trouvé tout un dossier sur lui. Il est évident qu'il est cinglé, et les cinglés laissent des traces. Mais ce type est une exception.

— Alors qu'est-ce que tu en as conclu ?

— Qu'il est malin, ou qu'il est protégé.

— Il a eu ce qu'il méritait. Qu'il aille se faire foutre.

— Tu es vraiment obligée de parler comme ça ?

— Il a posé la main sur moi. Je le sentais me postillonner dans l'oreille. Tu veux que je te répète ce qu'il m'a dit ?

— Non.

— C'est bien ce que je pensais.

— OK, Alf.

— Quand est-ce que tu vas arrêter de me donner ce nom stupide ?

— Écoute, encore une chose. Je risque de finir par mettre Otis Baylor en prison. Je sais que Thelma et toi êtes amies, et...

— Message reçu. Et si tu me faisais un peu confiance ? Si tu imaginais que j'ai plus de deux cases dans la cervelle ?

Les années ne m'ont pas apporté beaucoup de sagesse. Mais j'ai quand même appris que le père d'une jeune fille n'a que deux choses à savoir : il doit être à ses côtés, sans réserve, quand elle a besoin de lui, et il doit se tenir à l'écart quand elle ne lui demande rien. La seconde règle, au moins pour moi, a été plus compliquée que la première.

— Tu as plus de deux cases dans la cervelle ?

— Tu t'es déjà pris sur la tête un coup de corbeille pleine de papier pelure ?

Je suis retourné au travail à 13 heures. Wally, notre répartiteur hypertendu et éléphantesque, clown à plein temps du service, m'a arrêté sur le chemin de mon bureau.

— Je m'apprêtais à mettre ça dans ton casier, dit-il.

— Merci, Wally, dis-je en lui prenant des mains plusieurs mémos roses.

— Son prénom, c'est Bertrand. Il n'aime pas dire son nom de famille. Il n'a pas de bonnes manières, non plus.

— C'est un gamin noir ?

— Difficile à dire. Quand un type dit : « Enlève ce Coton-Tige de ton nez parce que je comprends rien à ce que tu dis, espèce de connard de fils de pute », est-ce que ça signifie qu'il a un problème racial ?

— Ça se pourrait. Merci d'avoir pris le message, Wally.

— Heureux de te rendre service. J'adore ce boulot. Merci de m'avoir présenté à tes amis.

Je suis entré dans mon bureau, et j'ai composé le numéro de portable que Wally avait noté sur les trois mémos.

— Bertrand ?

— C'est vous, monsieur Dave ? dit une voix.

M. Dave ?

— Ouais, c'est moi, Bertrand. Qu'est-ce qui t'arrive ?

— Il se passe quelque chose de bizarre. Quelqu'un offre des portables gratuits à tout le monde. Même aux gens dans les abris, à tous ceux qui pourraient être au courant pour ces pierres. Avec le portable, il y a un numéro de téléphone. J'ai vu André qui en avait un. Ils viennent du Wal-Mart. L'attitude d'André me met pas très à l'aise.

— Que veux-tu que j'y fasse ?

— Quand vous avez dit que j'étais un violeur, c'était vrai. J'ai fait ça avec André et Eddy, deux fois. On a fait ça à une gamine du Lower Nine. J'ai été là-bas, pour la chercher. J'ai été dans les abris. Peut-être qu'elle est morte dans la tempête.

Je ne voulais pas lui servir de confesseur. En fait, j'avais des haut-le-cœur à la vision de ces trois hommes sexuellement adultes en train d'agresser une gamine de quinze ans sans défense, qui avait eu la malchance de rentrer chez elle toute seule après une fête de quartier.

– Vous êtes toujours là ? demanda Bertrand.

– Ouais, je suis là.

Mais il ne m'écoutait pas.

– L'autre fille était assise dans une voiture qui était en panne près de Desire. Elle était blanche. Elle nous a dit qu'elle revenait du bal de la promo du lycée. Eddy s'est énervé contre elle, et il l'a brûlée avec sa cigarette. Il l'a brûlée sur les nichons.

– Si tu cherches du Valium pour apaiser tes péchés, t'as pas appelé le bon numéro.

– Qui vous voulez que j'appelle, mec ? Partout en ville les gens qui ont des portables attendent que de me coincer. Ils disent qu'il faut appeler un certain numéro, et un gars avec une voix de pignouf leur dit qu'il les rendra riches s'ils me donnent. Hier, je suis passé à côté d'un type dans un abri, et il a fait le bruit d'une tronçonneuse qui démarre. Tout le monde a trouvé ça marrant.

– Qu'est-il arrivé au père Jude LeBlanc ?

Il se tut, et je l'entendis reprendre sa respiration.

– On était chez ma tante. Une vague a fracassé la baie vitrée, et nous a arrachés de l'arrière. On a nagé sur ce tas de débris, mais il était plein de ces araignées marron, le genre qui vous entrent sous la peau et font des dégâts ensuite. Une femme était dans l'eau avec des grosses araignées comme ça sur le visage et dans les cheveux. Elles la mordaient, elle hurlait, elle les tapait, et en même temps elle avalait de l'eau. C'est à ce moment-là qu'on a vu le curé attacher son bateau au toit de l'église et commencer à faire un trou avec une hache. Alors Eddy a dit : « C'est ce fils de pute ou nous. » On est allés dans l'eau et on s'est dirigés vers lui, avec ces araignées encore dans nos habits.

» Je suis arrivé le premier sur le toit. J'ai dit : « On a besoin du bateau. On est quatre, et t'es tout seul. Tu peux venir avec nous, si tu veux, mais on prend le bateau. »

» Il a arrêté de faire son trou, et il a dit : « Le grenier est plein de gens. Ils vont se noyer. Il faut que tu m'aides. »

» L'aider ? Comment j'aurais pu l'aider, avec Eddy et André et Kevin qui me regardaient pour que je fasse quelque chose, comme si ça dépendait de moi, comme s'ils ouvraient plus leur gueule, comme si *moi* je devais faire quelque chose. Eddy jouait plus au caïd ? Alors j'ai pris la hache. Qu'est-ce que j'aurais dû faire ? Il allait peut-être me frapper avec. J'ai vu un homme pousser un gamin d'un matelas pneumatique, il a juste tendu la main, et il a poussé son visage, un gamin qui avait pas plus de dix ans. C'était comme ça, là-bas, mec. Vous étiez pas là.

– Qu'avez vous fait au père Jude LeBlanc ? dis-je, le cœur battant, ma paume moite sur le téléphone.

– Il voulait pas laisser la hache. Il était debout entre moi et le bateau, sur le bord du toit. Je suis allé vers lui, et il restait là, il s'écartait pas. J'ai dit : « Mec, on va prendre ce bateau, de toute façon. Te fais pas baiser alors que t'y peux plus rien. »

» Il me dit : « Vous ne savez pas ce que vous faites. » Qu'est-ce qu'il voulait dire ? Je savais ce que je faisais. Je sauvais ma vie. Je sauvais la vie d'Eddy, et d'André et de Kevin. Je savais ce que je faisais. J'avais pas le choix. Pourquoi il me disait ça ?

– Alors, tu as fait quoi, Bertrand ?

– Il a commencé à se battre avec moi. Il était pas fort du tout. Il avait des bras comme des baguettes. Il avait des traces dessus. Je pouvais pas le croire, mec. Il était curé et il était junkie. Je voyais ses dents, je sentais sa respiration, et il essayait de me griffer les yeux. C'est là que je l'ai frappé, mec, fort, avec mon poing, en plein sur le visage. Il est tombé en arrière dans l'eau, et j'ai entendu Eddy qui disait : « Donne un coup de hache à ce fils de pute. Le laisse pas monter dans le bateau. »

» Mais je l'ai pas revu. L'eau était noire, et on aurait dit qu'il était descendu droit le long du mur de l'église, dans le noir, comme une statue qui s'enfonce. Pourquoi il m'a dit ces mots ? Je savais ce que je faisais, mec. Je sauvais des vies à ma manière.

– T'es stupide à ce point ? La plupart des gens dans ce grenier sont morts à cause de toi. Tu comprends ce qu'il voulait dire ?

Bertrand Melancon se mit à pleurer, des sanglots incontrôlables.

– Je vais aller en Enfer, hein ?

Tu te trompes, fiston. Tu y es déjà, pensai-je.

18

Le mandat d'arrêt au nom d'Otis Baylor était un mandat fédéral, mais le système informatique du bureau du DA de la paroisse d'Orléans, mis à mal par la tempête, se remit en marche, et l'État porta aussi plainte contre lui. Ironiquement, les Fédés arrêtèrent Otis en vertu d'un article datant de la Reconstruction et définissant le meurtre comme le fait de priver une personne de ses droits civils en lui prenant la vie, le même genre d'argutie orwellienne qui avait été utilisée pour poursuivre les hommes du Klan ayant lynché trois travailleurs des droits civils dans le comté de Neshoba, Mississippi, en 1964. Otis avait coincé sa cravate dans le broyeur à ordures. Je supposais que, quand le système judiciaire en aurait fini avec lui, il serait bon à mettre au broyeur, lui aussi.

Le vendredi matin, j'accompagnai le collègue mâle de Betsy Mossbacher et un policier en uniforme au bureau provisoire d'Otis, sur Main, pour délivrer le mandat. L'agent du FBI était celui qui avait pris le Springfield dans le placard d'Otis. Il s'appelait Tisdale, et il était boulot-boulot. Nous avions garé nos véhicules le long du bayou, juste en face de la Cafeteria Victor, et nous passions sous une colonnade sur Main quand il déclara :

– Je dois être de retour à Baton Rouge dans moins de quatre-vingt-dix minutes. On a toute la paperasse sur les bras.

Vous, tout ce que vous avez à faire, c'est de prendre ses empreintes et de le coller dans une cellule. Le transfert de garde aura lieu dans deux ou trois semaines. Ne sabotez pas le travail.

— Répétez un peu ça, dis-je.

— On vous le laisse en dépôt. Ce n'est pas de la physique nucléaire. Nourrissez-le, douchez-le tous les trois jours, et ne l'égarez pas dans le système comme vous avez égaré Chula Ramos. Si vous avez une question à poser, appelez Mossbacher. Ne faites rien de votre propre chef. Si vous avez un problème, vous nous appelez. C'est la clef de tout. On sous-loue un espace dans votre hôtel à barreaux gris. Tout ce que vous avez à faire, c'est vous assurer que les toilettes fonctionnent.

Je vis que le policier me regardait du coin de l'œil.

— Je vais vous dire, gros malin, c'est nous qui allons arrêter Otis pour vous. Vous pouvez repartir pour Baton Rouge. Ou, si vous voulez, vous pouvez rester, comme si vous aviez un rôle dans la procédure, mais vous fermez votre gueule, et vous ne vous mettez pas dans nos jambes.

— Ça vous plaît, la Louisiane ? demanda le policier à Tisdale, avec un grand sourire.

On a arrêté Otis, et on l'a fait sortir de son bureau menottes aux mains, sa chemise blanche à manches longues chiffonnée, sa cravate voletant au vent, ses grands bras ramenés derrière son dos.

Pour la plupart des gens des classes moyennes, le mot « prison » suggère la punition par l'enfermement. Dans une certaine mesure, ils ont raison. Les prisons séparent les malfaiteurs du reste d'entre nous. Mais le mot « enfermement » n'a rien à voir avec les réalités de la vie à l'intérieur de toute prison digne de ce nom. Le mot « viol » serait beaucoup plus approprié.

Ça commence dans le bureau d'enregistrement. Quelqu'un que vous n'avez jamais vu fait rouler l'extrémité de vos doigts sur un tampon encreur. Puis on vous dit de vous passer sur la peau une espèce de vaseline qui ressemble à une sécrétion glandulaire. On vous colle devant un mur, et on vous ordonne de vous tenir contre la poitrine un écriteau avec des chiffres pendant qu'on vous photographie de face et de profil. Puis un maton muni d'un gant de polyéthylène vous enfonce un doigt dans le rectum, et vous asperge contre les morpions. Votre personne physique appartient à des gens qui ne cherchent pas à connaître votre nom, ni à croiser votre regard, ni à communiquer avec vous, sur aucun plan que ce soit. La plupart d'entre eux n'aiment pas leur travail, et ils ne vous aiment pas.

Vous découvrez rapidement que la prison n'est pas un lieu, mais un état. Vous déféquez sous les yeux des autres. Vos collègues détenus urinent sur le siège de toilettes que vous utilisez. La nourriture que vous mangez est préparée et servie par des gens qui ne se laveraient pas les mains sous la menace d'une arme. Vous prenez des douches en compagnie d'hommes dont les yeux s'attardent sur vos parties génitales, et d'autres prêts à vous suriner de bas en haut, et la nuit vous ne faites pas de rêves.

Comme le chantait le guitariste Huddie Ledbetter sur sa douze cordes, il n'existe pas d'études préparant au « great long time ».

Les récidivistes d'autrefois ont été remplacés par une nouvelle race de criminels, dont quatre-vingt-cinq pour cent ont un rapport personnel avec les narcotiques, qu'il s'agisse d'en vendre, d'en consommer, ou les deux. Certains ont pris leur premier shoot de dérivés de morphine ou de cocaïne à travers leur cordon ombilical. Certains ont été victimes, enfants, de formes d'agressions sexuelles dont je ne parlerais avec personne, pas même avec mes collègues. Presque tous paient à crédit leur vie à l'État.

Otis Baylor imaginait qu'il allait appeler son avocat, ou un prêteur de caution, et retrouver la liberté dans quelques heures.

– C'est bien ça, n'est-ce pas ? me dit-il dans le bureau d'enregistrement. Je passe un coup de téléphone, et j'envoie la caution ?

– Je crois que vous comprenez mal la situation, dis-je. Vous êtes actuellement sous mandat d'arrêt fédéral, accusé d'une violation des droits civiques. À vrai dire, nous agissons pour la cour fédérale. Parce que le système judiciaire de la Louisiane du Sud est hors-service depuis Rita et Katrina. À mon avis, vous allez être mis en examen par un grand jury de l'État, et inculpé de meurtre. J'aimerais pouvoir vous dire autre chose, mais je ne pense pas que vous sortiez d'ici avant longtemps.

– Je ne risque pas de m'enfuir. J'ai deux maisons dans le coin. J'ai une famille. Je travaille depuis vingt ans dans la même compagnie d'assurances.

– Quand vous serez devant la cour, expliquez votre situation au juge.

Il avait toujours de la vaseline sur les mains, et il ne voulait pas toucher ses vêtements avec. Il commença à chercher des yeux autour de lui quelque chose pour s'essuyer les mains.

– Il y a un rouleau de papier toilettes sur l'étagère, dis-je.

– Je veux passer mon coup de téléphone, dit-il.

– Pour l'instant, vous allez dans une cellule, monsieur Baylor. Un agent vous accompagnera plus tard pour téléphoner.

Il paraissait perdu. Il se pressait les tempes, et parcourait le bureau des yeux, désorienté.

– Où m'avez-vous dit que se trouvait le papier toilettes ?

– Derrière vous.

Mais il avait oublié ce qu'il cherchait.

– Ma fille est seule à la maison. Tous les matins, elle vient me retrouver pour prendre un café et un beignet. Elle ne doit pas rester seule trop longtemps.

Il y a dans ma carrière des moments dont j'ai été plus fier.

Molly travaillait sur le bayou pour une organisation catholique qui aidait les gens à lancer une affaire, ou à construire leur maison. Cette organisation caritative avait été fondée par un groupe de nonnes catholiques venues en Louisiane du Sud dans les années 1970 pour aider les ouvriers de la canne à sucre à s'organiser. Vous pouvez vous douter de la façon dont elles ont été reçues. Mais, depuis cette époque, elles avaient gagné le respect et même l'affection de la plupart des gens du coin. Après la mort de Bootsie, ma femme, j'avais rencontré Molly, par hasard, à son centre, et nous nous étions mariés peu de temps après. Nous formions un couple incongru, une nonne syndicaliste irlando-américaine, et un adjoint du shérif avec un passé de violence et d'alcool. Les amis qui voulaient se montrer gentils nous souhaitaient tout le bonheur possible, mais je voyais toujours dans leurs yeux une lueur de pitié et de méfiance.

Mais nous les avons étonnés. La sœur Molly Boyle était mon graal, et je l'aimais comme j'aimais la communauté religieuse à laquelle j'appartenais.

Le vendredi où j'ai arrêté Otis Baylor, je l'ai appelée au centre, et lui ai demandé de me retrouver pour déjeuner au restaurant du Patio, sur Loreauville Road. Nous nous sommes assis sous un ventilateur, dans un coin, à l'écart de la cohue autour du buffet. Je sentais son regard sur moi.

– Mauvaise journée ? demanda-t-elle.

– J'ai dû aider les Fédés à exécuter un mandat d'arrêt à l'encontre d'Otis Baylor. On vient de le mettre dans la prison de la paroisse.

– Otis ?

– Le FBI a trouvé une balle correspondant à son fusil. La balle est porteuse de l'ADN des deux victimes de la fusillade.

– Quel dommage ! C'est un type bien. Je ne sais pas combien de gens m'ont raconté qu'il avait immédiatement accepté leurs demandes d'indemnisation, et les avait installés dans des motels. Quand on voit le nombre de compagnies d'assurances qui essayent d'enfiler leurs clients !

— Otis a peut-être tué un gamin de dix-sept ans, et transformé un autre en tétraplégique.

— Je sais, dit-elle.

— J'ai essayé de l'avertir des risques qu'il court légalement.

Elle avança la main, et me toucha le bout des doigts.

— Je sais tout ça, Dave. Tu n'y es pour rien. Ne prends pas ça personnellement.

— Tu veux allez au buffet ?

— Bien sûr. Dave ?

— Oui ?

Je voyais l'hésitation sur son visage, comme quelqu'un qui s'apprête à allumer une bougie dans un entrepôt qui sent l'essence.

— Ronald Bledsoe est venu au centre, ce matin. Il a demandé à la réceptionniste si on s'occupait des abris de la paroisse St. Mary. Il a dit qu'il travaillait pour l'État, et qu'il cherchait deux fugitifs noirs. Il a montré leur photo.

— Qu'est-ce qu'elle lui a répondu ?

— Elle a menti. En fait, elle avait vu l'un des deux. Dans un abri de Morgan City. Mais elle a menti. J'étais juste derrière lui. Il s'est retourné, et il m'a demandé mon nom. Ce Bledsoe donne le frisson, Dave.

Cette nuit-là, je n'arrivais pas à dormir. Je rêvais de Ronald Bledsoe, du père Jude LeBlanc, de la confession de Bertrand Melancon. Je rêvais d'une eau sombre qui se refermait au-dessus de la tête de Jude, je rêvais de gens dans un grenier, glissant les doigts dans l'ouverture que Jude avait commencé à faire, à la hache, quand il s'était fait attaquer par Bertrand. J'entendais les gens dans le grenier appeler à l'aide avec leurs portables, et j'entendais le bruit d'un bateau à moteur s'éteignant au loin, les Rochon et les frères Melancon bien installés à bord.

Je détestais ce qu'ils avaient fait à Jude LeBlanc et à ses paroissiens. Personnellement, ils me remplissaient de dégoût, de répugnance. Mais je ne pouvais m'autoriser le luxe de la haine. Je ne pouvais me l'autoriser, ni en tant que représentant de la loi, ni en tant qu'ancien alcoolique. Aux AA, on nous apprend que ceux qui nous font le plus de mal sont des malades, et pas très différents de nous. C'est parfois difficile à admettre. Malheureusement, les alcooliques repentis ne sont pas autorisés à s'abandonner à leurs propres émotions. Mon passage favori d'Ernest Hemingway se trouve dans *Mort dans l'après-midi*, quand il suggère que tous les maux du monde pourraient être corrigés par trois jours de chasse à l'homme. J'aime moins ce qu'il ajoute ensuite, que le premier groupe qu'il balaierait serait constitué par les officiers de police, où que ce soit dans le monde.

Je suis allé dans la cuisine pour boire un verre de lait dans le noir. Les chênes étaient vert sombre au clair de lune, le bayou gonflé et jaune à cause des pluies des dernières semaines. J'ai essayé de trier toutes ces images de mes rêves, de les compartimenter pour m'en délivrer, mais l'une d'elles ne cédait pas : Bertrand Melancon non seulement n'arrêtait pas de m'appeler pour essayer de se justifier ou d'expier ses péchés, mais il n'avait pas quitté la région. Ce dernier détail n'était pas logique.

Le casse chez Kovick avait été la concrétisation des rêves les plus fous du petit cambrioleur. Était-il attaché à son frère Eddy au point d'aller d'abri en abri, de trou à rat en trou à rat, dans le vain espoir de pouvoir l'escamoter de l'hôpital et de s'en occuper personnellement ? Eddy dont, par ailleurs, le cerveau était maintenant aussi inerte que le corps ?

Pourquoi ne pas disparaître dans l'immensité de Los Angeles, et recommencer à zéro ? Des gens font ça tous les jours. Bertrand pourrait fourguer les « diamants de sang » là-bas, et blanchir les faux billets à Vegas et à Reno. À moins qu'il ne soit en possession ni des uns ni des autres.

Clete et sa copine avaient trouvé plus de dix-sept mille dollars de faux billets, qui avaient dérivé du garage dans l'allée. Le reste avait pu aller dans des égouts pluviaux, ou être ramassé sur des haies ou des parterres de fleurs par des voisins qui n'avaient pas pris la peine d'en informer le NOPD. Mais les « diamants de sang » ? Leur valeur était incalculable. Bertrand aurait pu en prendre un ou deux, acheter pour des clopinettes une voiture volée, ou endommagée par la tempête, et s'envoler depuis Dallas ou Jackson. Pourquoi ne l'avait-il pas fait ?

Parce que c'est un voleur, pensais-je, et, comme tous les voleurs, il a décidé, à un moment donné, qu'il méritait plus que ses camarades. Il avait caché les diamants et il n'avait pas pu les récupérer.

Où ?

J'ai essayé de reconstituer sa fuite depuis la maison de Sidney, après qu'elle eut été mise à sac par les Rochon, par Eddy et par lui. Et s'il avait trouvé les diamants en pillant la maison, et n'en avait pas parlé aux autres ? Et s'il avait décidé, tandis qu'il volait de l'essence dans le garage d'Otis, d'y cacher les diamants plutôt que de prendre le risque qu'ils soient découverts par Eddy ou par les Rochon ? Il avait compris qu'il était sans doute en possession de centaines de milliers, voire de millions de dollars en bijoux volés. C'était le coup de sa vie. Et si ses débiles d'acolytes faisaient tout capoter ?

Mais, pour finir, Bertrand s'était fait capoter lui-même. Il avait planqué les diamants à quelques maisons de celle du gangster le plus dangereux de La Nouvelle-Orléans, un homme dont ils avaient non seulement pillé, mais systématiquement démoli la demeure, allant jusqu'à arracher les lustres avec un râteau de jardinier et à uriner sur la cuisinière et dans les bacs du réfrigérateur.

Je me suis remis au lit et allongé sur le drap, un bras sur les yeux. J'entendais les arbres balayer le toit d'étain et, de temps en temps, le *ping* d'une noix pécan qui heurtait le métal. Je dis une prière silencieuse pour le père Jude LeBlanc, et, en m'endormant, j'imaginais entendre sa voix monter dans une bulle, et exploser à la surface d'un lac noir zébré de lumière.

J'aime me souvenir de l'époque où j'ai grandi comme d'une époque de chasses au canard à l'aube, d'après-midi d'été passés à faire bouillir des crabes dans un pavillon ombragé, de bals du lycée à Spanish Lake sous les chênes décorés de lanternes japonaises. Le printemps de nos vies semblait éternel, l'arrivée de l'automne un simple intermède avant une nouvelle floraison. Mais la Louisiane de ma jeunesse avait aussi un côté dur, un côté qu'il n'est pas toujours agréable de se rappeler. La majorité des gens était pauvres, et pendant des générations l'oligarchie qui gouvernait l'État a fait tout ce qui était en son pouvoir pour qu'ils le restent. Le Nègre était le bouc émissaire de nos problèmes, les syndicats, les agents des fauteurs de troubles venus du Nord. Avec l'apparition de l'intégration, tous les démagogues de l'État se sont acharnés à entretenir les feux de la peur et de la haine raciales. Nombreux furent leurs administrés à sauter sur l'occasion.

Casser du Nègre le samedi soir était devenu un sport local, et, en général, les services de police fermaient les yeux. Des lycéens blancs tiraient sur des gens de couleur avec des fusils à air comprimé, et leur lançaient des pétards aux arrêts de bus. La plupart des gamins qui agissaient de la sorte venaient de maisons où la lumière du matin était filtrée par la poussière comme par la souillure d'un échec. James Boyd « Bo Diddley » Wiggins, mon compagnon de chambre au Southwestern Louisiana Institute, était un gamin comme ça.

Son père avait été shérif adjoint dans une paroisse de Louisiane du Nord, et avait dû démissionner après avoir été arrêté lors d'une opération de police contre la prostitution à La Nouvelle-Orléans. Le père était mort dans la misère, et sa femme et ses enfants s'étaient installés dans une plantation où ils ramassaient du coton et castraient du maïs avec les gens de couleur. Mais Bo Diddley avait un talent que n'avaient pas ses frères et sœurs. Pour les autres, le football universitaire était peut-être un sport, mais pour Bo c'était la porte magique qui ouvrait sur un monde où sa famille ne pénétrerait jamais.

Il était entré au SLI grâce à une bourse sportive, faisait des trous dans la défense des équipes adverses avec une férocité qui gênait même son entraîneur, et refusait, pendant les cours, de s'asseoir à côté d'étudiants noirs. Il participait à de sérieuses bagarres dans des bars en bord de route, et quand il rentrait au dortoir il puait le whisky et les cigarettes, les habits déchirés, sa tête tondue lacérée d'entailles de verre brisé, du sang caillé lui bouchant les narines. J'étais sincèrement persuadé que Bo ne trouvait la paix que lorsqu'il s'infligeait une douleur telle qu'il n'entendait plus ses propres pensées.

Il fut exclu du lycée et, à l'armée, il écopa d'un BCD[1] pour avoir cogné deux MP à Honolulu. Mais l'armée avait fait pour Bo Diddley une chose que personne d'autre jusque-là n'avait faite — elle lui avait appris la soudure à l'arc, et lui avait procuré du travail. Il manipula des lances à souder sur des pipelines à travers toute la Louisiane et le Texas, puis ouvrit son propre atelier à Lake Charles. En moins de cinq ans, il en avait ouvert une dizaine d'autres dans trois États.

Mais Bo ne faisait que démarrer. Il entra dans le XXIe siècle en tant que propriétaire de six chantiers navals le long de la

---

1. Bad Conduct Discharge.

côte sud des États-Unis. Il parvint aussi à se réinventer. Sa nouvelle naissance eut lieu à l'Assemblée de l'Église de Dieu, et il posa pour des cartes de Noël, en compagnie de télévangélistes, devant des orphelinats du tiers-monde. Juste après le 11 Septembre, il fit partie d'une délégation d'hommes politiques de Louisiane envoyés à New York pour assister à une cérémonie commémorative aux Twin Towers, en présence du président des États-Unis. Il avait toujours les oreilles décollées et le crâne plat, avec de petits yeux enfoncés et des cicatrices en demi-lune sur les articulations, et une voix qui donnait à penser qu'il avait avalé une cruche de Red Man, mais sa bovine épouse et lui apparaissaient régulièrement dans les pages mondaines des journaux de Baton Rouge et de Lafayette, et chaque année il organisait un tournoi de golf, un tournoi de charité lors duquel il recevait des célébrités télévisuelles vieillissantes.

Pour des raisons qui me sont toujours restées obscures, il était demeuré, au fil des ans, en contact avec moi. Peut-être que, comme moi, Bo Diddley entendait à sa porte le chariot ailé du temps. Peut-être voulait-il réécrire sa jeunesse et prétendre que lui aussi avait participé à cette innocence qui semblait avoir été la caractéristique de notre époque. Je n'aurais su le dire. Bo Diddley avait payé son dû. Sa tragédie, à mon avis, résidait dans le fait qu'il n'en avait tiré aucune leçon.

Le lundi matin, quand je revins au travail, il attendait à la porte de mon bureau, sa main calleuse tendue, son visage raide et carré luisant d'après-rasage.

– Je sais que tu es occupé. Je ne te prendrai pas beaucoup de temps, me dit-il. J'ai un tas de ressources, Dave. Je crois que je peux t'aider pour une affaire dont tu t'occupes.

Mon bac de courrier débordait, mon casier aussi, et, apparemment, mes propres problèmes avec Ronald Bledsoe étaient sans solution. Ce n'était pas le meilleur moment pour traiter avec quelqu'un qui imagine que son destin est de se mêler des affaires de la police. Il me suivit dans mon bureau.

– Le gros type, dans la cage du répartiteur, c'est votre clown local ? demanda-t-il.

– Wally ?

– Il m'a demandé si j'avais acheté mon cigare dans une usine de pneus. Il m'a dit qu'il aimerait bien en avoir qui sentent comme ça.

Je jetai un coup d'œil à ma montre, et essayai de précipiter le mouvement.

– J'ai rendez-vous dans quelques minutes avec le shérif. Tu as parlé d'une affaire dont je m'occupe ?

– À propos d'un prêtre qui a été porté disparu dans le Lower Nine, un type de New Iberia.

– Jude LeBlanc. Comment tu savais que je le cherchais ?

– Ma femme et moi, on a fait du volontariat dans les abris. On a rencontré cette fille du Salvador, Natalia quelque chose. Je suppose qu'elle baisait avec ce prêtre avant que La Nouvelle-Orléans ne devienne un tas de merde.

Bo avait acquis les apparences d'un chrétien nouveau et d'un homme d'affaire à succès, mais son langage et son état d'esprit portaient encore la marque du gamin fruste que j'avais connu voilà des années. Pour lui, les nuances n'existaient pas. Le monde et les gens qui le peuplaient étaient monodimensionnels. Leur prêter de la complexité était le passe-temps de ceux qu'il appelait globalement « les intellos ».

– Tu sais ce qui est arrivé au père Jude, Bo ?

– J'ai un contrat de déblayage pour le Lower Nine. J'installe aussi des villages de caravanes de la FEMA partout où on peut loger ces pauvres diables. Mais je vais te dire, le vrai défi, c'est de faire travailler ces fils de pute.

– Pardon ?

Son grand sourire disparut.

– Le prends pas de haut avec moi, mon gars. Si on leur dégageait pas la gorge à leur place, il y a un tas de types qui étoufferaient dans leur propre salive. Dave, j'ai envoyé des émissaires dans des abris dans tout le pays, proposant de bons boulots avec de bons salaires pour reconstruire La Nouvelle-Orléans. Je n'ai pas trouvé un seul preneur.

– Je t'ai entendu dire ça dans une interview à la télévision. À ce moment-là, je pensais que c'étaient des conneries. Et je pense toujours que ce sont des conneries.

Il secoua la tête.

– Je critique personne, je dis juste ce qui se passe. Il y a une grosse différence entre dire la vérité et critiquer quelqu'un.

Je jetai à nouveau un coup d'œil sur ma montre.

– Ça fait toujours plaisir de te voir, Bo.

Il leva les sourcils, et j'ai pensé que son agressivité latente et sa volonté de contrôler ceux qui l'entourent allaient refaire surface. Mais je me trompais.

– Il faut que je me magne le cul, ma secrétaire m'attend. Je ne voulais pas me mêler de tes affaires. Je pensais juste que je pouvais t'aider, dit-il.

Peut-être n'avais-je pas accordé à Bo le crédit qu'il méritait, pensai-je.

Par la fenêtre, je le vis se diriger vers une Lexus garée en face du cimetière St. Peter. La journée était encore fraîche, les automobiles voilées d'ombre. Une femme au corps de statue, aux cheveux blond pâle, avec des lunettes de soleil, une jupe courte et un corsage moulant, fumait une cigarette devant la portière côté passager. Quand Bo Diddley déverrouilla sa portière, elle souffla la fumée verticalement, et entra dans la voiture, laissant tomber sa cigarette dans le caniveau, sa jupe remontant sur sa cuisse.

Je ne savais quels pouvaient être les talents de la secrétaire de Bo, mais j'imaginai qu'elle n'aurait pas su castrer le maïs ou ramasser le coton.

Après déjeuner, je me rendis à la prison pour voir Otis Baylor, dont, selon moi, l'obstination manifestait plus l'orgueil que l'innocence.

La plupart des détenus ne veulent pas d'ennuis. Ils font leur temps, évitent les chacals, et se tiennent en dehors des problèmes de race. Ils ne cherchent pas les emmerdes, et ne font pas les malins avec des types qui ont des larmes tatouées. Semblables aux Japonais, ils créent leur propre espace, et ne violent pas celui des autres. Mais malheureusement, les gènes simiesques de nos géniteurs sont bel et bien présents à l'intérieur de ces murs, et les forts font pression sur les faibles, sans états d'âme et avec délectation.

Les liaisons de prison sont un fait acquis, comme la dope de prison, l'alcool fermenté, et les esclaves blancs. Les « petites putes » sont traités avec le même mépris que les cafteurs, et ne survivent qu'en s'attachant à des protecteurs puissants, qui, en retour, exigent une obéissance et une loyauté sans failles. En général, un délinquant juvénile jeté au milieu de cette population se fait dévorer. Ceux qui sont capables de survivre développent une vision souterraine, en particulier en ce qui concerne la conduite sexuelle ou le trafic interne de drogue. Il est impératif de défendre sa propre personne, mais défendre les faibles est le fait des idiots et de ceux qui cherchent le martyre.

Le superviseur de garde me fit un rapport sur la première journée d'Otis Baylor en prison. Au début, il avait été traité comme une curiosité, comme un homme qui n'était pas à sa place, le genre qui se saoule, qui a un accident sur un passage clouté et ne parvient pas à croire à la souffrance qu'il s'est infligée et qu'il a infligée aux autres.

Des petits rigolos lui conseillèrent de s'inscrire pour le film du soir, ou pour le service religieux à l'extérieur, où un tacot le conduirait. Puis ils scrutèrent son visage, et décidèrent qu'ils auraient préféré être ailleurs. Otis mangea dans son coin et refusa de parler aux autres, ne fût-ce que pour leur poser une question. Il se déplaçait comme un monstre silencieux dont le regard était toujours tourné vers l'intérieur. Quand il allait à la douche, la largeur de ses épaules, l'épaisseur de ses biceps, la douce toison sur sa peau, émettaient le genre de signaux d'avertissement dont tous les gens primitifs ont immédiatement conscience.

Le samedi après-midi, un gamin mulâtre, Ciro Goula, de la paroisse St. Martin, se défonça avec une pleine pipe de *skunk* afghan que son « père » lui avait donnée. Ciro était un de ces êtres gâtés qui, sans être criminels par nature, se trouvent toujours en compagnie de criminels, et dans un environnement criminel, parce que nulle part ailleurs ils ne peuvent fonctionner. Il avait tout un passé de maladies vénériennes enregistré dans les dossiers des services de santé de l'État, il avait fait un séjour en hôpital psychiatrique, et deux séjours à Angola. Il était prostitué et camé, content de sa personne, aussi tordu qu'un tire-bouchon, et indifférent à son destin ultime. Il purgeait six mois pour possession de drogue, et pendant sa première semaine, il s'était attaché à Walter Lantier, un Blanc coupable de deux homicides. Walter louait Ciro contre de la drogue, de l'argent liquide, ou des paquets de cigarettes.

Mais le samedi après-midi, Ciro se défonça, sous les yeux de Walter, parce que Walter l'avait vendu pour un supplément de dessert à un débile mental qui dégageait la pire odeur corporelle de la prison.

– Ça t'plaît pas, hein ? Tu t'crois mieux qu'les autres ? Tu crois qu't'as ton mot à dire dans c'que j'fais ? dit Walter. Tu m'diras c'que t'en penses dans quelques jours, 'spèce de p'tite pute.

Walter prononça le mot. Pendant les vingt-quatre heures qui suivirent, Ciro fut le souffre-douleur de tout le monde.

Le samedi soir, un détenu de la Confrérie aryenne prit Ciro dans ses grosses pattes d'ours et le porta dans les douches. Là, il le força à enfiler une petite culotte et un soutien-gorge, et à se donner en spectacle devant trois autres hommes tatoués des lettres SS en forme d'éclairs, et de larmes bleues au coin des yeux. À l'intérieur de la Confrérie, les larmes tatouées indiquaient que celui qui les portait avait dézingué quelqu'un. Quand on est membre de la Confrérie, c'est pour la vie. Leur cruauté et leur violence sont d'une efficacité sans égale. Ciro Goula, curieusement, avait toujours été persuadé que son dévergondage le protégerait des chacals. Mais Walter Lantier l'avait jeté dans une bétonneuse.

Les quatre membres de la Confrérie qui se trouvaient dans la salle de douches se moquèrent de lui, puis le sodomisèrent et lui plongèrent la tête dans les toilettes. Quand il hurla pour demander de l'aide, ils plongèrent à nouveau sa tête dans l'eau, et tirèrent la chasse. C'est alors qu'Otis Baylor s'interposa.

– Qu'est-ce qui vous prend, les gars ? Quel genre de types êtes-vous ? dit-il, en tirant Ciro hors de la flaque d'eau sur le sol. Vous devriez avoir honte.

– Où tu te crois, Jack ? demanda l'un des détenus.

– Prends garde à tes manières, mon ami. Sinon, je reviens, dit Otis.

Le détenu qui s'était adressé à Otis le regarda, incrédule, une allumette figée au coin de la bouche. Il essaya de soutenir le regard d'Otis, mais il finit par détourner les yeux, et par baisser la tête. Ses copains restèrent immobiles, comme des hommes des cavernes qui viennent de voir un étranger pénétrer dans leur grotte et envoyer d'un coup de pied leurs provisions dans le feu. Otis remit Ciro sur ses pieds et, le portant à moitié, le conduisit dans le couloir, le long des cellules, jusqu'aux barreaux d'une porte de sécurité, de l'autre côté de laquelle deux gardiens en uniforme le regardaient, bouche bée.

– Cet homme doit être transporté à l'hôpital. Vous avez un sérieux problème de discipline, là-dedans, dit-il.

Quand le geôlier l'amena dans la salle d'interrogatoires, Otis portait le jean de la prison, et il avait une chaîne à la taille. Par la fenêtre, je voyais les rouleaux de barbelés au sommet de la barrière de sécurité, et, au loin, des champs vides, et une route de campagne bordée de tas d'ordures. Je demandai au geôlier s'il pouvait retirer les chaînes. Il secoua la tête, et referma la porte derrière lui.

– Ils vous ont mis à l'isolement ? dis-je.

– C'est comme ça que ça s'appelle ? demanda Otis.

– Croyez-moi si vous voulez, mais c'est pour vous protéger.

– C'est aussi pour ça que je suis enchaîné ?

C'est parce qu'une prison n'est pas une institution flexible, pensai-je. Mais Otis avait la tête dure, et je savais que je perdrais mon temps à essayer de lui expliquer.

– Il me faut votre autorisation pour pénétrer dans votre maison de La Nouvelle-Orléans, dis-je.

– Pour quoi faire ?

– Je pense que Bertrand Melancon a peut-être planqué des biens volés dans votre garage, ou dans votre jardin.

– Pourquoi aurait-il fait ça ?

– Le jour où vous comprendrez pourquoi des types comme ça font quelque chose, vous vous tirerez une balle dans la tête.

Je pensais qu'il allait peut-être sourire. Mais ce ne fut pas le cas.

– Obtenez un mandat. C'est bien comme ça que vous procédez, non ?

Je me penchai sur la table. Ses poignets étaient menottés à la chaîne qui lui ceinturait la taille, et me faisaient penser aux nageoires sur le flanc d'un poisson échoué.

– Écoutez-moi. Les objets volés dont je parle appartiennent à votre voisin, Sidney Kovick. Vous savez quel genre de type c'est. Si je ne me trompe pas, si Bertrand Melancon a bien planqué sur votre propriété des biens appartenant à Sidney, combien de temps, à votre avis, faudra-t-il à Sidney pour arriver à la même conclusion ? Et demandez-vous un peu de quoi est capable Sidney s'il pense que vous, ou un membre de votre famille, les avez découverts.

Il regarda le soleil qui brillait sur les rouleaux de barbelés au sommet de la barrière.

– Faites comme vous l'entendez, monsieur Robicheaux.

– Je vous admire de vous être interposé pour défendre Ciro Goula. Mais il a choisi la vie qu'il mène, et vous ne pouvez pas porter son fardeau à sa place.

– Vous avez déjà été enfermé dans un endroit comme ça ?

– Et si je vous répondais : oui ?

– Alors vous savez qu'il ne faut pas céder d'un pouce.

– Un jour, George Patton a dit à ses hommes que ce n'est pas en donnant sa vie pour son pays qu'on gagne les guerres. On gagne les guerres en forçant le connard d'en face à donner sa vie pour le sien.

– Je suis prêt à retourner en cellule.

– Pas de problème.

J'ouvris la porte, et appelai le geôlier.

– Hé, ici, la porte !

19

Le mardi matin, tôt, je suis allé chercher Clete Purcel à son motel, et nous avons pris l'I-10, en direction de La Nouvelle-Orléans. Quand nous sommes arrivés dans la paroisse d'Orléans, la ville avait peu changé. Les dégâts écologiques et structurels étaient si importants et si omniprésents qu'il était difficile d'imaginer qu'il aurait suffi de vingt-quatre heures pour effacer cette destruction. Quand Audrey avait touché les côtes de Louisiane, en 1957, j'étais là, et j'étais là pour Hilda, en 1964, quand le château d'eau de Delcambre s'effondra sur l'hôtel de ville, et tua les volontaires de la Défense civile à l'intérieur. Mais les dégâts à La Nouvelle-Orléans, en tout cas pour moi, étaient de ceux qu'on associe à des images bibliques tirées de l'Apocalypse.

Ou peut-être avais-je trop de souvenirs de ce qu'était la ville autrefois. Peut-être que je n'aurais pas dû y retourner. Peut-être que je m'attendais à voir les rues nettoyées, le courant revenu, des équipes de charpentiers s'activant sur les maisons en ruine. Mais le sentiment de perte que j'éprouvais tandis que je remontais St. Charles était pire que ce que j'avais ressenti juste après la tempête. La Nouvelle-Orléans, c'était une chanson, pas une ville. Comme San Francisco, elle n'appartenait pas à un État, elle appartenait à un peuple.

Quand Clete et moi faisions quelque pas sur Canal Street, il y avait de la musique partout. Sam Butera et Louis Prima jouaient dans le Carré. Au Preservation Hall, de vieux Noirs exécutaient *The Tin Roof Blues*. Sur Magazine, des fanfares de funérailles faisaient trembler les vitrines. Quand le soleil se levait sur Jackson Square, la brume restait suspendue comme une barbe à papa dans les chênes derrière St. Louis Cathedral. L'aube sentait l'eau de mare, la pierre couverte de lichen, les fleurs qui ne fleurissent que la nuit, le café et les beignets du Café du Monde. Chaque jour était une fête, tout le monde était invité, et l'entrée était gratuite.

Le plus somptueux parcours d'Amérique était celui du tramway St. Charles. On pouvait prendre le vieux tacot métallique vert bringuebalant sous la colonnade devant le Pearl, et, pour quelques pièces de monnaie, suivre ce que l'on peut considérer comme la plus belle rue du monde occidental. Aussi loin que la vue puisse porter, la canopée de chênes constituait un tunnel d'un vert doré. Au coin des rues, des Noirs vendaient des glaces et des *snowballs* dans des carrioles surmontées de parasols, et, l'hiver, le néon rose et marron du drugstore Katz & Besthoff brillait à travers la brume comme une fumée électrique.

Tout écrivain, tout artiste qui a visité La Nouvelle-Orléans en est tombé amoureux. Si la ville était la Grande Putain de Babylone, peu de gens oubliaient son étreinte, ou la regrettaient.

Quel était son avenir ?

Je scrutais à travers mon pare-brise, et, partout, je voyais des arbres abattus, des lignes électriques et téléphoniques pendant aux poteaux, des feux de circulation éteints, des bâtiments éventrés et si endommagés que leurs propriétaires n'avaient pas pris la peine de clouer du contreplaqué sur les fenêtres arrachées. Le travail à effectuer était herculéen, et il était compliqué par un degré de malhonnêteté de la part des entreprises, et d'incompétence et de cynisme de la part du gouvernement, probablement sans équivalents en dehors du tiers-monde. Je n'étais pas certain que La Nouvelle-Orléans ait un avenir.

Je quittai St. Charles et pénétrai dans l'ancien quartier d'Otis. Le soleil était maintenant haut dans le ciel. Le long des rues, les pelouses étaient encombrées de débris et striées de bandes d'un vert vif, là où de l'herbe de saint Augustin avait poussé à travers la pellicule de matières mortes laissée par le recul des eaux. Clete voulut s'arrêter chez sa nouvelle copine. Comme personne ne répondait, il laissa un mot qu'il colla sur le montant de la porte.

– Tu lui as dit de venir nous rejoindre ? demandai-je.

– Non, je lui ai dit que je l'appellerais plus tard. Je ne veux pas qu'elle soit mêlée à tout ça.

Je m'écartai du trottoir et poursuivis mon chemin en direction de la maison d'Otis.

– J'ai un peu réfléchi à ce Bledsoe, dit Clete. Je pense qu'il faudrait que les Bobbsey Twins l'invitent à quitter la région.

– Je ne pense pas que ce soit une bonne idée.

– Ce type ne dort pas. Ses lumières restent allumées toute la nuit. Samedi soir, il a fait venir une pute. Au bout de dix minutes, quand elle est repartie, elle avait l'air morte de trouille.

– Laisse tomber, Clete. Helen et moi, on va s'en occuper.

– Ce type a de l'eau glacée dans les veines. C'est un psychopathe, et il en veut à Alafair. Il faut qu'on lui casse les roues avant qu'il enclenche une vitesse.

– Pourquoi tu me dis ça maintenant ?

– Parce que ce type me turlupine. Parce que je ne veux pas qu'il fasse du mal à Alafair. Parce que tu n'as pas vu cette pute se tailler en courant.

– Tu avais bu, hier soir ?

Il marqua une pause, puis reprit la parole, calmement, cette fois.

– Je suis revenu à Big Sleazy pour t'aider à chercher les pierres. Mais je pense que c'est une erreur. Elles appartiennent à Sidney. S'il pense que tu sais où elles sont... Seigneur, Dave, sers-toi un peu de ta cervelle. Même les Ritals se couchent devant lui.

J'avais dit presque la même chose à Otis Baylor, mais je n'avais pas suivi mon propre conseil. J'espérais que Clete ne lirait pas sur mon visage.

– Est-ce que j'aurais enfin fait mouche ? demanda-t-il.

On a enfoncé des bâtons dans les parterres d'Otis, et soulevé les dalles de sa cour. On a fouillé la charpente du garage, et sous la galerie de derrière, et on a pris une échelle pour atteindre le sommet de la porte cochère au cas où Bertrand aurait lancé les pierres dessus. On a entassé les briques du patio et démantelé la cheminée du barbecue de pierre, brisé les cages à oiseaux et passé au peigne fin un tas de compost couvert de volubilis, fait crisser les vestiges d'une serre qui avait été écrasée par un pacanier, et versé les débris dans trois énormes bassines de fonte qui avaient servi de cache-pots.

Rien.

– Qu'est-ce que vous faites là ? demanda une voix depuis la porte de la maison voisine.

Tom Claggart était sur sa galerie arrière, essayant de nous voir à travers la haie de bambous brisés séparant sa propriété de celle d'Otis Baylor.

– C'est Dave Robicheaux, monsieur Claggart.

– Où est Otis ?

– Si vous voulez le contacter, appelez son domicile de New Iberia.

– Je me demandais juste si vous aviez l'autorisation de venir ici, dit Claggart.

– Ça regarde la police. Rentrez chez vous, dit Clete.

– Ne me parlez pas sur ce ton, dit Claggart.

– Calme-toi, murmurai-je à Clete.

– Vous avez retrouvé ces types ? demanda Claggart.

– Quels types ?

– Ceux qui se sont enfuis. Ceux qui devraient être en cage. Vous devriez venir la nuit. Ils sont comme des rats qui rampent hors de leur tas d'ordure

– Qui ?

– Qui, à votre avis ? Qu'est-ce qui ne va pas chez vous, les gars ? C'est une tragédie. Personne n'est en sécurité. Tout ce que j'ai fait, c'est poser une question, et cet homme qui est avec vous m'ordonne de rentrer dans la maison. On n'est plus aux États-Unis.

Il rentra chez lui et claqua la porte.

– Je crois que j'ai déjà vu ce type, dit Clete.

– Où ?

– Je ne m'en souviens plus.

Quelques instants plus tard, alors que nous revenions à mon pick-up, je m'aperçus que Claggart nous observait depuis une fenêtre de l'étage. Quand il vit que je le regardais, il tira le store.

– C'est quoi, son problème, à ce con ? demanda Clete.

– C'est un fou d'armes à feu, une espèce de débile.

– C'était une erreur de venir ici, Belle-Mèche. Mais tu n'écoutes jamais ton vieux podjo, hein ? Non, m'sieur. Ça, jamais.

– Je veux redescendre dans le Lower Nine.

– N'imagine jamais que je suis la voix de la raison. Je ne le supporterais pas, dit Clete.

Il sortit de la poche de son pantalon une flasque d'argent, dévissa le bouchon qu'il laissa se balancer au bout d'une minuscule chaîne. Il prit une gorgée, puis une autre. Je vis la chaleur du brandy se répandre dans son organisme, la tension s'effacer de ses traits. Il revissa le bouchon et reglissa la flasque dans sa poche. Il s'effleura le nez et fit un grand sourire.

– Tu n'es pas fâché contre moi ? demandai-je.

– Ça ne servirait à rien. Un jour, ta chance t'abandonnera. Je trouve que tu rapproches ce jour un peu plus vite que nécessaire, Dave. Mais c'est comme ça. On ne te changera pas.

Dans le Lower Nine, ce qui semblait irréel, ce n'était pas la destruction de chacune des maisons prise individuellement. Ce que le regard avait du mal à accepter, c'était le fait qu'elles n'étaient plus connectées à leur environnement. Elles avaient été soulevées de leurs fondations, arrachées à la plomberie qui les reliait au sol, redéposées cul par-dessus tête, ou entassées l'une sur l'autre comme si on les avait jetées du haut du ciel. Certaines étaient à moitié enfouies dans des rivières durcies de la boue qui avait coulé par les portes et les fenêtres. L'intérieur de chacune était d'un vert sombre, à cause de la vase et de la moisissure, et, à l'extérieur, on avait bombé des numéros codés pour indiquer celles qui avaient déjà été fouillées à la recherche de corps.

Mais de nouveaux morts étaient découverts chaque jour, soit par des chiens policiers, soit par des membres de leur famille de retour chez eux. Les corps, pareils à des momies, étaient gainés de déchets de matières organiques, tassés dans des conduits d'aération, coincés entre les poutres de toits remplis jusqu'au sommet. Parfois, quand le vent changeait de direction, une odeur frappait les narines, obligeant à s'éclaircir la gorge et à cracher.

Des chiens sauvages rôdaient à travers les débris, et les rares habitants qui avaient obtenu l'autorisation de regagner leur quartier faisaient de même. Clete et moi, nous avons trouvé l'église où le père Jude LeBlanc avait sans doute trouvé la mort. Elle était faite de stuc brun clair et avait un petit clocher avec une abside. On aurait dit une mission espagnole du Nouveau-Mexique. Avant la tempête, des bougainvillées pendaient comme des gouttes de sang sur le mur côté sud, et une réplique grandeur nature de Jésus sur la croix était accrochée dans le passage couvert qui reliait l'église à une école primaire. Mais les bougainvillées avaient disparu, et Jésus était parti à la mer.

Je n'ai trouvé personne qui sache quel avait été le destin de Jude LeBlanc. Maintenant, le soir arrivait, et le ciel était pourpre et zébré d'une fumée qui sentait le feu d'ordures. Sur le terrain d'une maison derrière l'église, je vis un vieux Noir qui tirait des planches de ce qui avait été sa maison. Je me suis faufilé à travers une barrière métallique complètement tordue, mes chaussures traversant la croûte verte huileuse qui avait séché au-dessus de la boue et des eaux d'égout non traitées.

Je montrai mon insigne.

– Je suis un ami du père Jude LeBlanc, dis-je. Il était dans cette église au moment de l'ouragan.

– Je le sais bien, qu'il était là. J'étais sur le toit, là-bas. J'ai vu une femme laisser tomber des enfants dans l'eau par une fenêtre du grenier.

Il avait interrompu son travail pour me parler, une main serrée sur une vieille planche bordée de clous. Son visage était couturé, ses yeux d'un bleu indistinct, comme si le soleil avait absorbé la plus grande partie de leur couleur.

– Vous avez vu le père LeBlanc ? Vous savez ce qui lui est arrivé ?

– Je n'ai rien eu le temps de faire, *mister*, à part faire sortir ma femme de ma maison. Mais j'ai pas réussi.

– Pardon ?

– Je l'ai jamais trouvée. Toute la maison s'est effondrée sous nos pieds. L'eau a jailli par la cheminée, ça bouillonnait tout autour comme un bateau en train de couler.

– Je suis désolé.

– Je suis revenu chercher des choses. La police a dit qu'on doit pas revenir. Si moi je dois pas revenir, qui est-ce qui a le droit de revenir ? Il y a deux choses que je comprends pas.

Comment ça se fait que personne est venu nous chercher, et qu'est-ce que c'était que ces lumières dans l'eau ?

– Pardon ?

– Il faisait nuit, et un hélicoptère est passé, très haut. J'ai vu les lumières dans l'eau, et au début j'ai pensé que c'était le projecteur de l'hélicoptère, et que les pales agitaient l'eau. Mais c'était pas ça. La lumière nageait tout autour, comme un poisson qui brille dans le noir, sauf que là c'était beaucoup plus clair, et il y avait pas de poisson. J'ai pensé que c'était peut-être ma femme au fond.

Il me regarda fixement, attendant, comme si je possédais une connaissance qu'il n'avait pas.

Le vendredi, à midi, Clete est passé au bureau pour me proposer de déjeuner avec lui. Mais, apparemment, il avait autre chose en tête. Je lui ai demandé quoi.

– C'est Courtney.

– Qui ?

– Allons, mon vieux. Courtney Degravelle, la dame qui habite en face de chez Otis Baylor. La dame sur la maison de qui j'ai laissé un mot, hier.

– Peut-être qu'elle ne l'a pas vu.

– Je lui ai laissé trois messages téléphoniques.

– Je vais demander au NOPD d'envoyer quelqu'un.

– Je l'ai déjà fait. Ils ne savent même pas où sont passés un tiers de leurs hommes. Viens, allons chez Victor.

Ça ne me tentait pas tellement. Mon intuition avait été juste. À la cafétéria, Clete resta agité, distrait, et toucha à peine à ce qu'il avait dans son assiette.

– Tu ferais mieux de manger, dis-je.

– Hier soir, Ronald Bledsoe est venu chez moi, et m'a proposé de partager un pack de six avec lui. Ce matin, il m'a invité pour le petit déjeuner. Il m'a dit que les privés doivent se serrer les coudes, parce que Google nous prend notre travail. Je lui ai dit que je n'avais pas ce problème, et que je vivais dans un motel pour plus de tranquillité.

– Qu'est-ce que tu crois qu'il manigance ?

– Il voulait que je sache qu'il était au motel hier soir, et tôt ce matin. Je vais te dire, Dave, on devrait emmener ce suceur de bite dans un marais et le faire brûler. Et ce n'est pas juste une façon de parler.

Les gens qui déjeunaient à la table voisine s'arrêtèrent de manger et s'entre-regardèrent.

– Je vais chercher un box, dis-je.

*
* *

Mais les grossièretés de Clete dans un restaurant tranquille auraient dû être le dernier de mes soucis. Le lendemain, à l'aube, un garde-chasse qui essayait de sauver une vache bloquée dans une zone marécageuse proche du Golfe aperçut deux corps allongés sur une bande de sable au milieu d'un lac. Ils avaient des parpaings attachés à la taille, et des vagues leur léchaient les jambes et le dos. Les deux corps auraient dû couler au fond du lac, mais celui qui les avait jetés à l'eau avait fait ça dans le noir, supposant que son bateau était sur un chenal d'eaux profondes. Le garde-chasse coupa le moteur de son hors-bord et laissa la quille racler sur le sable.

Il sauta dans les bas-fonds, attrapa la corde qui reliait les deux corps, et les tira sur le sable. Quand il appela le 911, ses mains tremblaient. « J'ai deux victimes d'homicides. L'une a reçu une balle, l'autre semble morte étouffée. Attendez une minute. Seigneur, il y en a un qui vit encore. »

Quarante-huit heures plus tôt, André Rochon s'était réveillé dans la caravane de la FEMA où logeait sa petite amie du moment, à la sortie de Baton Rouge, le téléphone portable qu'on lui avait donné posé sur le ventre. Tout ce qu'il avait à faire, c'était de composer le numéro que l'homme lui avait noté sur un morceau de papier. Qu'est-ce qu'il avait dit, ce type ? « Tu donnes une petite info, et tu te retrouves riche, mon frère. » Et puis, d'ailleurs, il ne devait rien à Bertrand. Si Bertrand n'était pas retourné dans ce garage pour chercher de l'essence, s'ils s'étaient tous contentés de descendre du bateau et de patauger jusqu'à St. Charles Avenue, Kevin et Eddy ne se seraient jamais fait descendre.

Mais Bertrand avait besoin de montrer qu'il prenait les choses en main, que les autres n'étaient que des seconds couteaux, alors que pendant tout ce temps il les arnaquait de leur part du butin.

André se leva du lit étroit sur lequel il avait dormi et s'assit à la petite table en face de sa copine. Il n'avait qu'un pantalon et des tongs, et il n'arrêtait pas de se gratter le nombril et de se pincer les abdos et les poignées d'amour, regardant par la fenêtre les alignements de minuscules caravanes blanches dans le parc de la FEMA.

– T'envisages d'appeler quelqu'un pour un boulot ? demanda la fille.

– Y a pas de boulot, ma poule.

– J'croyais que c'était pour ça que le type t'avait donné le téléphone. Il devait te donner un boulot. C'est c'que tu m'as dit hier soir.

André, à vrai dire, était incapable de se rappeler ce qu'il avait dit la veille. Il avait bu pas mal de vin, fumé beaucoup d'herbe, et à un moment donné, au milieu de la conversation, son cerveau s'était déconnecté, pour se reconnecter vers 9 heures ce matin.

– T'as déjà balancé une copine ? demanda-t-il.

– J'ai jamais balancé personne, André. Et ça me plaît pas quand tu parles comme un criminel.

L'enfant qui dormait à plat ventre dans le berceau à l'autre bout du minuscule cabinet de toilette, entortillé dans ses couches, commença à émettre des gargouillements. Pour André, qui voulait que sa copine revienne au plumard, ce n'était pas le moment de se mettre à changer les couches et à nourrir le bébé.

– Donne-lui un biberon. Ça le calmera un moment, dit-il. Attends, je vais le faire. Allez, allonge-toi, et rendors-toi un peu.

– Il t'arrive de penser à quelqu'un d'autre qu'à toi ?

Il réfléchit en fixant le vide, ses doigts effleurant les muscles durs de son ventre. La nouvelle petite amie d'André devenait emmerdante.

– Je pense que je vais sortir passer un coup de fil, vérifier quelques trucs. Tu prépares du café, ma poule ? Et peut-être aussi des toasts et des œufs, dit-il.

L'homme qui répondit à André lui dit de longer la nationale et d'attendre qu'une voiture le prenne. Une heure plus tard, André Rochon se trouva englouti dans un SUV noir aux vitres teintées et aux sièges de cuir profonds, muni d'un GPS, qui devait le conduire en un lieu inconnu, pour une expérience qu'il n'aurait jamais imaginée.

Ses nouveaux amis ne perdirent pas de temps. Ils l'attachèrent avec du sparadrap à une chaise fixée au sol, lui donnèrent dix secondes pour répondre à leur première question, puis projetèrent leurs poings sur son visage. Les coups semblaient délivrés avec plus de force et d'énergie qu'André en aurait cru capables des créatures humaines, et allumèrent comme des feux rouges dans son crâne. En quelques minutes, sa bouche et ses yeux étaient remplis de sang, et l'étendue de *sawgrass*[1], de lagons et de canaux d'eau salée de l'autre coté de la fenêtre appartenait à un paysage de rêve qui n'avait rien à voir avec André Rochon ni avec la personne qui, ce matin encore, était André Rochon.

---

1. *Sawgrass,* ou « herbe scie » (*Cladium jamaicensis*) : végétation de zone marécageuse.

D'une certaine façon, il avait imaginé qu'il lui suffirait de trahir son ami. Comment pouvait-il savoir où se trouvaient les pierres ? Bertrand l'avait arnaqué lui, comme il avait arnaqué Sidney Kovick. Non, il ne savait pas où était Bertrand, mais il pouvait l'apprendre. Ils travaillaient tous main dans la main, non ?

Quand il s'évanouit, ils lui versèrent un seau d'eau sur la tête. Puis ils entortillèrent son visage dans une serviette, lui tirèrent la tête en arrière, et lui versèrent de l'eau dans la bouche et le nez.

La nuit venue, il les entendit s'éloigner sur le chemin schisteux au sommet de la jetée. À leur retour, ils sentaient le hamburger, l'oignon et le café. Ils lui firent alors des choses qu'ils ne lui avaient encore jamais faites. Quand il pleurait, ils sortaient et parlaient entre eux. Leurs voix étaient dépourvues d'émotion, comme des coaches, au football, qui discutent d'une tactique de jeu.

Pour finir, l'un d'eux dit :

– Ça ne peut pas faire de mal. On perd trop de temps sur ce type.

Qu'est-ce qu'ils voulaient dire ? Il leur avait déjà dit tout ce qu'il savait à propos de Bertrand et de la fusillade, et du casse chez Kovick. Il leur avait même dit qu'il était un violeur, un trafiquant de méth, un voleur à main armée qui avait un casier trop lourd pour pouvoir dénoncer ses ravisseurs. Ils allaient peut-être le laisser dans le coin, l'utiliser d'une façon ou d'une autre, lui donner un boulot de taupe. Ouais, c'était ça. Contrôle-toi, se disait-il. Ils le lanceraient sur la piste de Bertrand, pour qu'il retrouve ce fils de pute, le responsable de tout ça, pour qu'il plombe ce cul de Négro qui avait fait des ennuis à tout le monde.

Ils l'autorisèrent à se servir des toilettes, à l'arrière, puis l'attachèrent de nouveau à la chaise. L'un d'eux lui mit un torchon humide sur les yeux.

– T'affole pas, fiston, dit-il. On en aura bientôt fini.

Fini avec quoi ?

À travers la fenêtre panoramique, il entendait le vent dans la *sawgrass*, les poissons qui faisaient des bonds dans le lagon, et le vrombissement d'un bateau dans la baie. Puis il y eut un claquement de portières, et il perçut la voix étouffée d'une femme qu'on tirait dans la pièce et qu'on jetait sur une chaise.

– On n'a rien contre vous, madame, dit l'un des hommes. Mais vous avez trouvé de l'argent qui était pas à vous, et vous l'avez pas rendu. Alors on veut savoir ce que vous avez trouvé d'autre. Ne mentez pas. Ça serait la pire chose à faire, la pire erreur de votre vie. Vous me comprenez bien, madame Degravelle ? Secouez la tête. OK, c'est un problème réglé.

» Vous voyez ce Noir, là ? Il reconnaît lui-même qu'il est un violeur et qu'il vend des narcotiques aux siens. Mais il y a pire que ça. Il nous a menti après nous avoir promis de nous dire la vérité. Et il doit payer pour ça. S'il payait pas pour ça, ça ferait de nous aussi des menteurs. Ce qui va se passer est pas cruel, c'est pas immérité. Ça fait juste partie du marché. Détournez pas la tête, madame Degravelle. Gardez bien les yeux sur lui.

Il y eut une pause, un silence qui ne dura pas plus de trois secondes, mais ces trois secondes furent les plus longues de la vie d'André Rochon.

Les coups de feu furent secs et assourdissants, comme tirés par un calibre .22. André en prit un dans le cou, et deux dans la tête, tous deux aussi brûlants que des piqûres de guêpe.

Plus tard cette nuit-là, son corps ficelé à celui de quelqu'un d'autre et enchaîné à des parpaings, il reprit conscience au clair de lune au moment où quelqu'un le faisait rouler par-dessus un plat-bord dans une eau qui sentait le diesel et le frai de poisson. Quand il émergea de l'obscurité de l'eau et s'avança sur la bande de sable, tirant avec lui les parpaings et le corps de la femme, il se rappela le prêtre en train de faire un trou dans le toit de l'église, et il se demanda pourquoi il se rappelait une image aussi bizarre à cet instant particulier de sa vie.

Le vendredi après-midi, Betsy Mossbacher se trouvait dans mon bureau, terminant son rapport à propos d'André Rochon.

— Il a survécu environ six heures, dit-elle. La femme était morte quand elle s'est retrouvée à l'eau. Elle avait encore un sac de plastique autour de la tête. Notre légiste dit qu'elle est morte d'un infarctus causé par un quasi-étouffement.

— Clete est au courant de ça ?

— Oui. Mais il nous a pris pour des imbéciles. À quel point étaient-ils proches, lui et la femme ?

— Ils se fréquentaient.

— C'est moche. Et Ronald Bledsoe utilise Purcel comme alibi. Ça doit être difficile à accepter. Peux-tu m'expliquer comment Purcel réussit à être mêlé à tous les problèmes qu'on a dans le coin ?

— Lâche-le un peu, Betsy.

— Avant de mourir, cette femme a connu l'enfer. Garde ton truc de fraternité masculine pour quelqu'un d'autre.

J'entendais la circulation dans la rue. Betsy gonfla une joue, se leva, et alla à la fenêtre. Elle portait un jean, une chemise de coton, des bottes de cow-boy et une ceinture large. L'une des qualités que j'apprécie le plus chez Betsy, c'est que ses yeux sont toujours limpides, et qu'elle les fixe sur vous quand elle vous parle. Elle se retourna et me regarda.

— Interpol pense qu'il se peut que Sidney Kovick ait eu les « diamants de sang » et la fausse monnaie par un opérateur d'al-Qaida en Amérique du Sud. Le fait est que les « diamants de sang » ne nous intéressent pas. Ce qui nous intéresse, c'est de savoir comment Sidney Kovick est entré en contact avec al-Qaida.

— Il en dit quoi, Sidney ?

– Rien. J'ai essayé de faire appel à son patriotisme. Tu savais qu'il avait été dans la 173ᵉ Brigade aéroportée ?

– John Ehrlichman[1] a bien eu la Distinguished Flying Cross. Quelle importance ?

– Tu n'as pas parlé à Purcel ?

– Non.

– Il avait l'air de prendre ça bien.

– Tu ne connais pas Clete. Il ne prend rien bien.

– En tout cas, il faut qu'il se tienne à l'écart de notre enquête. Ton pote a un vrai problème quand il s'agit de s'occuper de ses affaires.

– Il a pour voisin Ronald Bledsoe. Sa petite amie a été torturée à mort. Sa ville a été engloutie pendant que les politiciens les plus haut placés sont restés posés sur leur cul. Si ce ne sont pas ses affaires, alors on se demande ce que c'est !

En sortant du bureau, elle me passa un doigt sur la nuque.

– On ne me prend pas plus d'une fois pour cible, Dave.

Ce soir-là, je me suis rendu au pavillon de Clete, au motel, mais il n'était pas là, et il ne répondit pas à mes messages sur son portable.

Je me suis arrêté à un bar sur Clementine et à un endroit en plein air au bord de Bayou Teche, où il lui arrivait de prendre un verre, mais personne ne l'avait vu.

J'avais peut-être été trop dur avec Betsy Mossbacher. Mais rares étaient ceux qui se rendaient compte à quel point Clete Purcel était complexe. Il ne manifestait pas de chagrin, ne se montrait jamais blessé. Il absorbait les choses comme, j'imagine, un éléphant absorbe un éclat de pierre dans la patte. En surface, la blessure guérit et se cicatrise, mais l'éclat de pierre s'enfonce de plus en plus profond dans les chairs,

---

1. Conseiller de Richard Nixon. Impliqué dans l'affaire du Watergate, il a été condamné à dix-huit mois de prison pour parjure.

jusqu'à causer une infection. Alors l'inflammation remonte dans les articulations, jusque dans la poitrine, le dos, la colonne vertébrale. Et à ce stade, une douleur élance tout le système nerveux de l'éléphant quand on lui pose sur le dos le moindre fardeau. Ce dernier point n'était peut-être pas vrai pour un éléphant. Mais il était vrai pour Clete.

Je suis resté sur le pont mobile de Burke Street, qui domine le bayou, et j'ai repensé au compte rendu de Betsy concernant le supplice vécu par André Rochon et Courtney Degravelle. Sans doute Rochon avait-il cherché ce qui lui était arrivé, mais Mme Degravelle, non. Je réfléchis au genre d'hommes capables d'attacher et de torturer d'autres créatures humaines pour de l'argent, ou pour quelque raison que ce soit. Au fil des ans, j'en avais connu quelques-uns. Certains se dissimulaient sous un uniforme, certains non. Mais tous cherchaient des causes à défendre, et tous avaient besoin de drapeaux. Aucun d'eux, en dehors de psychopathes avérés, n'agissait jamais seul, ni sans accord officiel.

Au crépuscule, Bayou Teche était gonflé. Le dos des orphies troublait la surface à côté des nénuphars. Le soleil s'était consumé en une minuscule cendre rouge. L'air fraîchit soudain, les pelouses le long du bayou éclairées par des lanternes à essence, parfois par des guirlandes de lumières blanches dans les arbres. William Blake a décrit l'enfer comme un tigre électrique qui rôde dans les forêts de la nuit. Je me demandais si le tigre de Blake était dans les parages en ce moment, sa lumière vive dans les arbres, ses pattes avançant sourdement sur la pelouse, son haleine puante et son pas rapide à quelques secondes seulement de l'endroit où des enfants jouaient, où habitaient nos bien-aimées.

Quand je suis rentré chez moi, je me suis mis à préparer une tarte aux pommes que j'ai fait cuire dans le four de la cuisine. J'ai insisté pour que, pendant ce temps, Molly et Alafair restent assises à discuter avec moi.

20

Le dimanche matin, Clete n'avait toujours pas réapparu. J'entendis la chatière de la porte se balancer, puis je vis Snuggs entrer dans la cuisine, sauter sur le rebord de la fenêtre et jeter un coup d'œil dehors, derrière lui. Bo Diddley Wiggins était dans mon jardin, admirant le bayou, vêtu d'un pantalon et d'une chemise imprimée à manches courtes, le col ouvert, les épaulettes bien repassées.

– Je savais pas si vous dormiez tous encore, là-dedans, dit-il. Il a quel âge, ce raton laveur ?

– Il est vieux, comme moi.

– Il a chié partout sur ses journaux. C'est ce que je redoute le plus, dans la vie. Me retrouver assis dans un fauteuil roulant, ma bite ratatinée, inondant une couche pour adultes pendant qu'une Négresse m'enfile de la bouillie dans la bouche.

J'entendis Molly fermer la fenêtre de la cuisine. Bo leva les yeux sur l'arbre au-dessus de nos têtes, le soleil passant à travers les branches, un écureuil se balançant sur une mangeoire à oiseaux. Il attendait que je l'invite à entrer.

– On va se mettre en route pour Lafayette, Bo. Sinon, je t'aurais proposé d'entrer prendre un café, dis-je.

– De toute façon, je n'ai pas le temps. Écoute, je ne veux pas me mêler de ce qui ne me regarde pas. Mais je ne pouvais pas me contenter de faire des ennuis à ton copain. Comment s'appelle-t-il, déjà, le rhinocéros qui cherche toujours la bagarre dans le coin ?

— Clete Purcel ?

— En ce moment, deux de mes employés s'occupent de lui. Ils ne veulent pas qu'il lui arrive de mal. Mais ce type a pété les plombs près d'une vieille plate-forme pétrolière sur ma concession. Il canardait quelqu'un. Sans mon contremaître, ton copain se trouverait à la prison de Lafourche.

— Et maintenant, où est-il ?

— Complètement bourré dans un bar, avec un .38 dans un holster en travers de la poitrine. Pourquoi tu me regardes comme ça ?

— Pourquoi tes employés font-ils une exception pour Clete Purcel ?

— Parce qu'il vient pêcher dans le coin, et qu'ils le connaissent. Parce qu'un de mes employés a été au Vietnam, comme ton copain. Excuse-moi, Dave, mais j'ai peut-être eu tort de venir ici. En tout cas, c'est l'impression que j'ai.

— Non, tu n'as pas eu tort, Bo. J'apprécie ton geste. Si tu me dis où il est, je vais le chercher.

— Je t'y emmène. Monte dans mon pick-up. Attends de voir un peu ce que je suis capable de faire avec un quatre-quatre sur une route en planches.

Bo conduisait son véhicule comme il faisait toutes choses : à fond, sans rémission, comme si le monde entier était devenu son ennemi du simple fait de se trouver de l'autre côté du pare-brise. On a traversé des kilomètres de *sawgrass*, toute jaunie par l'inondation, de l'eau et de la boue nous éclaboussant par-dessus le capot. Bo conduisait avec une seule main sur une route qui était à peine une route, le châssis vibrant sur ses ressorts.

Le bar se trouvait à une intersection de campagne, où le feu et le câble auquel il était suspendu avaient été entortillés par l'ouragan autour d'un poteau téléphonique. La plus grande partie du toit métallique du bar avait été emportée, et remplacée par du contreplaqué, des bâches et du feutre bleu. Le long des deux routes qui se croisaient, le raz de marée qui avait rayé de la carte la partie côtière de la paroisse avait rempli les fossés d'arbres morts et de détritus.

L'intérieur du bar était sombre, craquant de chaleur, la seule lumière provenant d'un générateur à essence qui haletait dans le fond. Clete était assis à une table ronde dans un coin, son holster et son .38 bien en vue sur la chemise hawaïenne qui lui collait à la peau comme un Kleenex humide. Une bouteille de tequila, une salière et une soucoupe remplie de tranches de citron étaient posées sur la table. Ainsi qu'une cannette de Bud couverte de buée, dont il avala une gorgée, le visage inexpressif, quand il me vit entrer dans le bar avec Bo Diddley.

Deux hommes en treillis, tannés par le soleil, buvaient un café au bar. Ils adressèrent un signe de tête à Bo, puis reprirent leur conversation.

– T'essaie de dézinguer les gens du coin ? dis-je à Clete.

– C'est qui ? demanda-t-il en montrant Bo.

– Bo Wiggins, dit Bo en tendant la main.

– Ces deux types au bar travaillent pour vous ? répondit Clete, qui ne vit pas la main de Bo, ou qui l'ignora.

– Ils m'ont dit que vous aviez des problèmes près d'une vieille plate-forme de forage, sur ma concession. Ils ont dit qu'ils avaient entendu deux coups de feu, et qu'ils avaient vu un type en bateau foncer dans le canal. Ils ont pensé que ce type essayait peut-être de vous voler. Alors j'ai appelé Dave, et on est venus.

Clete avait le visage enflé et luisant, ses yeux rendus troubles par la fatigue et l'alcool du matin.

– Écoutez, c'est pas ce que vous croyez. Le type dans le bateau, je l'ai poursuivi à travers trois paroisses. Écoutez, il a torturé à mort une amie à moi. Ils l'ont torturée longtemps, et ensuite ils lui ont mis un sac de plastique sur la tête, et ils l'ont jetée d'un bateau dans l'eau salée. Ils ont fait ça parce que ce sont des types comme ça, des types qui se passent leurs fantaisies sur une femme qui ne peut pas se défendre.

» Mais pour l'instant, mon problème, c'est que vos copains ont emmené ma Caddy, et qu'ils veulent pas me dire où. Alors ça serait vraiment bien si vous leur demandiez de me ramener ma Caddy et de me redonner les clefs. Parce que s'ils le font pas, ça va vraiment me gâcher la journée.

Clete tendit sa montre à Bo pour qu'il voie l'heure qu'il était.

– Vous voyez, je suis déjà en retard pour l'église.

Bo écoutait avec un demi-sourire, son avant-bras sur la table, ses cheveux en brosse et ses oreilles en feuille de chou se découpant contre la fenêtre. Sa nuque était rouge, marquée de cicatrices d'acné, et luisante de sueur.

– Pas de problème, monsieur Purcel. Votre voiture sera là dans cinq minutes, dit-il.

Bo alla au bar et parla à ses employés, qui gardèrent les yeux fixés sur lui, sans un regard dans la direction de Clete.

– Tu ne sais pas qui sont ces deux types ? dis-je.

– Non, pourquoi ?

– Tu ne savais pas que l'un d'eux avait été au Vietnam ?

– Non, je ne les ai jamais vus, ni l'un ni l'autre. Qu'est-ce que tu fous avec ce type ?

– Oublie-le. Tu as vraiment tiré sur quelqu'un ?

– C'est une longue histoire, mais trois personnes différentes m'ont dit qu'elles avaient vu ce bateau dans la baie, là où on a retrouvé le cadavre de Courtney. J'ai loué un bateau à moteur, et je l'ai poursuivi le long de la côte. J'ai fini par renoncer, mais quelqu'un sur le dock m'a dit qu'il avait vu le bateau près d'une plate-forme pétrolière. J'ai roulé sur la jetée, et j'ai failli l'avoir. Quand il a démarré, je me suis dit qu'il était pas net. J'ai tiré deux fois dans l'eau. Puis ces deux abrutis au bar se sont pointés, et m'ont dit que j'étais sur une propriété privée.

– Tu n'as pas dormi depuis combien de temps ?

– Je trouve que le sommeil est largement surestimé.
– Tu n'as jamais vu ces types au bar ?
Il soupira.
– J'ai pété un plomb. J'ai identifié le corps de Courtney sur une photographie. Le cliché du visage a été pris en gros plan. Il n'y avait pas que les sacs de plastique. Je vais descendre ces types, Dave. N'essaie pas de m'arrêter. C'est une affaire réglée.

Il prit son petit verre de tequila et le vida à moitié, sans que ses yeux quittent les miens.

Ce soir-là, j'ai mis Clete au lit dans son pavillon, au motel, et le matin je lui ai apporté une boîte de petit déjeuner de chez Victor.
– Il y a une chance que tu aies touché l'homme sur qui tu as tiré ?
– Je n'ai pas vu de plume voler, si c'est ce que tu veux dire.
– À quoi il ressemblait ?
– Il ressemblait à un coupable.

Il alla prendre une douche, l'eau résonnant sur les parois de métal. Je ne pouvais supporter plus longtemps sa folie alcoolisée.

Je suis allé au bureau, et j'ai raconté à Helen ce qui s'était passé. Son visage devenait sombre, sa main s'ouvrait et se refermait sur un morceau de papier froissé.
– Va dire ça au FBI, dit-elle.
– Je ne crois pas que ce soit la solution.
– Tu fais ça, et tout de suite, Dave. Maintenant, sors d'ici.

Je ne pouvais pas lui en vouloir.

*
* *

Otis Baylor fut libéré sous caution, et immédiatement viré par sa compagnie d'assurances. Le jour où il fut viré, il devint conseiller itinérant à son compte, s'adressant à quiconque réclamait des dommages à ses anciens employeurs ou à toute autre compagnie d'assurances. Il rencontrait les propriétaires des maisons dans des cafés et leur disait comment formuler leurs réclamations, comment remplir des formulaires quand leurs réclamations étaient injustement rejetées. Certains arbres n'avaient pas été précipités sur les maisons par le raz de marée, mais abattus par le vent. Certains effondrements avaient été causés par la tempête, et non par l'inondation. Il y avait de la moisissure à cause de la pluie battante qui s'était engouffrée une fois les fenêtres arrachées par le vent. Ce n'était pas l'eau, mais la foudre qui avait fait sauter les systèmes électriques, tordu les murs, sapé les fondations.

Les mots « eau », « inondation », « raz de marée » n'existaient pas.

Le mercredi, je l'aperçus dans la rue, en bas du bureau de Clete, l'attitude étrangement calme pour un homme dont la vie ne tenait qu'à un fil. La poche de sa chemise était pleine de stylos à bille, ses épaules larges et solides tendaient ses vêtements.

– Vous avez trouvé ce que vous cherchiez chez moi ? me demanda-t-il.

Nous étions à l'ombre d'un chêne vert qui sortait du trottoir, et le vent soufflait des feuilles sur le goudron.

– Non, *nous* n'avons rien trouvé, mais d'autres gens risquent de chercher, dis-je.

– Si ça les amuse.

– Courtney Degravelle avait sans doute la même attitude détachée.

– La dame plus bas dans la rue ?

– Vous ne savez pas ?

– Je ne sais pas quoi ?

– Elle a été assassinée. Et André Rochon aussi. Ils ont été kidnappés, torturés et assassinés.

Il resta parfaitement calme, sa cravate flottant légèrement contre l'épingle qui la retenait à sa chemise.

– Qui a fait ça ?

– Peut-être les hommes de Sidney Kovick. Peut-être des hommes d'un réseau international. Qui que ce soit, ils étaient bien organisés.

Il devint livide.

– Je connaissais Mme Degravelle. C'était une femme bien. Elle a été torturée à mort ?

– Elle est morte d'un infarctus. Mais, oui, elle a subi des tortures terribles.

– Ma famille court un risque, n'est-ce pas ?

– Je ne peux pas l'affirmer.

– J'ai vu ce Bledsoe, le détective privé, tourner dans le coin. Il est mêlé à ça, n'est-ce pas ?

– Vous l'avez vu ces jours-ci ?

– Je l'ai vu dans la rue avant d'être arrêté. Vous croyez qu'il est mêlé à la mort de Mme Degravelle ?

– On n'en est pas certains.

– Ça ne finira jamais, hein ?

– Je vais vous dire quelque chose de personnel, monsieur Baylor. Vous êtes croyant. En tant que tels, nous savons que c'est nous contre eux. La lutte n'est jamais terminée, le terrain ne nous appartient jamais complètement.

J'imagine que ma déclaration était grandiloquente, peut-être stupide. Il me regarda avec une expression aussi plate qu'un dessin sur une pancarte. Puis il s'éloigna sans me dire au revoir et traversa la rue à travers la circulation, obligeant les voitures à faire des embardées pour l'éviter.

Mais ce qu'Otis ignorait, c'est qu'il venait de faire une chose qui m'avait convaincu qu'il n'était pas un assassin. Il n'avait manifesté aucun intérêt à l'annonce de la mort d'André Rochon, un homme qui avait sans doute violé sa fille. Ceux qui recherchent la vengeance acceptent l'invitation de l'État à assister à l'exécution de leurs bourreaux, autrefois par électrocution, aujourd'hui par injection létale, mais toute leur vie ils sont hantés par le spectre d'un ennemi qui maintenant, ironiquement, est en sécurité, hors de leur portée.

Pour le meilleur ou pour le pire, Otis Baylor ne faisait pas partie de ces gens-là.

Dans un certain nombre de scénarios bien ficelés, un psychologue travaillant pour la police déjoue les manœuvres d'un tueur en série maniaque en réussissant à entrer à l'intérieur de son cerveau. Et, en conséquence, le psychologue devient lui-même un peu fou.

Ça donne de bons spectacles. Mais, à mon avis, ça n'a rien à voir avec la réalité. Que se passe-t-il à l'intérieur de la tête d'un psychopathe ? Personne ne le sait. Même quand ils n'ont rien à y gagner, tous, sans exception, emportent leur secret dans leur tombe, et mentent sur ce qu'ils ont fait et sur l'endroit où se trouvent leurs victimes. Le seul groupe humain de ma connaissance à être aussi secret est celui des sorciers, ceux que, en Louisiane du Sud, nous appelons les « traiteurs ». Ils prétendent être des guérisseurs qui tiennent leur pouvoir des forces du Bien. Si on les presse de questions, ils ajoutent qu'un traiteur, au moment de sa mort, peut transmettre son pouvoir à une personne du sexe opposé, et uniquement à une personne du sexe opposé. Si on insiste, on obtiendra probablement une démonstration d'hostilité enfouie. Pourquoi sont-ils sur la défensive ? Ils ne le disent jamais. Et c'est ce qui, chez eux, est le plus troublant.

Le jeudi matin, Alafair rejoignit, à pied, son équipe de volontaires au refuge du City Park, et Molly prit la voiture pour se rendre à son travail au centre catholique d'entraide, sur le bayou. Comme la journée était belle, j'ai parcouru à pied les quelques rues qui séparent ma maison des bureaux du shérif. À midi, j'ai emprunté une voiture de patrouille, pour rentrer déjeuner chez moi. Au moment où je me garais dans l'allée, derrière la voiture de Molly, je vis celle-ci passer le coin de la maison. Elle venait juste d'arriver.

– Viens un peu voir ça, Dave, dit-elle.

Je sortis de la voiture, et la suivis dans le jardin, derrière.

– Qu'y a-t-il ?

Elle me montra la porte-écran. En général, en sortant, on la fermait au loquet, pour empêcher Snuggs ou Tripod de la pousser avec leur patte et d'entrer dans la maison par la chatière de la porte en bois. L'écran avait été découpé, et le loquet, décroché de l'anneau vissé dans le montant. La serrure de la porte en bois avait été forcée avec un tournevis.

– Tu es entrée ? demandai-je.

Elle a secoué la tête.

– Attends un instant, dis-je en dégageant la bride de cuir de mon .45.

J'ai traversé la cuisine, je suis entré dans le salon et dans la grande chambre, le .45 encore dans son holster, ma paume sur la crosse. Puis j'ai regardé dans la salle de bains, et j'ai suivi le couloir jusqu'à la chambre d'Alafair.

Son manuscrit avait été découpé en longues lanières, éparpillées sur le sol et sur le lit. L'écran de son ordinateur avait été défoncé avec ce que j'ai pensé être un gros marteau à bout rond. Le clavier pendait en deux morceaux au bout de ses câbles de connexion, sur le dossier de sa chaise. Le coffrage métallique était percé de trous, arraché de son cadre, et les entrailles étaient répandues sur le plancher, piétinées. L'imprimante laser, achetée à Portland avec l'argent qu'Alafair avait gagné en travaillant à la librairie de la faculté, était complètement aplatie, sans doute par quelqu'un qui avait marché dessus.

Ses disquettes de secours avaient été découpées en petits morceaux. Ses deux carnets de notes, et leurs centaines de pages de son écriture bleue, flottaient dans un centimètre d'urine jaune sombre au fond de la corbeille à papiers. J'ouvris mon portable et composai le 911. Quand j'en eus terminé, je vis Molly debout dans l'encadrement de la porte.

– Ronald Bledsoe ? demanda-t-elle.

– À ton avis ? dis-je.

Je me suis garé sous les chênes verts devant le centre de loisirs du City Park, et je suis entré. Le terrain de basket était bordé de lits de camp, sur bon nombre desquels s'entassaient des effets personnels, comme si le lit lui-même était devenu une résidence. Alafair lisait un livre à un groupe d'enfants assis par terre en cercle. En me dirigeant vers elle, j'essayais de paraître détendu.

– Tu as une minute ?

Elle a glissé un marque-page dans son livre et m'a accompagné dehors. Je lui ai raconté ce qui s'était passé, une main posée sur son bras. Pendant que je parlais, elle fixait notre maison, en bas de la pente, de l'autre côté du bayou, et son visage gardait la même expression.

– Il a tout saccagé ? demanda-t-elle.

– Apparemment.

– Mais il n'y a pas de preuve contre Bledsoe ? Personne ne l'a vu ?

– J'ai parlé avec les voisins. Personne n'a rien vu.

– Il a uriné sur mes carnets de notes ?

– C'est un malade. Pourquoi parler de lui ?

– Je suis bien placée pour savoir ce qu'il est.

– Ce soir, on ira à Lafayette acheter un ordinateur et une imprimante. Entre-temps, le laboratoire de la criminelle passera à la maison.

– Ce type est un abruti, Dave. Tous les jours, j'envoie au fur et à mesure ce que j'ai écrit à une amie à Portland. J'ai aussi envoyé une copie à Ernest Gaines. Mes carnets de notes sont stockés sur une disquette en haut de mon étagère. Il a fouillé sur mon étagère ?

– Non.

– C'est bien ce que je disais, c'est un abruti.

– T'es une sacrée nana, Alf.

– Ne m'appelle pas comme ça. Sérieusement, je déteste ce nom.

Un technicien du laboratoire de criminologie d'Acadiana a relevé des empreintes complètes et partielles sur le bureau d'Alafair et sur l'ordinateur, mais aucune ne correspondait à l'empreinte de pouce laissée par Bledsoe sur la plaque d'immatriculation de Clete. Je m'apprêtais à quitter le bureau quand Clete m'a appelé.

– Tu ne vas jamais me croire. Bledsoe est de retour dans son pavillon, dit-il.

– Je te crois. Tu lui as parlé ?

– Il m'a invité à dîner. Il est en train de faire un barbecue sur un gril sous les arbres. Seigneur, il vient de m'adresser de grands signes de la main.

J'entendis Clete tirer les rideaux.

– Quelqu'un a pénétré chez nous aujourd'hui et a démoli l'ordinateur d'Alafair, dis-je. Ce salaud a aussi détruit tout son matériel, mis ses carnets dans une corbeille à papier et a pissé dessus.

– Ce type mériterait une petite visite.

– J'y réfléchirai.

Je l'entendis tripoter son portable, comme s'il s'était éloigné de la fenêtre et essayait d'organiser ses pensées.

– J'ai quelque chose de très lourd sur la conscience, Belle-Mèche. Ça me dévore.

– Tu n'es pour rien dans la mort de Courtney Degravelle, mon vieux.

– Il y a une chose que je ne t'ai pas dite. On a mis tout l'argent à la boîte aux lettres, comme tu l'avais suggéré. Enfin, *presque* tout.

Il se tut, attendant ma réaction. Mais, cette fois, j'ai refusé de remplir les blancs à sa place.

— Tu comprends, Courtney était fauchée. Sa compagnie d'assurances voulait la baiser pour sa demande d'indemnisation. Elle avait déjà deux mois de retard sur son hypothèque. Elle voulait garder mille dollars, et les blanchir dans un casino à Shreveport. Je ne voyais pas de mal à ça.

Je me suis frotté une tempe et j'ai regardé tristement par la fenêtre, stupéfait par son manque de jugement.

— Et c'est ce qu'elle a fait. Sa sœur et elle sont allées à Shreveport, ont blanchi les mille dollars, et en ont gagné sept cents en plus.

Je n'avais pas envie d'entendre ça. Et je ne voulais pas non plus retrouver auprès de Clete mon vieux rôle d'assistant social. Mais que faire quand votre meilleur ami a le cœur qui saigne ?

— Tommy la Baleine t'a balancé à Sidney Kovick. Ensuite, les sbires de Sidney ont découvert que vous étiez ensemble, Courtney et toi. C'était plus facile de la faire parler elle que de s'en prendre à toi. Le fait d'avoir blanchi l'argent n'avait rien à voir avec ça, dis-je.

— On sait tous les deux que c'est faux.

Je l'ai laissé continuer. Courtney Degravelle était tombée entre les mains d'hommes qui, de leur propre volonté, habitaient les Abysses. Peut-être Clete avait-il contribué à son destin. J'étais son ami. Elle était morte, et André Rochon était mort. Avec un peu de chance, quelqu'un, nous, ou d'autres, épinglerait les types qui avaient fait ça. Que dire de plus ?

J'avais d'autres problèmes en tête, et des choix à effectuer qu'aucun flic correct n'aime à devoir effectuer. Ronald Bledsoe restait intouchable. Et voilà qu'il était entré chez moi et avait laissé ses marques sales sur la vie de ma fille. On pouvait le débusquer et le menacer, mais tous nos efforts resteraient inutiles. Bledsoe était parmi nous pour longtemps, se moquant de nous, enfonçant chaque jour le couteau un peu plus profond dans la plaie. Est-il déshonorant de mener la guerre sous un drapeau pirate afin de défendre ceux qui ne peuvent se défendre eux-mêmes ? J'estimais que non. C'est du moins ce que je me disais tandis que j'envisageais les options dont je disposais vis-à-vis de Ronald Bledsoe.

21

Le vendredi soir, il pleuvait, et Alafair et Molly étaient au cinéma quand Otis Baylor a garé sa voiture devant la maison et a frappé à la porte.

— Vous êtes occupé, monsieur Robicheaux ?

— Non, entrez, je vous en prie.

Il s'est assis dans un fauteuil rembourré du salon et, par la fenêtre, a regardé la pluie qui tombait dans la lumière, au-dessus de notre philodendron.

— J'ai repensé à quelques trucs que je vous ai dits. Mon attitude a été rude, et c'était injustifié. Je pense que vous cherchiez à être aussi franc que possible. J'aurais dû vous faire un peu plus confiance.

— Vous étiez sous pression, et…

Il m'a interrompu.

— Votre fille a parlé à Thelma de l'altercation qu'elle a eue avec ce type, Bledsoe. Elle a aussi parlé à Thelma de l'effraction chez vous. C'était lui, n'est-ce pas ?

— C'est ce que je crois.

— Alafair dit que vous ne pouvez pas faire grand-chose.

— Non. Jusque-là, je n'ai rien pu faire.

— J'ai été à votre place, et je sais le genre de pensées que vous remuez.

– Je n'ai jamais été très bon pour me mettre à la place des autres, monsieur Baylor, et de mon côté je préfère qu'ils ne me disent pas quelles sont mes pensées.

– Il y a dans ma famille une histoire de violence. Mon père et son frère ont fait des choses dont j'ai honte. Une partie de leur violence se retrouve en moi. Et je peux la reconnaître quand je la vois chez les autres. Je pense qu'on est tous les deux taillés dans la même étoffe, monsieur Robicheaux. Si vous vous en prenez tout seul à Bledsoe, vous entrerez dans son jeu.

– Ah ?

– Dans les assurances, toutes les polices sont rédigées en termes de risques et de pourcentages. Aucun hasard là-dedans. La seule autre industrie qui soit aussi bonne pour calculer les profits et les pertes, c'est l'industrie du jeu. C'est pour ça que l'industrie du « jeu », ça n'existe pas. Le joueur perd, le casino gagne. Il n'y a aucune exception à cette règle. Vous me suivez ?

– Non.

– Bledsoe n'a pas porté plainte contre Alafair, n'est-ce pas ?

– Non.

– Pourquoi ?

– Parce qu'il a posé la main sur elle. Parce qu'il lui a fait des réflexions agressives sur le plan sexuel.

– C'est exact. Et devant un tribunal local, il n'aurait pas plus de trente pour cent de chances d'obtenir l'inculpation. Mais que se passe-t-il si le père d'Alafair décide de se faire justice lui-même ? À mon avis, les chances de Bledsoe devant un tribunal montent à quatre-vingts pour cent. Ses chances de remporter un procès au civil dépasseraient sans doute quatre-vingt-dix pour cent.

J'étais assis à la table basse, en face de lui. Les fenêtres étaient ouvertes, et à travers l'écran j'entendais la pluie cliqueter sur les plantes du parterre.

— Qui a tiré sur les pillards, monsieur Baylor ?

— Disons les choses comme ça. Les preuves ADN contenues dans le dossier du viol de ma fille ont été perdues dans l'ouragan, et je ne serai donc jamais certain que ce sont ces types qui l'ont agressée. Mais si ce sont eux, ils ont eu ce qu'ils méritaient, et je suis content qu'ils soient hors d'état de faire du mal à quelqu'un d'autre. J'espère que celui qui est encore en fuite aura lui aussi son châtiment.

— Pour un innocent qui planterait des choux sous la surveillance d'un gardien à cheval, ça serait une piètre consolation, dis-je.

— Ne me faites pas regretter d'être venu, monsieur Robicheaux.

Et ne discutez jamais avec des gens impossibles à éduquer, pensai-je.

— Pour rien au monde, je vous assure. Merci d'être passé.

La plupart des gens qui sont en conditionnelle se comportent généralement de manière à garantir leur incarcération finale, de même que les alcooliques repentis trouvent le moyen de retourner dans les bars. Je me demandais quelle tragédie, quel événement violent, quelle réserve de colère, poussait un honorable membre du Rotary, un brave homme, à se frayer un chemin dans le ventre de la bête.

Tandis que je regardais sa voiture s'éloigner, ses pneus arrière patinant sur un paquet de feuilles noircies dans le caniveau, je dis une brève prière pour Otis Baylor. J'avais le sentiment qu'il allait avoir besoin de toute l'aide possible.

Bertrand Melancon ne se rappelait pas une époque où il n'ait pas eu peur. Il craignait sa mère à cause des hommes qu'elle ramenait à la maison, et il craignait encore plus ses imprévisibles changements d'humeur. Elle le frappait au visage aussi facilement qu'elle posait devant lui un bol de céréales, ou, peut-être, faisait même les deux choses en moins de dix secondes. Pourtant, la plupart de ces hommes n'étaient pas méchants, ni violents, et même, parfois, l'emmenaient voir un match, ou lui donnaient une pièce pour aller leur acheter des cigarettes ou de la bière au magasin du coin. Mais souvent sa mère et l'homme qui était avec elle leur disaient, à Eddy et à lui, de rester dans le jardin jusqu'à ce qu'on les appelle pour dîner. Quand il les voyait baisser les stores, il comprenait que sa maison ne lui appartenait pas, et sa mère non plus, et le fait de comprendre ça était pire pour lui que la main de sa mère sur son visage.

Chaque matin, Bertrand s'éveillait avec une peur sans nom qui était comme un animal affamé lui dévorant l'estomac. Les images de ses rêves le suivaient pendant la journée, floues, sans origine, comme les reflets, la nuit, de visages à la fenêtre d'un tramway, lui disant qu'il ne valait rien.

Eddy lui disait qu'il s'en faisait trop. Mais, dès l'école primaire, Eddy avait commencé à prendre des cuites avec de la bibine bon marché, parfois dans le bus de 7 h 30 qui les emmenait à l'école. Eddy se défonçait à la colle dans les toilettes des garçons, et avait mis le feu au casier d'une fille. À douze ans, il avait une lame sur lui, et clamait qu'il s'en était servi sur un gosse qui avait voulu lui piquer ses tennis, dans le parc.

Quand ils avaient commis leur premier vol à main armée, Bertrand et Eddy étaient encore à l'école primaire. Un vieux Vietnamien était en train de faire la caisse de sa minuscule épicerie lorsque Eddy lui avait déchargé, en plein visage, un pistolet à peinture. Non seulement ils vidèrent la caisse, mais Eddy jeta des boîtes de conserve dans la vitrine des glacières murales. Plus tard, Bertrand demanda à son frère pourquoi il avait pris le temps de jeter des conserves sur les glacières, alors que le vieil homme s'apprêtait à composer un numéro sur son téléphone. Eddy fronça les sourcils, et dit : « J'sais pas. J'lai senti comme ça. »

Ils ne prévoyaient jamais ce qu'allaient leur rapporter leurs attaques à main armée. Les événements semblaient se présenter d'eux-mêmes, n'être organisés par personne, comme une tempête qui emporte une maison, ou une allumette qui transforme en une bouffée de flammes une flaque d'essence sous une voiture en stationnement. Les choses arrivaient, c'est tout. Les mains qui tremblent sur le tiroir-caisse, les yeux qui se détournent, la mâchoire brisée, le crâne défoncé, autant d'images qui s'évanouissaient dans la mémoire, comme de petits morceaux de papier qui descendent au fond d'un puit, sans être prévus, sans être dirigés, et finalement sans conséquences.

Eddy n'était jamais préoccupé par ce qu'ils faisaient. À la prison de la paroisse de St. Jean-Baptiste, c'est Eddy qui avait donné quatre paquets de cigarettes à un cuistot pour mettre de la mort-aux-rats dans la nourriture d'un chacal qui se vantait qu'il allait initier à la fois Eddy et son frère. C'est Eddy qui avait poussé André à arrêter la camionnette le long du trottoir, et à parler à la jeune fille qui rentrait chez elle d'une fête de quartier, une peluche serrée contre la poitrine. C'était Eddy qui l'avait attachée à l'arrière. C'était toujours Eddy qui commençait, mais, d'une façon ou d'une autre, c'était toujours Bertrand qui était obligé de finir, ou d'arranger les choses. Eddy était en pleine forme. Bertrand avait toujours l'estomac en feu. Tous deux étaient comme des siamois, chacun était incomplet sans l'autre, chacun obéissait à des compulsions et à des désirs insatiables que ni l'un ni l'autre ne pouvait s'expliquer.

Maintenant, avec Katrina, la peur sans nom de Bertrand avait un visage. Dans un refuge de Des Allemands, quelqu'un avait abandonné un exemplaire du *Times-Picayune* sur le sol d'un box des toilettes. La page société montrait une photographie de M. et Mme Sidney Kovick réparant les dégâts causés à leur demeure historique à la fois par l'ouragan et par les pillards. La légende ne faisait pas mention de la balle qui avait labouré la gorge d'Eddy et la colonne vertébrale de Kevin.

Bertrand ne parvenait pas à détourner les yeux du visage de Sidney Kovick. Ce visage le faisait se recroqueviller intérieurement. Sans un mot, il lui parlait de son insignifiance, de son échec, du dédain dans le regard de sa mère, de la répugnance et du dégoût dans les yeux de la jeune Blanche qu'il avait violée et torturée.

Quand il quitta les toilettes, il était convaincu qu'il n'existait qu'un seul moyen de mettre fin à cette peur et à cette haine de soi-même qui ravageait son estomac et lui empoisonnait le sang : il devait détruire le visage qui, partout où il allait, était dissimulé comme un reflet dans une vitrine obscurcie par la nuit. Il devait tuer Sidney Kovick.

Sidney adorait travailler dans son magasin de fleurs. L'intérieur de la boutique était douillet, rempli de couleurs et d'odeurs, et les gens qui y entraient le respectaient pour sa connaissance des fleurs et sa capacité à choisir ou à préparer le bouquet adapté à telle ou telle occasion. Quand il était au magasin, il était toujours vêtu de façon soignée et, pendant son travail, il restait tout le temps debout, ne s'asseyant que pour déjeuner, ou quand il devait se servir de son bureau. Il était persuadé qu'un bon vendeur doit savoir écouter, et en général il ne lui fallait pas longtemps pour deviner ce que voulait son client. Peu de gens semblaient se soucier de la réputation qui était la sienne à l'extérieur de la boutique. Quand un client lui faisait un chèque, Sidney ne lui demandait jamais sa carte d'identité. Ses produits étaient bons, ses prix étaient bons, et ses clients aussi. Sidney était un gentleman.

Sidney adorait sa femme, Eunice. Quand ils avaient commencé à sortir ensemble, il lui avait montré sa maison à Metairie, son yacht à Des Allemands, son camp de pêche dans les Keys de Floride. Il lui dit qu'il était dans les affaires, mais qu'il ne se mêlait ni de drogue ni de pornographie. Quand Eunice lui demanda ce qu'il vendait, il lui répondit : « Tout ce qui est consensuel et qui rapporte de l'argent. Point final. » Eunice avait grandi dans un milieu corrompu. L'explication de Sidney concernant ses affaires lui suffit.

Puis leur petit garçon fut renversé et tué par un voisin ivre. Grâce à son avocat, le voisin parvint à éviter que son degré d'alcool fût testé avant le lendemain. Il ne contesta pas la conduite dangereuse, et fut condamné à rouler pendant un an avec un permis limité. Il n'assista pas aux funérailles du petit garçon, et ne présenta pas ses excuses pour l'avoir renversé et tué. Certains dirent qu'il avait peur ; d'autres, qu'il était convaincu qu'il s'agissait d'un problème légal, qui avait été résolu au tribunal. Mais tout le monde se trouva d'accord pour dire qu'en décidant de ne rien faire le voisin avait effectué le mauvais choix.

Six mois plus tard, quand le voisin disparut, sa femme mit sa maison en vente et déménagea à Omaha. Elle n'avait pas de gros moyens, mais elle acheta en liquide un appartement dans une copropriété, et vécut confortablement de l'argent tiré de la vente de sa maison à Metairie. Elle ne se plaignit jamais, ni auprès du FBI, ni auprès des autorités locales, de leur incapacité à retrouver son mari.

Eunice ne demanda jamais à Sidney si les rumeurs concernant leur voisin étaient justifiées. Mais parfois, quand ils étaient seuls dans l'obscurité, après avoir fait l'amour dans leur chambre à l'étage, elle se soulevait sur un coude et le regardait droit dans les yeux.

– Qu'y a-t-il ? demandait Sidney.
– Dis-moi.
– Que je te dise quoi ?
– Dis-moi que tu es le brave homme que je sais que tu es.
– Je suis un brave homme au magasin. D'autres fois, il m'arrive de ne pas être si brave que ça. Je suis comme ça, Eunice.

Alors, son bras posé sur la large poitrine de Sidney, dont le grand cœur battait sous la paume de sa main, elle se disait qu'elle ne devait pas en demander plus.

Elle l'aidait au magasin, et, autant que lui, était heureuse et fière de la qualité des fleurs qu'ils vendaient. Le samedi matin, elle préparait du café et sortait pour les clients des tasses, des soucoupes et des chocolats emballés dans du papier d'aluminium. Le sourire d'Eunice illuminait la journée et le magasin, et il était rare qu'un client qui entrait n'en sortît pas meilleur. Sidney Kovick n'était pas féru de théologie, mais, si jamais il existait une preuve de l'existence de Dieu, pour lui c'était la présence d'Eunice dans sa vie.

Bertrand avait planqué le .38 pris chez Sidney Kovick derrière le Rite Aid où ils s'étaient cachés pour se faire quelques lignes de blanche avant de retourner finir le casse de la maison. La voiture qu'il conduisait était une Toyota neuve qu'un de ses copains avait fauchée sur le parking d'un Winn-Dixie à Houma. L'intérieur sentait encore le déodorisant à la noix de coco du laveur de voitures. Le copain avait même donné à Bertrand une cassette de Three 6 Mafia pour écouter jusqu'à La Nouvelle-Orléans.

– Quand t'as fini, laisse ma tire chez mon frangin, avait dit le copain.

Mais le copain ne connaissait pas la nature de la mission de Bertrand, pas plus qu'il ne connaissait son plan dans son ensemble, qui consistait à tuer l'homme qui lui avait fait tant de mal, puis à se tirer avec un sac de « diamants de sang », quoi que puissent être des « diamants de sang », ce que Bertrand ignorait toujours.

En pénétrant dans La Nouvelle-Orléans, il fut surpris de voir à quel point la ville était encore privée d'électricité, combien de bâtiments étaient encore dépourvus de toits et de fenêtres, les jardins jonchés des meubles brisés que les propriétaires avaient entassés dehors. Une voiture de patrouille du NOPD passa près de lui, le flic derrière le volant jetant un coup d'œil dans le rétroviseur. Bertrand quitta l'avenue et se gara derrière un tas de branches d'arbres. Son ulcère se mit en mode « marche ».

Quand il fut certain que la voiture de patrouille avait disparu, il fit le tour du pâté de maisons et ralentit à côté d'une grosse femme noire qui traversait en poussant un Caddie. Le Caddie était plein à ras-bord de vêtements moisis qui dépassaient du grillage.

– Vous savez où est le Rite Aid ? demanda-t-il.

– Ça doit être sous cette enseigne, là-bas, qui indique « Rite Aid ».

– Ah ouais, bien sûr. Vous voulez vous faire cinq dollars ?

La femme lâcha le Caddie et posa ses grosses mains en haut de la fenêtre. La peau de ses avant-bras était sombre et brillante, zébrée de cicatrices roses, aussi épaisse qu'un cuir d'éléphant.

– Qu'est-ce que tu cherches, mon garçon ? demanda-t-elle.

– Je me suis fait mal à la jambe, et j'ai du mal à marcher. Vous pouvez peut-être aller me chercher quelque chose derrière le Rite Aid, là-bas.

Elle regarda en direction du drugstore. Ses seins étaient comme des pastèques dans une toile à sac, son cou couvert de cercles de crasse.

– Tu sais que ta voiture a pas de plaque ?

– Ah ouais, bien sûr. Vous avez l'œil. Elle a dû sauter.

– Je vais mettre mes habits dans le coffre, et tu me poses là-bas. Ensuite, tu me donnes cinquante dollars, et tu me ramènes chez moi.

– Ça me va.

– T'es mort de trouille, mon garçon. Tu pues la trouille. Je sais pas ce que tu fais, mais tu devrais pas autant le faire.

Il amena la femme à une cinquantaine de mètres du parking derrière le Rite Aid. Tandis qu'elle se dandinait vers une section de trottoir soulevée par les racines d'un énorme chêne, il laissa le moteur tourner. L'arbre avait été fendu en deux, soit par la foudre, soit par son propre poids, et la fissure dans le tronc avait été remplie de béton. Mais le ciment s'était détérioré et avait laissé une ouverture derrière laquelle Bertrand avait planqué le .38 et le sac de blanche dans une chemise roulée en boule. Quand elle remonta dans la voiture, la grosse femme respirait en sifflant, et suait abondamment. Elle posa la chemise roulée en boule sur le siège.

– Il y a un revolver, là-dedans, dit-elle.

– Juste des outils pour ma voiture.

– Donne-moi les cinquante dollars, et ramène-moi à mon chariot. Je rentrerai chez moi à pied.

Elle sortit au croisement, les billets froissés dans la main, et poussa dans la rue le Caddie dont les roues se tordaient sur l'asphalte, partaient dans des directions opposées. En la regardant batailler avec l'équilibre et le poids du chariot, son derrière gros comme une cuvette dans son pantalon élastique vert, Bertrand se sentit diminué, solitaire, comme quelqu'un qu'on a abandonné sur une plage, mais il ignorait pourquoi.

Il enfonça le sac de blanche dans son pantalon, glissa le .38 sous le siège, et prit la direction d'Algiers, de l'autre côté de la large courbe du Mississippi. Les vitres étaient baissées, et, quand il traversa le fleuve, il y avait du vent, mais de la sueur lui coulait sur la poitrine et une odeur montait de ses aisselles. Il sortit le sac de blanche de son pantalon, plongea un doigt dedans, frotta des cristaux dans ses narines et sur ses gencives.

Mais la blanche de Kovick ne lui faisait aucun effet, soit parce qu'elle avait été trop souvent coupée, soit parce que Bertrand était si tendu qu'il aurait pu s'en enfiler un gramme sans pour autant éteindre le feu dans son estomac, ni ralentir les battements précipités de son cœur. Quand il arriva à la bretelle de sortie pour Algiers, il eut l'impression d'avoir mis le pied dans une cage d'ascenseur. Un camion fit une embardée pour l'éviter, et klaxonna. Un panneau de stop fila à côté de lui, comme si on venait soudain de le planter à l'angle de son champ de vision. Il plongea à nouveau la main dans le sac de blanche, et le renversa sur le sol. Devant lui, un flic faisait signe aux voitures de s'écarter du lieu d'un accident. Quand il arriva dans la rue où se trouvait le magasin de fleurs de Kovick, Bertrand était en hyperventilation, et il crut qu'il allait s'évanouir.

Il se gara au bout du pâté de maisons. Il ne se souvenait pas d'avoir jamais eu aussi peur. Il tenta d'imaginer des raisons plausibles de ne pas entrer dans le magasin. Deux types qui ressemblaient à des Ritals déjeunaient autour d'une table sous un auvent qui s'étendait au-dessus de la vitrine. Comment aurait-il pu affronter des types dont le métier était de tuer des gens ? Il pourrait coincer Kovick ailleurs, en terrain neutre. Ce n'était pas forcé que ça se passe là, ce n'était pas forcé que ça se passe aujourd'hui. Il n'y avait pas de honte à se servir de sa tête.

Secrètement, il savait que son véritable ennemi n'était pas Kovick, mais la peur, qui avait été sa compagne dans l'obscurité de sa chambre, et à chaque aube nouvelle, et à la table du petit déjeuner avec sa mère, et dans le bus de l'école, et dans la cour de l'école, et dans la *crack house* où il s'était défoncé sérieusement pour la première fois, et sur les matelas où il avait baisé des filles et pratiqué des actes qui lui faisaient se demander s'il n'était pas dégénéré. La peur était un ballon gris qui flottait d'un lieu à l'autre, d'un objet à l'autre, et chaque fois qu'il essayait de l'affronter, elle se déplaçait, transformant la situation la plus innocente en un dilemme qu'il ne confesserait jamais à personne, pour qu'on ne sache pas à quel point il était terrorisé.

Il cherchait maintenant des raisons de s'enfuir loin du type qui avait transformé sa vie en cauchemar. Qu'y avait-il de pire ? se demanda-t-il. Mourir ici ou être poursuivi et humilié jusqu'au moment où les sbires de Kovick finiraient par le prendre, par lui coller du sparadrap sur la bouche, et par le porter dans un sous-sol où Kovick l'attendrait, en imperméable et bottes de caoutchouc ?

Mais les Ritals qui s'empiffraient de sandwichs sous l'auvent n'étaient pas des produits de son imagination, se dit-il. Il ne pourrait jamais franchir la barrière qu'ils formaient. Le simple fait d'essayer serait comme de cracher dans la gueule d'un lion.

Il avait presque réussi à se persuader qu'il avait une raison valable pour remettre son rendez-vous à Samarra, lorsque les Ritals terminèrent leur repas, mirent leurs débris dans un sac de papier et partirent en décapotable.

Bertrand fit deux fois le tour du pâté de maisons, espérant qu'un flot de clients allaient entrer dans la boutique, lui donnant une bonne raison de reprendre le chemin de Houma. Mais ce ne fut pas le cas : le trottoir resta désert, aucune voiture ne s'arrêta. Et, de fait, le magasin de fleurs semblait avoir été monté brique à brique sans contact avec l'univers qui l'entourait, comme une île où Bertrand Melancon était destiné à se confronter au visage qui, toute sa vie, l'avait regardé de haut avec dédain et mépris.

Il glissa le .38 dans sa ceinture, tira sa chemise sur la crosse à damiers, et sortit de la voiture. Il avait l'impression que la terre vacillait.

Puis il se rendit compte qu'il n'avait pas de plan. Pendant tout le trajet depuis Houma, il n'avait pensé qu'à une chose, récupérer le .38 et la blanche. Quand il eut fait ça, il avait immédiatement commencé à imaginer des moyens d'éviter d'affronter Kovick. Et maintenant il se trouvait devant le magasin de Kovick avec le flingue à la main, et pas de plan. Qu'était-il censé faire ? Entrer en tirant par la porte de devant ? Et s'il ratait sa cible ? Et si Kovick avait une arme sous son comptoir ?

Il marcha jusqu'au bout de la rue et tourna dans la ruelle qui menait derrière la boutique. Des poubelles étaient renversées sur l'asphalte, et des bouquets de bananiers mal taillés frémissaient dans le vent. La porte de derrière du magasin de fleurs était entrebâillée. Bertrand sentait sa poitrine se contracter, ses poumons brûlants comme si on y avait versé de l'acide pour batterie. Il garda la main droite sur le devant de sa chemise, pour qu'un coup de vent ne révèle pas le .38, et se servit de l'autre pour essuyer la sueur de ses yeux. Il n'avait jamais imaginé qu'on puisse avoir aussi peur.

Il tira la porte de métal et regarda dans l'arrière-boutique. Une grande femme était assise devant un plan de travail, elle parlait au téléphone. Elle lui sourit, et lui fit signe d'entrer.

Il la regarda fixement, complètement perdu. Elle avait dû le prendre pour un livreur. Puis il comprit autre chose : c'était la femme de Kovick. Elle était avec lui sur la photo du *Times-Picayune.*

Quel meilleur moyen de régler ses comptes avec Kovick que de descendre sa femme ? pensa-t-il. C'est ce qu'aurait dit Eddy, enfin, si Eddy avait pu se servir de sa cervelle, si Eddy n'était pas devenu un sac de viscères reliés à un tube de gavage.

La femme reposa le téléphone. Elle portait une robe bain de soleil, et elle avait de larges épaules bronzées et solides, comme celles d'une femme de la campagne.

– Vous êtes là pour enlever les carreaux de la salle de bains ? demanda-t-elle.

– M'dame ?

– Vous n'êtes pas avec le plombier ?

– Je cherchais une adresse. Je suis pas sûr d'être au bon endroit.

– Quelle adresse cherchez-vous ?

Il n'arrivait pas à réfléchir. Le bruit de son propre sang lui ronflait aux oreilles.

– L'adresse de M. Kovick, dit-il.

Mon Dieu, qu'est-ce qu'il venait de dire.

– Il est devant. Je vais lui dire que vous êtes là. Qui dois-je annoncer ?

– Inutile de le déranger. Je vais chercher mes outils. Ils sont dans la camionnette.

– Attendez une minute, dit-elle en entrant à l'avant du magasin.

Il n'arrivait pas à se décider : fuir, ou sortir le .38 de sa ceinture, quand Kovick franchit le lourd rideau de feutre séparant le magasin de l'arrière-boutique. Lorsqu'un camion passa en brinquebalant devant la porte qui donnait sur la ruelle, Bertrand fit un bond. Puis, comme une apparition dans un rêve, Kovick tira le rideau et le regarda en face. Kovick paraissait être l'homme le plus grand que Bertrand ait jamais vu.

– Quel est le problème ? demanda-t-il.

La bouche de Bertrand était si sèche que, lorsqu'il essaya de parler, il en avala presque sa langue.

– Aucun problème, m'sieur, dit-il, pétrifié, le pouce droit glissé dans sa poche.

Kovick portait un costume beige à pâles rayures violettes, une chemise lavande et une cravate couleur grenade. Il y avait une lueur sombre dans ses yeux, comme de l'obsidienne, et il continuait à le fixer.

– Tu es là pour la salle de bains ? Il y a des tuyaux juste sous les carreaux, alors il faut faire attention en les enlevant. Ils sont anciens, et il n'en faudrait pas beaucoup pour les casser.

– J'suis pas là pour la salle de bains, dit Bertrand.

– Alors qu'est-ce que tu veux ?

Sidney le regardait de côté, tout en sortant d'un carton sur le sol un vase qu'il remplit à moitié au robinet mural. Il posa le vase sur le plan de travail, et commença à feuilleter un carnet de commandes.

– Tu m'as entendu ? Qu'est-ce que tu veux, mon garçon ?

Bertrand entendit une voix en lui. Rien, à part ta vie, sale fils de pute.

– Qu'est-ce que tu viens de dire ? demanda Sidney.

– Rien. J'ai rien dit.

– Tu m'as traité de fils de pute ?

– Non, m'sieur, j'ai pas dit ça.

– Il me semblait, dit Sidney en regardant la ceinture de Bertrand. Qu'est-ce que t'as là-dedans ?

– Rien, dit Bertrand en reculant.

– Ah ouais.

Sidney donna une claque à Bertrand, fort, en y mettant le poids de son épaule.

– Je t'ai posé une question. Qu'est-ce que t'as là-dedans ?

– J'ai rien, m'sieur. J'm'en vais. Vous me reverrez plus jamais. Promis.

Sidney se baissa et sortit le .38 de la ceinture de Bertrand, le viseur d'acier écorchant la peau de Bertrand.

– Espèce de petite merde, dit-il. T'es venu ici pour voler, avec ma femme dans le magasin ?

– Non, m'sieur. J'me suis perdu.

– Ne me mens pas, dit Sidney qui frappa à nouveau Bertrand au visage, amenant de la bave sur ses lèvres.

– J'croyais que c'était un coup facile, mec, dit Bertrand, des picotements dans le nez, au bord des larmes.

– J'ai la réputation d'être un coup facile ? J'ai une réputation de tête de Turc ? C'est ce que t'es en train de me dire dans mon propre magasin ?

Bertrand ouvrit la bouche pour parler, mais les mots ne venaient pas. Sidney ouvrit le cylindre du .38, et versa les balles dans sa main.

– D'où tu viens ? demanda-t-il.

– De Shreveport, dit Bertrand.

Sidney laissa tomber le .38 dans la poche de sa veste, plongea la main dans le caleçon de Bertrand, qu'il écarta de son ventre. Il versa les six balles sur les parties génitales de Bertrand, puis le conduisit à la porte.

– Voilà ce qui se passe, fiston. T'as commis une erreur. Si tu reviens, je t'explose.

Sidney le poussa dans la ruelle, et lui donna un tel coup de pied aux fesses que Bertrand eut l'impression qu'on lui avait fourré du verre dans le rectum. Il boitilla jusqu'au bout de la ruelle, persuadé que du sang lui coulait sur les cuisses. Quand il se retrouva dans la rue, quand il pensa qu'il avait atteint le summum de l'humiliation et de la misère, il vit un casseur qui brandissait le pare-chocs de sa Toyota.

Ce jour-là, plus tard dans l'après-midi, le téléphone sonna sur le comptoir de ma cuisine.
– Soit c'est toi qui es derrière ce coup-là, soit c'est Purcel, Dave.
– Sidney ? dis-je.
– Ça te surprend que je sois vivant ?
– Je ne comprends pas.
– Je tiens à la main un .38. Devine d'où il vient ? Il a été volé dans ma propre maison. Je viens de le prendre à un gamin noir avec une haleine comme si quelqu'un avait pété. Ce gamin noir est venu dans mon magasin avec mon revolver, et il s'apprêtait à me descendre. Tu penses que c'est juste une coïncidence ?
– Où est le gamin noir, maintenant ?
– Je ne sais pas. Je l'ai foutu dehors avec un coup de pied au cul, avant de me rendre compte que c'était un des types qui ont dévasté ma maison. Mais si je remets la main sur lui, je le mets en pièces, et je te les apporte.
– Ce n'est pas une chose à dire à un flic, Sidney.
– Va te faire foutre.
– Je suis content que tu n'aies pas eu de mal.
Il se tut, pesant ma remarque.
– Tu es en train de me dire que c'est pas toi qui m'as envoyé ce gamin ?
– Non, et ce n'est pas non plus Clete Purcel.
– Raconte pas de conneries. Ça fait longtemps que Purcel a un compte à régler avec moi. Quand on était gosses, il y a eu une baston à Magazine. Il pense que c'est moi qui ai embauché le type qui lui a éclaté la gueule avec un tuyau.

C'est un crétin. Tu sais à quoi on reconnaît un crétin ? Il pense comme Purcel, il agit comme Purcel et il ressemble à Purcel.

– Lâche un peu Clete. Il t'a foutu la paix, alors qu'il aurait pu te démolir devant ta femme.

– Je n'ai aucune idée de ce que tu racontes.

Je m'avançais en eaux troubles, mais Sidney l'avait bien cherché.

– Clete savait que tu avais eu une histoire avec Natalia Ramos. Il aurait pu te foutre le nez dans ta merde, mais il est trop gentleman pour faire une chose pareille.

– Je pense que la leçon à en tirer, c'est que les cerveaux ramollis s'assemblent. Laisse-moi t'expliquer un peu. J'ai rencontré Natalia Ramos au magasin vidéo. Elle adore les films, comme moi. Je lui ai donné un boulot de femme de ménage à mon bureau. J'ai aussi essayé d'aider le prêtre junkie qui était maqué avec elle. C'était un brave type, mais son cancer ne le laissait pas en paix. Dis à Purcel qu'il est encore plus stupide que je le pensais.

– Tu connaissais le père Jude LeBlanc ?

– Toi et Dumbo, vous devriez voler d'un coup d'oreilles jusqu'à l'hôpital psychiatrique de l'État, pour voir si on y fait des transplantations de cerveau.

– Ronald Bledsoe s'est introduit chez moi. C'est à cause de toi, Sidney.

Mais je n'avais pas fini de parler qu'il avait déjà raccroché.

Dans le jardin, le sommet des chênes était secoué par le vent, et des feuilles tombaient sur la surface du bayou. Je voyais des enfants jouer au Frisbee sur la pente verte du City Park, et j'entendais leurs voix de l'autre côté de l'eau. C'était un bel après-midi, un après-midi qu'on n'aurait pas dû souiller en pensant à des types comme Ronald Bledsoe. Mais le mal est le mal, et il ne déserte pas nos existences juste parce qu'on a en a envie. Le conseil que m'avait donné Otis

Baylor, de ne pas renforcer la position de Bledsoe, était bon dans son ensemble, mais ça ne voulait pas dire que je devais jouer le jeu de Bledsoe.

J'ai appelé Clete sur son portable.

– Bledsoe ne dort pas, la nuit ?
– Non, dit Clete.
– Qu'est-ce qu'il fait ?
– Il fout la trouille aux putes, ou il joue aux cartes.
– Aux cartes ?
– Sur son ordinateur. Il a un autocollant du casino sur sa voiture. Tous ces types en ont un. Pourquoi ?

22

À 2 heures, le dimanche matin, je suis allé au motel de Clete. Le ciel était sombre, les arbres agités par le vent, et des lumières étaient allumées dans le pavillon de Bledsoe. Quand j'ai frappé, il a entrouvert les stores et regardé dehors. Puis il a ôté la chaînette de sécurité et ouvert la porte. Il portait un peignoir bleu marine et des pantoufles blanches pelucheuses. Il souriait, sa dent manquante remplacée par un bridge.

— Désolé de vous déranger, monsieur Bledsoe. Mais j'ai vu que c'était allumé, et j'ai pensé que ça ne vous gênerait pas.

— Pas le moins du monde. C'est un plaisir !

Il regarda sa montre.

— Vous êtes exactement comme moi, dit-il. Un oiseau de nuit. Entrez.

L'intérieur de son pavillon était immaculé, le lit intact, un ordinateur ouvert sur la table de la cuisine.

— Je parie que je sais ce que vous allez me demander, dit-il.

— Je parie que non.

— Vous voulez savoir si je vais porter plainte contre votre petite fille.

— Vous allez le faire ?

— Non, monsieur. Ce n'est pas mon genre.

– Un bon point pour vous. Je peux vous appeler Ronald ?

– Tout le monde peut le faire. C'est mon nom.

Son visage allongé, cireux, brillait sous la lumière électrique. Il prit une cafetière sur la cuisinière et commença à remplir deux tasses, en me jetant un coup d'œil.

– Vous prenez du sucre et du lait ?

– Non, rien du tout, dis-je, momentanément distrait par ce que je voyais sur l'écran de son ordinateur.

– J'ai plusieurs sortes de jeux sur mon portable, dit-il. Vous aimez jouer aux cartes, monsieur Robicheaux ?

– Appelez-moi Dave. J'allais assez souvent au casino. En fait, c'est devenu pour moi un problème, en plus d'un autre, plus gros, que j'avais déjà.

– Ah bon ?

Il me tendit une petite tasse sur une soucoupe, avec une minuscule cuiller, mais je la posai sur la table sans en prendre une gorgée. Les cartes électroniques sortaient d'un sabot de croupier, et flottaient sur l'écran de son portable.

– Je pensais que je pouvais faire mentir les statistiques, mais pour finir je me suis fait plumer, dis-je.

– Ah bon ? répéta-t-il.

– C'est la faiblesse de chaque joueur, un peu comme celle d'un alcoolique. Il imagine qu'il peut deviner et contrôler l'avenir, mais, en réalité, il est destiné à perdre.

– Pourquoi un homme chercherait-il à perdre ?

– Pour mettre tous ses problèmes sur le dos de l'univers.

– Je n'avais jamais envisagé les choses de cette façon. Vous êtes quelqu'un d'intelligent, monsieur Robicheaux. C'est une ville impressionnante. Il n'y a pas plus intelligents que les gens du Sud. Votre fille est très bien élevée, et cultivée. On s'en rend compte comme d'une évidence dès qu'on pose les yeux sur elle.

– Merci, Ronald. Écoutez, j'ai un petit problème. Je me demandais si vous ne pourriez pas m'aider. Quelqu'un s'est introduit dans ma maison, et a vandalisé sa chambre. Vous en avez entendu parler ?

– Non, absolument pas.

– Ma patronne aimerait vous exclure de la liste des suspects. On pourrait effectuer un prélèvement sur vous ?

– Ne s'agit-il pas d'une espèce de fouille, monsieur Robicheaux ? Qui exige ce qu'on appelle un « motif raisonnable » ?

Son sourire ne quittait pas son visage.

– Vous avez tout à fait raison.

– Et alors, vous avez un mandat ? demanda-t-il d'un air taquin.

– Je crains que non.

– Alors attendez une minute.

Il entra dans la salle de bains et en revint avec un Coton-Tige. Il s'en enfonça une partie dans la bouche jusqu'à ce qu'il soit bien humide, puis le laissa tomber dans un sac zippé qu'il me tendit.

– Je ne veux pas qu'à cause de moi vous ayez des problèmes avec votre patronne. Non, monsieur, ça ne me conviendrait pas du tout.

– Quand vous êtes entré chez moi, vous étiez tout seul ?

Il se prit la nuque, et secoua la tête.

– Vous m'offensez. Je regrette que vous ayez dit ça.

Son regard me détaillait des pieds à la tête.

– Vous avez une arme à feu sur vous, monsieur Robicheaux ?

Depuis le début de notre conversation, il m'avait laissé l'appeler par son prénom, mais lui, à la fois condescendant et plus malin, continuait à s'adresser à moi de façon formelle.

J'écartai le pan droit de ma veste de sport.

– En fait, je suis censé en avoir une, mais il s'agit juste d'une visite amicale. Dites-moi, vous pensez vraiment que vous pouvez arriver dans une petite ville du Sud, vous essuyer les pieds sur les gens, et rentrer chez vous sans vous être attiré d'ennuis ? Vous pensez vraiment que le Sud a changé à ce point ?

Il fit un pas dans ma direction, toujours souriant, ses dents luisantes de salive.

– J'ai fait tous les boulots possibles, dans tous les endroits possibles. L'amour de l'argent, voilà la racine du mal. C'est la Bible qui le dit. À cette époque, les gens étaient à vendre, et les gens sont toujours à vendre aujourd'hui. S'il y avait suffisamment d'argent, toute cette ville se transformerait en un immense parking de Wal-Mart.

– Vous vous trompez.

– Au diable si je me trompe.

– Vous savez ce que sont des « diamants de sang », n'est-ce pas, Bledsoe ?

– Dans le monde civilisé, les gentlemen ne s'interpellent pas par leur nom de famille, monsieur Robicheaux. Mais pour répondre à votre question, non, je ne connais pas grand-chose aux « diamants de sang ».

– À cause de ces pierres, des enfants ont eu les bras coupés. Je pense qu'elles vont vous faire souffrir.

– Je souffre depuis le jour de ma naissance. Qu'est-ce que vous en dites ?

Maintenant, il était si près de moi que je sentais l'odeur du savon sec sur sa peau. Mais j'ai détourné les yeux et fait un pas en arrière. Puis j'ai ouvert la porte pour sortir, la respiration saccadée, le sac zippé à la main.

– Vous ne buvez pas votre café, monsieur Robicheaux ?

Une fois dehors, son odeur semblait me coller au visage. Quand j'ai démarré, il était debout à sa porte, les mains dans les poches de sa robe de chambre, des cartes électroniques tombant sur une étoffe de satin noir sur l'écran de son ordinateur. Il était éclairé par-derrière, depuis l'intérieur de la maison. Son visage se découpait dans l'ombre, mais un lampadaire donnait suffisamment de lumière pour qu'on voie ses dents briller derrière son sourire. Quand j'ai reculé dans l'allée entre deux rangées de pavillons, directement sur Main, le levier de vitesse me tremblait dans la main.

De retour à la maison, je me suis déshabillé et je me suis couché à côté de Molly. Quand elle a senti mon poids sur le matelas, elle s'est réveillée et a roulé contre moi, son corps chaud sous ma main. Avant de partir pour le motel, je lui avais dit que je devais retourner au bureau afin de régler un problème pour le répartiteur. Elle s'est redressée sur un coude et a baissé les yeux sur moi.

– Tout va bien. Rendors-toi, dis-je.

Elle m'a enfoncé un genou dans la hanche.

– N'essaie pas de me raconter des craques, soldat, dit-elle.

– J'ai été voir Bledsoe.

– Tout seul ?

– Clete n'était pas loin. Je ne risquais rien.

Elle a posé une main sur ma poitrine.

– Tu as le cœur qui bat.

– Je supportais difficilement de me trouver dans la même pièce que lui. C'est difficile à expliquer. Il fallait que je m'éloigne.

– Il a reconnu qu'il s'était introduit chez nous ? Il t'a menacé ?

– Ce n'est pas comme ça qu'il fonctionne. Le Prince des Ténèbres reste toujours un gentleman. Ses acolytes aussi.

– Ne parle pas comme ça, Dave.

– Je vais le coincer. D'une façon ou d'une autre. Je vais le crucifier.

Elle se rallongea, la tête moulée par l'oreiller, les yeux au plafond. Puis elle dit une chose que je n'aurais jamais imaginé l'entendre dire :

– Il faut que j'achète une arme.

Le lendemain matin, sur mon temps libre, je suis allé dans le sud de la paroisse de Lafourche. Je me suis garé devant le bar où Bo Diddley Wiggins et moi étions allés récupérer Clete, quand il avait fait feu sur un homme qui descendait un canal en hors-bord. Le barman était seul, en sous-vêtements à bretelles, assis devant un ventilateur, essayant de lire un journal dans la pénombre. J'ai ouvert sur le bar l'étui de mon insigne, et je l'ai interrogé sur les deux hommes qui étaient là quand j'étais venu chercher Clete. Le barman avait les épaules poilues, et ses sourcils étaient zébrés de cicatrices qui tiraient sur le coin de ses yeux, si bien qu'il ressemblait à un Asiatique plus qu'à un Occidental.

– Vous connaissez les types qui ont amené mon ami ici ?

– Ils travaillent pour M. Wiggins. Ils viennent prendre une bière de temps en temps.

– Ça, je le savais quand je suis venu. Ce que je veux savoir, c'est où ils se trouvent, maintenant.

– Un dimanche, c'est difficile à dire.

– J'enquête sur un double homicide avec torture. Vous préféreriez répondre à mes questions à la prison de la paroisse ?

Il plia le journal en deux et le repoussa sur le comptoir.

– Il y a un quai avec de l'essence, à six kilomètres. Vous en trouverez peut-être un là-bas.

– Merci, dis-je, en reprenant mon insigne sur le bar.

– Hé ! dit-il alors que j'étais presque à la porte.

– Oui ?

– Je fais cinquante kilomètres sur des routes pourries pour venir à mon travail. Je gagne six dollars de l'heure, plus les pourboires. La FEMA dit qu'encore un mois et j'aurai peut-être une caravane. Vous roulez combien de temps, pour aller travailler ? Et votre maison, elle a un toit ?

J'ai roulé vers le sud jusqu'à un quai avec une pompe à essence situé au croisement d'une baie saumâtre et d'un canal d'eau douce qu'une compagnie pétrolière avait tracé à travers les marais. Sur l'eau flottaient des flaques d'essence en train de se désintégrer. Au milieu de l'étendue de *sawgrass*, une barge rouillait, à moitié submergée. Je vis un homme en treillis qui se déplaçait dans un petit bureau construit à l'extrémité du quai. Il observait un hydroglisseur qui traversait la baie en grondant, et quand je me suis approché de lui, il ne m'a pas entendu.

— Whaou, vous m'avez fait peur ! dit-il en se retournant.

Puis il me reconnut, et se présenta une nouvelle fois. Il me dit qu'il s'appelait Tolliver, qu'il venait de l'Arkansas, et que ça faisait treize ans qu'il travaillait pour Bo Wiggins.

— Votre copain en tenait une bonne, non ? Il a pu rentrer chez lui ? demanda-t-il.

— Vous l'avez vu tirer sur quelqu'un, monsieur Tolliver ?

— Non. J'ai entendu deux coups de feu au loin, comme un bruit de fusil dans le vent. Quelqu'un s'enfuyait en hors-bord, et j'ai pensé que ce type, Purcel, était peut-être la victime d'un vol. C'est uniquement pour ça que je m'en suis mêlé.

C'était un homme à l'air jovial, son ventre et ses poignées d'amour débordant par-dessus sa ceinture. Ses avant-bras étaient musclés, bronzés, et couverts de poils roux vers le haut. Il souriait beaucoup. En fait, il était trop jovial, et souriait beaucoup plus que nécessaire.

— Vous ne savez pas qui était l'homme dans le bateau ?

— Non, monsieur.

— Ça fait combien de temps que vous travaillez sur ce quai ?

— Peut-être deux ans.

— Il y a beaucoup d'étrangers qui passent dans le coin ?

— Je me contente de remplir les bateaux de M. Wiggins. Je ne fais pas très attention à ce qui se passe autour, enfin, les gars qui pêchent, ce genre de choses.

— Avez-vous déjà vu un certain Ronald Bledsoe ?

— Ça ne me dit rien.

— C'est un type à l'air bizarre, avec la tête en forme de godemiché.

Il s'étouffa de rire, et détourna le regard vers la baie. Il sortit de la poche de sa chemise une paire de lunettes jaunes d'aviateur qu'il se mit sur le nez, alors que pourtant le soleil avait disparu derrière les nuages, et que le paysage de marais qui nous entourait était plongé dans l'ombre. Il étendit le bras derrière lui, sur la rambarde du quai, et continua à secouer la tête, comme s'il réfléchissait à une question, alors que je ne lui en avais posé aucune.

– Vous pouvez me regarder, monsieur Tolliver ?

– Je vous ai dit tout ce que je sais, monsieur Robicheaux. Je ne sais rien de plus.

J'ai gardé les yeux fixés sur son visage pour le forcer à me regarder.

– Ronald Bledsoe est quelqu'un qu'on n'oublie pas, monsieur Tolliver. Je pense aussi que c'est un homme particulièrement cruel. Quand on lui serre la main, on sent un courant électrique vous parcourir le bras. Répétez-moi que vous n'avez jamais vu cet homme.

– Je ne connais pas ce gentleman, non, monsieur, dit-il en secouant la tête.

Mais je remarquai un tic sous son œil gauche, comme si une guêpe venait de le piquer.

Je sortis de mon portefeuille une carte professionnelle que je lui tendis.

– Vous me paraissez être quelqu'un de sensé. Je vous aurai prévenu, monsieur Tolliver. Ronald Bledsoe est méchant. Si vous servez sa cause, il vous dévorera.

Tolliver essaya de garder un visage inexpressif, mais quand il déglutit, on aurait dit qu'il avait une noisette coincée dans la gorge.

Ce soir-là, j'ai sorti de ma malle un vieux Ruger semi-automatique .22, et j'ai emmené Molly au terrain de tir de la police. Je lui ai montré comment charger avec le pouce chaque cartouche dans le magasin, puis faire tourner le barillet. Puis je lui ai enseigné l'usage du cran de sûreté, comment séparer le barillet de la crosse, et tirer la glissière en arrière pour vérifier qu'il n'y a plus de balle dans la chambre. Je faisais ça méthodiquement, sans plaisir. Je le faisais avec une certaine réserve, comme si j'étais un peu déprimé.

Le ciel était mauve ; dans l'ombre, les arbres le long de la route étaient sombres, et résonnaient d'oiseaux. Ça me faisait bizarre de voir Molly se mettre en position de tir, le bras tendu, un œil fermé, les tampons d'oreille en mousse de caoutchouc fixés sur le crâne. Il m'était difficile d'admettre le fait que ma femme, ancienne nonne et membre de la Pax Christi, tirait sur une cible de papier sur laquelle était imprimée une silhouette humaine. Quand elle déchargea la dernière balle du magasin, la glissière s'ouvrit, et une minuscule langue de fumée rose monta de la chambre vide.

– Tu n'as pas l'air heureux, dit-elle.
– La journée a été longue, c'est tout.
– Je te déçois ?
– Non.
– Tu penses qu'on accorde du pouvoir à Ronald Bledsoe, c'est ça ?
– Non.
– Tu sais faire un tas de choses, Dave, mais tu ne sais pas mentir.

Je lui pris le Ruger des mains et le laissai tomber dans le sac à dos de toile dans lequel je garde mon matériel de tir. Je lui ai mis un bras sur les épaules, et nous avons marché jusqu'à ma voiture, au milieu des arbres. Des centaines d'oiseaux piaillaient dans l'ombre, et, à l'ouest, le soleil était devenu une flaque rouge coincée dans un massif de nuages noirs. J'éprouvais la même impression de lourdeur dans la poitrine que j'avais connue, enfant, quand mes parents s'apprêtaient à détruire leur famille et leur foyer. Ce sentiment est lié à ce que les psychiatres appellent « une image de destruction du monde ». J'avais vécu avec cette image dans mes rêves jusqu'à mon départ pour le Vietnam, et longtemps après mon retour. Je la traitais à l'aide de Jim Bean et de médocs de l'armée, et quand ça ne suffisait pas, je la traitais à l'aide de la montée d'adrénaline qu'on ressent avec le recul d'une arme dans la main, l'odeur de la poudre dans les narines et le vrombissement d'une balle qui vous frôle l'oreille.

J'avais la sensation qu'une chose irremplaçable allait disparaître de ma vie, mais je n'aurais su dire pourquoi. Était-ce juste l'attirance de la terre, qu'on ressent à un certain âge ? Il y a des moments où le raclement d'une pelle enfoncée dans le sol peut devenir pour l'oreille comme un éclat de verre. Redoutais-je la mort plus que je n'étais prêt à l'admettre ? Ou bien était-ce parce que Ronald Bledsoe forçait ma famille à se recréer à son image ?

Quand on est rentrés, Molly a graissé et nettoyé le Ruger, et ne me l'a pas rendu.

À 9 h 17 le lundi matin, le téléphone a sonné sur mon bureau.

– Monsieur Robicheaux ? a demandé une voix familière.

– Que veux-tu, Bertrand ?

– J'suis venu chercher de l'aide. J'en peux plus.

– Tu es venu où ?

– J'suis monté dans un train de marchandises pour New Iberia. J'arrive plus à dormir.

– Tu es à New Iberia ?

– Ouais, j'en peux plus.

– T'en peux plus de quoi ?

– De tout. On me pourchasse. On me traite comme si j'étais la plus grosse merde du monde. Kovick s'est arrangé pour que tout le monde sache qui je suis dans le camp de la FEMA. J'ai pas d'endroit où me cacher. J'allais le descendre. Ou j'allais descendre sa femme. Mais tout ce que j'ai pu faire, c'est rester debout à trembler.

– Tu as essayé de buter Sidney Kovick ?

– J'suis pas un tueur. J'ai appris ça samedi. J'suis peut-être un lâche, mais j'suis pas un tueur.

Il me décrivit la scène du magasin de fleurs, la peur qui infiltrait son cœur comme des charançons, la gifle sur son visage, les cartouches de .38 versées sur ses parties génitales, le coup de pied vicieux qui avait mis son rectum en sang. Son autoapitoiement, son ton de victime, étaient durs à entendre. Mais je ne doutais pas de son degré de souffrance. En dépit des apparences, Bertrand Melancon devait avoir sept ans d'âge mental.

– Dis-moi où tu es.

Il y eut une pause.

– C'est pas pour ça que j'ai appelé. Il faut que vous m'expliquiez un truc. J'ai été au refuge dans le parc, parce que j'ai rien mangé depuis hier. Il y avait la fille blanche que j'ai vue dans la voiture avec la batterie à plat près de Desire.

– Tu veux dire la jeune Blanche que tu as violée ?

– Ouais, celle-là. Elle était là, elle servait des repas au refuge. J'me suis dit qu'c'était pas possible. J'ai d'mandé à un mec qui c'était, et il m'a dit qu'elle était de La Nouvelle-Orléans, qu'elle s'app'lait Thelma Baylor. C'est le nom des gens de la maison d'où est parti le coup de feu, celui qui a tué Eddy et Kevin.

J'ai compris ce qui s'était passé. Thelma était sans doute allée au refuge avec Alafair pour aider, et Bertrand était entré et l'avait vue. J'essayais de me concentrer, pour empêcher que sa découverte accidentelle ne devienne le catalyseur d'événements que je me refusais à imaginer.

– Elle a perdu du poids, elle paraît plus jeune, mais c'est bien elle, n'est-ce pas ?

L'idée qu'il effectuait un inventaire physique d'une jeune fille qu'il avait agressée, et qu'il me demandait de le confirmer, semblait offenser le sens moral sur plus d'un plan.

– Ça te regarde pas, mon gars.

– Je veux être sûr.

– Ne t'approche pas des Baylor.

– J'ai un plan. Je rappellerai.

Il coupa la communication.

Je pris une voiture de patrouille pour me rendre au centre de loisirs du City Park. Alafair rangeait les lits de camp d'une famille qui devait être relogée à Dallas. Elle paraissait préoccupée, pas vraiment à ce qu'elle faisait. Au fond de la salle, un gosse dribblait avec un ballon de basket qui faisait du bruit en rebondissant sur le sol.

– Où est Thelma ? demandai-je.

– Son père est passé la prendre. Je crois qu'ils rentraient chez eux.

Elle souleva une pile de draps pliés, et me regarda.

– Est-ce qu'un jeune Noir, d'une petite vingtaine d'années, ne vous a pas tourné autour ? Quelqu'un que tu n'avais jamais vu ?

– Je ne l'ai pas remarqué, dit-elle.

– Il s'appelle Bertrand Melancon. C'est un des types qui ont violé Thelma.

– Pourquoi il était là ?

– Culpabilité, peur, opportunisme. Je doute que lui-même le sache. Peut-être qu'il est cinglé.

– Ça a un rapport avec Ronald Bledsoe ?

– Ouais, ça en a un. Ça a un rapport avec les « diamants de sang », aussi. Il faut qu'on enferme Melancon, pour son bien comme pour celui de tout le monde.

– J'en ai marre de tout ça.

– De quoi ?

– Ronald Bledsoe était là, ce matin. Il a dit au superviseur qu'il aimerait être volontaire. Mais il ne m'a pas quittée des yeux. Il avait ce sourire de malade.

Devant la porte d'entrée, des enfants jouaient sur des balançoires et des bascules sous les chênes. Je me rappelais quand Alafair avait leur âge, et qu'elle faisait le même genre de choses.

– Viens déjeuner avec moi, proposai-je.

– Qu'est-ce que tu vas faire pour ce trou-du-cul, Dave ? répondit-elle.

Je suis retourné au bureau, et j'ai frappé à la porte de Helen. Les dernières nouvelles à propos de Melancon ne lui ont pas fait plaisir.

– Dis-moi si j'ai raté quelque chose. Il a violé la fille Baylor, et une autre fille dans le Lower Nine, il a essayé de tuer Sidney Kovick, et il est à New Iberia, et il t'appelle pour te parler de ses problèmes de conscience. C'est bien ça ?

– Je crois que c'est à peu près ça.

– Et où est-il, maintenant ?

– Je l'ignore.

– Va voir Otis Baylor et sa fille. Dis-leur que Melancon est dans le coin, et qu'on va le choper. Mais assure-toi que Baylor comprenne bien que Melancon est pour nous.

– Vu.

Elle se leva, et se mit les mains sur les hanches. Elle portait un pantalon western brun clair, une ceinture tressée et une chemise moulante. À cet instant, sans que je m'y attende, elle m'a regardé dans les yeux, et son visage et son attitude prirent cette curieuse nuance d'androgynie qui faisait d'elle un adorable mystère, à la fois excitant et troublant.

– Je n'aurais jamais dû te renvoyer à La Nouvelle-Orléans, dit-elle.

– Pourquoi ?

– Parce que les Fédés ont du fric pour s'occuper de leurs propres merdes, et pas nous. Parce que tu es un bon flic, et que tu ne refermes jamais un dossier. Tout ce que tu as dans tes fichiers te reste dans la tête. Si tu n'étais pas flic, tu pourrais avoir un col romain.

Ses yeux étaient d'un violet plus chaud qu'ils n'auraient dû l'être.

– Je peux avoir une augmentation ?

Elle agita les doigts vers moi.

– Maintenant, bwana s'en va.

J'ai sauté le déjeuner et je suis allé chez Otis Baylor, sur Old Jeanerette Road. Il était dans son jardin, dans l'ombre, un réservoir de quinze litres d'insecticide sur le dos. Il travaillait sur le côté de la maison, vaporisant les parterres et les fondations. À l'ombre, il faisait frais, mais les brides de toile de son vaporisateur avaient dessiné des anneaux de sueur sur sa chemise. J'avais le sentiment qu'Otis Baylor économisait le moindre dollar.

Je me suis assis sur les marches sans attendre son invitation, comme un voisin l'aurait fait. En bas de la longue pente verte de sa propriété, le bayou se ridait dans le vent, et la colocase poussait, épaisse, sur la rive. La maison d'Otis, une bâtisse du XIXe siècle, avec ses écrans rouillés, son toit d'étain, son ombre et ses fondations couvertes de moisissure verte, était modeste. Mais sous les arbres l'air sentait la fraîcheur, rempli du bruit du vent dans les bambous et des aiguilles de pin qui se posaient sur le toit. C'était le genre d'endroit où un homme peut être en paix avec lui-même et sa famille, et mettre de côté ces ambitions qui ne laissent aucun repos à l'âme. Mais je doutais qu'Otis trouvât jamais ce type de paix, où qu'il pût choisir de vivre.

– Je suis venu vous demander un conseil, dis-je.

– À propos de quoi ?

– À propos de ne pas jouer le jeu de Ronald Bledsoe.

Il continua d'avancer en vaporisant la partie basse de la maison, comme si je n'avais rien dit.

– Ces termites de Formose vous dévoreraient une maison, hein ? dit-il. Si je ne m'y attaquais pas, ils dévoreraient même le ciment.

– Un des agresseurs de Thelma est en ville. Il m'a appelé depuis un portable. Il s'appelle Bertrand Melancon. C'est le frère du type qui a pris une balle dans la gorge.

Otis secoua la tête, le regard vide, sa tige d'aspersion sifflant le long du treillage à la base de la galerie.

– Pourquoi il vous a appelé ?

– Il a la trouille. Je crois aussi qu'il a des remords pour ce qu'il a fait.

Otis pompa sur la manette qui donnait de la pression à son réservoir, les yeux dans le vide.

– Il a des raisons pour ça.

Des raisons pour avoir la trouille, ou pour avoir des remords ? Ou les deux ? Je me suis tiré sur le lobe de l'oreille.

– Ma patronne veut que vous sachiez clairement que Bertrand Melancon est à nous.

– Maintenant, écoutez, monsieur Robicheaux…

Cette fois, c'est moi qui l'interrompis.

– Des diamants de kimberlite, vous savez ce que c'est ?

– Non.

– Il y a quelques années, en Afrique, des seigneurs de la guerre en faisaient le trafic pour alimenter leurs machines de guerre. Pour récolter ces diamants, ces seigneurs de la guerre ont massacré un grand nombre de gens sans défense, ont coupé les bras à des enfants. C'est pour cette raison qu'on les appelle des « diamants de sang ». Je ne sais comment, Sidney a mis la main sur un tas de « diamants de sang ». Les types qui ont saccagé sa maison sont tombés par hasard sur le plus gros butin de leur vie. Vous imaginez ce que Sidney et ses associés seront capables de faire pour les récupérer ?

Otis marqua une pause dans son travail. Il paraissait scruter les ombres. Il fit glisser le réservoir de son dos et, le tenant par une bride, le posa doucement sur l'herbe, l'insecticide clapotant à l'intérieur. Il s'assit devant moi sur l'escalier. Quand il se frotta le dessus des mains, sa peau rugueuse produisit une espèce de murmure.

– Ces hommes pensent qu'on se tient entre eux et les diamants ? demanda-t-il.

– Je n'en suis pas sûr.

– Où se trouve ce gosse noir, pour l'instant ?

— Je ne le sais pas non plus.

— Tout ça tourne autour de ces diamants, hein ? Ça n'a rien à voir avec moi ou ma famille, hein ?

— Je ne dirais pas ça.

Il se leva et me serra la main, puis rentra dans son jardin sans me dire au revoir.

Ce soir-là, Alafair alla assister à une signature chez Barnes & Noble, à Lafayette. Elle avait prévu de dormir chez une amie. Molly et moi, on a accroché le bateau et la remorque, et on a pris la route de Henderson Swamp. C'était une belle soirée pour pêcher la perche grande bouche. Le vent était tombé, et les îlots de saules et de cyprès avaient pris une teinte dorée au crépuscule. Des nuées d'insectes se rassemblaient dans les creux des îlots, et on voyait des brèmes crever la surface et, parfois, la lisse nageoire dorsale vert sombre d'une perche au bord des nénuphars.

Molly nous avait préparé des sandwichs aux huîtres grillées, et mis dans une glacière plusieurs cannettes de Dr Pepper avec de la glace pilée. Mais je n'avais pas faim, et je n'arrivais pas à me concentrer sur la perfection de la soirée, ni sur les poissons venus se nourrir à l'ombre des arbres, qui se gravaient maintenant comme des fontaines de feu contre le soleil.

Je ne voulais pas me venger de Ronald Bledsoe. Je voulais le tuer. Je voulais le tuer de près, avec un .45 chargé de pointes creuses blindées de 230. Je voulais décharger sur lui tout le magasin. Je voulais humer la bonne odeur propre, entêtante, de la poudre brûlée, et sentir le recul de l'acier dans mon poignet. Je voulais voir Ronald Bledsoe transformé en papier peint.

— Pourquoi es-tu si silencieux ? demanda Molly.

— Sans raison précise.

Si j'avais avoué à Molly la nature de mes pensées, je ne l'aurais pas seulement effrayée, et peut-être même dégoûtée, je lui aurais aussi révélé mon incapacité à trouver une solution légale aux problèmes posés par Bledsoe et les gens comme lui.

Nous sommes censés être une société chrétienne, tout au moins une société fondée par des chrétiens. Selon les mythes que nous avons forgés, nous respectons Jésus, Mère Teresa et saint François d'Assise. Mais je crois que la vérité est différente. Quand nous nous sentons collectivement menacés, ou quand nous sommes collectivement touchés, on a envie que les frères Earp et Doc Holliday s'en occupent, on a envie que les méchants se fassent descendre, qu'ils soient cuits, fumés, séchés, enterrés par des bulldozers.

Et c'est la raison pour laquelle je n'éprouve plus de culpabilité ni de honte devant mes propres inclinations. Mais je ne vais pas non plus jusqu'à les étaler.

À l'instant où le soleil, pareil à une boule en fusion, commençait à descendre derrière la chaussée qui enjambe le marais, j'ai lancé une Mepps[1] dans un passage entre deux îlots couverts de saules. Il y avait du courant entre les îlots, et les insectes qui tombaient des arbres étaient entraînés dans un étroit canal bordé de nénuphars. L'eau était sombre, profonde, immobile. La Mepps effectua un arc de cercle au-dessus du canal, et fit un petit plouf près d'un bouquet de jacinthes en fleur. Au moment où je commençais à faire tourner mon moulinet pour tendre ma ligne, je vis l'eau gonfler sous les jacinthes, comme si un coussin d'air montait du fond. Puis une nageoire dorsale coupa la surface, et quelque chose heurta la Mepps si violemment que ma canne cogna sur le plat-bord, comme un manche à balai.

En Louisiane, dans les zones d'eau douce, seules les perches grande bouche ont cette force, cette puissance. Je la ferrai sèchement, pour bien enfoncer l'hameçon triple, et

---

1. Mepps : marque de cuiller.

essayai de soulever la canne et de libérer le fil de la tension et du poids du poisson. Mais le bout de ma canne se courba sur l'eau, pliant si nettement que j'ai cru qu'elle allait se rompre, des gouttelettes d'eau brillant sur le fil. Puis le poisson a commencé à se dégager, essayant de scier le fil sous le bateau, de trouver un chicot ou une souche pour l'entortiller autour.

Molly, avec les rames, nous fit faire un demi-cercle, afin de dégager la ligne de sous le bateau et de permettre à la perche de prendre la direction du canal. Elle apparut une fois à la surface, agitant la Mepps dans le coin de sa bouche, puis s'enfonça à nouveau, et essaya de tirer le bateau. Elle lutta dix minutes, mais quand, finalement, elle se mit à nager avec la pression de la ligne et l'hameçon dans la bouche, je compris qu'elle avait perdu. C'est le genre de victoire dont un pêcheur n'est pas forcément fier.

J'ai glissé le filet sous le poisson et l'ai soulevé dans le bateau. Il était lourd, humide et épais dans les mailles, les barbillons du triple hameçon dépassant de la peau plissée au coin de sa bouche. J'ai plongé une main dans l'eau pour le soulever, toujours dans le filet, sur la banquette du bateau afin de dégager l'hameçon de sa bouche. Puis je l'ai pris sous le ventre et l'ai remis à l'eau. Je vis ses ouïes se soulever, puis il se laissa emporter par le courant comme une bulle d'un vert doré dans la mauvaise direction.

– Tu accordes des dispenses, maintenant ? demanda Molly.

– Uniquement aux guerriers, et à ceux qui en méritent.

Elle se mit à rire et ouvrit une cannette de Dr Pepper qu'elle but en silence. Puis une chose étrange se produisit. Peut-être était-ce parce que le soleil était couché, et que nous avancions dans l'automne. Peut-être que des étoiles étaient apparues tôt, et que la lune se levait. Peut-être les phares des voitures sur la chaussée, ou les lumières du soir de Lafayette, étaient-ils reflétés par les nuages. Mais dans le passage entre deux îlots de saules, dans l'obscurité de l'eau où je venais de rejeter la perche courageuse, je vis passer des lueurs qui étaient comme des fragments de miroir brisé. Je les vis aussi sûrement que j'avais pris ce poisson, que je l'avais soupesé et senti s'égoutter entre mes mains.

23

Comment coincer un criminel qui n'offre aucune prise ?

Le mardi après-midi, juste avant de rentrer chez moi, Clete m'a appelé au bureau.

– Un habitué du casino vient d'entrer dans le pavillon de Bledsoe, dit-il. Ce mec est accro au Texas Hold 'Em[1]. Je l'ai vu lire le dos d'un paquet de capotes, dans des toilettes, au nez et à la barbe de six types qui l'attendaient avec sa petite amie devant la porte.

– Tu crois que ça peut être une piste ?

– C'est le même genre de type que Bledsoe. Bledsoe n'a pas laissé de traces, mais combien de ses copains peuvent avoir autant de chance ? Tu fais quelque chose, ce soir ?

– Rien du tout.

– On va prendre deux voitures. Pour l'instant, je reste avec eux. Laisse ton portable allumé.

Je m'apprêtais à raccrocher quand il a ajouté :

– La nana qui est assise dans sa décapotable a des doudounes incroyables. J'ai la trique rien qu'à la mater à travers le store.

– Quand est-ce que tu vas arrêter de parler comme ça, et te conduire comme quelqu'un de ton âge ?

---

1. Variante la plus courante du poker.

– T'as raison. Cette bande n'a rien de drôle. Quelqu'un va payer pour ce qu'ils ont fait à Courtney. Ça fait un moment que les Bobbsey Twins des Homicides n'ont pas hissé le pavillon noir.

J'ai regretté d'avoir parlé.

Une heure et demie plus tard, on faisait la vaisselle, Molly et moi, quand Clete a rappelé.

– Je suis à trois cents mètres derrière Bledsoe, son copain et Elsie-la-Vache. Je crois qu'ils vont au casino. Si je ne te rappelle pas, on se retrouve là-bas, dit-il.

Message reçu, pensai-je, plus désinvolte que je l'aurais imaginé.

– Où vas-tu ? demanda Molly.

– Clete a une piste contre Bledsoe.

– Je t'accompagne.

– C'est juste de la surveillance. C'est plutôt ennuyeux.

– Ça n'a pas d'importance. Il s'est introduit chez nous. Il a uriné dans la chambre d'Alafair. Quand j'y pense, ça me donne envie de vomir. Elle m'a dit qu'il avait essayé d'entrer comme volontaire au refuge.

– Il va plonger, Molly. C'est juste une question de temps.

Elle se rapprocha de moi.

– Tu crois qu'il faut me protéger de la réalité ? Au Salvador, quand j'étais chez Maryknoll, j'ai eu des amies qui ont été violées, assassinées. Notre putain de gouvernement n'a rien fait. Je ne vais pas rester sans rien faire alors que cet homme introduit le Mal dans nos vies, Dave.

– Je comprends ce que tu ressens.

– Vraiment ?

J'observai son expression sérieuse, j'avais envie de la serrer contre moi. J'ai passé les bras derrière son dos, lui prenant le cou dans une main. Elle portait une robe bain de soleil. Sous les pales de bois du ventilateur, au plafond, sa peau était fraîche et chaude à la fois. J'ai frotté ma joue contre ses cheveux, et je l'ai serrée plus fort.

– Je te promets que je ne le laisserai pas nous faire plus de mal, dis-je.

Elle a baissé la tête, et j'ai senti ses mains glisser le long de mon dos.

– Pourquoi imagines-tu que tout repose sur toi ? Pourquoi ça ne concernerait que toi ?

– Ça ne concerne pas que moi, dis-je. Quand je dis ça, tu dois me croire. Crois-moi, pour une fois.

Je sortis et fis démarrer la voiture. Mon visage était brûlant, mes oreilles tintaient de la rudesse de notre échange. Le jardin était dans l'ombre, et, dans les arbres, le vrombissement des cigales ressemblait à un mal de tête qui ne se dissipe pas. Au moment où je reculais dans la rue, regrettant les mots que j'avais prononcés, essayant de comprendre la colère de Molly et la blessure qu'elle ressentait, elle est apparue sur la galerie, et m'a fait au revoir de la main.

C'est ce qui arrive quand on épouse une nonne.

Le casino se trouvait sur une réserve, un peu plus bas sur Bayou Teche, une zone qui était autrefois occupée par des taudis ruraux. Maintenant, la réserve est prospère, et les gens y vivent dans de jolies maisons près de l'endroit où Bayou Teche et une autre voie d'eau se fondent en une baie. Les terrains ne sont pas séparés par des barrières, et on y voit des plaqueminiers et des pacaniers, des chênes verts et des pins. C'est un lieu merveilleux, qui dissimule certaines réalités économiques sur lesquelles rares sont ceux qui veulent s'attarder.

Les usagers du casino sont des travailleurs pauvres, des gens sans éducation, des compulsifs et des addicts. Tant qu'un client continue à jouer, l'alcool est gratuit. L'intérieur scintille et séduit ; le restaurant est de première qualité. L'orchestre joue de la musique cajun, mais aussi du zydeco[1]

---

1. Folk-musique de Louisiane.

et de la musique de péquenaud. Dans cet environnement climatisé, sans horloges ni fenêtres, tous les problèmes du monde extérieur disparaissent.

Après Katrina et Rita, les profits des casinos de Louisiane sont montés en flèche à des hauteurs inégalées. Quand on a déjà perdu la plus grande partie de son ranch, quelle importance d'en perdre les fondations ?

Clete était debout à côté de sa voiture, sur le parking, fumant une Lucky Strike, l'air tendu. Une bouteille Thermos était posée sur son capot. Je me suis garé à côté de lui, lui ai ôté la cigarette de la bouche, et l'ai jetée toute allumée sur le goudron.

– Ils sont à l'intérieur ?

– Ouais, ils se sont inscrits pour le prochain Texas Hold 'Em. Pour l'instant ils sont au buffet.

Il dévissa le bouchon de la Thermos, et il but sans m'en proposer.

– Tu as appris quelque chose sur le copain de Bledsoe ?

– Joe Dupree, de la police de Lafayette, s'est renseigné pour moi sur son immatriculation. La voiture est au nom d'un certain Bobby Mack Rydel, de Morgan City. D'après la description que Joe m'a donnée de la photo d'identité, ça correspond au type qui conduit la bagnole. Je ne sais pas qui est la nana. Comment tu veux qu'on s'y prenne ?

– Qu'est-ce que tu bois ?

– De la vodka Collins. Ça te gêne ?

– Rydel est un gros joueur ?

– Pour entrer à la table de Hold 'Em, il faut un minimum de cent dollars. Il y est entré avec mille dollars en billets qu'il a sortis de sa poche.

– Et Bledsoe ?

– Je ne l'ai pas vu jouer. Mais, avec les cinglés, il y a un truc. Ils veulent qu'on les traite comme des gens normaux. En particulier en public.

J'ai réfléchi à ce qu'il venait de me dire.

– On va mettre les pieds dans le plat. Où est leur voiture ?
– C'est la Saab décapotable qui est garée là-bas.
– Tu crois qu'il se pourrait qu'elle soit en infraction ?
– Je m'en occupe, dit-il.

Clete avança à travers les voitures garées et baissa les yeux sur la plaque arrière de la Saab. Puis il sortit son couteau suisse de sa poche et s'accroupit. Il resta invisible plus longtemps que je ne m'y attendais. Quand il revint, il repliait la lame de son couteau.

– T'avais raison. Ce type n'a pas de plaque. Il a aussi deux valves de pneus en mauvais état. C'est une honte.

Nous sommes entrés dans le casino et nous sommes passés le long de rangées de machines à sous clapotant de couleurs, tintant du bruit des pièces qui tombaient en cascade dans des corbeilles de métal. Tout près des machines à sous se trouvaient une dizaine de tables de Hold 'Em, chacune de neuf joueurs. Le jeu était si populaire que les joueurs devaient s'inscrire sur une liste d'attente pour acheter une place à cent dollars ; en attendant qu'une place se libère, ils jouaient aux machines à sous. Quand ils en avaient assez d'attendre, ils prenaient un autre verre aux frais de la maison et rejouaient aux machines à sous.

Clete m'indiqua de la tête deux hommes et une femme sculpturale aux cheveux d'or pâle, assis à une table éloignée. Bledsoe portait un pantalon bleu pastel, une veste assortie, une cravate lacet et une chemise à manches longues à rayures argentées. Sa tête allongée et lisse, et le sourire vide peint sur son visage semblaient flotter comme un ballon blanc scintillant au-dessus des gens qui l'entouraient. Son ami, Bobby Mack Rydel, si tel était bien son nom, était un homme corpulent vêtu d'un jean marron avec des gros clous. Il portait aussi une ceinture de cow-boy, des bottes de daim bordeaux et une chemise rouge sombre avec des boutons-pressions de nacre. Il avait de longues pattes qui s'étalaient sur ses joues, et la peau pendante sous le menton. Il arborait un chapeau de broussard australien, le rebord entièrement rabattu, le cordon de cuir lui pendant sur la gorge. Tout le temps qu'il resta assis, il garda la main sur le bas du dos de la femme.

Un homme de la sécurité buvait une tasse de café à l'extrémité du bar. De temps en temps, il jetait un coup d'œil sur sa montre, et bâillait.

– Qu'est-ce qui t'amène, Dave ? demanda-t-il.

– Quand on bosse, tu sais ce que c'est.

– Mais les heures supplémentaires, c'est les heures supplémentaires.

Clete glissa une pastille de menthe dans sa bouche, et la croqua entre ses molaires.

– T'as vu ce type avec le chapeau australien ?

– Le quoi ? demanda l'homme de la sécurité.

– Le type avec le chapeau tombant. Tu devrais vérifier dans ton Griffin Book[1].

– C'est un habitué.

– Tous les aigrefins sont des habitués. C'est comme ça qu'ils finissent dans le Griffin Book.

L'homme de la sécurité me regarda pour avoir une confirmation. J'ai levé les sourcils et haussé les épaules.

– Merci du tuyau, dit-il.

– Pas de problème, mon noble ami, dit Clete.

On s'est faufilés plus près de la table où Bledsoe, Bobby Mack Rydel et la femme aux cheveux d'or pâle jouaient au Texas Hold 'Em. Bledsoe venait de recevoir sa deuxième carte retournée, et la soulevait du pouce pour y jeter un coup d'œil.

– Hé, Dave, regarde, c'est Ronnie Bledsoe, tu sais, le vieux Ronald McDonald, du motel, dit Clete. Alors, Ronnie, tu t'es bien vidé les couilles ?

---

1. Livre noir contenant des photos et des informations sur les tricheurs repérés dans les casinos.

Bledsoe se retourna sur sa chaise et leva la tête, la bouche en cul de poule, comme un guppy à la surface de son aquarium. Ses yeux semblaient irradier la sérénité et la bonne volonté. Il continua à regarder Clete sans parler.

– Désolé, t'es occupé. Je te verrai plus tard, dit Clete.

Il désigna le haut des cartes retournées de Bledsoe.

– Avec une main comme ça, tu vas leur foutre une branlée.

Il lui adressa un clin d'œil entendu, que tout le monde remarqua autour de la table.

Puis il retourna au bar et commanda un double Jack sec et une bière pour accompagner.

– Vas-y mollo, Cletus, dis-je.

– T'inquiète pas, grand homme. On va les prendre avec des pincettes. Je veux que Rydel se retrouve en garde à vue. Suis le mouvement.

Il descendit la fin de son Jack et termina sa bière. Il s'effleura la bouche avec une serviette en papier, le visage rouge, les yeux brillant d'une dangereuse lueur alcoolique.

Il entra dans les toilettes, et en ressortit au bout de quelques minutes, un mouchoir en papier plié dans la main droite. Il se plaça derrière Bobby Mack Rydel et la femme aux cheveux d'or pâle. Pendant que le donneur étalait le flop[1], Clete posa la serviette pliée entre Rydel et son amie, faisant volontairement tomber sur le sol les deux paquets carrés brillants rouge et noir qu'elle contenait.

– Oh, zut, je suis désolé, dit-il.

Il se pencha et ramassa les paquets, puis les replaça sous le mouchoir en papier, s'assurant d'abord que tout le monde les avait vus.

– Je crois que c'est celles que vous vouliez, c'est bien ça ?

---

1. Dans le Hold 'Em Poker, retournement des trois premières cartes communes avant le premier tour des enchères.

Du coude, Rydel, sans lever les yeux sur Clete, écarta de la table les deux paquets de capotes, qui retombèrent sur le sol. Le plus surprenant, c'est que quasiment personne, à la table, ne prêta attention à la conduite de Clete.

Clete adopta une nouvelle méthode. Il observa les trois cartes communes retournées sur le tapis, le menton pincé entre le pouce et l'index.

– C'est vraiment dommage. Vous auriez dû sortir avant le flop. On dirait que vous l'avez dans le cul, Bobby Mack.

Cette fois-ci, ça fonctionna. Rydel ôta son chapeau, qu'il suspendit au dossier de sa chaise par son cordon de cuir. Puis il se retourna pour mieux voir Clete. Ses yeux étaient gris sombre, ses pattes nettement découpées, ses lèvres blafardes.

– Qui êtes-vous ?
– Vous ne vous souvenez pas de moi ?
– Non, je ne vous ai jamais vu de ma vie.
– Vous vous souvenez de Courtney Degravelle ?
– Non. Vous devez me confondre avec quelqu'un d'autre.

Le chef de la sécurité s'était approché de Clete, par-derrière. C'était un ancien inspecteur de la paroisse de St. Mary, qui s'appelait Tim Romero. Il avait des cheveux poivre et sel, et était vêtu d'une veste de sport bleue, d'un pantalon gris au pli bien net, et de mocassins cirés.

– Il y a un problème ? demanda-t-il.
– Pas avec moi, dit Clete. Mais ce type-là est un tricheur. Je l'ai déjà dénoncé à l'entrée. S'il n'a pas encore échangé ses cartes, il va le faire.
– Ça vous dérangerait de m'accompagner au bar ? demanda Romero.
– Non, ça ne me dérange pas. Mais ce type est un aigrefin, et son partenaire, le type avec la tête en cire, est un pervers.
– Ça suffit, monsieur Purcel. Soit vous me suivez, soit on vous vire du casino.

Clete leva les paumes.

— Si vous voulez des arnaqueurs à vos tables, c'est votre problème. Je vais vous donner un conseil. Appelez vos collègues à Atlantic City ou à Vegas, et interrogez-les sur ces deux hommes. Vous verrez ce qu'ils vous diront.

Je posai une main sur l'épaule de Clete, et regardai Romero.

— Il est OK. On va prendre une tasse de café.

— Si tu le dis, Dave… Mais ne me fais pas regretter d'avoir pris ce boulot.

On a été au bar, Clete et moi, et aussitôt il a commandé un Jack et une bière pour l'accompagner.

— Clete…

— Fais-moi confiance. On va coincer ces deux types. Il suffit juste de serrer la vis un peu plus fort.

— Je crois qu'on tire dans le vide.

— Tu te trompes.

Il but son petit verre et s'essuya les lèvres de l'arrière du poignet, les yeux fixés sur le visage de Rydel. Rydel lui jeta un coup d'œil, et regarda à nouveau ses cartes. Puis il leva les yeux à nouveau. Clete le fixait toujours. Rydel remit son chapeau et en inclina le bord comme quelqu'un qui veut se protéger les yeux du soleil.

J'ai sorti mon portable et me suis dirigé vers un coin calme, au bout du bar. J'ai fait défiler le répertoire jusqu'au numéro de Betsy Mossbacher, et j'ai appuyé sur la touche « Appel ».

Décroche, Betsy, je t'en prie, pensais-je.

— Dave ? dit-elle.

— Tu peux me trouver ce qu'on a sur un dénommé Bobby Mack Rydel ? J'en ai besoin tout de suite.

— Que se passe-t-il ?

— Allons, Betsy. Donne-moi un coup de main. Ici, la maison brûle.

Je ne sais pas comment elle a fait, mais elle l'a fait. Je soupçonne qu'elle ou l'un de ses collègues a plongé dans un dossier des renseignements. Si j'en crois ma montre, elle me rappela moins de quatre minutes plus tard.

– Tu tiens un gros morceau, dit-elle. Rydel était dans les Force Recon[1] des Marines, il a fait l'école de parachutistes de Benning, et il a été renvoyé pour mauvaise conduite après avoir été accusé de viol au Japon.

Clete s'était approché des machines à sous, non loin des tables où l'on jouait aux cartes, et s'était mis en position de pouvoir regarder Rydel en face. Chaque fois que Rydel levait les yeux, Clete lui faisait un grand sourire, claquait des lèvres, ses grands bras croisés sur sa poitrine.

– Il a dirigé une école de mercenaires dans le Panhandle de Floride[2], et a sans doute été mêlé à des histoires de mercenaires au Mozambique dans les années 1980. Il est septième dan au karaté. Il a tabassé à mort un homme à Miami, et il s'en est sorti parce que la victime était armée, et lui non. Tu enregistres tout ça ?

– Ouais, j'y suis.

Rydel fit un gros pari sur une mise importante, essayant d'ignorer Clete et de garder les yeux fixés sur le jeu, attendant que les dernières cartes soient retournées par le donneur.

– Rydel est fiché en France. Interpol pense qu'il est peut-être mêlé à un trafic d'armes. Il a peut-être été brièvement avec les Contras[3]. Ce qui est sûr, c'est qu'il a travaillé dans toute l'Afrique.

Rydel relança, poussant trois tas de jetons au centre du tapis de feutre. Un Noir en costume violet, avec des bagues à tous les doigts, suivit et relança. Rydel suivit, et relança à son tour, poussant son dernier jeton. Le Noir haussa les épaules, relança, et bâilla, soit parce qu'il avait confiance, soit peut-

---

1. Forces de reconnaissance. Unité spéciale des Marines, spécialisée dans la recherche des renseignements.
2. Les comtés situés à l'ouest de la Floride.
3. Mouvement de guérilla antisandiniste, au Nicaragua, soutenu par la CIA.

être parce qu'il se rendait compte que ça allait être dur pour lui.

— On arrive au bout, dit Betsy. Il a été employé à la sécurité par plusieurs entreprises opérant au Moyen-Orient. On pense qu'il est spécialisé dans les interrogatoires. Ne me demande jamais de refaire une chose pareille.

Les cartes communes que le donneur avait retournées au centre du tapis comprenaient un as de pic et un as, un roi, et un valet de cœur. Rydel retourna ses cartes fermées, un as de carreau et un as de trèfle. Les deux as du flop lui donnèrent un carré, et il était presque sûr de l'emporter.

Le Noir grimaça comme s'il venait de mordre avec une dent malade.

— J'ai une main comme ça une fois tous les six mois, dit Rydel.

— Ouais, je veux bien le croire. Moi aussi, dit le Noir.

Il retourna ses cartes fermées, un dix et une reine de cœur. Avec l'as, le valet et le roi des cartes communes, il avait une quinte flush royale, la meilleure main qu'on puisse avoir au poker.

Clete commença à siffler de rire, ses bras croisés rebondissant sur sa poitrine. Il passa près du siège de Rydel et lui donna une bonne claque dans le dos.

— Pas de chance, dit-il. Si vous aviez besoin de crédit, n'y pensez plus. Cet endroit a de la classe. On ne prend pas les tickets-repas.

On l'entendit rire jusqu'aux toilettes. Rydel resta pendant trente secondes les yeux dans le vide, les mains sur les cuisses, comptant peut-être le nombre de fois où son attention avait été distraite du jeu par les mimiques de Clete.

Il dit quelque chose à l'oreille de la femme aux cheveux d'or pâle. Elle portait une robe blanche en tricot avec des œillets, et ses seins étaient aussi lourds que deux pastèques. Elle avait les yeux levés au plafond, et battait des cils tandis que Rydel parlait. J'avais l'impression que ce n'était pas le genre de soirée qu'elle avait prévu. Je me rendis compte aussi que je l'avais déjà vue.

Rydel se leva de la table et suivit Clete dans les toilettes pour hommes.

– Allô ? Tu es toujours là ? demanda Betsy.
– Je suis là.
– Où ?
– Dans la merde jusqu'au cou, dis-je.

Clete était prêt à accueillir Bobby Mack Rydel quand il franchirait la porte. C'est du moins ce qu'il imaginait.

– Comment tu t'appelles, Gordo ? demanda Rydel.
– Clete Purcel, l'ami de Courtney Degravelle, la femme que tes amis et toi avez torturée à mort.
– Non, tu t'appelles Gordo Defecado, un type qui est complètement cinglé et qui a sérieusement besoin qu'on lui remette les pendules à l'heure. Imagine que je suis ton Mr. Goodwrench.
– Je le vois dans tes yeux, je le sens sur ta peau. C'est toi qui lui as fait ça, salaud.

Pour un homme corpulent, Rydel était étonnamment agile. Il pivota sur un pied, et de l'autre il toucha Clete à la gorge. Puis il donna un coup dans le visage de Clete et le fit tomber devant les urinoirs. Les hommes qui se trouvaient dans les box, ou devant les lavabos, ou qui s'apprêtaient à se servir des urinoirs, commencèrent à se presser à la porte. Clete essaya de se relever, et Rydel lui donna un coup de pied dans les côtes, puis sur la tempe. Il écrasa la main de Clete et leva le pied pour en donner un cou dans sa nuque.

Ce fut son erreur.

Clete bloqua les mains derrière le genou de Rydel, puis se souleva du sol et se haussa sur la pointe des pieds, faisant basculer Rydel en arrière, si bien que, dans sa chute, Rydel heurta de la nuque l'angle du lavabo.

Des images que Clete pensait avoir surmontées depuis longtemps semblaient se libérer comme autant d'ampoules rouges éclatant sur un écran noir dans sa tête. Il entendit une lame de rasoir s'approcher en sifflant de ses fesses nues. Il vit une feuille de marijuana se réduire à rien à l'intérieur de la flamme d'un Zippo. Il vit une femme noire, serrant un bébé contre sa poitrine, debout au sommet d'un bus scolaire englouti, appelant une aide qui ne venait pas. Il vit une femme blanche attachée à une chaise, un sac en plastique sur la tête, les yeux pleins de terreur, ses poumons aspirant le plastique à l'intérieur de sa bouche.

Il remit Rydel sur ses pieds et le frappa dans l'estomac. Puis il le visa en pleine face, de tout son poids, expédiant sa tête dans le miroir, dans lequel elle fit un trou. Quand Rydel rebondit dans le miroir, Clete le frappa à nouveau, lui faisant éclater les lèvres sur les dents. Puis il le frappa en le faisant reculer dans un box, lui-même s'appuyant aux parois, frappant Rydel au visage et à la tête, lui ouvrant le crâne.

J'attrapai Clete par l'arrière du col et essayai de le tirer hors du box. Il se tourna vers moi, des taches de couleur sur le visage, les yeux brillants.

– Pour une fois, te mêle pas de mes oignons, Belle-Mèche, dit-il, en pointant vers moi un index tremblant.

Il continuait de donner des coups de pied dans le visage de Rydel, la respiration sifflante, sa chemise hawaïenne déchirée en bas du dos. Puis il arracha le siège des toilettes et le passa autour du cou de Rydel.

– Comment ça va, espèce de salopard de fils de pute ? demanda-t-il.

Les inspecteurs de la paroisse de St. Mary firent du bon boulot et trouvèrent deux témoins pour affirmer que les premiers coups avaient été le fait de Bobby Mack Rydel. La direction du casino intima à Clete son exclusion définitive, mais ce soir-là il rentra chez lui, alors que Rydel, lui aussi exclu, se retrouva, en plus, à l'hôpital.

Le matin, Clete était dans mon bureau, rempli de remords, avec la gueule de bois, un côté du visage gonflé, et sur la gorge un bleu de la forme d'une grenouille.

– J'ai tout gâché, dit-il.

– Non, tu n'as rien gâché du tout. Tu l'as juste transformé en serpillière.

– Écoute-moi, Dave. Quand j'ai arraché la plaque de Rydel et cisaillé les valves de ses pneus, j'avais un autre plan. Tu n'en faisais pas partie. S'il avait appelé une dépanneuse, je lui aurais proposé un bout de trajet, et j'aurais essayé de le choper seul. J'avais mon programme à moi pour lui sauter dessus. Je voulais juste lui rendre la monnaie de sa pièce. Peu m'importait comment. J'essayais de me persuader qu'il ressemblait au type sur qui j'avais tiré, dans le bateau. J'ai fait comme si ces types étaient des crétins. C'était une erreur. Ils sont beaucoup plus malins que ça.

Je n'ai pas répondu, et j'ai essayé de cacher mon inquiétude à propos du fait qu'il avait reconnu qu'il avait son programme à lui.

– Si je n'avais pas tabassé Rydel, si je ne l'avais pas transformé en victime, on aurait pu le faire arrêter. J'ai saboté l'occasion qu'on avait de le coincer.

– On a quelqu'un d'autre.

– Qui ?

– La petite amie de Rydel. Je ne me souvenais plus où je l'avais déjà vue.

Il leva la tête, attentif.

– Je l'ai vue avec Bo Diddley Wiggins. Je l'ai vue de loin, de la fenêtre de mon bureau, mais je suis sûr que c'était elle.

– Tu crois qu'il a un lien avec Rydel et Bledsoe ?

– On le saura. Dis donc, Helen voulait me voir. On fait le point plus tard ?

C'était vrai que Helen voulait me voir, mais le véritable but de l'opération, c'était de faire sortir Clete de mon bureau avant qu'il ne s'incruste dans ma journée de travail, et ne nous cause encore plus d'ennuis, à tous les deux.

— Appelle-moi sur mon portable, dit-il.

— Message reçu, partenaire.

Il sortit dans le couloir, le feutre incliné, les bras comme des jambons fumés. Le désordre de la veille déjà devenu un souvenir. Les adjoints qu'il croisa dans le hall ne tournèrent pas les yeux sur son passage. Aucun ne lui dit rien. Si Clete remarqua leur hostilité, il n'en montra rien. Il était sincèrement contrit, mais je ne doutais pas que mon meilleur ami soit perpétuellement déphasé par rapport au reste du monde. Cela dit, notre petite visite au casino avait été un désastre.

Quand j'entrai dans son bureau, Helen venait de raccrocher. Elle n'arrêtait pas de faire des allers et retours à La Nouvelle-Orléans, empruntant l'avion monomoteur du département. Elle en revenait plus déprimée chaque fois. Comme tout le monde, elle avait du mal à assimiler l'ampleur du désastre, et encore plus de mal à en parler. Ce week-end, elle avait accepté le retour chez nous de quatre détenus qui avaient été transférés à La Nouvelle-Orléans juste avant Katrina. Les prisonniers avaient été abandonnés par leurs gardiens, et ils avaient pataugé dans leur merde pendant trois jours. Ils avaient eu si peur qu'ils avaient arraché une paroi de leur cellule, et s'étaient creusé un corridor jusqu'au mur extérieur. Mais ils n'avaient pu le percer et ils étaient restés enfermés entre les barreaux jusqu'à ce que des flics de la paroisse d'Iberia viennent à leur rescousse.

L'un des flics d'Iberia était un agent des narcotiques, dont le nom de rue était Dog Face. Quand les détenus transférés d'Iberia virent qui était l'un de leurs sauveurs, ils commencèrent à siffler, à l'encourager, pouce levé, et à lui crier :

— Hé, Dog Face, c'est moi, P'tit Willie, tu m'as arrêté sur Ann Street.

— Et alors, Big Dog Face ? Magne-toi le cul, mec.

— C'est toi, Face ? T'as apporté de quoi manger ?

Mais Helen n'avait pas la tête aux histoires drôles suscitées par les suites de Katrina. Le shérif de la paroisse de St. Mary venait de lui faxer le rapport de ses enquêteurs concernant l'incident de la veille au casino.

Elle se mit les mains de chaque côté de la tête et se frotta les tempes, les massant lentement, comme pour empêcher la migraine qui s'annonçait.

— Voilà comment je vois les choses, papy. Même si Ronald Bledsoe est entré chez toi et a vandalisé la chambre d'Alafair, on n'en a aucune preuve. D'après ce qu'on sait, il n'a jamais été inculpé nulle part. Il n'y a aucun mandat contre son ami, ce Rydel, et, à notre connaissance, il n'est mêlé à aucune forme d'activités illégales que ce soit. Pourtant, les moyens et le temps du département sont consacrés à enquêter sur ces hommes et à les surveiller. Comment tu veux que je justifie ça vis-à-vis des contribuables ?

— Hier soir, je n'étais pas de service, dis-je, un peu hypocritement.

Elle jeta un coup d'œil aux feuilles de fax sur son bureau.

— Un des inspecteurs de St. Mary dit que la plaque d'immatriculation de Rydel a été volée, et ses pneus tailladés sur le parking. Si c'est un vandale qui a tailladé les pneus, pourquoi aurait-il pris la peine de prendre la plaque ?

— Peut-être que sa plaque est tombée ailleurs.

— Les vis étaient encore par terre. La plaque a été volée sur le parking, visiblement par le même type qui a cisaillé les pneus. Si c'est l'œuvre de Clete, ça ne te paraît pas un peu puéril ?

Je lui ai dit ce que Betsy Mossbacher m'avait appris sur Bobby Mack Rydel. Je lui ai raconté tous les détails dont je me souvenais, y compris le fait qu'il avait été inculpé de viol au Japon, et avait tabassé à mort un homme à Miami. J'ai mentionné aussi que sa spécialité était l'interrogatoire, ce qui, dans le langage bureaucratique des agences gouvernementales, est souvent synonyme de torture. J'ai précisé aussi que sa petite amie était la secrétaire de Bo Wiggins.

– Alors ça veut dire que Rydel a un rapport avec un type qui construit des cuirassiers ?

– Peut-être.

Il était évident que je la surchargeais d'informations dont elle n'avait pas le temps de s'occuper.

– Écoute, ce type est ceinture noire septième dan de karaté, dis-je. C'est avec un coup de karaté qu'Alafair a fait sauter une dent de Bledsoe. Peut-être que Bledsoe s'est branché avec Rydel dans un but précis.

– Pour se venger d'Alafair ?

– C'est une éventualité qui m'a traversé l'esprit.

Elle ne releva pas le ton sur lequel je dis ça.

– Je crois qu'il faut que les choses soient bien claires…

Je l'ai interrompue :

– Je vais être franc avec toi. Je suis content que Clete ait défoncé la gueule de Rydel. J'espère qu'il restera longtemps à l'hôpital. Et si Rydel, ou Bledsoe, s'en prend à ma fille, je lui ferai encore pire.

– Tu veux bien préciser un peu ?

– Je tuerai l'un des deux, ou je les tuerai tous les deux.

Elle croisa les mains sur son sous-main. Elle avait l'expression lasse qu'on a lorsqu'on sait que tout ce qu'on pourra dire ne servira à rien.

– Il n'y aura plus jamais de conversation comme celle-là dans ce bureau. Tu ferais mieux de te remettre au travail, Dave.

Je commençai à parler.

– Ne me tente pas, dit-elle.

24

Bertrand Melancon s'était installé chez sa grand-mère dans ce qui s'appelait les « Quartiers » de Loreauville, plus haut sur Bayou Teche, à treize kilomètres de New Iberia. Coincés entre des champs de canne à sucre et des élevages de chevaux voilés de brume, les « Quartiers » consistaient en un ensemble de cabanes de métayers datant du XIXe siècle, évoquant des wagons jaunes aux toits de métal pointus, avec de petites galeries qui semblaient avoir été plaquées dessus ensuite. Certaines étaient abandonnées et obstruées de contreplaqué, mais celle de la grand-mère de Bertrand était propre et soignée, repeinte de frais, avec des bégonias et des géraniums dans des boîtes de conserve, sur la galerie de devant et sur le rebord des fenêtres.

La grand-mère de Bertrand était une bonne cuisinière, mais, avec son petit-fils, son talent était perdu. Il ne pouvait manger aucun plat où il y eût du poivre de Cayenne, ou du poivre noir, ou un filet de gumbo. Une fois ou deux, en crachant depuis la galerie, il avait remarqué que sa salive était teintée de rose, mais ça ne l'avait pas inquiété outre mesure. Et puis, ce matin-là, il avait vomi. Quand il regarda dans la cuvette des toilettes, il n'eut aucun doute sur ce qu'il voyait. Bertrand était à peu près certain que ses intestins se désagrégeaient, comme du carton mouillé, petit morceau par petit morceau.

Il était aussi à peu près sûr que, s'il ne faisait rien pour se libérer de la culpabilité qui l'attendait, à chaque aube nouvelle, comme un vautour perché au pied de son lit, il allait mourir. Il ne pouvait défaire ce qu'il avait fait au prêtre sur le toit de l'église, et il ne pouvait pas retrouver la jeune Noire qu'Eddy, André et lui avaient violée dans le Lower Nine. Mais le Destin avait fait que son chemin avait croisé celui de Thelma Baylor non pas une fois, mais deux, à La Nouvelle-Orléans et maintenant à New Iberia.

Apporter une compensation à Thelma Baylor et à sa famille, voilà la solution, pensait-il. Il avait le pouvoir d'enrichir sa famille. Peut-être jamais ne lui pardonneraient-ils, peut-être qu'ils le mépriseraient toujours, mais ils seraient quand même riches, et lui serait libéré, la douleur quitterait ses boyaux, et il pourrait recommencer à zéro en Californie.

Le destin accordait à Bertrand une seconde chance. C'est du moins ce qu'il se disait. Si son intuition était juste, il savait qu'il devait mourir bientôt. Cette pensée suscitait en lui un spasme de douleur qui l'obligeait à se tenir le ventre et à fermer les yeux.

Un seul problème dans son désir de se racheter : comment faire ?

Il pouvait écrire une lettre d'excuses, dans laquelle il expliquerait aux Baylor où trouver les pierres, et laisser cette lettre dans leur boîte aux lettres ou sous une porte. Mais tout en commençant à en formuler mentalement les phrases, il savait que ce moyen de rédemption était trop facile. Il devait regarder Thelma Baylor et sa famille en face. Cette image, en particulier quand il s'agissait de regarder en face le père, lui faisait monter la sueur au front.

Pourquoi tout était-il si difficile ?

Lors de son premier matin dans les Quartiers de Loreauville, il emprunta la voiture de sa grand-mère, un vieux tacot rouillé dont le châssis laissait filtrer des vapeurs d'huile, et redescendit le bayou en direction de New Iberia. Les champs de canne étaient humides, et, depuis le bayou, des nuées de brume roulaient sur le toit des écuries, des maisons spacieuses et des allées bordées de chênes verts appartenant à ceux qui, de fait, étaient ses voisins, même si eux ne l'auraient pas considéré comme tel. Il continua sur la départementale jusqu'à New Iberia et tourna en direction de Jeanerette et de la maison où vivait Thelma Baylor. Il traversa des zones de taudis ruraux et des terrains immaculés appartenant à l'école d'agriculture de la Louisiana State University. Il longea des égouts pluviaux couverts de débris, et de modestes hameaux au milieu des pacaniers. Il longea un cimetière dont les tombes lui rappelèrent les cimetières de l'autre côté du Vieux Carré de La Nouvelle-Orléans.

Mais quoi qu'il vît, il ne pouvait échapper à la peur qui était comme un tubercule cancéreux enraciné dans sa poitrine. Il essaya par tous les moyens possibles de se convaincre qu'il ne devait pas affronter Thelma ou sa famille directement. N'était-il pas plus simple de leur donner une somme qui dépassait probablement leurs rêves les plus fous ? N'était-il pas suffisant qu'il soit désolé, que sa santé à lui soit ruinée, que sa vie soit peut-être perdue ? À quel point un homme devait-il souffrir ?

Mais en plus de sa culpabilité vis-à-vis de Thelma Baylor et du prêtre sur le toit de l'église et de la jeune fille du Lower Nine, il avait un autre fardeau à porter. Dans la boutique de fleurs de Sidney Kovick, non seulement il s'était fait gifler et s'était laissé arracher son revolver par un homme qui n'était pas armé, mais il avait eu la preuve qu'il était lâche, et il avait été traité comme tel, il avait reçu un coup de pied au cul, comme un voyou ou un rôdeur, sous les yeux des gens qui passaient au bout de la ruelle.

Il longea une plantation de briques du XVIIIe siècle, et aperçut, sous les frondaisons, une modeste maison avec une galerie. Les chiffres sur la boîte aux lettres étaient ceux qu'il avait relevés sur l'annuaire de sa grand-mère. Il se dirigea vers le pont mobile au-dessus du bayou, regardant droit devant lui au cas où quelqu'un l'aurait observé. Il brinquebala sur le pont, et fit demi-tour de façon à voir directement la maison Baylor sans que personne ne remarque l'intérêt qu'il lui portait. Il y avait de la lumière dans la cuisine, et de la vapeur s'élevait du toit de métal, là où il était touché par le soleil. Et s'il frappait à la porte, et disait qui il était ? S'ils voulaient le descendre, ils pourraient le descendre. S'ils voulaient qu'il soit arrêté, ils pourraient appeler le 911. Que pouvait-il y avoir de pire que de voir ses boyaux transformés en caillots de sang qui se dissolvaient dans la cuvette des toilettes ?

Il resta peut-être cinq minutes garé sur le bas-côté, juste de l'autre côté du pont, une vapeur d'huile, bleue, montant à travers le plancher. À cette heure de la journée, le pont était peu fréquenté. Mais quand il jeta un coup d'œil dans le rétroviseur, il vit un Blanc à la tête cireuse, allongée, avec des cicatrices sur le visage, debout devant un café, qui regardait innocemment autour de lui comme aurait pu le faire un touriste. Bertrand jeta un nouveau coup d'œil dans le rétroviseur ; l'homme avait disparu.

Il enclencha une vitesse et traversa lentement le pont, de retour sur la départementale qui longeait d'imposants domaines de planteurs, et la maison verte à un étage de la fille qu'il avait violée et torturée. Il ralentit dans l'ombre en face de la maison et se mit au point mort. La tête lui tournait, soit à cause de la peur, soit à cause de la fumée grasse qui montait à travers le plancher. Puis il eut une idée. S'il écrivait les mots qu'il devait prononcer, s'approchait de la porte, et frappait ? Dans sa tête, il voyait Thelma Baylor, son père et sa mère répondant à l'unisson, impatients d'entendre ses excuses, comme si c'était ce qu'ils attendaient tous depuis la nuit où les infirmiers l'avaient conduite à l'hôpital.

Ouais, mec, lis ta déclaration, mets-leur le morceau de papier dans les mains, remonte dans la petite voiture de ta grand-mère et fonce sur la route, se dit-il.

Il trouva une serviette en papier sale sur le sol, et un magazine sur le siège. Il lissa la serviette en papier sur le magazine, installa le magazine sur le volant et commença à écrire, au stylo-bille :

À Mlle Thelma et à la famille de Mlle Thelma,

Je suis désolé de ce que je lui ai fai à elle. Jai pas toujour été ce genre de persone. Ou peut etre que si. Je sai pa. Mais je veu aranger les choses meme si je sai que rien peu saranger pour elle ou quelqun qui a été blessé come elle.

Il s'arrêta un instant, le cœur battant, et regarda ce qu'il avait écrit. Pour une raison quelconque, ces mots faisaient qu'il se sentait mieux qu'il ne s'était senti depuis longtemps. Derrière lui, il entendit des pneus gronder sur le pont mobile, et, machinalement, regarda dans le rétroviseur. Un camion venait de traverser le pont et se dirigeait vers le bas du bayou, dans la direction opposée à celle de Bertrand. Mais ce n'est pas le camion qui attira son attention. Le Blanc à la tête allongée et au visage couturé avait garé une Mercury bleu brillante sous les frondaisons devant la plantation historique. L'homme était debout sur le bas-côté, sa portière du conducteur ouverte entre lui et Bertrand, ses avant-bras posés sur le toit de la voiture, admirant, de toute évidence, l'imposante façade blanche et la colonnade de pierre.

C'est vraiment un fils de pute bizarre, pensa Bertrand.

Il se remit à sa lettre. Soudain, la porte d'entrée de la maison des Baylor s'ouvrit, et Thelma en sortit, accompagnée d'un homme bien charpenté et d'une femme blonde et bronzée, leur visage levé vers le soleil, comme des fleurs.

Bertrand fut pétrifié. Il avait pris un bain, la veille, dans le tub à pattes de lion de sa grand-mère, mais une odeur âcre montait de ses aisselles. Il avait envie de sortir de la voiture, d'agiter sous leurs yeux sa lettre inachevée, de les forcer à entendre sa proposition de réparation. Ça ne pouvait pas être à ce point difficile. Fais-le, c'est tout, se dit-il.

Puis la famille Baylor recula dans l'allée, arriva sur la route et s'éloigna comme s'il n'était pas là.

Bertrand ouvrit sa portière et cracha par terre. Le vent lui souffla au visage et fit gonfler sa chemise, mais il savait, une fois de plus, que sa peur n'aurait pas de répit, et que l'échec et le mépris de lui-même s'empareraient de tous ses instants. Il avait envie de pleurer.

Il sortit de sa voiture et descendit la pente qui menait au bayou, les jambes flageolantes. L'homme qui observait la demeure historique sous les chênes passa en grondant sur l'asphalte en direction de New Iberia et, en passant, jeta à nouveau un coup d'œil sur Bertrand.

Le visage de l'homme ressemblait exactement à l'arrière d'un pouce, un pouce pâle et blafard, pensa Bertrand. Il n'avait pas le souvenir d'avoir jamais vu quelqu'un d'aussi étrange. Puis il s'assit au milieu des feuilles et se prit la tête entre les mains.

Le mercredi après-midi, je me suis rendu au bureau de Bo Wiggins dans le vieux Lafayette Oil Center. En fait, c'était plus qu'un bureau. Il avait acheté tout le bâtiment et, au-dessus de l'entrée principale, avait installé un écriteau sur lequel on lisait « Industries James Boyd Wiggins ». Il n'était pas là, et sa sculpturale secrétaire aux cheveux d'or pâle non plus. La réceptionniste parlait au téléphone. Elle avait un magazine ouvert sur les genoux, et ses yeux étaient baissés dessus tandis qu'elle continuait à parler, changeant les jambes de position pour ne pas perdre sa page. Quand elle eut raccroché, je lui ai demandé où je pourrais trouver Bo et sa secrétaire. Elle se mordit un ongle et s'appliqua à prendre un regard lointain.

– À Houston ? dit-elle.

– Vous me posez une question ? dis-je.

– Non, c'est Miami. Ils ont pris un jet privé. Avec d'autres gens.

– Quels gens ?

– Des entrepreneurs.

– Quels entrepreneurs ?

– Ceux qui débarrassent tous ces débris de la tempête de La Nouvelle-Orléans ?

Elle avait l'art de transformer en question une phrase affirmative.

– Quand doivent-ils rentrer ? demandai-je.

– Demain, je pense.

Je décidai qu'il fallait sortir le plus tôt possible de cette conversation. Je lui ai donné une carte professionnelle et je suis rentré à Lafayette sous un déluge qui laissa des grêlons fumant sur la nationale.

Le jeudi matin, Helen Soileau me rappela dans son bureau.

– Ce que je t'ai dit hier sur les ressources du département tient toujours. Mais ça ne change rien au fait que Bledsoe est un homme dangereux, et n'a rien à faire chez nous.

J'attendis.

– Serre-le, qu'on voie un peu en quoi il est fait.

– Pour quels motifs ?

– Dis-lui qu'on veut l'interroger, pour continuer à l'exclure des suspects de l'effraction dans ta maison.

– Je lui ai déjà raconté ça.

– Dis-lui que le shérif de New Iberia veut le rencontrer.

– Et s'il ne veut pas venir ?

– S'il est tel que tu me le décris, il viendra.

– Pourquoi ?

– Parce qu'il veut nous montrer qu'il est plus malin que nous.

Helen connaissait bien sa clientèle. Les sociopathes et la plupart des récidivistes partagent certaines caractéristiques. Ils sont mégalomanes, narcissiques et manipulateurs. Si ignorants et mal élevés qu'ils puissent être, ils sont persuadés d'être plus intelligents que n'importe quel citoyen respectueux de la loi. Ils sont persuadés aussi qu'ils peuvent deviner ce que pensent les autres. Ce n'est pas un hasard s'ils ont souvent un petit sourire en coin. J'ai toujours soupçonné que leur attitude et leur conduite en général ont un rapport avec l'origine de l'expression « petit malin ».

J'ai trouvé Ronald Bledsoe assis sur une chaise longue devant son cottage, vêtu d'un bermuda et d'une chemise à manches courtes imprimée de fleurs vertes, arborant des lunettes de soleil à larges montures rondes blanches. Il buvait un verre de thé glacé et lisait le journal, une jambe rose et lisse croisée sur le genou.

– Le shérif Soileau aimerait que vous veniez la voir, monsieur Bledsoe. Vous n'y êtes pas obligé. Au fait, désolé pour la bagarre, l'autre soir.

Il plia son journal et pencha la tête, le regard impénétrable derrière ses lunettes.

– J'ai entendu beaucoup de choses sur votre shérif. On m'a dit que c'était une personne intéressante. Je serai ravi de faire sa connaissance. On peut prendre votre véhicule ?

Pendant le trajet jusqu'au bureau de Helen, je n'essayai pas ouvertement d'engager la conversation avec lui. Il semblait apprécier de rouler dans une voiture de patrouille et n'arrêtait pas de poser des questions à propos des divers gadgets sur le tableau de bord. Puis il retira ses lunettes et je sentis son regard me percer un côté du visage.

– Vous savez quelle est la définition *de facto* d'un criminel, monsieur Robicheaux ?
– Non, je l'ignore,
– C'est un homme qui a un casier judiciaire.
– Ouais, là-dessus, rien à dire.
– Vous semblez avoir de l'éducation, comme votre fille. Vous êtes déjà tombé sur le terme de « solipsisme », dans un cours de philosophie, quand vous étiez à la fac ?
– Je ne le pense pas.

On était encore sur East Main, on entrait dans le quartier historique. Dans moins de cinq minutes, nous serions sur le parking du palais de justice, et, selon toute probabilité, Bledsoe cesserait de me parler sur un plan personnel, ce que je ne voulais pas.

– Que signifie « solipsisme », exactement ? demandai-je
– C'est le fait d'être persuadé que la réalité existe uniquement en nous, et selon nos perceptions.
– Pour moi, c'est nouveau.
– Permettez-moi de vous poser la vieille question, la question éternelle : si un arbre tombe dans la forêt, et que personne ne l'entend, est-il vraiment tombé ? Donnez-moi votre opinion à ce sujet, et je vous dirai la mienne.
– Je dirais qu'il est tombé.

Il rit tout seul et regarda défiler les maisons historiques, les demeures victoriennes, les maisons de plain-pied.

– Alors, quelle est votre opinion, demandai-je ?
– Je vous l'ai déjà donnée. C'est juste que vous ne faisiez pas attention.

Il m'enfonça un doigt dans le bras.

Ses yeux étaient joyeux, d'un vert liquide sous les demi-lunes épaisses de ses sourcils et son front proéminent.

– J'ai entendu dire que votre shérif est hermaphrodite. C'est vrai ?

On est passés par la porte de derrière du palais de justice, et je l'ai conduit directement dans la salle d'interrogatoires.

Dans le couloir, plusieurs policiers en uniforme se sont retournés pour nous.

– Je vais dire au shérif Soileau que vous êtes là. Vous voulez un café et des beignets ?

– J'aime bien les beignets.

– Ça roule, dis-je.

Je l'ai laissé dans la salle d'interrogatoires, et j'ai demandé à Wally de lui apporter des beignets et une tasse de café, puis j'ai prévenu Helen qu'il était là.

– Comment s'est-il comporté pendant le trajet ? demanda-t-elle.

– Il m'a demandé si je savais ce qu'est un solipsisme.

– Un quoi ?

– C'est un point de vue philosophique, selon lequel la seule réalité est engendrée par l'esprit. Puis il m'a posé la devinette à propos de l'arbre qui tombe dans la forêt.

– Si personne ne l'entend, est-ce qu'il tombe vraiment ? C'est ça ?

– Je lui ai dit qu'il tombait, que quelqu'un l'entende ou non. Ça l'a fait rire.

– Qu'est-ce qu'il essayait de te dire, à ton avis ?

– Un peu plus tôt, il avait dit quelque chose à propos de la définition d'un criminel, comme dépendant de l'existence matérielle du casier judiciaire. Je crois qu'il se moquait de nous parce qu'on n'a trouvé aucune trace de crime dans sa vie. Je crois qu'il a expliqué toute sa façon d'agir. C'est un sociopathe qui ne s'est pas fait prendre. Comme Bundy[1] ou BTK[2], et sans doute des milliers d'autres, ils se fondent dans les boiseries, et on ne s'aperçoit qu'ils étaient là que lorsque la maison s'écroule.

---

1. Auteur — officiellement — du viol suivi de meurtre de trente-quatre jeunes femmes. Il avait fait des études d'avocat et travaillait comme bénévole pour le ministère de la Justice. Il a été exécuté en 1989.
2. Dennis Linn Rader, dit BTK (Blind, Torture and Kill). Tueur en série.

— Comment veux-tu qu'on la joue ?

— Ce type est un cauchemar sexuel, dis-je. Je le soupçonne de haïr les femmes, en particulier les figures féminines de l'autorité.

— T'arrives à imaginer une chose pareille ?

On a pris le chemin de la salle d'interrogatoires, une pièce relativement exiguë, munies d'ouvertures vitrées oblongues permettant, depuis le couloir, de voir le sujet tout en restant relativement invisible.

— Regarde-le, dis-je à Helen.

Elle jeta un coup d'œil à travers la vitre.

— Seigneur ! dit-elle.

— Tu es prête ?

— Quand tu veux.

J'ai ouvert la porte, et on est entrés. Wally avait apporté à Bledsoe au moins quatre beignets à la crème et un gobelet de café géant. Il mangeait ça comme on mange un hamburger, se fourrant le beignet entier dans la bouche, la crème jaune brillant au bout de ses ongles.

— Je m'appelle Ronald. Et vous ? dit Bledsoe à Helen.

Il se souleva de sa chaise, puis se rassit.

— Je suis le shérif Soileau, monsieur Bledsoe. Merci d'être venu.

Elle referma la porte derrière nous, et jeta un coup d'œil à la caméra vidéo en haut du mur.

— Puisqu'il ne s'agit que d'une conversation informelle, j'ai fait couper cette caméra.

— Je ne l'avais pas remarquée.

Il y avait deux chaises vides à la table, mais nous sommes restés debout, Helen et moi.

— Venons-en au fait, dit-elle. Quelqu'un est entré par effraction chez l'inspecteur Robicheaux, a saccagé l'ordinateur de sa fille et uriné dans sa corbeille à papier. Vous nous avez donné volontairement un échantillon de votre ADN, et nous vous en sommes reconnaissants. Mais il y a autre chose qui nous préoccupe. Qu'est-ce que vous foutez à New Iberia ?

Son changement de ton le prit par surprise. Il leva les yeux sur ceux de Helen, lumineux, et aussi verts que des émeraudes.

– Je suis détective privé pour plusieurs compagnies d'assurances.

– Quelles compagnies ?

– La confidentialité m'interdit de donner leur nom.

– Je vois. Vous savez ce que ça signifie, faire obstruction à la justice ?

– Je le sais.

– Vous vous êtes mêlé à une enquête sur homicide, monsieur Bledsoe. Je parle de la fusillade qui a coûté la vie à deux Noirs devant la maison d'Otis Baylor, à La Nouvelle-Orléans.

– Ces hommes de couleur étaient des pillards. Ils volaient dans des maisons assurées par mes employeurs.

– Otis Baylor va vous aider à retrouver des biens volés ?

– Je n'ai pas dit ça.

– Vous connaissez Sidney Kovick ?

– Je le connais de nom. Comme tout le monde à La Nouvelle-Orléans.

– Vous travaillez pour lui ?

– Non, je suis agent de cautionnement, et j'enquête pour les assurances, un peu comme M. Purcel, l'ami de M. Robicheaux. Pouvez-vous m'expliquer pourquoi M. Purcel n'a pas été arrêté après ce qu'il a fait à Bobby Mack Rydel ?

– Pour l'instant, c'est à vous qu'on s'intéresse, monsieur Bledsoe.

– Auriez-vous d'autres serviettes en papier ? Celles-là sont sales.

– C'est ce que votre mère vous a appris ? À ne pas avoir les mains sales ?

– Pardon ? dit-il.

Helen se pencha en avant et posa le poing sur la table, à quelques centimètres de lui. Ses muscles se dessinaient en haut de ses bras. Sa présence physique était palpable, son odeur comme un mélange de fleurs et de sueur de mâle. Les narines de Bledsoe blanchirent sur les bords. Il changea de position sur sa chaise et mit les mains devant lui. Ses doigts étaient longs et pâles, comme s'ils étaient restés longtemps dans l'eau.

— Vous vous prenez pour quoi, putain ? dit Helen.

Il regarda droit devant lui, et sembla rassembler son corps à l'intérieur de ses vêtements.

— Légalement, vous n'avez pas le droit de me toucher.

— Si je vous avais touché, monsieur Bledsoe, je me passerais la peau au peroxyde et à la paille de fer. C'est vrai que vous foutez la trouille à des professionnelles ?

Il jeta un coup d'œil à la caméra sur le mur, se demandant visiblement si elle était vraiment coupée, et si c'était une bonne chose pour lui.

— Ça vous paraîtrait logique qu'un homme engage des prostituées pour les terroriser ?

— Ouais, si tout en lui leur fichait la trouille, dit Helen.

Pour la première fois, je vis un nuage passer dans ses yeux. Helen se pencha, encore plus près de lui, l'effleurant de la hanche, le visage dans son angle de vision.

— Que vous faisait votre mère, quand vous étiez enfant ?

— Elle ne me faisait rien.

— Quand vous faisiez pipi au lit, elle vous forçait à dormir dedans ? Elle vous lavait la bouche avec du savon quand vous lui répondiez ? Elle vous disait que vos sous-vêtements étaient à l'envers, et qu'il y avait des traces de merde dessus, et qu'elle avait honte d'être votre mère, et que vous la dégoûtiez ?

Il commença à se lever de sa chaise.

— Asseyez-vous. Je n'en ai pas fini avec vous. Elle vous faisait des choses dans le noir, n'est-ce pas ? Votre père n'était pas là, et vous lui serviez de godemiché. Est-ce qu'elle a tenu votre pénis dans la main, et ensuite elle vous a puni pour ça ?

Dans la pièce, la température était montée, et je m'aperçus que je me raclais la gorge.

– C'est vous qui imaginez tout ça. Vous ne me connaissez pas, dit Bledsoe.

– En venant dans cette paroisse, vous avez commis une erreur. Vous êtes un malade, et vous serez traité comme tel. Inspecteur Robicheaux, allez lui chercher une autre tasse de café. Je veux parler à M. Bledsoe en privé.

– Je n'en veux pas. Maintenant, je veux rentrer chez moi.

– Vous savez pourquoi vous n'arrêtez pas de regarder cette camera, monsieur Bledsoe ? C'est parce que votre personnage est fabriqué, et que vous ne ressemblez en rien à la personne que vous aimeriez qu'on voie en vous. Nous savons tout de vous. Vous êtes déficient, génétiquement et psychologiquement. Des gens comme vous, comme Richard Speck[1], comme John Wayne Gacy[2], auraient dû être évacués dans les toilettes dans les cinq minutes qui ont suivi leur naissance. Malheureusement, vos mamans ne l'ont pas fait. Elles ont préféré élever de gros bébés pleurnichards dont tout le monde doit s'occuper.

Je pris son gobelet sur la table.

– Vous prenez de la crème ou du sucre ?

Sa lèvre inférieure tremblait. Helen l'avait blessé jusqu'à l'os.

– Répondez, dit-elle.

---

1. Richard Speck (1941-1991). Tueur en série, qui massacra huit étudiantes en médecine en 1966.

2. John Wayne Gacy (1942-exécuté en 1994). Tueur en série. Homme d'affaires respecté, il se déguisait en clown pour amuser les enfants dans les hôpitaux. Homosexuel inavoué, il tuait des jeunes garçons après avoir eu des rapports sexuels avec eux.

Il se redressa sur sa chaise, les yeux papillonnant pour se reconcentrer, comme un homme qui vient de subir une décompression violente dans une bathysphère. Puis il souffla par les narines et raidit les épaules. Je le soupçonnais, derrière ce front proéminent, d'être en train de reconstruire ses fortifications mentales, un procédé qu'il avait appris dans un environnement que la plupart d'entre nous ne peuvent qu'imaginer. Il mordit dans un beignet et s'enfonça la crème dans la bouche avec les doigts.

– C'était très gentil à vous de m'inviter ici, dit-il. Je ne vous en voudrai pas de ce que vous avez dit. Ce n'est pas mon genre. Ma mère était une femme belle et gentille, et vous ne savez pas de quoi vous parlez.

– Vous devez parler, monsieur Bledsoe, dis-je.

– Non, monsieur, sûrement pas. Aujourd'hui, des mots très durs ont été prononcés ici.

Il se leva de sa chaise, sortit des lunettes noires de sa poche, celles à la monture circulaire blanche, et se les mit sur le nez.

– On ne voit que les apparences, madame Soileau. Si vous êtes chrétienne, vous devriez peut-être vous préoccuper plus de ce que ressentent les autres.

Là-dessus, il sortit de la pièce, longea le couloir et quitta le palais de justice.

– Tu y crois, à ça ? demanda Helen.

– Tu veux que je le ramène chez lui ?

– Qu'il aille se faire foutre, dit-elle.

Les mains sur les hanches, elle tournait en rond dans la pièce.

– Comment tu crois qu'il s'en est sorti ?

– Tu l'as écorché vif.

– Et ensuite ?

– Bledsoe est un psychopathe. Il est incapable d'accepter une insulte, qu'elle soit réelle ou imaginaire. Il nous hait, et il nous le fera payer, de n'importe quelle façon.

Je pense que, en torturant Bledsoe, Helen avait puisé dans ses propres expériences d'enfant. Je soupçonnais aussi que les images dont elle s'était servie au cours de l'interrogatoire étaient de celles qu'elle-même n'aimait pas se rappeler.

– On s'est bien amusés, hein, bwana ? dit-elle.

Un peu plus tard ce jour-là, Bertrand Melancon était assis sur les marches de la galerie de sa grand-mère, se demandant ce qu'il devait faire maintenant, quand une Mercury bleue pénétra dans les Quartiers. Elle passa dans une flaque et éclaboussa de boue sa carrosserie immaculée. Le chauffeur aperçut Bertrand et tourna dans la cour de sa grand-mère.

Un nouveau front de tempête arrivait, et le ciel était bleu-noir, chargé d'électricité. Le chauffeur de la Mercury sortit et s'approcha de la galerie, évitant les flaques, remontant le revers de son pantalon au-dessus de ses chaussures à deux tons.

– Salut, dit-il.
– Quoi ? dit Bertrand.
– Je m'appelle Ronald Bledsoe. Et vous ?
– Pareil que ce matin, quand un type avec la même gueule que toi m'a suivi sur le pont mobile, sur Jeanerette.
– Vous êtes malin. Je parie que vous avez fait des études.
– Tu veux quoi, mec ?
– Je peux m'asseoir ?
– Non.

L'homme au visage couturé sortit un étui, et montra une photo d'identité et une plaque bleue et or.

– J'enquête pour une compagnie d'assurances. Je voudrais vous verser des honoraires de recouvrement.

Était-ce un des types qui avaient tiré Eddy de Notre-Dame-du-Lac et lui avaient volé son cerveau ? se demanda Bertrand. Ou un de ceux qui avaient trompé André et l'avaient fait sortir du camp de la FEMA ? Non, ces types ne viendraient pas chez sa grand-mère en plein jour, alors que des voisins pouvaient les voir.

– Recouvrement de quoi ? demanda-t-il.

L'homme qui s'était présenté sous le nom de Ronald sortit une grosse enveloppe de sa poche. Elle était épaisse, et bien serrée au centre par deux bandes de caoutchouc qui en faisaient deux fois le tour.

Bertrand ferma les mains et fit semblant de regarder au loin.

– Ouvrez-la, dit Ronald. Un type malin se renseigne toujours avant de prendre une décision. Un type malin regarde ce qu'il y a sur la table et effectue son choix en connaissance de cause. Vous connaissez les hommes, je le vois bien. Vous êtes quelqu'un de malin, de prudent. Je le sais, parce que moi aussi je connais les hommes.

Le dénommé Ronald effleura le dos de la main de Bertrand du bord de l'enveloppe.

– Qu'est-ce que vous avez à perdre ? Vous imaginez que tous ces riches, dans ces grandes maisons plus loin sur la route, se soucient de vous ou de votre grand-mère ?

Bertrand regarda la rue, bordée de maisons de plain-pied avec des cours boueuses où les habitants garaient leurs véhicules. De l'autre côté de la départementale, sous un ciel suintant de tonnerre, il voyait un champ plein de cannes à sucre vertes, et un élevage de pur-sang bordé de grilles de fer peintes en blanc, et semé d'écuries pour la reproduction qui coûtaient plus cher que tout le quartier de sa grand-mère.

Bertrand tendit la main et prit l'enveloppe. Elle était lourde et ferme, et ça faisait du bien de la sentir dans sa main, comme une grosse somme emballée dans une enveloppe peut donner une impression de solidité, de sécurité.

– Il y a combien, là-dedans ? demanda-t-il, la voix soudain sèche, et qui sortait toute seule avant qu'il ait pu organiser ses mots.

– Quarante mille, mais c'est juste un début. Vous en recevrez encore quarante mille une fois le recouvrement effectué. Allez-y. Plongez-y les doigts. Fermez les yeux, et dites-moi ce que vous ressentez. À quoi ça vous fait penser ?

Du pouce, Bertrand fit sauter la colle de la fermeture, et regarda les liasses de billets de cent dollars.

– Comment je saurais que ce sont des vrais ?

– Demain matin, je vous conduirai à la banque. Ou bien ce soir, on peut aller au casino. On achètera des jetons, et on verra bien ce qui se passe. Les gens du casino savent reconnaître les faux billets. Vous êtes malin, quand même.

L'objectif d'une caméra s'ouvrit dans le cerveau de Bertrand, et il se vit roulant en décapotable le long de l'océan, des vagues glissant sur le sable, de gros récifs de corail sifflant de mousse. Il vit des filles en bikini lançant un ballon de volley de part et d'autre d'un filet. Il entendit de la musique martelant ses enceintes stéréo et sentit le sel sur son visage.

– Il est temps de commencer une nouvelle vie, dit Bledsoe.

À côté, une femme se mit à crier après ses enfants, et Bertrand entendit le son d'une gifle brutale, de celles qui envoient un enfant au tapis.

– T'as raison, dit-il.

– C'est bien mon avis.

– C'est pour ça que ça m'intéresse pas. En plus, t'as pas trouvé le bon bonhomme.

Il tendit l'enveloppe à Bledsoe et se glissa les doigts entre les jambes. Des taches dansaient devant ses yeux. Il n'arrivait pas à croire à la quantité de billets qu'il avait tenue dans sa main et rendue à l'homme qui la lui avait proposée. Il cracha entre ses genoux et essaya de penser à autre chose.

– Ce que vous venez de dire n'est pas illogique, mais c'est faux, dit Ronald en prenant sa voix la plus patiente.

– Qu'est-ce que ça veut dire ?

– Si vous n'étiez pas le bon bonhomme, vous n'en sauriez pas assez pour dire que ça ne vous intéresse pas. En plus, vous ressemblez à votre frère.

Bertrand entendit un craquement électrique dans un nuage, un bruit de déchirure en bas du ciel.

– Comment tu sais à quoi ressemble mon frère ?

Les yeux de Ronald conservèrent leur lueur bienveillante, mais il y eut un silence entre eux, une pulsation, un battement qui n'était pas un battement, une fraction de seconde où Ronald s'aperçut qu'il avait fait une gaffe.

– J'ai vos photos à tous. Je les ai eues par un ami du NOPD.

– Ouais, les flics de La Nouvelle-Orléans qui ont pataugé jusqu'au menton adorent faire plaisir à des types qui ont trouvé leur insigne dans un paquet de biscuits.

– J'essaie d'être votre ami, Bertrand. Je veux vous rendre riche. Vous êtes à deux doigts d'avoir la plus belle femme du monde.

– Hé, mec, sans vouloir te vexer, je pense pas que t'y connaisses grand chose en belles femmes.

Bertrand se leva et rentra dans la maison. Il se demanda s'il avait réussi à dissimuler le fait qu'il avait compris que Ronald était l'un des hommes qui avaient enlevé Eddy. En jetant un coup d'œil par la porte-écran, il vit Ronald faire demi-tour dans le jardin, un pneu écrasant un plant de tomate de sa grand-mère. La forme de sa tête rappelait à Bertrand un point d'interrogation. Puis leurs regards se croisèrent. L'expression de Ronald obligea Bertrand à reculer d'un pas.

Quelques instants plus tard, Bertrand roula jusqu'à l'épicerie de Loreauville, où il acheta une boisson chocolatée dans un distributeur automatique. Il la but dans sa voiture, sur le parking, en face de l'église Catholique, et essaya de réfléchir. Ce connard dont la tête ressemblait à la partie courbée d'une brosse à dents à long manche mentait. C'était un de ceux qui avaient enlevé et torturé Eddy. Ce qui signifiait que c'était un des types qui travaillaient pour Sidney Kovick. Mais pourquoi ne se contentaient-ils pas d'enlever aussi Bertrand ? Ils savaient où il vivait ; ils connaissaient sa grand-mère. Bertrand aurait déjà dû être transformé en pâtée pour chien.

Parce que le type travaillait pour son propre compte ? Parce que le type s'apprêtait à baiser Sidney Kovick ?

Oui, c'était ça. L'homme de main à la solde de Sidney Kovick avait rompu sa laisse et avait l'intention de jouer son propre jeu, aux frais de Kovick.

Il était peut-être temps de commencer à faire un peu gamberger les autres, et en même temps de remettre les pendules à l'heure avec quelqu'un qui trouve très bien de frapper les autres au visage, pensa Bertrand.

Il changea en petite monnaie les cinq derniers dollars que sa grand-mère lui avait donnés et, depuis le téléphone à pièces devant l'épicerie, appela les renseignements longue distance.

– Ouais, le magasin de fleurs de Sidney Kovick, à Algiers, C'est ça. Magnez-vous, d'accord ? C'est urgent.

Il regarda sa montre. Il était 16 h 56. Allez, allez, pensait-il. « Hé, vous avez entendu parler d'ordinateurs ? Pourquoi il vous faut si longtemps ? » Il sautillait sur la pointe des pieds. Il nota le numéro sur le mur de l'épicerie. « Dites à votre chef de vous augmenter. Dites-lui que Bertrand Melancon vous a donné le feu vert. »

Il composa le numéro sur le téléphone à pièces. Son ulcère l'élançait, l'adrénaline rendait sa tête légère comme un ballon.

Faites qu'il soit là, faites qu'il soit là, faites qu'il soit là, suppliait-il, car il savait que, s'il n'avait pas Kovick au bout du fil maintenant, son courage s'évanouirait, comme d'habitude.

À la huitième sonnerie, Bertrand faillit renoncer. Puis quelqu'un décrocha et dit :

– Kovick, fleuriste. Que puis-je pour vous ?

La voix à l'autre bout du fil transforma en eau les intestins de Bertrand.

– Je peux vous aider ? répéta la voix.

– Non, tu ferais mieux de t'aider toi-même, fils de pute, dit Bertrand.

Il y eut un silence, dû plus à la lassitude qu'à la surprise.

– T'es bien qui je pense ?

– Ouais, Bertrand Melancon, le frère d'Eddy Melancon, si ce nom signifie quelque chose pour toi. Tu connais un connard qui roule en Mercury bleue, un type qui a la gueule à avoir pris de sales coups de bâton quand il était gosse ?

– Non.

– Réfléchis bien. Il a un insigne de privé. Il pense que les Nègres vont se mettre à faire une tap-danse et à cracher des graines de pastèque quand il leur montre du fric.

– On dirait que t'as la tête dure, fiston. Si tu passais, qu'on discute un peu ?

– Non, cette fois, c'est toi qui m'écoutes. Ton type était là avec une grosse enveloppe pleine de présidents morts. Devine ce qu'il faisait. Il jouait son jeu à lui pour ces « diamants de sang », et il essayait de t'enculer. Tu devrais embaucher des clowns plus classiques pour ton sale boulot.

– Où puis-je rencontrer cet homme ?

– Je sais pas, et je m'en fiche. Je t'ai pas appelé pour ça. Peut-être que j'méritais c'que tu m'as fait. Peut-être que je cherchais à me prendre une baffe et un coup de pied au cul devant tout le monde. Mais ça m'a appris quelque chose que tu comprendras jamais. Ça m'a appris que j'étais pas un tueur. J'pouvais pas te descendre, malgré ce que tu nous as fait, à Eddy et moi. Alors j'suis sorti de là avec une chose que t'imaginais pas. J'sais que j'suis pas comme toi, que j'suis pas un tueur, et pour moi ça vaut plus que ces « diamants de sang ».

La ligne était silencieuse.

– T'es toujours là ? demanda Bertrand.

– Où es-tu ? dit la voix.

– Dans ta tête, comme t'étais dans la mienne. Mais plus maintenant, dit Bertrand, et il raccrocha.

Waou, pensa-t-il. Sa peau le picotait comme s'il venait de sortir d'un igloo.

25

Le scintillement blanc des éclairs dans les arbres entourant la maison rappelait à Mélanie Baylor les orages d'été qu'elle avait connus, enfant, au nord de Chicago. Sa famille vivait sur le lac Michigan, dans une région d'arbres à feuilles caduques, de pelouses en hauteur, de voiliers tirant des bordées dans le vent sur un fond d'eau couleur d'azur qui paraissait aussi vaste que la mer. Les tempêtes pouvaient bien déchirer la surface du lac et tordre les arbres, mais dans la grande maison à deux étages où elle vivait, une maison où son père, un agent de change, fumait une pipe devant la cheminée, et qui était toujours pleine de bonne humeur, on était en sécurité. Même pendant l'hiver, quand le hangar à bateaux était cadenassé et le lac couvert de glace, la maison et la petite ville où ils allaient faire leurs courses étaient des lieux sûrs, loin des guerres et du malaise des grandes villes. Mélanie savait qu'un jour elle se marierait et qu'elle partirait, peut-être sur la côte Est, mais elle resterait toujours une femme du Middle West, et sa véritable maison serait toujours au milieu des châtaigniers, des hêtres et des érables, sur le bord du lac Michigan.

C'était avant que son père ne fasse un infarctus, dans le lit de sa maîtresse, à Naperville. C'était avant que la

SEC[1] n'enquête sur son affaire d'agent de change. C'était avant que les créanciers n'intentent un procès à la société et ne prennent jusqu'au dernier cent de la famille, y compris la maison sur le lac Michigan.

Mélanie prit la bouteille de bourbon sur l'étagère du placard et en versa trois centimètres dans son verre. Puis elle en versa encore, prit de la glace dans le réfrigérateur, en mit trois cubes dans le verre et ajouta de l'eau. Maintenant, elle entendait la pluie sur le toit, et, quand les éclairs brillaient entre les nuages, les arbres du jardin étaient vert sombre, dégoulinants. Otis et Thelma n'étaient pas encore revenus de l'épicerie de New Iberia. Selon ses estimations, entre le mauvais temps, la distance et la masse de provisions qu'ils devaient acheter, elle avait au moins une heure et demie devant elle. Jusque-là, elle profiterait de son bourbon et de sa solitude, et se préparerait peut-être encore un verre juste avant qu'ils n'arrivent, et ça serait tout pour la soirée.

Elle n'était pas une alcoolique. Son premier mari en était un. Une chose était sûre : elle ne serait jamais comme lui. *Ça*, c'était hors de question.

Otis ne la harcelait pas parce qu'elle n'était plus abstème, pas plus qu'il ne mesurait la quantité qui disparaissait chaque jour de la bouteille de chianti, dans le placard de la cuisine, ou de la carafe de cognac, dans la salle à manger. Otis était un brave homme, se dit-elle, assez contente d'elle, fière de la façon dont elle en était arrivée à l'accepter, lui, ce qu'il aimait lui faire au lit et la petite odeur de testostérone, parfois, sur ses vêtements.

Elle prit une douche, se lava les cheveux et se sécha devant la glace. Elle se mit de profil et se haussa légère-

---

1. Securities and Exchange Commission. Organisme fédéral américain de réglementation et de contrôle des marchés financiers.

ment sur les orteils, regardant son ventre plat, ses seins fermes, sa peau douce et hâlée, presque couleur de suif. Elle éprouva un besoin sexuel impérieux qui la poussa à se lécher les lèvres et à pencher la tête en arrière, créant d'elle-même une image érotique. Elle se demanda si elle n'était pas narcissique. Avec sensualité, elle se mordit la lèvre inférieure, et écarta une mèche de son œil. Puis elle glissa ses pieds dans des sandales et, tout en se regardant dans le miroir, épongea soigneusement les gouttes d'eau sur ses joues et son front.

Elle prit son verre sur le dessus de l'armoire à toilette et but. Otis pensait tout connaître d'elle, mais la réalité était autre. Peut-être qu'un de ces soirs elle lui donnerait une petite leçon. Son pouvoir érotique était bien plus grand qu'il ne l'imaginait. Elle ne donnait jamais aux hommes qui la regardaient d'un œil concupiscent l'impression d'agir de façon déplacée. Peut-être Otis devrait-il prendre un peu plus conscience du désir qu'elle soulevait chez les autres.

Elle enfila son peignoir vaporeux, s'entortilla la tête dans une serviette, et porta son verre dans le salon. Elle alluma la radio sur la chaîne de musique classique de l'université, et, un livre ouvert sur les genoux, prenait une gorgée de temps en temps. Dehors, la pluie soufflait en tourbillons qui, à la lumière de la galerie, évoquaient du verre filé. La route à deux voies devant la maison était noire et luisante, et, de l'autre côté du bayou, elle voyait des lumières dans un jardin, et un Nègre perché sur une échelle, en train de replacer les briques qui maintenaient le feutre bleu et la toile à sac obstruant un trou dans son toit, conséquence de Rita.

Quand ce mauvais temps finirait-il ? Quand donc disparaîtraient les problèmes suscités par l'ouragan ?

Une voiture dont s'échappait une fumée huileuse passa devant la maison et fit demi-tour près du pont mobile.

Quelques instants plus tard, la lumière de ses phares s'éteignit. Mélanie posa son verre et son livre, et alla à la fenêtre, fermant inconsciemment son peignoir sur sa poitrine.

Dans l'obscurité des arbres, on distinguait à peine la voiture. Elle plissa les yeux, mais elle n'aurait pu dire si le chauffeur était encore à l'intérieur ou non. En arrière-plan, sur le pont mobile, un véhicule qu'elle ne se serait jamais attendue à voir dans une zone rurale du sud de la Louisiane apparut soudain à la lumière de l'éclairage au-dessus du pont. Une Rolls-Royce couleur lavande brinquebala sur le grillage, tourna devant la plantation voisine et prit le chemin du bayou, dans la direction opposée à la voiture garée et à la maison des Baylor.

Elle vérifia le verrou et la chaînette de la porte d'entrée, et baissa les stores. Puis elle se rassit tranquillement dans son fauteuil et termina son verre. Le bourbon tombait sur son estomac comme un vieil ami, et lui donnait à la fois une sensation de chaleur, de confort, de puissance érotique. Puis il se répandait à travers son corps et engourdissait toutes ses terminaisons nerveuses, comme si quelqu'un lui fermait les yeux du bout des doigts, comme si quelqu'un lui murmurait à l'oreille que le monde est un endroit où l'on est bien, où l'on est en sécurité, et que toutes les erreurs sont guéries par le baume du temps.

Quel meilleur ami pourrait-on avoir ?

*
* *

Bertrand Melancon finit d'écrire sa lettre à la famille Baylor, et la relut encore une fois. Il se demanda s'ils seraient ennuyés par le fait qu'il l'avait écrite sur une serviette en papier. Et, plus important, il se demandait si sa visite chez eux leur répugnerait. Mais, quoi qu'il en soit, il était temps d'y aller. Il but à la bouteille une gorgée du lait chocolaté que sa grand-mère lui avait acheté pour ses maux d'estomac, plia soigneusement la serviette en papier et la glissa dans sa chemise.

La pluie balayait en torrents les Quartiers de Loreauville, les champs de canne à sucre et les pacaniers, et dansait en une brume jaune à la surface du bayou. Il traversa en courant le jardin inondé de sa grand-mère et fit démarrer la voiture, appuyant sur le starter, attendant que les bougies de tous les cylindres soient assez chaudes pour que le moteur cesse de pétarader et de cracher des nuages de fumée par le pot d'échappement endommagé.

Il prit la départementale en direction de New Iberia, la pluie frappant si fort sur le toit et les vitres que le caoutchouc de ses essuie-glaces se détachait. Quand il tourna dans Old Jeanerette Road et suivit le bayou en direction de la maison des Baylor, il s'aperçut qu'il avait un autre problème : les freins ne répondaient que lorsque la pédale touchait presque le plancher.

Un peu plus tôt, sa grand-mère avait dit quelque chose à propos du niveau du liquide de freins, mais il travaillait à sa lettre et n'avait pas fait attention. Et maintenant il se trouvait en plein milieu d'une nouvelle tempête, avec un système de freins défectueux et des strates de fumée d'huile qui lui montaient aux narines. Que pouvait-il encore lui arriver ?

Il pompa sur la pédale et sentit le degré de résistance augmenter. Mais quelques instants plus tard la pédale redevint molle, et il faillit griller le stop à un croisement au milieu d'un taudis rural, près du bayou. Il y avait une station d'essence self-service à la supérette de quartier, sur la nationale, de l'autre côté du pont, mais il doutait qu'on y trouvât du liquide pour freins. Il continua donc vers Jeanerette Road et la maison des Baylor, la pluie dégoulinant sur son pare-brise, son ulcère l'élançant comme le Chœur du Tabernacle Mormon[1].

Il finit par passer devant la plantation Alice et il aperçut les lumières du pont mobile briller à travers la brume. Il passa devant la maison des Baylor, fit demi-tour au pont et se gara à l'abri des arbres. La pluie s'était transformée en brouillard, et une légère bruine semblait adhérer à toutes les surfaces. La galerie de la maison des Baylor était allumée, ainsi que le salon et la cuisine. Peut-être que toute la famille était là. Il aperçut brièvement une silhouette à la fenêtre, mais aussitôt quelqu'un baissa les stores.

Bertrand s'était toujours demandé comment les parachutistes trouvaient le courage de sauter des avions. Il faut être fou pour franchir une porte à trois cents mètres du sol, en espérant que le morceau d'étoffe qui vous flotte dans le dos ne partira pas en lambeaux, en espérant ne pas devenir un trou de serrure dans le toit d'une grange. À la prison de St. Jean-Baptiste, il avait eu l'occasion de poser la question à un parachutiste.

Le parachutiste s'était mordillé les ongles.

– Avant de sauter, on n'y pense pas. Et une fois que c'est fini, on n'y pense plus.

– C'est tout ?

– Ouais, plus ou moins.

Bertrand essaya de se servir des mots du parachutiste afin de trouver le courage nécessaire pour s'approcher de la maison de Thelma Baylor. Mais ils ne lui étaient d'aucun secours, et il se demanda s'il n'existait pas certains mots qu'on ne comprenait pas vraiment avant d'avoir gagné le droit de les comprendre.

Il prit sa respiration et se dirigea vers la maison des Baylor, sa lettre toujours dans sa poche. Derrière lui, il enten-

---

[1]. Chorale fondée en 1847.

dit un lourd véhicule cahoter sur le métal du pont mobile. Il se retourna et vit une luxueuse automobile couleur lavande comme il n'en avait jamais vu. Le bouchon chromé du radiateur dépassait du capot. La carrosserie était si harmonieuse qu'on aurait dit du plastique moulé. Puis la voiture disparut en direction de la silhouette ébréchée du vieux moulin à canne.

Bertrand traversa le jardin des Baylor et monta les marches. Il hésita un instant, puis ouvrit la porte-écran et entra.

*
* *

Mélanie entendit la pluie diminuer, puis devenir rien de plus qu'un murmure de branches sur la surface métallique du toit. Sur le côté, le jardin était strié de brouillard, le ciel tremblait toujours d'une électricité silencieuse. Mélanie avait à moitié rempli son verre de bourbon et y avait ajouté des glaçons, mais pas d'eau. Le bourbon était suffisamment frais et suffisamment fort pour anesthésier tout ce qu'il touchait. Il était particulièrement efficace pour choisir et corriger des images de la nuit où Katrina avait changé sa vie à jamais.

Elle crut sentir une vibration de pas sur la galerie. Mais ça ne pouvait pas être les pas de Thelma ou d'Otis, n'est-ce pas ? Mélanie aurait vu les phares dans l'allée. De plus, Thelma et Otis déchargeaient toujours les provisions sous la porte cochère et entraient dans la maison par la porte sur le côté, comme à La Nouvelle-Orléans.

Elle posa son livre et tendit l'oreille. Alors les doutes qui pouvaient lui rester quant à la présence de quelqu'un sur la galerie furent effacés par un coup sec frappé à la porte. Elle se leva et s'approcha de l'entrée selon un angle tel qu'elle puisse voir à travers les panneaux gauchis sans être vue par la personne à l'extérieur.

Elle aperçut soudain le profil d'un homme noir. Il était de taille moyenne, pas rasé, les cheveux en bataille, le visage perlé d'humidité. Il n'arrêtait pas de regarder, derrière lui, le bas-côté de la route où des phares étaient allumés. Puis les phares s'éteignirent, et le jeune Noir se tourna vers la porte.

Mélanie recula rapidement. Le whisky qui s'était niché dans le moindre recoin de son système nerveux, la réchauffant, la réconfortant, semblait s'évaporer comme de l'eau sur un poêle brûlant. Ses mains tremblaient, et elle avait du mal à respirer. Elle alla à la cuisine, composa le 911, puis comprit que la police n'aurait pas le temps d'arriver. Elle devrait se débrouiller toute seule avec le Noir, l'affronter ou l'ignorer.

Mais si elle l'ignorait, il penserait que la maison était vide, et il risquait d'entrer. Elle ferma les yeux et crut entendre un coup de feu, avant de se rendre compte que ce bruit n'était pas réel, que le whisky l'avait trahie et, maintenant, recréait en les amplifiant des souvenirs dont il était censé la protéger.

Elle entendit la voix d'une femme noire dans l'appareil :

– Quelle est la nature de l'urgence ?

– Qu'avez-vous dit ? demanda Mélanie.

– Quelle est la nature de l'urgence ?

– Il y a un homme devant ma porte. Envoyez quelqu'un.

– Il essaie d'entrer ?

– C'est un Noir. Je ne sais pas qui c'est. Il n'a rien à faire ici.

– On va envoyer quelqu'un, m'dame. Il y a quelqu'un d'autre chez vous ?

– Non, vous n'enverrez personne. Vous donnez la priorité aux accidents de voiture. Je vous connais.

– Que voulez-vous dire, « je vous connais », m'dame. Avez-vous besoin d'une assistance médicale ? On dirait que vous avez bu.

Elle sortit un couteau de boucher d'une des fentes du billot où elle rangeait ses couteaux les plus tranchants. Puis elle revint à la porte d'entrée, le couteau de boucher caché dans son dos.

Le Noir, devant elle, tenait à deux mains une serviette en papier sale, comme quelqu'un venu chanter un cantique.

– Vous êtes bien madame Baylor ?
– Que voulez-vous ?
– Est-ce que Mlle Thelma est là, ou M. Baylor ?
– Je vous ai demandé ce que vous vouliez.
– Alors je pense qu'ils sont pas là. Je vais vous la lire à vous, m'dame, et je m'en vais.

Il prit position de façon que la lumière du plafonnier éclaire la serviette en papier.

– Vous êtes fou ? demanda-t-elle.
– À Mlle Thelma et à la famille de Mlle Thelma,

» Je suis désolé de ce que je lui ai fait à elle. J'ai pas toujours été ce genre de personne. Ou peut-être que si. Je sais pas. Mais je veux arranger les choses même si je sais que rien peut s'arranger pour elle ou quelqu'un qui a été blessé comme elle.

» André et mon frère Eddy et moi on l'a agressée près de Desire. On a fait la même chose à une jeune fille dans le Lower Nine. Je voudrais lui dire que je suis désolé à elle aussi mais je peux pas la trouver. Alors si vous savez qui c'est, dites-lui ce que j'ai dit s'il vous plaît.

» La nuit de l'ouragan j'ai été dans votre garage et j'ai volé de l'essence. On a aussi volé ce qui s'appelle des « diamants de sang » à un homme qui les avait volés à quelqu'un d'autre. Pour savoir où je les ai cachés, regardez la carte en bas. Ils sont à vous. Ils ne compenseront pas ce que j'ai fait. Mais Eddy est un légume et André est mort et je crois que j'ai déjà perdu mon âme. Alors j'ai plus rien à dire, sauf que je m'excuse pour ce que j'ai fait.

» Merci, Bertrand Melancon.

Mélanie le fixait, stupéfaite.

– C'est vous qui avez violé Thelma ?

– Oui, m'dame.

– Espèce de petite merde. Et vous venez chez nous nous offrir des « diamants de sang ». Espèce de petite merde.

– Je voulais pas vous ennuyer.

Le gel qu'il utilisait pour ses cheveux commençait à couler, et elle le sentait sur sa peau. Il sentait l'aloès, la crème pour le corps et la cire de bougie. Dans sa tête, elle vit une balle traverser la gorge d'un Noir et, derrière lui, le crâne d'un adolescent exploser dans une gerbe de sang. Elle crut qu'elle allait vomir, mais elle ne savait pas trop pourquoi. Une chose était claire, cependant. Elle haïssait viscéralement le Noir debout sur sa galerie.

– Vous avez gâché nos vies. Vous avez détruit la carrière de mon mari. À cause de vous, on a perdu tout ce qu'on avait. Vous demandez pardon ? Vous avez l'arrogance de nous demander ça à nous ?

Il vit le couteau dans sa main. La lame était courte, épaisse au niveau du manche, s'effilant en triangle.

– Je suis désolé de vous avoir causé des dommages à tous, m'dame. Je pensais que c'était la chose à faire. Je le referai plus.

Il essaya de lui donner la lettre qu'il avait écrite sur une serviette en papier. Elle la lui arracha de la main, et la lui jeta au visage. Il recula, traversa la porte-écran, puis tomba dans l'escalier qui menait au jardin.

– Emportez ça avec vous, dit-elle.

Elle ramassa la serviette en papier sur la galerie, la roula en une boule qu'elle jeta sur lui.

– Vous m'avez entendue ? J'espère que vous irez en enfer.

Mais déjà Bertrand courait vers la voiture de sa grand-mère, jetant un coup d'œil derrière lui, se demandant s'il connaîtrait jamais la rédemption, ou si la folie était la règle de la conduite des hommes, et non pas l'exception.

Puis il vit à nouveau la voiture couleur lavande, celle dont le bouchon du radiateur chromé dépassait du capot. Le chauffeur était debout devant les phares, il regardait Bertrand. Il n'y avait pas à se tromper sur sa tête lisse, allongée, se découpant à la lumière du pont mobile.

Tu laisses pas tomber, hein, fils de pute ? OK, on va voir si t'as des couilles, se dit Bertrand.

Il démarra, passa en marche arrière, appuya à fond sur l'accélérateur. Tandis que la voiture fonçait en direction de l'étrange véhicule dont le bouchon de radiateur sortait du capot, les pneus projetèrent dans l'air une averse de boue et d'eau, et de la fumée d'huile monta en gros nuages noirs.

Me voilà, tête de brosse à dents.

Bertrand conduisait dos tourné au volant, visant par la vitre arrière l'homme qui disait s'appeler Ronald, ses pneus lisses luisant de boue, dérapant sur l'asphalte et le bas-côté. Ronald essaya de ne pas reculer, mais au dernier moment il fit un saut de côté et se cacha derrière le tronc d'un chêne vert.

Je me disais bien que t'avais pas de couilles, pensa Bertrand.

Il leva le pied de l'accélérateur et appuya sur les freins, espérant glisser à quelques centimètres de la voiture couleur lavande au bouchon de radiateur extérieur.

Mais la pédale de frein s'enfonça jusqu'au plancher, comme si elle était totalement déconnectée du reste de la voiture de la grand-mère. Le pare-chocs arrière s'écrasa dans la Rolls-Royce restaurée de Ronald, en faisant exploser l'avant, répandant sur l'asphalte des morceaux de phare, de fils métalliques, de chrome.

Oh merde !

Bertrand se remit en marche avant, appuya à nouveau sur l'accélérateur et fonça sur la route, emportant avec lui des fragments de la voiture de collection de Ronald. Quand il regarda dans le rétroviseur, il vit Ronald qui contemplait avec horreur son véhicule démoli.

Pas de bol, Popol. Désolé, René. Tu t'es fait avoir, Oscar. Adieu, mon vieux.

Tandis qu'il dévalait la route dans un grondement, le rire distendait la bouche de Bertrand. Il y avait juste un problème. Il avait laissé derrière lui le pare-chocs de sa grand-mère et sa plaque d'immatriculation.

26

Le vendredi matin, j'ai appelé le bureau de Bo Diddley, à Lafayette. C'est une réceptionniste qui a répondu, celle qui était passée maîtresse dans l'art d'en dire le moins possible.

– Ici l'inspecteur Robicheaux, des services de police d'Iberia. Est-ce que M. Wiggins est rentré de son voyage d'affaires à Miami ?

– Pour l'instant, il est en réunion, dit-elle.

– Est-ce que sa secrétaire est là, la dame avec les cheveux blond clair ?

– Elle est en vacances.

– Passez-moi M. Wiggins.

– C'est impossible.

– Si, c'est possible. Passez-le-moi.

Je regardai l'heure sur ma montre. Près de deux minutes s'écoulèrent avant que Bo ne prenne la communication.

– Que se passe-t-il, Dave ?

– J'ai l'impression que tu as envie de me voir.

– Où t'as pêché une idée pareille ?

– Ta réceptionniste t'a dit que j'étais passé à ton bureau, mercredi ?

– Je n'ai pas dû voir le message. Ce n'est pas sa faute.

J'attendis un instant, avant de continuer.

— Je serai à ton bureau dans quarante minutes environ. À ta place, je serais là. Si tu n'es pas là, c'est la police de Lafayette qui viendra te chercher.

— Qu'est-ce que tu racontes ?

J'estimais qu'il était temps que Bo s'inquiète un peu.

— Tu verras bien, dis-je en raccrochant.

Il n'y avait pas beaucoup de circulation, et je mis une demi-heure pour arriver au Lafayette Oil Center. Le bureau de Bo était vaste, et plein de fenêtres qui conféraient une impression d'espace à un environnement purement utilitaire. Il était debout à son bureau, derrière une paroi vitrée ; il parlait au téléphone. Il me regarda par-dessus ses lunettes de lecture, et me fit signe d'entrer, comme s'il lui tardait de me voir.

— T'as trop bu hier soir ? demanda-t-il.

— Où est ta secrétaire, la femme qui était au casino avec Bobby Mack Rydel ?

— Elle est malade.

— C'est drôle. Ta secrétaire m'a dit qu'elle était en vacances.

Bo eut l'air exaspéré, comme si on était en train de tester sa toute nouvelle charité chrétienne.

— Pourquoi tu me traites comme ça, Dave ? Quelque chose que je t'ai fait à la fac ? Je t'ai donné un coup de poing un jour où j'étais bourré ? J'ai toujours eu l'impression que tu me trouvais dur avec les Noirs, dur avec les gens qui avaient plus d'argent que moi. Eh bien, si c'était ton impression, t'avais raison. Mais aujourd'hui je ne suis plus comme ça.

Il me fit un grand sourire, ses yeux fixés sur les miens, attendant une réponse. Sa modestie, sa candeur, sa vulnérabilité étaient un modèle de duplicité. Mais il serait injuste de le décrire comme un hypocrite. James Boyd Wiggins tenait son système de valeurs de l'oligarchie qui l'avait créé. En Louisiane, comme dans tout le Sud, l'essentiel, c'est toujours le pouvoir. La richesse ne l'achète pas. La richesse l'accompagne. Les télévangélistes et les fondamentalistes vendent de la magie comme un moyen de l'acquérir. Le succès d'un homme se mesure au pouvoir qu'il a d'exploiter son prochain, de récompenser ses amis ou de punir ses ennemis. Dans l'histoire de notre État, un démagogue aux souliers troués a forcé la Standard Oil à lui faire allégeance. Bo Diddley était peut-être très riche, mais je le soupçonnais d'être prêt à jeter son argent par pelletées entières dans un incinérateur plutôt que de retirer le nom de James Boyd Wiggins de l'entrée de ses bureaux.

— Pourquoi tu me regardes comme ça ? demanda-t-il, souriant toujours.

J'ai secoué la tête.

— Depuis combien de temps est-ce que Bobby Mack Rydel travaille pour toi ?

— Le type de la sécurité ?

— Entre autres.

— J'utilise pour tous mes chantiers navals une entreprise de sécurité de Baton Rouge. Ils sous-traitent une partie du travail. Je pense que Rydel est un de leurs sous-traitants, mais je n'en suis pas certain. Il est de Morgan City, n'est-ce pas ? Tu viens pour la bagarre entre lui et ton ami au casino ?

Comme c'est le cas chez tous les gens qui ont peur, l'attitude de Bo était toujours la même : tout ce qu'il faisait, tout ce qu'il disait, était une tentative de contrôler l'espace et les gens autour de lui. Il remplissait l'air de bruit et répondait à des questions par des questions. Ce qui était le plus désarmant, c'était sa capacité à inclure un élément de vérité dans son continuel mensonge.

— Rydel est un mercenaire. Il est spécialisé dans l'interrogatoire. Il s'agit d'un terme bureaucratique qui signifie « torture », dis-je. Tu as déjà vu une femme étouffée avec un sac de plastique sur la tête ?

— Je t'en prie, fiche-moi la paix avec des trucs pareils.

Bo était remonté comme un coucou. Il était temps de passer la vitesse supérieure.

— Tu disais que tu voulais m'aider à retrouver le prêtre disparu dans le Lower Nine, dis-je. Je pense que ton intérêt est ailleurs. Je crois que tu t'intéresses aux « diamants de sang » qui ont été volés chez Sidney Kovick.

Il continua à me regarder sans ciller.

— Tu connais Sidney, n'est-ce pas ?

— On est en Louisiane, dit-il. On ne fait pas d'affaires à La Nouvelle-Orléans sans croiser la route de gens comme Sidney Kovick. Tu peux me répéter ce que tu m'as dit, à propos de ces diamants ?

Ne relâche pas la pression, pensai-je.

— Mais tu connais Kovick personnellement.

Ce n'était pas une question.

— Non, je ne m'associe pas avec des gangsters. Et ma femme non plus. Tu devrais venir au tournoi de golf de charité, un jour, et tu verrais qui sont nos amis. Tu me *connais*, Dave. J'ai manié des lances à souder. Tout ce que j'ai, je l'ai gagné à la sueur de mon front.

Il ne cillait toujours pas. La peau de son visage était tendue, les muscles de ses épais avant-bras gonflés, ses narines palpitantes. Je savais qu'il mentait.

— Bobby Mack Rydel traîne avec un misogyne dégénéré du nom de Ronald Bledsoe. Je crois qu'ils travaillent tous les deux pour le même employeur. Ce Bledsoe a fait du mal à ma fille. Je veux régler mes comptes avec lui avant que tout ça soit fini.

— Tu veux savoir ce que j'ai appris, pour ce prêtre ?

Il me prenait par surprise. Bo connaissait mes points faibles. Mais je m'en fichais. Je savais que je ne tirerais rien de plus de lui.

— J'ai envoyé des gens dans le Lower Nine. J'ai envoyé des gens dans les abris. Ils ont interrogé des réfugiés qui connaissaient ton ami. Ils savaient où était son église. Ils étaient là quand la muraille d'eau a submergé la paroisse. Ils n'avaient aucune raison de mentir.

— Viens-en au fait, Bo.

Il paraissait sincèrement désarçonné, frustré par son incapacité à s'exprimer avec confiance en dehors d'un vestiaire ou d'un atelier de soudeur.

— Le type n'a pas réussi. Presque tous ceux qui étaient dans le grenier de cette église sont morts. Je ne sais pas pourquoi ils ne sont pas sortis tant qu'ils avaient encore une chance. Des centaines de bus scolaires sont restés garés dans un parking jusqu'à ce que l'eau monte aux fenêtres. C'est ce qui se passe quand les gens ne prennent pas soin d'eux-mêmes.

Mais je ne fixais plus mon attention. Je ne sais pas ce que j'avais espéré. On raconte que les anciens plaçaient de lourdes pierres sur les tombes de leurs morts pour empêcher leur esprit d'errer. Je crois qu'il y a une autre explication. Quand on peut fixer les morts à la terre, les garder en sécurité au milieu de nous, ils ne peuvent pas nous forcer à les chercher pendant notre sommeil.

— Merci pour l'information.

Mais il n'avait pas terminé. Je ne saurai jamais pourquoi il a ajouté quelque chose. J'ai toujours pensé que les chrétiens « born again » comme Bo Wiggins se trouvent devant un dilemme qu'ils ne veulent pas admettre : s'ils croient sincèrement à ce qu'ils professent, ils ne peuvent rester plus longtemps ce qu'ils sont.

— Un tas de gens m'ont dit qu'ils avaient vu des lumières sous l'eau, comme des poissons phosphorescents en train de nager. Ce n'est pas du tout ça. Juste après que le prêtre fut tombé du toit de l'église, ou en ait été poussé, un hélico des gardes-côtes est passé au-dessus. C'était aussi éclairé qu'un bordel de Juarez. Ce que les gens ont vu, c'était son reflet dans l'eau, et le souffle de l'hélico qui agitait ce reflet.

– Si c'est le cas, pourquoi l'hélico n'a-t-il pas récupéré les gens qui se noyaient ?

– C'est à eux qu'il faudrait le demander, fiston.

Son regard était aussi vide que celui d'un épouvantail.

Cet après-midi-là, Catin Segura, une femme de patrouille noire, est entrée dans mon bureau. Elle avait débuté dans le service en tant que répartitrice du 911, puis elle avait passé un diplôme de justice criminelle dans un *community college*[1] de La Nouvelle-Orléans. Comme Helen Soileau, elle avait travaillé aux parcmètres avant de devenir femme de patrouille à la fois dans les hauts de La Nouvelle-Orléans et de l'autre côté du fleuve, à Gretna. Quand Helen avait décidé d'augmenter le nombre de femmes policiers noires dans le service, Catin avait été la première embauchée.

Catin était petite, trapue, modeste, un peu renfermée. Elle était mère célibataire et vivait à Jeanerette avec ses deux enfants. Elle était de ces gens ordinaires, honnêtes, sur lesquels on peut toujours compter. Quand on lui avait confié une mission, on n'avait plus à y penser. J'avais toujours admiré la grâce et la dignité qui paraissaient gouverner son existence.

– Que se passe-t-il, capitaine ? dis-je.

– Hier soir, en rentrant chez moi, je suis arrivée juste après un accident sur le pont mobile. Un accident avec délit de fuite, apparemment.

Elle sortit un carnet de notes de sa poche, l'ouvrit, revint deux pages en arrière.

– Un certain Ronald Bledsoe affirme qu'il était garé sur le bas-côté, en train de téléphoner avec son portable, quand un dingo lui est rentré dedans en marche arrière, avant de prendre la fuite. Son radiateur était défoncé, et tout l'antigel se

---

1. Système d'universités parallèles, destinées aux classes les plus pauvres.

vidait sur la route. Il y avait aussi des débris des deux véhicules éparpillés partout. Bledsoe conduisait une Rolls-Royce. Tu connais ce type, Dave ?

– C'est un sale type. C'est peut-être lui qui s'est introduit chez moi.

Elle me regarda.

– Bref, il m'a dit qu'il attendait une dépanneuse. Mais il n'avait pas appelé le 911. Quand je lui ai demandé pourquoi, il m'a dit qu'il pensait que c'était perdre son temps. Je lui ai expliqué que son assurance exigerait un rapport de police. Il m'a répondu qu'il n'y avait pas pensé. Ce type semble échappé d'un spectacle de monstres.

– Ça fait partie de son charme.

– Et voilà où ça devient bizarre. Otis Baylor est sorti dans sa cour, et il nous regardait, Bledsoe et moi. Je lui ai demandé s'il avait vu le délit de fuite, et il a dit que non. Je lui ai demandé si quelqu'un l'avait vu de sa maison. Il a dit que non. J'ai pensé qu'il allait rentrer à l'intérieur, mais il est resté là.

– Et ensuite, que s'est-il passé ?

– J'ai sorti mon balai de la voiture, et j'ai commencé à balayer les débris de verre et de métal sur le bas-côté. C'est à ce moment-là que j'ai repéré la plaque d'immatriculation dans l'herbe. Baylor a dû la voir, lui aussi. Quand la dépanneuse est arrivée pour remorquer la Rolls, il est descendu sur la route, et il a regardé la plaque. Puis il est retourné chez lui. Je le voyais très nettement à la lumière de la galerie. Je jurerais qu'il a sorti un Bic de sa poche, et qu'il a écrit quelque chose sur sa main.

– Le numéro de la plaque ?

– À ton avis ? J'ai fait des recherches. Elle est au nom d'une certaine Elizabeth Crochet, à Loreauville. Ça te dit quelque chose ?

– Non, mais donne-moi l'adresse.

Elle l'écrivit sur son carnet, puis arracha la page et me la tendit.

– Je sais que Baylor est en liberté sous caution, et alors j'ai pensé qu'il fallait que je te raconte tout ça.

– Tu as bien fait.

– Baylor a descendu un gamin noir, sur les hauts de La Nouvelle-Orléans ?

– C'est ce que tout le monde raconte.

– Ça doit être dur pour sa femme.

– Que veux-tu dire ?

– Je la connaissais, à La Nouvelle-Orléans. On était dans le même groupe d'Alcooliques anonymes. Son premier mari était un pornographe à tendances sadiques. Appelle-moi si tu as besoin de quelque chose, dit-elle.

Un peu plus tard, j'ai appelé la maison d'Otis Baylor, mais personne n'a répondu. J'ai appelé aussi le numéro d'Elizabeth Crochet. Pas de résultat non plus. Juste avant que je ne rentre chez moi, Clete Purcel est arrivé.

– Soit j'ai un syndrome de stress à retardement, soit je fais des cauchemars en plein jour, dit-il.

On était vendredi après-midi, et je n'avais aucune envie d'entendre ses histoires.

– Que se passe-t-il ?

– J'ai vu Marco Scarlotti au Winn-Dixie.

– T'es sûr ?

– Je l'ai suivi à l'extérieur. C'était bien Marco. Charlie Weiss l'attendait dans une voiture. Ils avaient deux gros sacs d'épicerie. Je leur ai fait signe, mais ils ne se sont pas arrêtés. Je me demande ce que les Ritals de Sidney Kovick foutent à New Iberia.

– Moi aussi.

– Cet après-midi, je suis allé au Lafayette Oil Center, pour voir ce Bo Diddley Wiggins. Il m'a dit d'aller me faire foutre. Il m'a dit aussi qu'il t'avait déjà raconté tout ce qu'il savait sur Bobby Mack Rydel.

– C'est exact.

Clete commença à dépaqueter une tablette de chewing-gum.

– Ainsi, tu me mets en dehors de l'enquête ? demanda-t-il.

– Je n'ai pas dit ça.

Il se fourra la tablette de chewing-gum dans la bouche, et se mit à mâcher. J'entendis un oiseau heurter ma vitre.

– Bobby Mack Rydel est sorti de l'hôpital aujourd'hui. J'ai passé quelques appels à Morgan City. Il n'est pas chez lui, ni au bureau.

Il n'y avait rien à faire. Soit Clete allait travailler main dans la main avec moi, soit il allait le faire de son côté. Dans le dernier cas, ça ne serait bon pour personne, et surtout pas pour lui.

– Tu veux venir manger un morceau à la maison, et qu'ensuite on aille faire un tour à Loreauville ? proposai-je.

– Il y a quoi, au menu ?

– À mon avis, il y a Bertrand Melancon, dans une grosse marmite.

Au crépuscule, il se mit à pleuvoir. L'air était piquant, sentait le frai de poisson et l'eau qui dégouttait des arbres. Alafair avait un rendez-vous, et Molly allait à une réunion de Pax Christi au Grand Coteau. J'ai ouvert toutes les fenêtres pour laisser entrer le vent, et la fraîche fragrance automnale des fleurs qui s'épanouissent la nuit dans notre jardin. À travers les arbres, les nuages, à l'ouest, étaient mouchetés de rose et de pourpre. En bas de la pente, un héron bleu se dressait au milieu des nénuphars, picorant des insectes posés sur ses ailes, sa silhouette filiforme semblable à un haïku enrobé de plumes.

Je n'avais aucune envie de traquer Bertrand Melancon, ni de quitter cet instant parfait dans notre modeste maison sur

Bayou Teche. Je n'avais aucune envie de retourner dans ce monde de violence et de cupidité qui semble définir notre époque. En tant qu'officier de police, je ne suis pas censé éprouver de haine. Mais, en réalité, je méprisais ceux qui manipulent et exploitent notre société, et je ne parle pas de la pitoyable collection de petits truands qu'on dépense notre temps et notre argent à boucler. Mais peut-être le monde a-t-il toujours été ce qu'il est aujourd'hui. Je ne pourrais le dire. Comme le Candide de Voltaire, je voulais juste cultiver mon jardin, et ne plus voir personne.

Malheureusement, ce n'est pas comme ça que ça marche.

On est montés tous les deux dans la décapotable de Clete, comme deux dragueurs des années 1950, et on a suivi le bayou en direction des Quartiers de Loreauville et de la maison d'Elizabeth Crochet.

Il y a plusieurs décennies, au cours des années 1960, un prêtre noir d'Oakland, en Californie, a adressé une lettre ouverte aux fondateurs des Black Panthers, des jeunes qu'il connaissait depuis l'enfance. Sa thèse, très simple, était que la communauté noire s'était toujours fondée sur l'Église et sur la famille. La famille était un matriarcat, et, en général, l'Église était l'Église baptiste du Sud.

Le prêtre avait ajouté que ses jeunes amis ne comprenaient pas la nature atavique de la loyauté au sein de la famille noire. À la différence des Blancs, capables de dénoncer leurs propres enfants, une matriarche noire se serait ouvert les veines plutôt que de vendre son petit-fils à un policier. Dans la mesure où les Black Panthers ne respectaient ni l'Église ni l'éthique de la famille traditionnelle, leur existence serait, au mieux, fugitive, et leur mouvement guère plus qu'une note en bas de page.

Elizabeth Crochet avait un chignon de cheveux gris et marchait avec une canne, le dos spectaculairement courbé. Quand elle ouvrit la porte-écran pour nous faire entrer, elle eut du mal à lever suffisamment la tête pour voir nos visages. Clete ôta son feutre, et j'ai sorti mon insigne et ma photo d'identité. Le salon était propre, les carpettes aux couleurs passées, bien balayées. Elle s'assit sur un siège à dossier dur et nous fit signe que le divan couvert d'un plaid au motif floral et le fauteuil rembourré étaient pour nous. Quand elle essaya de les fixer sur nous, ses yeux bleus papillonnèrent.

– Vous dites que ma petite voitu'e a eu un accident ?
– Près du pont mobile de Jeanerette.
– Je l'igno'ais.
– Où est votre voiture, en ce moment, madame Crochet ?
– Elle est pas devant la maison ?
– Non, m'dame.
– Alo's je pense qu'elle est pas là, non.

Clete, qui connaissait ce petit jeu depuis des années, étouffa un bâillement et regarda par la porte-écran.

– Madame Cochet, on a déjà parlé à deux de vos voisins. Je sais que vous êtes la grand-mère de Bertrand Melancon. Je sais qu'il habite avec vous. Je ne veux pas qu'il lui arrive de mal. Mais des gens très méchants feront tout leur possible pour mettre la main sur une chose qu'ils pensent que Bertrand a en sa possession, ou du moins à laquelle il a accès. Je ne pourrai jamais assez souligner à quel point ces gens sont dangereux.

– Il a enco'e des ennuis, hein ?
– Oui.
– Ça a commencé avec leu' maman, dit-elle.
– Pardon ?
– Leu' maman a toujou's aimé les hommes de la ville. Elle est pa'tie là-bas, elle ne voulait pas viv'e dans les Qua'tiers et t'availler dans les champs, elle disait. Eddy et Be'trand ont jamais eu de v'ai pè'e.

Pendant un instant, je crus qu'on n'était pas venus pour rien.

– Où se trouve Bertrand, en ce moment, madame Crochet ?

– Je l'igno'e.

– Un dénommé Otis Baylor a-t-il essayé de vous contacter ?

– Qui ?

J'ai noté mon téléphone personnel au dos d'une carte professionnelle que j'ai posée sur la table basse.

– Dites à Bertrand de m'appeler.

– J'ai l'imp'ession que je le reve'ai plus, monsieur 'Obicheaux.

Je fus étonné qu'elle se rappelle mon nom, et je compris que l'âge avait moins touché son esprit et son intelligence que son corps.

– Pourquoi ?

– Pa'ce que j'ai toujou's su qu'il devait mou'ir jeune. Il n'a commencé à pa'ler qu'à quat'e ans. Vous savez pou'quoi ? Il avait toujou's peu'. Un petit ga'çon qui avait peu' tous les jou's de sa vie. Il a toujou's été le même petit ga'çon, qui essayait de p'ouver qu'il n'a peu' de pe'sonne.

– Bertrand m'a dit qu'il avait une tante dans le Lower Nine. Vous pensez qu'il est peut-être chez elle ?

– D'ap'ès ce que j'ai entendu di'e, il n'y a plus pe'sonne dans le Lower Nine, à moins qu'on ne compte les mo'ts.

Je me suis levé pour partir.

– Monsieur ? dit-elle.

– Oui ?

– Qu'est-ce qu'il a fait, Be't'and ? Il a pas tué quelqu'un ? Il a pas fait une chose comme ça, hein ?

Elle me faisait penser à un petit oiseau levant les yeux sur moi depuis le fond de son nid.

On est remontés dans la décapotable, Clete et moi, et on a suivi la rue jusqu'à l'extrémité des Quartiers, espérant contre toute attente que Bertrand était chez un voisin. Je savais que Clete était exaspéré par la façon dont l'entretien s'était déroulé.

– Pourquoi tu ne lui as pas dit que son petit-fils avait probablement tué un prêtre catholique ?

– Parce que ça n'aurait servi à rien. Parce qu'elle est trop vieille pour porter un poids pareil.

– Tu n'as pas non plus insisté sur la tante.

– Je ne peux pas le pourchasser dans tout l'État, Clete. Je n'en ai pas le temps, ni les moyens. Si tu souriais un peu ?

Le pneu avant droit a heurté un nid-de-poule, et le châssis claqua violemment sur les ressorts, éclaboussant le pare-brise.

– C'est ton affaire, mais c'est toujours mon fuyard, dit Clete. Et c'est toujours le type qui m'est passé dessus avec sa voiture.

– C'est mon affaire, c'est exact. Je suis content que ça soit clair pour toi.

Clete alluma la radio, plus la coupa. Je voyais son cou se colorer.

– Vas-y. Dis-le.

– C'est ton affaire, traite-la comme tu veux, mais je trouve que tu laisses trop de mou à ces salopards, dit-il.

J'ai regardé par la fenêtre. Cette fois, j'avais décidé de ne pas répondre.

Clete a tourné dans une autre rue, et roulé lentement jusqu'à la départementale. Le ciel était devenu sombre, et, de part et d'autre de la route, les lumières s'allumaient dans les maisons de plain-pied. Les fenêtres couvertes de planches, les épaves de voiture, les fils à linge, les égouts à ciel ouvert remplis de débris, tout cela évoquait les photos prises par Walker Evans pendant la Grande Dépression, comme si sept décennies ne s'étaient pas écoulées. Qui était responsable de ça ? J'ai du mal avec la notion de responsabilité collective. Mais si je devais mettre ça sur le dos de quelqu'un, je commencerais par la White League, les Chevaliers du Camélia Blanc, les casseurs de Nègres du samedi soir, et tous ceux qui ont fait tout ce qui était en leur pouvoir pour que d'autres créatures humaines restent pauvres, sans éducation, à se battre entre elles, de façon à demeurer une main-d'œuvre bon marché.

– Je te gonfle ? demanda Clete.

– Non. Je crois que Bertrand Melancon est allé chez Otis Baylor.

– Il veut se rattraper avec la fille Baylor ?

– Ouais, mais comment ?

– Il pourrait leur donner les diamants. Mais je ne crois pas qu'un foie jaune comme Melancon ait le courage de faire ça.

J'étais fatigué, et je n'avais plus envie de penser à ça.

– Je te paie un Dr Pepper au Miller's Market.

– Je meurs d'impatience. Vivre avec toi, c'est…

– Quoi ?

– T'es le meilleur flic que j'aie jamais vu. Mais t'es cinglé, Dave. Tu l'as toujours été. Vivre avec toi, c'est comme être avec un type qui a de la kryptonite[1] à la place de la cervelle.

Le téléphone a sonné en plein milieu de la nuit. Dehors, la lune était blanche dans le ciel, et le vent secouait la maison et emportait des feuilles le long de la pente, sur la surface du bayou. J'ai allumé la lumière dans la cuisine, et j'ai décroché. L'identificateur d'appel m'indiquait que l'appel venait d'un portable.

– Monsieur Dave ? dit la voix.

– Écoute, Bertrand…

– Raccroche pas, mec. Quelqu'un a tiré dans la maison de ma grand-mère. J'étais debout à la fenêtre, et la balle a traversé la vitre. Je préparais mes affaires, et ma grand-mère m'a demandé de lui apporter un verre d'eau. Si je m'étais pas tourné à ce moment-là, j'étais mort.

– Qui t'a tiré dessus ?

---

1. Pierre imaginaire qu'on trouve dans les bandes dessinées dont les héros ont des superpouvoirs (Superman, etc.).

— Je sais pas. Ce Ronald est venu chez ma grand-mère, en se faisant passer pour un flic des assurances, et il a essayé de me soudoyer pour que je lui dise où étaient les pierres. Je crois qu'il travaille pour Sidney Kovick, sauf qu'il a peut-être tenté de baiser Kovick, et de jouer son jeu à lui. Alors j'ai appelé Kovick, et j'lui ai raconté tout ça.

— T'as donné Ronald Bledsoe à Kovick ?

— Ouais, on peut dire ça comme ça. Hé, mec, t'as déjà vu une merde comme celle où je me suis fourré ? J'ai aidé à saccager la maison de Kovick. J'ai volé ses diamants, ses faux billets, sa came et son .38 dans son mur. On a même arraché les lustres du plafond.

— Kovick avait de la cocaïne dans ses murs ?

— Juste un sac. On l'a pris avec nous. Elle avait déjà été coupée. C'était sa réserve personnelle.

Ce détail ne cadrait pas, mais je n'ai pas creusé plus loin.

— Où es-tu, Bertrand ?

— Avec ma grand-mère, en sécurité.

— Où ?

— Écoute, j'ai essayé de réparer avec la famille Baylor. Mais ça les a pas intéressés. J'peux pas faire plus que ce que j'ai fait. T'as été correct avec moi, mec, alors j'ai pensé que j'devais te dire tout ça. Ma grand-mère a rien à voir là-dedans. Elle savait pas non plus pour les délits que j'ai commis, alors c'est pas la peine de traîner autour d'elle comme si elle était complice.

— Comment as-tu essayé de réparer, Bertrand ?

— Quelle différence ça fait, maintenant ?

Il était inutile d'essayer de lui soutirer d'autres informations. Il était peut-être temps d'abandonner enfin Bertrand Melancon à son destin, quel qu'il fût. Mais j'avais encore une question à lui poser :

— Quand le père LeBlanc est tombé du toit de l'église, et que t'as vu des lumières sous l'eau, est-ce qu'un hélico des gardes-côtes passait au-dessus ?

– Y avait pas d'hélicoptère. C'est pour ça que les gens se sont noyés. Qui vous a dit qu'il y avait un hélicoptère ? Je l'aurais entendu. Tout ce que j'ai entendu, c'est les gens qui criaient pour appeler à l'aide dans le grenier. Des cris comme ça, on peut pas les oublier.

27

Je n'ai pas fermé l'œil du reste de la nuit. Le matin, j'ai raconté à Molly ce que Bertrand m'avait dit au téléphone. Alafair avait passé la nuit chez une amie à Lafayette. Il était 8 h 37.

– À quelle heure Alafair a-t-elle dit qu'elle rentrerait ? demandai-je.

– Elle n'a rien dit. Pourquoi ?

– Parce que je pense que Bledsoe prépare quelque chose. Il a essayé de doubler Kovick, ou celui qui l'a embauché, et de soudoyer Melancon, et ensuite il a essayé de dézinguer Melancon pour effacer ses traces. Je crois qu'il se prépare à se tirer, mais pas avant d'avoir fait payer à Alafair le coup de pied qu'elle lui a balancé.

Molly se tenait dans le cadre de la porte, la gamelle de Snuggs dans une main et un sac de croquettes dans l'autre. Le soleil faisait comme un halo rouge autour de sa tête.

– Ce n'est pas certain qu'il fasse une chose pareille.

– Un type comme ça ne prend pas de décisions. Ses choix sont déjà programmés dans sa tête. Il cherche à se faire plaisir, ou à se venger de ses ennemis. Et c'est souvent la même chose.

J'ai parcouru mon répertoire de bureau, et j'ai appelé la maison de l'amie d'Alafair. Personne n'a répondu. J'ai essayé de réfléchir mais j'étais trop fatigué, trop vidé, pour envisager clairement les choses.

— Dans ce que m'a dit Melancon, il y a une chose qui ne cadre pas. Il m'a raconté que lui et les autres pillards avaient pris dans le mur de Kovick un sac de cocaïne, un .38, de la fausse monnaie et les « diamants de sang ». Il m'a dit que la coke avait déjà été coupée, ce qui, pour lui, signifie que c'était la réserve personnelle de Kovick. Sauf que Sidney n'est pas un camé, et sa femme non plus. Je pense que la coke, l'arme et la fausse monnaie appartenaient à ceux à qui Sidney a volé les diamants.

— Je ne te suis pas, dit Molly.

— Peut-être n'y a-t-il aucun lien entre Sidney et Ronald Bledsoe. Peut-être que notre ennemi est aussi celui de Sidney.

Molly versa des croquettes dans la gamelle de Snuggs qu'elle posa par terre, puis ouvrit la porte de derrière et laissa entrer Tripod. Tripod et Snuggs commencèrent à manger côte à côte dans la même gamelle, leurs queues dressées derrière eux. Molly alluma un feu de la cuisinière et y tira une lourde poêle de fonte.

— Bledsoe est diabolique, Dave. Je me fiche de savoir pour qui il travaille. S'il vient ici dans l'intention de faire du mal à un membre de cette famille, je le tuerai. Je te le promets. Maintenant assieds-toi pendant que je prépare les œufs et le café.

Ça devait être une coïncidence, mais au même instant Snuggs et Tripod arrêtèrent de manger et levèrent la tête.

Je suis allé chez Helen Soileau, dans un quartier ancien proche du centre. Sa maison était dotée d'une large galerie et de grandes fenêtres avec des stores ventilés, comme les miens. Chaque samedi matin, ou presque, des enfants venaient chez elle sous prétexte de l'aider au jardin, mais en général les activités de la matinée se terminaient avec de la glace maison et des hot dogs. Ce jour-là, quatre ou cinq enfants l'aidaient à désherber ses parterres. J'ai garé mon pick-up au bord du trottoir et j'ai traversé la pelouse. Elle était à genoux. Elle s'est relevée, essuyant la poussière sur ses gants. Elle m'a regardé en face.

– Ça va, papy ?

– Il faut qu'on boucle Bledsoe.

– Il y a du nouveau ?

– Il a sans doute tiré sur Bertrand Melancon, hier soir. Si c'est le cas, je le soupçonne d'être prêt à filer. Et je pense qu'avant de filer il risque d'essayer de régler ses comptes avec quelques autres personnes.

– Tu as dit « si ».

– Peut-être que ce n'était pas Bledsoe. Les gros bras de Sidney Kovick sont à New Iberia. Peut-être qu'ils aimeraient bien coincer Melancon, eux aussi. Et pour couronner le tout, je crois qu'Otis Baylor a peut-être découvert que Melancon vit chez sa grand-mère, à Loreauville.

– Je me demande comment ce gamin noir fait pour se mettre la moitié de la planète à ses trousses.

– Mais dans cette histoire, le seul psychopathe certifié, c'est toujours Ronald Bledsoe. C'est aussi lui le plus motivé. Il a essayé de faire affaire de son côté avec Melancon, et Melancon l'a balancé à Kovick.

La journée était fraîche, le ciel d'un bleu dur, le soleil à travers les arbres faisait comme des pièces d'or sur son visage. Elle regarda deux enfants qui répandaient de l'allume-charbon sur le gril portable du jardin.

– Attendez-moi pour faire ça, dit-elle.

Puis son regard revint vers moi. Elle avait les pouces glissés dans son jean.

– On a essayé de le débusquer une fois. Ça n'a pas marché. On ne peut pas dire à ce type « On ne vous aime pas. Il faut que vous ayez quitté la ville avant l'aube ».

– Tu aimerais qu'il traîne autour de ces gosses ?

– Si tu veux mon boulot, présente-toi à ma place. En attendant, ne me donne pas de leçons, Belle-Mèche.

Je suis retourné à mon pick-up sans dire au revoir, et je suis parti. Dans le rétroviseur, je l'ai vue gratter l'herbe du bout des orteils, les pouces toujours glissés dans son jean, comme une adolescente qui vient de perdre un objet de valeur.

Alafair est rentrée à midi. Quand elle a franchi la porte, elle était à bout de souffle, son sac à bride sur l'épaule. J'aurais voulu qu'elle me dise que sa nuit à Lafayette s'était bien passée, que je me faisais trop de soucis. Mais avant même qu'elle ait parlé, je savais que ce n'était pas le cas.

– Je crois que j'ai vu Bledsoe ce matin, dit-elle. On prenait un petit déjeuner dans un café près de la fac. Il était garé sous un arbre, dans une voiture bleue. Ensuite, on a été au centre commercial, et l'on revu.

– Pourquoi tu ne m'as pas appelé, Alf ?

– Parce que je n'étais pas certaine que l'homme dans la voiture était Bledsoe. Mais au centre commercial, j'en étais sûre. Tu vas l'arrêter parce qu'il fréquente le même centre commercial que moi ?

– S'il y a un motif, on peut obtenir une injonction.

– Une injonction à Bledsoe, c'est comme donner un P-V pour excès de vitesse au type qui a foncé dans les Tours.

Elle avait raison. Et, pour arranger les choses, voilà que nous nous disputions à propos d'un dégénéré.

– Ne t'éloigne pas trop, aujourd'hui, mon cœur.

– Je ne suis plus une enfant, Dave. Ne me traite pas comme une gamine.

Clete Purcel avait toujours dit : « Soit on les arrête, soit on les descend. » Mais que doit-on faire avec ceux qui, sans doute, ont passé leur vie à rechercher l'exécuteur, peut-être pour s'assurer que le mal qui est en eux survivra parmi nous longtemps après qu'ils ne seront plus ? Que doit-on faire quand ceux qu'on aime se mettent en colère lorsqu'on essaie de les protéger ?

Il existait peut-être un autre moyen de régler le cas de Ronald Bledsoe.

Je suis allé au City Park, et, de mon portable, j'ai appelé le magasin de fleurs de Sidney Kovick. C'est sa femme qui a décroché.

– Ici Dave Robicheaux, Eunice. Je voudrais parler à Sidney.

– Il n'est pas là.

– Un samedi ?

– Non, il n'est pas là, répéta-t-elle sans rien préciser de plus.

– Il ne s'agit pas d'un appel de courtoisie. Marco Scarlotti et Charlie Weiss sont à New Iberia. Je pense que je sais pourquoi ils sont là. Il faut que je parle à Sidney.

– Donne-moi ton numéro.

Je lui ai donné mon numéro de portable et celui de la maison. Je pensais que la conversation était terminée, mais non.

– Tu ne comprends pas, Dave. Il y a des années, Sidney a fait une chose terrible. Ça ne l'a pas laissé en paix depuis. Mais il a rencontré le père Jude LeBlanc, par l'entremise de Natalia Ramos, la Salvadorienne qu'il avait engagée pour faire le ménage dans son bureau. Je t'ai parlé d'elle, tu te souviens ?

– Ouais, je m'en souviens.

Je commençais à perdre ma concentration.

– Le père Jude a dit à Sidney qu'il devait changer de vie, et réparer ce qu'il avait fait. Sidney fait de son mieux pour être le meilleur homme possible. Il ne réussit pas toujours, mais il essaie. Sois patient avec lui, d'accord ?

Être patient avec Sidney Kovick ? Difficile d'imaginer Sidney en victime.

– Il est à New Iberia, n'est-ce pas ?

– Je n'en suis pas sûre.

Si, tu en es sûre, Eunice, pensai-je. Mais j'ai laissé filer.

– J'attends qu'il m'appelle, dis-je en refermant mon portable.

À vrai dire, à ce stade, je n'étais plus certain d'avoir envie de parler à Sidney. Essayait-il vraiment de changer, ou était-il en train de nourrir Eunice d'illusions ? Je fus tenté de couper mon portable. Mais, assis dans l'abri de pique-nique, je voyais, de l'autre côté du bayou, les ombres dans mon jardin, les caladiums monter autour des troncs, et la cuisine allumée, où Molly et Alafair préparaient le repas pour qu'on dîne tôt, afin de pouvoir aller à la messe du samedi après-midi à Loreauville.

Quelque part dans le monde, le tigre de William Blake guettait pour m'enlever tout ça.

Qu'est-ce qui était le plus important, protéger ma famille ou m'inquiéter de la rédemption d'un homme qui avait enfilé un imper et des bottes de caoutchouc pour entrer dans un sous-sol avec une tronçonneuse ? Dans ma tête, je voyais sa victime menottée, les chevilles entravées, sans doute, du sparadrap sur la bouche, les yeux exorbités de terreur. Quelle créature humaine faut-il être pour faire une chose pareille à un autre homme ?

Juste à l'instant où j'arrivais à mon pick-up, mon portable vibra dans ma poche. Je l'ai ouvert, et l'ai collé contre mon oreille.

– Dave Robicheaux à l'appareil.

– Ma femme me dit que tu veux me parler, dit une voix.

– Tu es en ville, Sidney ?

– Pourquoi t'as appelé à mon magasin ?

– Il y a longtemps que je t'ai prévenu, pour Ronald Bledsoe, mais tu ne m'as pas écouté. Pour ces « diamants de sang », il fait ses affaires de son côté. Je crois aussi qu'il prépare quelque chose contre ma fille. Si ça se produit, tu connaîtras la pire expérience de ta vie.

– Non, c'est toi qui n'écoutes pas, Robicheaux. Marco et Charlie, et d'autres types de la famille Giacano, travaillent pour moi. Pas Bledsoe. T'as bien compris ? Je veux récupérer ce qui m'appartient. C'est pourtant pas compliqué.

– Alors pour qui il travaille ?

– Peut-être pour la Fuller Brush Company. Ils embauchent un tas de mecs chauves.

J'avais le temps de porter un dernier coup à Sidney avant qu'il n'interrompe la communication.

– Quand tu as perdu ton petit garçon, est-ce que tu as kidnappé ton voisin, Sidney ? Est-ce que tu lui as coupé les jambes avec une tronçonneuse ?

– Je vais te répondre brièvement. Si j'ai utilisé une tronçonneuse sur quelqu'un ? Non. Est-ce qu'un type a disparu dans la paroisse de Jefferson ? Ouais, il a disparu. Est-ce qu'il est revenu ? Non, il est pas revenu. Dis à Bertrand Melancon que je suis la seule personne de cet État qui puisse le maintenir en vie.

La communication fut coupée.

Cet après-midi-là, nous avons assisté à la messe à Loreauville, puis nous sommes rentrés. Le vent du sud soufflait fort, la surface du bayou était ridée comme une vieille peau. Je me suis rendu à une réunion des Alcooliques anonymes à l'église méthodiste, sur Main, mais je n'arrivais pas à me sortir de la tête que Bledsoe préparait quelque chose contre nous.

Bledsoe était le déclencheur, mais le sentiment d'angoisse que j'éprouvais était un problème dans ma vie bien avant que je ne le rencontre. Les psychologues sont persuadés qu'il existe une forme d'anxiété à long terme, causée par l'agitation dans la maison où l'on a grandi : les parents qui se disputent, les enfants qui sont secoués, qu'on laisse tomber, quelqu'un qui n'arrête pas de surgir, rendu enragé par l'alcool. Je ne sais pas d'où ça me vient. Pour moi, c'est un peu comme de voir une tournée de mortiers tomber juste devant soi, suivie par une autre juste derrière. À cet instant, on sait, avec une certitude absolue, qu'on est dans le collimateur, et que la prochaine tournée sera dans le mille. On éprouve le même sentiment que si on vous arrachait la peau.

Pour tout dire, j'avais envie de boire. Peut-être pas beaucoup, juste quelques whiskys, avec une bière pour accompagner, juste assez pour éteindre le gaz sur le feu. Ou bien je voulais charger mon calibre .12 à canon scié, ou mon AR-15, et *let's rock*[1].

À la tombée de la nuit, je regardais par la fenêtre quand j'ai vu une voiture de patrouille conduite par une Noire en uniforme s'arrêter dans mon allée. Catin Segura en sortit. Elle fixa longuement les arbres du jardin et le buisson rouge et or de mirabilis qui s'ouvraient dans l'ombre.

– Quel bel endroit, dit-elle.

– C'est vrai.

– Je finissais ma garde, et j'ai pensé que je devais te dire quelque chose. Quand je faisais ma ronde dans les Quartiers de Loreauville, j'ai vu Otis Baylor qui parlait à une famille sur sa galerie. C'était juste à côté de la maison louée par Elizabeth Crochet, la propriétaire de la plaque que j'ai pistée, pour le délit de fuite. Quand j'ai effectué une nouvelle ronde dans les Quartiers, environ dix minutes plus tard, il frappait à une autre porte, une rue plus loin.

» Je lui ai demandé si je pouvais l'aider. Il m'a dit que non, qu'il travaillait pour une compagnie d'assurances, et qu'il venait juste voir quelques clients. Je lui ai dit que j'étais le shérif adjoint qui avait mené l'enquête sur le délit de fuite devant sa maison. Et j'ai ajouté que je pensais qu'il était venu pour d'autres raisons.

– Qu'est-ce qu'il t'a répondu ?

---

1. C'est parti !

– « Merci de m'avoir proposé votre aide. » Et il est remonté dans sa voiture, et il est parti. Qui est-ce qu'il recherche, Dave ?

– Un certain Bertrand Melancon.

Du jardin, depuis mon portable, j'ai appelé la maison des Baylor. Quand Otis a répondu, j'ai raccroché. Molly et Alafair devaient aller au cinéma. J'ai attendu qu'elles soient parties, puis j'ai été sur Old Jeanerette, et je me suis garé dans l'allée d'Otis. Il est sorti, une serviette glissée dans son col.

– C'est vous qui m'avez appelé, il y a à peu près un quart d'heure ? demanda-t-il.

– Qu'est-ce qui vous fait penser ça ?

– Le fait que vous n'arriviez pas à nous ficher la paix.

– Non, le problème n'est pas là, monsieur Baylor. Le problème, c'est que vous soyez allé dans les Quartiers de Loreauville. Vous saviez qui conduisait le véhicule qui a pris la fuite, et vous vous êtes servi de vos relations dans les assurances pour trouver à qui appartient la plaque d'immatriculation et obtenir l'adresse du propriétaire. Vous êtes allé dans les Quartiers de Loreauville pour trouver Bertrand Melancon. Sauf qu'il n'était pas là-bas, alors vous avez posé des questions aux voisins.

– Si vous savez déjà tout ça, pourquoi venir me voir ?

– Ne faites pas le malin, monsieur Baylor. Ce que je ne comprends pas, ce sont vos raisons de faire ça. Melancon a causé à votre fille et à votre famille des dommages irréparables, mais il est évident qu'il a essayé de se racheter. Vous voulez toujours buter ce type ?

– Que voulez-vous dire par « se racheter » ?

– J'ai parlé à Melancon. Il m'a dit qu'il avait essayé de se rattraper. Je pense qu'il ne mentait pas. Il sait qu'il finira sans doute dans une décharge.

Je crois que je n'ai jamais vu un homme aussi abasourdi qu'Otis Baylor à cet instant. Il m'a fixé pendant un long moment.

– Monsieur Robicheaux, soyez précis, qu'il n'y ait pas d'équivoque.

– Ce que je viens de vous dire est une mise au point précise. Pour ce que ça vaut, je pense que Melancon regrette ce qu'il a fait. Je crois aussi qu'il sait qu'il n'en a plus pour longtemps. S'il a de la chance, il ne sera pas préalablement travaillé au chalumeau. Et je n'exagère pas. Avant de mourir, André Rochon a dû souffrir comme un damné.

– Dieu du ciel, dit-il, effondré, le visage blafard.

– Qu'avez-vous fait ?

Il a secoué la tête, les yeux vitreux.

– Il faut me parler, monsieur Baylor. Il est temps.

– Je n'ai rien fait. Excusez-moi, je vous prie. Il faut qu'on finisse de dîner. Il faut que j'aide ma femme à faire la vaisselle. Il faut que j'aide ma fille pour ses devoirs. Excusez-moi, je vous prie.

Il rentra dans la maison, et je l'entendis refermer le verrou. Mais je n'ai pas quitté la cour. Je suis resté longtemps là, dans l'ombre, dans le bruit des oiseaux qui se rassemblaient au sommet des arbres, et des enfants dans une pirogue, sur le bayou. Le vent secouait les volets et faisait voleter des feuilles des gouttières. Les stores étaient baissés, le cadre des fenêtres, bordé d'une lumière jaune venue de l'intérieur. Dans d'autres circonstances, la maison aurait pu symboliser la chaleur du foyer contre l'arrivée de la nuit. Mais il ne venait pas un bruit, et je suppose que, dans ces murs, ne vivait que le malheur.

*
* *

Le dimanche matin, j'ai convaincu Molly et Alafair de m'accompagner à une cabane que je louais sur la digue, près de Henderson Swamp. C'était un bel endroit, construit en pin, en partie sur pilotis, la galerie face à une baie semée d'îlots couverts de cyprès et de saules. Le vent était tombé, les *crappies*, ce que, dans le sud de la Louisiane, on appelle des « sac-à-lait », mordaient, et je voulais sortir de la ville et m'éloigner, ne fût-ce que pour une journée, des problèmes de Ronald Bledsoe. On a accroché la remorque et le bateau, mis dans la glacière un pique-nique et des boissons fraîches, et tiré des tendeurs sur les cannes et les gilets de sauvetage, dans le fond du bateau. J'ai jeté un coup d'œil sur le ciel, vers le sud, et je suis rentré dans la maison chercher nos cirés. Alafair m'a suivi à l'intérieur.

– Dave, on n'est pas forcés de faire ça, dit-elle.
– De faire quoi ?
– De fuir devant ce type.
– Les criminels finissent toujours par tomber. Il suffit d'attendre un peu, et on les voit tomber.
– Pendant combien de temps Hitler a-t-il tué des gens ? Douze ans ?

Quand on est arrivé au marais, la baie était bosselée de gouttes de pluie. Les pêcheurs du petit matin, qui étaient venus chercher des « sac-à-lait » rentraient déjà. On a suivi le sommet de la digue, passant devant le loueur de bateaux, les boutiques de matériel et les restaurants qui organisent des visites des marais en français et en anglais. Puis on a pénétré sur une longue étendue de terrain verdoyant au bord de l'eau, dépourvue de déchets, de constructions ou même de cabanes de pêche pour le week-end, comme celle que je louais.

Alafair et moi avons mis le bateau à l'eau, et on s'est servi du moteur électrique pour pêcher le long d'une suite d'îlots couverts de saules, entre la digue et la baie. On a essayé des vers et des leurres, les deux sans succès. Le vent s'était levé, et l'eau était trouble et trop haute. Ce n'était pas non plus le bon moment de la journée. Mais ça m'était égal. Je voulais juste être avec Alafair et Molly, loin de la ville, loin de mon boulot, loin de la cupidité et de la duplicité, loin des gens qui arnaquent les autres, et profitent du désespoir et des épreuves que connaissent d'autres Américains.

Le changement de saison était déjà dans l'air. Les feuilles des cyprès avaient viré à l'or, et je sentais une odeur dans la brise. Les bois flottés le long de la rive étaient sombres, et les nénuphars qui, l'été, se couvrent de fleurs jaunes se frisaient maintenant en écales brunes. Sous l'eau, je sentais des bancs de poissons, l'odeur séminale du frai, mais je ne voyais rien sous l'obscurité de la surface, comme si une partie du cycle de la vie se trouvait retirée de ma vie à moi.

Sur la digue, un pick-up sommaire chargé d'une famille brinquebalait sur la route en direction d'une rampe à bateaux. Un gamin à moto est passé, suivi par un Humvee noir aux vitres teintées à moitié remontées.

Un vautour solitaire tournait lentement au-dessus de nous, comme attendant une mort qui ne s'était pas encore produite. Puis il s'est incliné contre le ciel et s'est laissé glisser plus loin sur la baie, peut-être pour chercher des charognes ailleurs, peut-être pour marquer une pause, je ne sais pas. Je n'avais pas envie de ratiociner sur les soixante-dix ans que nous accorde la Bible. Mais, à un certain âge, la conscience de la mortalité n'est pas une étude qu'on choisit.

– Tu t'inquiètes trop pour Molly et moi, dit soudain Alafair.

– Tu crois ? dis-je, tandis que notre bateau privé d'ancre dérivait dans le vent.

– Arrivera ce qui doit arriver. On n'a pas peur. Pourquoi tu aurais peur, toi ?

Parce que je vis en vous, pensai-je. Parce que, si vous mouriez, je mourrais moi aussi.

– Qu'est-ce tu viens de dire ? demanda-t-elle.

– Rien. C'est juste qu'il m'arrive de parler tout seul. Ça va avec le démon de minuit, quand on approche de soixante-dix ans.

– T'es vraiment trop, dit-elle.

Un peu plus tard, une averse a traversé le marais. L'air s'est rafraîchi, le ciel s'est éclairci, et on a redescendu la digue pour dîner dans un restaurant construit sur l'eau. Ç'avait été une belle journée, même si on n'avait pas pris de poisson, et on a commencé à remettre la cabane en ordre, à faire la vaisselle, à fermer les fenêtres. Sur la baie, derrière une rangée d'arbres dans le lointain, le soleil semblait glisser hors de l'extrémité aquatique du monde. Un pêcheur déterminé, arborant un chapeau de paille, avait jeté l'ancre au milieu des îlots couverts de saules, dans un nuage de moustiques qui se rassemblent toujours sous les arbres, juste au moment où le soleil se couche, et, en général, juste avant la nuit, attirent les sac-à-lait. Il n'arrêtait pas de chasser les moustiques de son visage et de secouer sa canne, comme un homme agité qui essaie de conclure par un tour de magie une quête infructueuse. Puis sa ligne s'est prise dans un arbre et il s'est arrêté assez longtemps pour s'asperger d'antimoustiques, avant de s'y remettre.

– Donne-moi les clefs du pick-up, Dave. Je vais approcher la remorque, dit Alafair.

– Un petit morceau de tarte au pécan avant d'y aller ? proposa Molly.

– J'aimerais bien travailler un peu à mon roman, ce soir, dit Alafair.

Je lui ai donné les clefs et, par la fenêtre de derrière, je l'ai regardée mettre le pick-up en marche et se diriger vers la rampe de brique pilée où on accroche toujours le bateau, la remorque vide rebondissant derrière elle. Je me suis versé une dernière tasse de la cafetière sur le poêle, j'y ai ajouté une petite cuillerée de sucre et je l'ai bue. Par la fenêtre de devant, je vis Alafair reculer la remorque sur la rampe jusqu'à ce que les roues aient de l'eau jusqu'aux enjoliveurs et que la remorque soit sous l'eau. Alors elle a enfilé les bottes de caoutchouc qu'elle avait prises dans le pick-up et a commencé à patauger.

J'avais imaginé qu'elle m'attendrait. Normalement, quand on charge le bateau sur la remorque, l'un de nous deux recule la remorque dans l'eau pendant que l'autre remonte le moteur et dirige le bateau sur le roulement, permettant au chauffeur d'accrocher le treuil à l'avant et de remonter le bateau à la manivelle.

Là-bas, parmi les saules engloutis, je vis le pêcheur solitaire se pencher dans son bateau et prendre quelque chose dans le fond. Il fit tomber son chapeau de sa tête, pour mieux voir, et leva le fusil à son épaule. Je ne distinguais pas ses traits, mais la lune se levait, et je vis la lumière briller sur sa tête chauve dans l'ombre.

J'étais déjà arrivé à la porte-écran et je dévalais la pente quand il a lâché sa première balle.

28

Peut-être un coup de vent a-t-il fait tanguer son bateau, à moins qu'il ait été surpris par le bruit que je fis en surgissant par la porte-écran, toujours est-il que la balle était trop longue d'une dizaine de centimètres, et arracha la housse de mon moteur.

L'arme semblait être une carabine semi-automatique, peut-être une .223, munie d'un silencieux. Le deuxième et le troisième coup surgirent du canon dans un éclair, et produisirent le même son que le premier, comme quelqu'un qui crache un objet dur. Alafair, accroupie, avait couru le long du bateau, puis s'était jetée sur le sol derrière le pick-up. L'arrière du pick-up était suffisamment enfoncé dans l'eau pour que le tireur ne puisse pas la viser.

Au moment où je me précipitais à l'intérieur de la cabane, il tira un coup sur moi. La balle fit une large entaille dans le montant de la porte, et on entendit des bris de verre quelque part dans la chambre. J'ai atterri sur le sol, sur le visage, face contre terre, et j'ai vu Molly s'accroupir sous l'évier pour essayer de s'approcher de moi.

– Alafair est touchée ? demanda-t-elle.

– Non, elle est derrière le pick-up. Il ne peut pas l'avoir sans déplacer son bateau.

Deux autres balles firent exploser de la vaisselle et un pot de fleurs sur la fenêtre de la cuisine, saupoudrant la tête et les épaules de Molly.

J'ai rampé sur les mains et les genoux pour aller dans la chambre, où mon sac à dos était posé dans un coin. J'ai plongé la main dans le rabat et j'ai senti la crosse à damiers de mon .45. J'ai dégrafé la sangle du holster, que j'ai mise de côté, puis j'ai trouvé le barillet de réserve que j'ai toujours dans le sac à dos et l'ai glissé dans ma poche arrière. J'ai tiré la glissière et inséré une pointe creuse blindée de 230 dans la chambre.

Je suis revenu dans la cuisine en rampant. Molly était accroupie près de la porte d'entrée, essayant d'apercevoir Alafair, son portable à la main.

– J'ai appelé le bureau du shérif de St. Martin. C'est Bledsoe ? demanda-t-elle.

– Ça ne peut être que lui. Tu sais, pour arriver ici, le 911 doit bien mettre un quart d'heure. Je sors. Reste par terre.

– Je vais la rejoindre.

– Non, non, non. Ne fais pas ça. Reste ici. Ne discute pas, s'il te plaît.

– Non, il n'est pas question que je la laisse là-bas.

J'ai commencé à parler, mais je savais que ce serait de la salive pour rien, et je ne pouvais me permettre de perdre plus de temps. À cet instant, le tireur a recommencé, criblant le pick-up, crevant un pneu et faisant deux trous dans la glacière. J'ai franchi la porte d'un bond, accroupi, mon bras droit tendu devant moi, tirant en direction de l'île aux saules.

Je vis à nouveau l'éclair du canon, et je compris qu'il avait changé d'angle de tir. J'ai supposé qu'il avait un moteur électrique d'appoint, et qu'il avait rapproché le bateau de la rive aux saules, pour accéder plus facilement à la baie. Je me suis laissé tomber à genoux à côté d'Alafair.

Elle avait une coupure sous l'œil, des traînées de boue sur ses vêtements et les avant-bras.

– Tu es blessée, Alf ?

– Non, je crois que j'ai été touchée par un morceau d'aluminium. Je l'ai vu. Il a une carabine semi-automatique.

– C'est Bledsoe ?
– Je ne peux pas dire.
– Je vais l'avoir, ce mec. Molly a déjà appelé le 911. Reste là jusqu'à ce que les gars de St. Martin arrivent. N'essaie pas d'aller à la cabane. Il ne peut pas accoster.

Les mots étaient à peine sortis de ma bouche que Molly courut de la cabane au pick-up, courbée, son portable dans une main, et dans l'autre une petite trousse de première urgence. Elle souffla dans les cheveux qui lui bouchaient les yeux, et me regarda. Ses joues étaient rouges. Elle porta la main à son cou, et l'examina. Puis elle se le toucha du bout des doigts. Il y avait une zébrure, comme une brûlure de corde qui commence à saigner.

J'aurais voulu être furieux contre elle d'avoir quitté la cabane, et de s'être exposée à un danger plus grand, mais comment être furieux contre quelqu'un qui risque sa vie pour apporter une trousse de première urgence à ceux qu'elle aime ?

Je me suis frayé un chemin jusqu'à l'avant du pick-up, et j'ai tiré trois balles sur les saules qui se découpaient dans l'ombre, les cartouches éjectées tintant sur la brique pilée. J'ai entendu une balle heurter du bois, une autre faire gicler de l'eau et la troisième mordre du métal. Ma glissière était ouverte sur une chambre vide.

J'ai laissé tomber le magasin vide du .45, j'ai pris le magasin chargé dans ma poche arrière et l'ai fourré dans la crosse. J'ai libéré la glissière, mettant une balle dans la chambre. Mais avant que j'aie pu lâcher un coup, le tireur en hors-bord a démarré, et orienté sa coque vers la baie, où il a creusé un sillon.

J'ai poussé mon bateau hors de la remorque, escaladé l'avant et mis le moteur en marche. Mon bateau ne faisait que cinq mètres de long, il était d'apparence utilitaire, sans rien de remarquable. Mais le Yamaha 115 chevaux monté sur sa poupe lui donnait un élan et une puissance bien supérieurs à ce qu'on attend d'un modeste bateau de pêche. J'ai mis les gaz, et de la boue et des herbes mortes ont bouillonné sous l'hélice. L'avant s'est élevé dans l'air, et le fond a fait une embardée sur le côté tandis que je me glissais entre deux îlots de saules. En quelques secondes, la coque fonçait dans la baie, aussi rapide qu'un bateau de course.

À moins de cent mètres, j'apercevais le tireur qui se dirigeait vers un bosquet de cyprès morts près de la digue. Il était courbé à l'arrière, et en pénétrant dans une crique d'eaux mortes couvertes d'algues, il a jeté un coup d'œil par-dessus son épaule. Il dérapa autour d'une souche, racla contre des troncs de cyprès à cannelures et s'enfonça dans la crique, avec un nouveau coup d'œil derrière lui à son hélice sans doute empêtrée dans des racines.

Il a disparu au milieu des cyprès, mais j'entendais son moteur gémir, comme une scie qui mord dans un clou.

Au-dessus de la crique, sur la digue, je vis les phares d'un véhicule s'allumer et s'éteindre, puis rester éteints.

Je suis allé droit dans la crique, glissant au-dessus d'arbres engloutis, cognant contre le tronc creux d'un tupélo. Devant moi, à l'extrémité des cyprès, je voyais la pente herbeuse de la digue et, au sommet, la forme carrée d'un Humvee se découpant sur le ciel.

L'homme dans le bateau avait des problèmes. Il n'arrivait pas à se dégager des débris, dans l'eau, pour arriver au bord de la digue, et je n'étais plus qu'à vingt mètres de lui. Dans l'obscurité, je le vis prendre sa carabine, s'agripper à une branche, sauter dans l'eau par-dessus bord, espérant trouver un terrain ferme.

Mais il se retrouva avec de l'eau jusqu'à la poitrine, ses chaussures s'enfonçant dans la vase et dans des strates de végétation pourrie. Il avança péniblement à travers les arbres engloutis en direction du rivage, l'arrière de son crâne rasé brillant au clair de lune. Au bord de l'eau se trouvait un bateau de touristes à moitié submergé, avec une cabine arrière artisanale en contreplaqué, la coque ramollie de pourriture et couvertes de volubilis, la cale servant de maison aux orphies et aux alligators.

S'il pensait ne pas pouvoir connaître pire, il se trompait. Le Humvee sur la digue s'anima et s'éloigna, abandonnant le tireur à son destin. Il batailla pour se sortir de l'eau, essayant, d'une main, d'écarter les branches, tandis que de l'autre il tentait de brandir son arme au sec. Puis il est passé derrière un tronc, et je l'ai perdu de vue.

J'ai coupé mon moteur, et je suis passé de mon bateau à une souche de cyprès, puis je me suis enfoncé dans l'eau. J'ai repoussé le bateau dans une zone dégagée et je l'ai regardé glisser à travers la pellicule d'algues, puis heurter un tronc.

Un coup de feu solitaire est arrivé depuis l'arrière de la cabine de pilotage du bateau submergé.

J'ai levé mon .45 à deux mains par-dessus une branche et j'ai visé la cabine de pilotage. Je ne sais pas pourquoi le tireur se réfugiait là. Le bois était aussi ramolli qu'un bouchon pourri, et les vertus protectrices de l'ensemble n'étaient qu'une illusion. Mais je suppose qu'arrivé à ce stade de son existence le tireur n'avait plus trop le choix et considérait une construction artisanale comme un refuge naturel dans une zone alluviale où il n'aurait jamais imaginé qu'il finirait pris au piège, et seul.

J'ai appuyé sur la détente. Une flamme a volé dans l'obscurité, et le recul a projeté mon poignet en l'air. Au deuxième coup, je l'ai entendu pousser un hurlement. Il me restait six balles dans mon .45. J'en ai tiré une troisième, et j'ai vu exploser le bois de l'arrière de la cabine.

Il a commencé à patauger dans la boue pour atteindre la digue, boitant, tenant toujours la carabine. J'ai baissé le viseur en direction du bas de son dos, et j'ai à nouveau appuyé sur la détente, sauf que cette fois je n'ai pas cessé de tirer avant que le magasin soit vide, et mes oreilles, assourdies par les détonations.

J'ai pataugé dans un creux, puis j'ai senti un sol dur sous mes pas. J'ai agrippé l'arrière du bateau submergé, et je me suis hissé sur la digue, tremblant encore de la poursuite et de l'échange de coups de feu. Le tireur était à plat ventre dans l'herbe, les bras étendus comme un homme tombé d'une grande hauteur et incrusté dans le sol. J'ai posé mon .45 et j'ai retourné l'homme sur le dos. Sur sa poitrine, les blessures mortelles étaient de la taille d'une pièce de monnaie, et le tissu déchiré, retroussé vers l'extérieur.

Au début, je n'ai pas reconnu le tireur à cause du crâne rasé strié de blessures recousues, et de l'expression de surprise figée sur son visage.

Puis j'ai compris que Ronald Bledsoe n'avait pas seulement cherché à supprimer ma famille, mais avait aussi baisé son associé. Je suppose que j'aurais dû éprouver de la pitié pour l'homme que je venais de tuer, mais ce n'était pas le cas. À mon avis, il avait passé la plus grande partie de sa vie adulte à faire du mal aux autres. À vrai dire, je le soupçonnais d'être de ceux dont le passé est fait d'actes dont on n'a pas envie d'entendre parler.

On dirait que t'es dans la merde, Bobby Mack, pensai-je, mais qui sait ? Peut-être que tout n'est pas perdu. Peut-être qu'en enfer on joue au Texas Hold 'Em.

*
* *

Otis Baylor ne s'estimait pas compétent dans beaucoup de domaines, mais il y avait une chose dont il était certain : il était né courtier en assurances. Il savait en fournir du berceau à la tombe. Il connaissait les gens, ce dont ils avaient besoin, comment leur parler. Il savait aussi comment les trouver, comment tout découvrir à leur sujet, en particulier quand ils remplissaient leurs formulaires.

Lors de sa visite dans les Quartiers de Loreauville, il ne lui avait pas fallu longtemps pour apprendre, par les voisins, que Bertrand Melancon avait une tante dans le Neuvième District. Il lui en fallut encore moins pour trouver son nom dans une base de données à laquelle avait accès son ancien employeur. Elle avait rempli une demande d'indemnisation pour les dégâts causés par l'inondation du lac Pontchartain, sans savoir que, selon toute probabilité, le seul fait qu'elle ait parlé d'inondation garantissait quasiment qu'elle ne toucherait rien.

Mais Otis Baylor ne s'inquiétait pas des déboires des membres de la famille de Bertrand Melancon. Melancon était venu dans sa maison. La plaque d'immatriculation abandonnée sur la route était la preuve incontestable qu'il s'était trouvé là. Le but de sa visite lui restait inconnu, mais le fait qu'il soit venu était, dans l'esprit d'Otis, la justification de ce qu'il allait faire.

Puis, au cours du dîner en famille du samedi soir, un inspecteur avait frappé à sa porte, et lui avait donné une information qui avait modifié toutes ses perspectives concernant ses relations avec sa femme, qui lui avait menti, et sur un violeur qui avait volé l'âme de sa fille.

Dans la nuit du samedi, il ne parvint pas à dormir, et il passa la plus grande partie du dimanche à trier ses factures, choisissant celles qu'il payait, de façon que le téléphone, le gaz, l'électricité ne soient pas coupés, et qu'il ne manque pas le remboursement du crédit de sa maison de La Nouvelle-Orléans. Au milieu de l'après-midi, il comprit qu'il ne trouverait pas la paix avant d'être allé à la rencontre de la source de tous ses maux.

Il appela un ami, régulateur de la compagnie qui assurait la maison de la tante de Bertrand Melancon.

– Elle s'appelle Clemmie Melancon, dit Otis. Je suppose qu'elle est partie depuis longtemps, mais comme elle a rempli une demande d'indemnisation, je me disais que tu aurais peut-être une adresse où la joindre, ou un numéro de téléphone.

– Elle a été évacuée au Superdôme, mais maintenant elle est rentrée chez elle, dit le régulateur.

– Dans le Neuvième District ?

– Elle n'est pas dans la partie la plus touchée, mais ouais, elle est rentrée chez elle. Elle a un Parkinson. De toute façon, je pense que dans ce coin ils vont finir par faire passer des bulldozers.

– Et sa demande d'indemnisation ?

– Oublie ça.

– Merci de ton aide, dit Otis, qui s'apprêtait à raccrocher.

– C'est vrai que tu as appris aux requérants comment nous glisser une demande ?

– Glisser n'est pas le terme que j'emploierais. Je dirais plutôt « démolir la gueule », dit Otis qui, cette fois, raccrocha.

Il était 15 h 46. Dehors, le ciel était gris, le vent soufflait, des feuilles humides se collaient aux vitres de la pièce qui lui servait de bureau. Otis prit ses clefs de voiture dans la poche de son pantalon et se les fit tourner sur un doigt.

– Où tu vas, papa ? demanda Thelma.

Elle était à la porte, une hanche contre le jambage, l'air inquisiteur et innocent, telle qu'elle était avant qu'elle et son petit ami ne se perdent dans un quartier qui, quelques minutes plus tard, allait engloutir leurs vies.

– Mon père et mon oncle étaient membres du Ku Klux Klan, dit-il. Ils avaient rejoint cette organisation détestable parce qu'on leur avait appris à éprouver de la haine. Mon père était un brave homme, mais il n'a jamais compris qui était son véritable ennemi. Ce n'étaient pas les gens de couleur. C'était le dragon qui vivait en lui. Tu ne penses pas qu'il est temps qu'on sorte affronter les dragons, toi et moi ?

La pluie avait cessé, et quand Otis Baylor et sa fille pénétrèrent dans le Neuvième District de la paroisse de La Nouvelle-Orléans, le ciel était clair. La topographie, les maisons dépourvues de carreaux, les couches de gravats, d'ordures et d'épaves séchées ne paraissaient pas réels, mais ressemblaient à un film, ou à un montage d'actualités en noir et blanc sur la Seconde Guerre mondiale, une ville bombardée, privée de couleurs, la seule lumière provenant des feux de cuisine ondulant sous des plaques de métal rouillé que ceux qui vivaient encore là avaient posées sur des parpaings ou des tas de briques.

Depuis une heure, Thelma était restée silencieuse, et Otis se demandait s'il n'avait pas trop exigé d'elle, s'il n'avait pas effectué à sa place un choix qu'il ne lui revenait pas de faire. Il contourna une portion de la rue qui s'était effondrée en un canal.

– Papa ? demanda Thelma.
– Oui ?
– S'il est là, qu'est-ce que tu vas faire ?
– Je ne sais pas encore. Je ne sais même pas encore si je peux me fier à moi à ce sujet.
– Tu vas lui faire du mal ?
– Je l'ignore. C'est possible. Je pense que j'en serais capable. Jusqu'à ce que M. Robicheaux vienne chez nous, je pensais que je pourrais bien le tuer.
– Quand tu parles comme ça, ça me fait de la peine.
– Pourquoi ?
– Parce que ça ne te ressemble pas.

Otis ne répondit pas, et garda pour lui des réflexions qui auraient pu dévoiler à sa fille un aspect de sa personnalité qui l'effrayait lui-même.

Il fut étonné de trouver si facilement la maison de la tante de Bertrand Melancon. Même s'il ne devait plus y avoir de distribution de courrier dans le Neuvième District pendant des mois, si tant est qu'elle reprît jamais, quelqu'un avait surélevé la boîte aux lettres et raclé la boue sur les chiffres. La cour était jonchée de quasiment tout le contenu de la maison : des fauteuils et un canapé recouverts de toile, un réfrigérateur, des matelas, des sommiers, une télévision, des vêtements, de la nourriture, une commode couverte de fleurs en décalcomanies, avec du papier peint et des moquettes arrachés, le tout incrusté d'un dépôt gris noir qui avait séché comme du plastique. Il y avait du contreplaqué cloué sur les fenêtres et un écran à la place de la porte. Dans l'allée, sur le côté de la maison, un jeune Noir et une femme noire plus âgée dont la robe pendait comme un sac étaient assis sur des chaises à dossier dur près d'un feu qui brûlait dans un bidon d'essence percé de trous.

Quand Otis s'approcha, ni l'un ni l'autre ne leva les yeux. Six tranches de pain de mie, avec des morceaux de fromages, brunissaient sur une grille de réfrigérateur, au-dessus du feu.

– Vous savez qui je suis ? demanda Otis.

Bertrand leva les yeux, puis les baissa à nouveau. Il regarda la voiture garée dans la rue, et la jeune femme sur le siège passager.

– Ouais, sûr. Je sais qui t'es, aucun doute.

– Qui êtes-vous, m'dame ? demanda Otis à la femme.

– Qui êtes-vous, vous, debout dans mon allée, à me poser des questions ?

Sa peau était ridée comme du vieux mastic, sa poitrine réduite à des mamelles desséchées. Ses mouvements étaient capricieux, comme si son contrôle moteur n'était plus coordonné. Une de ses paupières tombait. Ses cheveux étaient si fins qu'on aurait dit du duvet sur son crâne.

– Je m'appelle Otis Baylor. La jeune femme dans la voiture est ma fille. Elle s'appelle Thelma. Je suppose que vous êtes mademoiselle Clemmie, la tante de Bertrand.

La femme regardait le fromage fondre sur les tranches de pain. Elle prit une boîte de conserve sur ses genoux et cracha du tabac à mâcher.

– Est-ce que Bertrand vous a parlé de ce qui est arrivé à ma fille, mademoiselle Clemmie ?

– Elle a rien à voir là-dedans, m'sieur, dit Bertrand.

– Vous êtes chez elle. Elle vous donne un refuge. Du coup, elle a à voir là-dedans. Où est votre grand-mère ?

– À l'intérieur, elle se repose. Il fait frais, ce soir. Elle a eu envie de se reposer.

– M. Robicheaux m'a dit que vous étiez venu chez moi, pour essayer de réparer. Comment un homme comme vous peut-il réparer ce qu'il a fait, monsieur Melancon ?

– J'voulais vous donner des diamants qu'j'avais pris à un homme qui les avait pris à quelqu'un d'autre.

– C'est un affront.

– J'voulais plus vous faire de mal, m'sieur. J'pensais qu'c'était...

Il s'interrompit et écarquilla les yeux, comme s'il était gêné par de la fumée.

– J'vais pas en dire plus. Appelez les flics, ou faites c'que vous êtes venu faire.

Otis portait une chemise à manches courtes qui, soudain, parut trop petite pour sa poitrine et sa gorge, si petite et si serrée qu'il ne pouvait plus respirer.

– Attendez ici, dit-il.

Il entra dans la maison sans frapper. À l'intérieur, il faisait sombre, et il entendait des moustiques bourdonner dans la pièce. Le sol et les murs semblaient recouverts du même dépôt vert sombre, de la même moisissure, qu'il avait vus sur les débris entassés dans la cour. Dans le couloir, une femme était allongée sur un lit de camp, un oreiller calé sous la tête. On entendait sa respiration.

– C'est toi, Bertrand ? demanda-t-elle.

– Non. Je m'appelle Otis Baylor.

Des bandages étaient entortillés autour des paumes des deux mains de la femme.

– Où est Bertrand ? demanda-t-elle.

– Il est dehors, dans la cour.

– Vous êtes un des hommes qui a tiré sur ma p'tite maison ?

– Non.

– Vous êtes un policier ?

– Non plus.

– Alors qu'est-ce que vous faites là ?

– Je suis dans les assurances.

– Vous êtes là pour la demande de Clemmie ?

– Non, dit-il.

– Vous voulez bien m'aider à me lever ?

Otis se pencha pour la prendre par un bras. Puis il entendit la porte-écran derrière lui.

– C'est bon, m'sieur. J'm'en occupe, dit Bertrand.

Il tenait à la main un petit bol blanc.

– Elle s'est brûlée sur le gril. Il faut que je l'aide à manger sa soupe.

– Ces femmes ne devraient pas se trouver ici, dit Otis.

– Y a pas d'endroit qui veut les prendre, dit Bertrand.

Otis regarda Bertrand donner la becquée à sa grand-mère. Otis écarta les moustiques de son visage. Quand le vent tourna et souffla par la porte de derrière, une odeur d'excréments lui frappa les narines.

– Je veux vous parler, dit-il.

– Il faut que je finisse ici, dit Bertrand.

– Non, sortez, je veux vous parler tout de suite.

Bertrand posa le bol sur le sol, à côté du lit de camp, et suivit Otis à l'extérieur.

– J'ai envie de vous démolir, dit Otis.

– J'm'en doute.

– Approchez-vous de cette voiture, et présentez vos excuses.

– Pardon ?

– Tu m'as bien entendu. Tu vas regarder ma fille en face, et t'excuser, espèce de fils de pute, avant que je fasse quelque chose de très moche.

Bertrand s'approcha de la voiture d'Otis et resta debout devant la portière passager, tournant le dos à Otis, qu'il empêchait de voir le visage de sa fille. Pendant qu'il parlait, Bertrand avait les bras croisés sur la poitrine, la tête tournée sur le côté. Sa silhouette paraissait dépourvue de bras, comme un panneau de bois peint sur l'air. De l'autre côté de la rue, un chien essayait d'arracher quelque chose à un tas de détritus fumants.

Bertrand se détourna de la voiture et se dirigea vers la maison. Quand il passa devant Otis, il s'essuyait le nez de l'arrière du poignet.

– Viens ici, dit Otis.

– Pourquoi ?

– Tu as entendu ce que je viens de dire ?

Otis passa la main sous le bras de Bertrand, et le souleva presque du sol.

– Qu'est-ce que vous me voulez ? J'ai fait tout ce que je pouvais, dit Bertrand. Si les hommes qui ont tué André et torturé Eddy touchent à ma tante et à ma grand-mère, vous savez ce qui leur arrivera ? Dites-moi un peu, monsieur Baylor.

La question de Bertrand était justifiée. Que recherchait Otis ? Cherchait-il à donner une nouvelle vie au cancer spirituel qui avait dévoré le cœur de son père ? À prendre prétexte des souffrances de sa fille pour tabasser un homme ?

– Papa ? entendit-il Thelma derrière lui.

Il se retourna, et la regarda en face.

– C'est bon, papa. Laisse-le partir.

– Chérie…, commença Otis.

– Ça va. Je veux rentrer à la maison.

Elle prit sa grosse main entre les siennes et lui sourit.

– Viens, papa. On n'a plus rien à faire ici.

Tandis que la voiture s'éloignait, Bertrand Melancon resta immobile dans la cour. Il ne savait pas vraiment ce qui s'était passé entre Otis Baylor et sa fille, ni ce que lui devait faire maintenant. En fait, il ne savait pas grand-chose. Il se demanda si la soupe de sa grand-mère était froide. Il se demanda si sa tante et sa grand-mère avaient la moindre idée des crimes qu'il avait commis. Il se demanda si sa mère vivait encore quelque part, et si elle pensait parfois à lui et à Eddy. Il se demanda pourquoi tous les événements qui s'étaient produits dans sa vie ne correspondaient jamais à ce qu'il avait prévu.

Comment ça se fait ? se demanda-t-il. Pendant un instant, il se demanda si le prêtre qu'il avait tué aurait pu lui donner une réponse. Cette pensée lui mit l'estomac en feu, et il cracha du sang dans la cour de sa tante.

29

　Le problème avec une montée d'adrénaline qui n'est pas due à l'alcool, c'est qu'on ne peut pas l'entretenir. Quand l'accès de chaleur se dissipe, quand l'odeur pure de cordite brûlée est chassée par le vent, on se retrouve dans la même zone morte que celle dans laquelle vit un ivrogne. Le matin, on se réveille avec un bruit de fond qui est comme une télévision montée à plein volume sur un écran vide. Les rues semblent désertes, le ciel, indifférent, l'atmosphère, souillée d'odeurs industrielles qu'on n'associe pas avec le matin. Le soleil est blanc, comme une ampoule, et les arbres sont dépourvus d'ombre et de chants d'oiseaux. Tout ce qu'on touche est acéré, et l'incapacité et le remords semblent enrober toutes les pensées. Le monde est devenu une prison impitoyable où les images d'un instant d'erreur ne disparaissent pas avec le jour, et vous poursuivent où que vous alliez. On passe son temps à rationaliser, à se justifier, et on finit par endosser une personnalité qu'on ne reconnaît pas. C'est comme passer un coin et se retrouver dans une rue où il n'y a personne. On ne se remet pas facilement d'une expérience pareille.

　Le lundi matin, Helen est entrée dans mon bureau, et s'est assise en face de moi.

– Tu te sens bien, bwana ?

– Fort comme la mort.

Je l'entendais mâcher son chewing-gum, ses mâchoires travaillant régulièrement.

– À ton avis, pourquoi Bobby Mack Rydel s'en est-il pris à toi ?

– C'est Bledsoe qui est derrière tout ça. Il s'est joué de Rydel comme il se joue de tout le monde.

– Tu es sûr de ne pas avoir vu Bledsoe dans le Humvee sur la digue ?

Je savais ce qu'elle voulait m'entendre dire.

– Je n'ai pas vu le type dans le Humvee.

– Dommage. Écoute, tu es censé rester consigné à ton bureau jusqu'à ce que le IA[1] éclaircisse l'affaire, mais ça devrait être réglé d'ici ce soir. Il faut qu'on mette Bledsoe en cage. Sur ce coup-là, je suis avec toi, Belle-Mèche. Je me fiche de savoir comment on y arrivera. Ce salaud n'a pas arrêté de nous cracher dessus, et il s'en est tiré. Il faut qu'on change d'angle d'attaque.

– Comment ?

– Qui est-ce qui a dit : « Quand on dit que ce n'est pas une question d'argent, c'est une question d'argent ? »

– H. L. Mencken.

– La question, ce sont ces « diamants de sang ». Il faut mettre tous les scorpions dans une boîte d'allumettes et secouer.

– Avec Bledsoe, c'est un problème de caractère. Il aime ça. Si on ne le payait pas pour faire du mal aux autres, c'est lui qui paierait pour le faire.

– Recommence à zéro. Va voir Otis Baylor.

– C'est une perte de temps.

---

1. Internal Affairs : division de la police chargée d'enquêter sur des affaires mettant en cause des officiers de police.

– Vraiment ? Je me demande ce qu'il fait en bas.

J'ai appelé Wally, et je lui ai demandé de faire monter Otis Baylor. Je m'attendais à ce que Wally lance une vanne quelconque. Mais il m'a surpris.

– Je suis content que ça aille bien, toi et ta famille, Dave. Et je suis content que t'aies descendu ce type. C'était un tir justifié. Tout le monde le sait. Tu m'entends ?

– Ouais, je t'entends, Wally. Merci.

Deux minutes plus tard, Otis a frappé à ma porte vitrée, et je lui ai fait signe d'entrer. Il portait un costume bleu marine, une chemise blanche et une cravate, et ses souliers brillaient. Il a posé sur mon bureau une feuille quadrillée arrachée à un carnet.

– Voici l'adresse de Bertrand Melancon, dans le Neuvième District. Si vous le voulez, il est à vous.

– Asseyez-vous, monsieur Baylor.

Il n'a pas discuté. Il a pris une chaise devant mon bureau et a parcouru la pièce des yeux.

– Je transmettrai cette information au NOPD. Je la transmettrai aussi au FBI de Baton Rouge. Ils viendront peut-être le chercher un jour, mais à mon avis ça prendra du temps. Je pense que d'autres mettront la main sur lui avant, et que, quand ils auront mis la main sur lui, ils en feront de la chair à pâté.

– C'est votre problème. Ma famille et moi, on en a fini avec lui.

– J'ai l'impression qu'il s'est passé quelque chose depuis la dernière fois que je vous ai vu. Vous voulez m'en parler ?

C'est ce qu'il a fait, en détail, ne laissant rien de côté, décrivant la tentation qu'il avait eue de démolir Bertrand Melancon devant sa tante, et l'intervention de sa fille, et sa clémence.

– J'admire ce que vous avez fait, monsieur. Moi, hier, j'ai abattu un homme du nom de Bobby Mack Rydel. Je l'ai tué parce qu'il essayait de nous tuer, ma fille, ma femme et moi. Il faisait ça parce que Ronald Bledsoe le lui avait demandé. Vous étiez au courant ? Apparemment, non.

– Non, je l'ignorais. On est revenus tard de La Nouvelle-Orléans, hier soir. Je n'ai pas regardé les informations ni lu le journal ce matin. Je suis venu directement vous voir. Je suis désolé d'apprendre les ennuis que vous avez.

J'ai pensé qu'il était temps d'utiliser l'information que l'inspecteur Catin Segura m'avait donnée concernant la femme d'Otis Baylor.

– Vous n'avez pas tiré sur les pillards, monsieur Baylor. Je pense que c'est votre femme qui l'a fait. À mon avis, avant de vous connaître, elle a été victime d'abus sexuel, sans doute de la part d'un homme à tendances sadiques. Je pense qu'elle a vu les pillards s'approcher de votre maison, qu'elle a eu peur et qu'elle a ouvert le feu sur eux.

Il est resté silencieux un instant.

– Qui vous a raconté ça ?

– Peu importe. Votre femme a pris le Springfield, et elle a sans doute tiré depuis la porte d'entrée. Elle devait être morte de peur. À sa place, qui ne l'aurait été ? Un jury devrait être capable de comprendre ça. Je pense qu'il est assez stupide de protéger quelqu'un qui n'a peut-être pas besoin de protection.

Ses yeux restaient fixés sur les miens, et je savais qu'il réfléchissait à ce que je venais de dire. J'avais dit « un jury devrait être capable de comprendre ça ». Comme la plupart des gens intelligents, Otis savait distinguer les nuances. Il savait aussi qu'un procureur soulignerait auprès du jury le fait que le tireur avait été d'une précision mortelle, et avait réussi à descendre non pas un, mais deux pillards avec une seule balle. Il était évident que le tireur n'avait pas tiré simplement pour leur faire peur.

Mais pour l'instant, il ne m'intéressait plus de savoir si Otis allait ou non trouver des solutions à ses problèmes familiaux.

– Bertrand m'a dit qu'il avait essayé de « réparer » vis-à-vis de vous. Je crois qu'il a essayé de vous donner une partie, ou la totalité, des « diamants de sang » volés dans la maison de Sidney Kovick. Il faut que je sache où ils se trouvent.

– On n'a rien à voir avec ça.

– Votre femme sait-elle où ils se trouvent ?

– Non.

Je suis resté silencieux, faisant tourner un stylo sur mon buvard, laissant peser sur lui tout le poids de la situation.

– Écoutez, Melancon est venu à la maison avec une lettre, dit-il. Il avait écrit de sa main des excuses à ma famille et a essayé de les lire à ma femme. Il lui a dit que l'endroit où se trouvaient les diamants était indiqué au bas de la lettre. J'ai trouvé la lettre dans le jardin. Elle était écrite sur une serviette en papier. L'encre s'était effacée dans l'eau. Elle est illisible.

– Et maintenant, où est-elle ?

– Probablement toujours dans la poubelle dont je me sers quand je fais le jardin.

– Si vous m'en donnez l'autorisation, je vais envoyer quelqu'un la chercher, dis-je.

– Faites ce que vous voulez.

Il m'indiqua exactement où se trouvait la poubelle, et j'ai appelé le laboratoire de criminologie d'Acadiana. Quand j'ai eu raccroché, j'ai regardé Otis pendant un long moment.

– J'aurais aimé que vous me disiez ça plus tôt. Votre manque de coopération ne nous a fait du bien ni à vous ni à nous, monsieur Baylor, encore moins à vous qu'à nous. Si je peux partager avec vous un brin de sagesse policière, c'est que vouloir assumer le fardeau de quelqu'un d'autre est une illusion stupide.

– Je connais mal la terminologie de la police. Vous voulez bien formuler ça autrement ?

– Quiconque laisse les autres faire de lui une victime afin de prouver sa valeur ne fait que laisser entrer un cancer dans sa vie.

– On a fini, monsieur Robicheaux ?

Je sentais ma vieille ennemie, la colère, bouillonner dans ma poitrine. La veille, ma fille et ma femme avaient failli perdre la vie, et j'avais été forcé de tirer et de tuer leur agresseur. Indépendamment de ce que lui-même avait vécu, j'en avais assez de l'attitude récalcitrante d'Otis Baylor.

Il observait mon visage, prenant peut-être enfin conscience que les autres aussi ont des limites.

– Non, on n'a pas fini. Et on dit « inspecteur » Robicheaux. Pourquoi pensez-vous qu'on vous est tombés dessus ?

– Un manque de chance ?

– Parce que votre voisin vous a dénoncé.

– Tom Claggart ?

– Il a dit que la nuit où les pillards se sont fait descendre, vous aviez parlé de « suspendre au mur de l'ivoire noir ». Vous vous rappelez avoir prononcé ces mots ?

– Ouais, je m'en souviens. Mais je n'en veux pas à Tom de vous avoir dit ça. C'est un esprit simple, qui aime faire plaisir aux autorités. Il a été élève de l'Institut militaire de Virginie, ou de la Citadelle, ou d'un collège comme ça. Je ne vois pas quel rapport ça a avec mon affaire.

Je dois admettre qu'on ne peut rien vous apprendre, pensai-je. Mais j'ai gardé mes réflexions pour moi.

Je pensais que Ronald Bledsoe avait déjà quitté la ville. J'avais tout faux. Deux autres inspecteurs se sont rendus au motel, tôt le lundi matin, et le directeur leur a dit qu'ils trouveraient M. Bledsoe dans un service d'assistance à côté d'Iberia General.

Un des inspecteurs, Lukas Cormier, m'a appelé de son portable depuis le parking devant le service. Il était licencié en administration des affaires, et avait un certificat de psychologie. C'était un bon enquêteur.

– Tu veux nous rejoindre ? me demanda-t-il.

— Je suis censé rester à mon bureau jusqu'à ce que le IA me libère. Que se passe-t-il ?

— Quand on est entrés, ce type qui paraît jailli d'un tube de dentifrice était en train de lire Harry Potter à voix haute à une salle remplie de patients soignés pour Alzheimer. Il m'a dit : « Salut, je m'appelle Ronald. Et vous ? »

— Quel est son alibi, pour hier ?

— Il dit qu'il est allé chez Barnes & Noble, à Lafayette, afin d'acheter des livres pour ses amis atteints d'Alzheimer.

— Il avait des tickets de caisse ?

— Non. Je lui ai posé la question.

— Et le Humvee ? Tu as quelque chose dessus ?

— Que dalle. On a essayé toutes les agences de location, et on a parlé à quelques concessionnaires. Mais sans numéro d'immatriculation, je pense qu'on n'arrivera à rien. Tu veux qu'on te l'amène ?

— Non. Laisse-le croire qu'il nous a eus.

— Il n'a aucun casier ? Des instituts psychiatriques, des trucs comme ça ?

— Rien du tout. Bledsoe est une page vierge. Même pas une contravention de circulation.

Il y eut un silence. Je savais déjà ce qui allait suivre.

— Dave, je ne veux pas paraître désinvolte à propos de ce que tu as vécu avec ce personnage, mais est-ce que tu es sûr qu'on a le bon type ? Je ne vois pas en lui la version new-ibérienne de BTK. Les types qui essaient de dézinguer un flic et sa famille ne traînent pas au milieu de tout le monde. Et ils ont un passé. Comme tu le reconnais toi-même, Bledsoe ne correspond pas au profil.

— BTK était diplômé en droit criminel et travaillait comme contrôleur du bétail à Wichita, au Kansas. Il installait aussi des systèmes d'alarme chez des particuliers. Il était ministre de son église. Et pendant vingt ans il a torturé des gens à mort, y compris des enfants. Amuse-toi, Lukas.

J'ai raccroché, plus en colère que je n'aurais dû l'être, je suppose. Mais quand on est du mauvais côté du manche, on est moins enclin à manifester de la sympathie envers ceux qui ne jouent pas franc-jeu avec vous.

J'ai appelé le magasin de Sidney Kovick. C'est Eunice qui a décroché.

– Sidney est-il rentré de New Iberia ?

– Je n'ai jamais dit qu'il était à New Iberia.

– Ah bon, j'avais oublié. Depuis que j'ai parlé à Sidney, samedi, un ami de Ronald Bledsoe a essayé de me tuer, ainsi que ma famille. J'ai essayé de brancher Sidney pour qu'il s'occupe de Bledsoe à ma place. Mais je veux Bledsoe vivant, et ceux pour qui il travaille. Demande à ton mari de me rappeler, s'il te plaît.

Il fallut un moment pour que ce que je venais de dire fasse son chemin en elle.

– Tu as essayé de faire faire ton sale boulot par Sidney, c'est ça ? demanda-t-elle.

– Pas exactement. Mais je ne m'y serais pas opposé.

– Honte sur toi.

Je sentis le rouge me monter au visage.

– Tu lui feras passer mon message ?

– Parfois, j'ai l'impression que tu ne comprends rien, dit-elle. C'est Sidney qui a besoin de ton aide. Il vient d'appeler. Il s'inquiète pour Marco et Charlie. Ils sont allés dans les marais d'Atchafalaya, samedi, et ils ne sont pas rentrés au motel. Leurs portables ne répondent pas non plus.

– Qu'est-ce qu'ils foutaient dans les marais d'Atchafalaya, Eunice ?

– Je ne sais pas trop.

Bon, pensai-je.

– Ils se sont peut-être perdus, dis-je. Marco Scarlotti et Charlie Weiss seraient sans doute incapables de trouver de la neige en Antarctique. Tu veux bien être franche avec moi, ou tu préfères voir Sidney dans une caisse ?

— Ils suivaient Ronald Bledsoe.
— Je suis à mon bureau. Dis à Sidney de passer me voir, ou de m'appeler. Tu es quelqu'un de sensé. Je veux que tu réfléchisses bien à la question suivante. Je ne veux pas de réponse. Je veux juste que tu réfléchisses.

Eunice avait grandi dans un fief de la paroisse de Plaquemines, et savait, pour l'avoir vu, que la justice est aveugle, évidemment, tout au moins quand elle touche à la corruption politique. J'ai laissé le ressort se tendre tout seul, puis je me suis servi du truc classique consistant à poser une question apparemment fondée sur une évidence.

— Quand Bo Wiggins tombera, tu crois qu'il prendra tout sur lui ? Un type avec des centaines de millions de dollars dans des contrats gouvernementaux ? Quand il s'agit d'argent et de statut social, Bo Wiggins est aussi tendre qu'un pitbull. Que ferait-il à Sidney, à ton avis ?

— Je l'ignore, Dave. Je ne l'ai jamais rencontré. Et je crois que Sidney non plus. Je lui dirai de t'appeler. Inutile de rappeler encore.

La durée de mon séjour en zone morte paraissait indéterminée.

Mais Sidney n'a pas rappelé, et j'ai commencé à comprendre qu'Eunice et lui étaient beaucoup plus vulnérables que je ne l'imaginais. Je l'ai déjà dit : je n'ai jamais bien compris Sidney. L'histoire nous enseigne que les chefs de la mafia sont arrivés au pouvoir en trichant, en trahissant leurs amis, en assassinant leurs supérieurs. Leur talent réside dans leur capacité à manipuler les autres, en particulier les « bons soldats », dotés d'un courage physique dont leurs chefs sont dépourvus.

Tel n'était pas le cas de Sidney. Il n'avait pas peur, et je ne l'ai jamais vu trahir l'un des siens. En fait, je pense que Sidney obéit à une sorte de théologie séculière, en bien des points similaire à celle des chantres du nationalisme, de la religion, des affaires. Pour lui, « péché », « échec » et « pauvreté » constituent la trinité maudite. S'il existe pour lui un lieu de perdition, c'est la maison de North Villere Street dans laquelle il a grandi.

Malheureusement pour Sidney et les hommes qui travaillent pour lui, le mal se présente parfois dans un paquet sans étiquette.

Clete Purcel était l'opposé de Sidney. Il est né et a été élevé dans la même pauvreté que Sidney et, pire, il a été exposé très tôt au rejet et à l'inutile cruauté de son père. Pourquoi un homme devient-il un gangster, et un autre un chevalier errant gorgé de bière ? Je n'ai jamais eu la réponse. J'étais juste content que Clete soit mon ami.

Dès que Clete avait entendu parler de la fusillade, il était venu chez moi. Il était resté là jusqu'à près de minuit, puis, au lieu de nous quitter, comme il avait dit vouloir le faire, il avait garé sa Caddy dans l'allée, décidé à dormir sur la banquette arrière, afin que Bledsoe ne tente plus rien contre nous. Il avait fallu discuter pour qu'il accepte qu'on lui fasse un lit sur le canapé.

Le lundi matin, il est venu à mon bureau peu après la fin de ma conversation avec Eunice Kovick.

– Alors Sidney ne t'a pas appelé, hein ? dit-il.

– Il ne veut pas admettre qu'il s'est mis tout seul dans la merde.

Dehors, le ciel était clair et l'air frais, et j'ai baissé les stores pour protéger mon bureau de la lumière éblouissante. Quand j'ai fermé les yeux, des cercles rouges ont semblé se former dans mon cerveau, et pendant un instant j'ai cru voir des éclairs sortir du canon d'une carabine semi-automatique. Je sentais le regard de Clete me suivre à travers la pièce.

– Arrête, dis-je.

– Je n'ai rien dit.

– Sidney veut récupérer ce qui lui appartient. Il pense probablement que Bertrand Melancon est encore à New Iberia, ou bien il imagine que Bledsoe peut le mener à Melancon.

– Tu ne crois pas que Bledsoe travaille pour lui ?

– Si c'était le cas, ça ne l'est plus.

– Et Bo Diddley Wiggins, là-dedans ?

– Je crois qu'il est mêlé à tout ça. Mais voilà le problème. Bo Diddley est un homme d'affaires. Sidney, lui, aime à croire qu'il en est un. Ronald Bledsoe et Bobby Mack Rydel, eux, sont d'une étoffe différente. Si je devais faire un pari, je dirais que Bo et Sidney ont sauté d'une falaise et ne savent plus comment remonter.

Je voyais croître l'irritation de Clete.

– Des types comme Bledsoe et Rydel ne travaillent pas dans le vide. Ils font les boulots avec lesquels des mecs comme Kovick et Wiggins ne veulent pas se salir les mains. Comme enlever et étouffer à mort Courtney Degravelle. Dans toute cette affaire, je regrette deux choses, Belle-Mèche. Un, d'avoir mêlé Courtney à ça. Deux, que ce ne soit pas moi qui en aie planté deux dans la poitrine de Rydel.

Heureusement, mon téléphone a sonné. C'était Mack Bertrand, du laboratoire de criminologie d'Acadiana.

– On a récupéré la lettre chez Otis Baylor. Elle était dans une poubelle, comme il l'avait dit. Le plus gros problème, c'est qu'elle a été écrite sur un papier de mauvaise qualité qui a séjourné dans l'eau. Quand on l'a sortie de là, c'était presque de la bouillie. Bref, je l'ai reconstituée par ordinateur. Qu'est-ce que tu veux savoir, exactement ?

– Le chemin qui mène à des biens volés. C'est lisible ?

– T'as déjà mangé une soupe avec des lettres de l'alphabet, quand t'étais petit ?

Quand j'ai eu raccroché, j'ai regardé Clete, la paume toujours sur l'appareil, ne sachant pas trop quoi faire. Clete n'était pas le bienvenu dans les bureaux du shérif. Au mieux, il était toléré parce qu'il était mon ami. Au pire, on le considérait toujours comme un flic en disgrâce qui, en échange de primes, poursuivait des petits voyous.

– Il faut que j'aille au labo.

Il ne dit rien.

– Tu veux venir ? demandai-je.

Le laboratoire se trouvait en dehors de la ville, dans une zone quasiment rurale. Sur le trajet, un petit chevreuil a traversé la route. D'un bond, il a franchi un fossé, et couru dans un champ de canne à sucre détrempé qui avait été dévasté par l'inondation et la tempête. Nous avions pris mon pick-up. Clete s'est retourné sur le siège et a plissé les yeux pour voir, par la vitre arrière, le chevreuil sauter par-dessus une barrière dans un bosquet de chênes d'eau. Puis il a regardé droit devant lui.

– À quoi tu réfléchis ? demandai-je.

– Je pensais à une chose que tu as dite. La raison pour laquelle cette affaire ne tient pas debout, c'est parce qu'on a un cocktail d'hommes d'affaires, de Ritals et de psychopathes dans un seul shaker. Les amateurs ne sont pas détectables par les radars. Ils sont imprévisibles. Ils font des affaires en Iran, ils se font sucer au Nigeria, ils emmènent leur famille à l'Église baptiste à Dallas. On croit poursuivre Charlie Manson, et on a affaire à Beaver Cleaver[1].

– Que veux-tu dire ?

– On n'a pas le pouvoir pour faire tomber ces types. Je suis content que tu aies descendu Rydel tant que tu en avais l'occasion.

– Il l'a cherché.

– Ce n'est pas ce que je veux dire. Ce type avait des protections. Pendant des années il a été une machine à tuer, et il avait toujours quelqu'un de puissant pour protéger ses arrières.

---

1. Jeune garçon héros de la série télévisée américaine *Leave It to Beaver*.

– Tu penses que c'est pour ça que Bledsoe n'a jamais été fiché ?

– Non, et c'est ce qui n'est pas logique. Bledsoe n'est pas un mercenaire. C'est un prédateur en série, un homme qui n'aime pas qu'on lui donne des ordres. Peut-être que quelqu'un l'a embauché pour un show de courte durée. Je ne peux rien imaginer de plus. Ça fait longtemps que toute cette bande devrait se trouver dans des distributeurs de savon.

Pendant le reste du trajet jusqu'au laboratoire, il n'a plus rien dit.

Techniquement, j'étais toujours consigné à mon bureau, mais, techniquement toujours, mon bureau s'étendait jusqu'au laboratoire. Le technicien légal en chef s'appelait Mack Bertrand. C'était un père de famille mince et à l'air gentil, toujours très soigné, qui gardait sa pipe dans un étui de cuir qu'il portait à la ceinture. Où qu'il aille, il amenait avec lui une odeur de tabac à pipe avec une pointe de pomme. Je ne peux pas dire que la présence de Clete dans le labo lui ait fait vraiment plaisir. Clete l'a senti, lui aussi, et il est sorti.

– J'ai dit quelque chose ? demanda Mack.

– C'est bon. Alors, qu'est-ce que tu as trouvé ?

À partir de la texture dissoute de la serviette en papier sur laquelle Bertrand Melancon avait écrit sa lettre, Mack avait créé des images virtuelles sur un écran. Au cours de notre conversation téléphonique, Mack s'était servi d'une métaphore à propos d'une soupe avec les lettres de l'alphabet. La métaphore n'aurait pu être plus appropriée.

J'ai pu distinguer plusieurs mots dans le corps du texte, mais au bas de la page, on ne discernait que quelques lettres recréées à partir de l'encre et de la pression de la pointe du stylo à bille.

Le diam es so les ri a ote de a ok

– Ça te dit quelque chose ? demanda Mack.

– À première vue, non. Mais peut-être qu'à la fin on comprendra.

– Dis à Purcel que je n'ai rien contre lui. J'ai toujours trouvé que c'était plutôt un type bien.

– C'est ma faute. Je n'aurais pas dû l'amener.

– Ça va, après ce qui s'est passé hier ?

– Pas de problème.

– C'est comme ça qu'il faut faire. Quand c'est fini, on referme la porte, affaire classée. J'ai pas raison ? N'y pense plus, dit-il, sachant reconnaître un mensonge quand il en entendait un, dans sa bouche comme dans la mienne.

Le lendemain, dans les marais d'Atchafalaya, un Noir pêchait avec une canne dans un bouquet d'arbres submergés. Ce n'est pas la voiture abandonnée sur la digue qui attira son regard, mais les nuages gris de moucherons flottant au-dessus des vestiges d'une cabane au pied de la digue. La cabane était faite de contreplaqué et de papier goudronné et, lors d'une tempête, elle avait été apportée ici par un coup de vent, ou au fil de l'eau. En plusieurs occasions, au cours d'un orage électrique, le Noir avait trouvé refuge dans la cabane. Il savait que c'était un endroit sec et vide, qui n'abritait pas de charogne d'animal ni de nourriture abandonnée.

Il pagaya à travers les arbres, et laissa tomber son hameçon appâté et son flotteur de liège dans les flaques noires que le vent du canal laissait immobiles. Puis il entendit des mouches bourdonner, et il vit des ombres fondre sur la pente herbeuse de la digue. Quand il leva les yeux, il vit trois vautours faire des cercles dans le ciel.

Il tourna le dos à la digue, souleva sa canne, la balança derrière lui en direction du canal et laissa tomber le ver à côté d'un tronc de cyprès. Le vent changea de direction, soufflant dans la montée de la digue. Une odeur suffocante lui heurta les narines.

Il rembobina sa ligne et pagaya à travers les arbres submergés jusqu'au banc de boue. Il était maintenant suffisamment dans le vent. Il tira la pirogue sur l'herbe et escalada la digue, puis la descendit à nouveau pour avoir le vent dans le dos. La porte de la cabane était entrouverte. Il prit un bâton pour l'ouvrir complètement, puis trouva ridicule son attitude craintive. Il posa la main sur le bord de la porte et la tira vers lui, la faisant racler sur le sol.

« Oh, Seigneur », dit-il dans sa barbe.

Quand nous sommes arrivés, Helen Soileau et moi, les services du shérif de la paroisse de St. Mary avaient déjà tendu des rubans jaunes de scène de crime au sommet de la digue, fermant l'accès à la cabane. En l'absence du shérif de St. Mary, l'enquête était menée par l'inspecteur Lamar Fuselier. Il avait des cheveux blonds coupés court et carré sur la nuque, et portait un coupe-vent bleu, un treillis amidonné et des chaussures noires brillantes. Autrefois, il m'arrivait de le voir au gymnase de Lafayette, soulevant cent cinquante kilos sur une barre. C'était l'époque où il prenait des cours de droit criminel à l'université. C'est aussi là que je l'avais vu, dans un vestiaire, donner de l'argent à un étudiant contre des résultats d'examen glissés dans un dossier de la confrérie.

– Que se passe-t-il, Lamar ?

Il prenait des notes sur un carnet, les sourcils froncés de concentration. Il leva les yeux, et les détourna de moi, puis souffla par le nez.

– Tu ne sens rien ? demanda-t-il.

– Le contraire serait difficile.

– On attend toujours le médecin légiste. C'est le vieux Noir, là-bas, qui a donné l'alerte. Comment ça se fait que vous soyez là ?

– On recherche deux types portés disparus.

— Si je devais parier, je dirais que ces types sont passés par le casino. Quelqu'un a dû les suivre, ou bien il est monté dans leur voiture et les a forcés à venir à la digue.

— Ouais. Ils n'ont ni portefeuille ni carte d'identité. On a trouvé quatre cartouches de .12 à l'intérieur.

— Et dans la voiture de location ?

— Rien. Quelqu'un a vidé la boîte à gants. J'ai trouvé ça étrange. Pourquoi le tireur aurait-il pris la paperasse dans la boîte à gants ?

— Sans doute pour nous compliquer le travail.

— Si tu vois du vomi dans la cabane, c'est le vieux. Quand il est entré, il a dégueulé.

Il rit dans sa barbe.

— Ça ne vous dérange pas qu'on rentre jeter un coup d'œil ? demanda Helen.

Il la remarqua enfin. Il la toisa des pieds à la tête.

— Faites comme chez vous, dit-il. Si vous en avez besoin, on a des sacs pour vomir dans une des voitures.

— Donnez le mien à votre femme, dit-elle.

La porte avait été arrachée et posée sur la pente de la digue, permettant au soleil de pénétrer dans la cabane. Je sortis un mouchoir, que je portai à mes narines. L'odeur de décomposition était exacerbée par la nature des blessures. Les deux hommes avaient été abattus à bout portant, au ventre et au visage. On voyait leurs viscères, et on distinguait à peine leurs traits. Leur matière cérébrale était répandue sur un mur. Tous deux portaient des vestes de sport, des chemises de soie et des souliers italiens de luxe avec des glands. Tous deux étaient allongés sur le flanc, et ce qui restait de leurs yeux brillait.

Je fis un pas en arrière pour retrouver le soleil, et expirai à fond. Helen me regarda.

— Je suis quasiment sûr que ce sont Charlie Weiss et Marco Scarlotti, dis-je.

— Les hommes de main de Kovick ?

— Ce qu'il en reste.
— Tu crois que c'est Bledsoe ?
— Je crois que Ronald Bledsoe est capable de tout.

Alors j'ai levé les yeux sur la digue et j'ai vu Clete Purcel qui nous regardait. Pour savoir où s'était passé le double homicide, il avait dû utiliser l'appareil grâce auquel il captait la radio de la police. Lamar Fuselier leva les yeux et le vit, lui aussi.

— Tu n'as rien à faire sur une scène de crime, Purcel, dit-il. Bouge ton gros cul de là.

Clete alluma une cigarette dans le vent, jeta d'une chiquenaude l'allumette sur la digue et ne bougea pas d'un pouce, la fumée passant entre ses lèvres.

30

Si vous avez passé un peu de temps en taule, ou traversé le pays à faire les foins et à ramasser des melons, ou travaillé dans un bureau de Manpower dans les bas-fonds, vous savez sans doute déjà que les créatures humaines sont infiniment complexes, et pas faciles à caractériser. Je suis toujours surpris de voir que c'est en général parmi les membres les plus quelconques de notre communauté qu'on trouve les plus grandes complexités, et le plus grand courage. Des gens qui semblent aussi intéressants qu'un mur en pisé ont des histoires personnelles dignes des Grecs anciens. Il m'arrive de penser que l'existence de chaque personne, si on la transformait en flammes, serait suffisante pour détacher la chair des os. Je crois que le mot que je cherche, c'est « empathie ». On la trouve chez les gens qui n'ont apparemment aucune des caractéristiques des porteurs de flambeaux.

En quittant la digue dans la paroisse de St. Mary, j'étais rentré directement chez moi, essentiellement parce que je craignais ce que Ronald Bledsoe allait faire maintenant. Sur la scène du crime, l'inspecteur en chef avait pris toutes les empreintes qu'il avait pu trouver sur les cartouches et sur la cabane en toile goudronnée, mais je doutais que son enquête mène à quoi que ce soit. Selon moi, c'est Bledsoe qui avait tiré, et Bledsoe n'était pas prêt à se laisser prendre par un inspecteur qui avait payé une copie d'examen pour passer un diplôme de droit criminel.

À 16 h 41, Sidney et Eunice Kovick se garèrent dans mon allée. C'est Sidney qui était au volant. Tous deux ressemblaient à des gens qui viennent juste de s'apercevoir de l'énormité de leurs erreurs de calcul. Sidney sortit de sa voiture et posa une main sur le toit.

– J'ai entendu dire que deux types se sont fait descendre dans l'Atchafalaya.

– Exact, dis-je.

– Qui c'était ?

– Ils n'avaient aucune pièce d'identité. Je pense que le shérif de St. Mary aura les informations ce soir ou demain.

– J'ai entendu ça à la radio. J'ai été à ton bureau. Personne n'a rien voulu me dire. Ils m'ont dit que tu étais là.

– Je t'ai dit ce que je savais, Sidney.

– *Dave*, dit Eunice d'une voix douce.

Elle avait toujours sa ceinture, sur le siège passager, le visage levé vers moi.

– Ces types conduisaient une Avalon de location, dis-je.

– T'as vu les corps ? demanda Sidney.

– Le tireur s'est servi de cartouches de .12. Les traits étaient difficiles à reconnaître. Mais les victimes ressemblaient à Charlie et à Marco.

Sidney serra le poing sur le toit de la voiture.

– Où est Ronald Bledsoe ? demanda-t-il.

– Tu me demandes ça à *moi* ? Depuis le début, tu te fous de moi, Sidney. Il est peut-être temps que tu mettes de l'ordre dans ta vie.

– Tu ne comprends pas, Dave. Tu n'as jamais compris ce qui se passait, dit Eunice.

– Comment je pourrais comprendre ? Tu ne partages pas tes informations. Sidney pense que le rôle d'un flic, c'est de lui ramener des objets qu'il a volés à quelqu'un d'autre.

– Je te donne l'information de la journée, dit Sidney. Je n'ai rien volé à personne. J'ai passé un marché pour faire entrer certaines choses dans le pays. Je les ai payées. Puis je me suis aperçu que l'affaire était conduite par des musulmans. Alors j'ai rompu l'accord, j'ai confisqué les objets en question, et j'ai peut-être laissé à quelques types des mauvais souvenirs à rapporter dans leur bled.

– Bo Wiggins était ton associé ?

– Bo qui ?

– On n'a plus rien à se dire, Sidney. Si tu veux faire une déposition avec tes conneries, viens demain à mon bureau.

– Écoute-moi, Dave. Marco a pris une lame dans le bras pour moi quand on était gosses. Le père de Charlie Weiss jouait aux cartes avec mon vieux pendant la Grande Dépression. Charlie a fait dix-huit mois au Camp J[1] plutôt que de me laisser tomber.

– Pourquoi suivaient-ils Bledsoe dans les marais d'Atchafalaya ?

– Je l'ignore. Ils le suivaient partout. On voulait retrouver le gamin noir qui a saccagé ma maison. On pensait que Bledsoe pourrait nous conduire à lui. Je me sens coupable.

Le visage de Sidney était dans l'ombre, et les feuilles qui voletaient des arbres sur la surface brillante de sa voiture rendaient son expression encore plus sombre. Je crois même que ses yeux brillaient.

Ce soir-là, j'étais assis dans la cuisine, essayant de trouver des combinaisons de lettres qui donneraient un sens aux résidus inintelligibles de la lettre d'excuses de Bertrand Melancon à la famille Baylor. En réalité, je me fichais que quelqu'un retrouve ou non les « diamants de sang ». À ce stade, le seul intérêt que je leur portais, c'était qu'ils puissent m'aider à

---

1. Un des camps du Louisiana State Penitentiary.

découvrir qui avait engagé Ronald Bledsoe. J'étais toujours persuadé qu'il avait dû travailler pour Sidney. Mais si celui-ci disait la vérité, il ne restait plus que Bo Diddley Wiggins.

– Qu'est-ce que tu fais ? demanda Alafair en regardant par-dessus mon épaule.

– Sans doute que je perds mon temps.

– C'est une partie de la lettre dont tu parlais, qui était dans le jardin des Baylor ?

– C'est exact.

Elle prit le bloc-notes jaune sur lequel j'avais écrit les lettres dépourvues de sens.

– Laisse-moi essayer quelques combinaisons avec l'ordinateur, dit-elle.

– À quoi ça va servir ?

– Si les mots avaient été tapés, et pas écrits à la main, ça serait relativement facile. Le problème, avec un texte manuscrit, c'est l'absence de régularité dans les espaces. Alors, pour compenser, il faut faire preuve d'imagination.

– Vraiment ?

– Ne prends pas cet air sardonique.

J'ai descendu la pente jusqu'au bayou. L'air était humide, le ciel du soir, éclairé par les feux du moulin à canne. J'étais plus fatigué que jamais. C'était peut-être mon imagination, mais je pouvais presque sentir un énorme poids peser sur le pays, une obscurité voleter furtivement à sa surface, une privation de lumière qui semblait inexplicable. Étaient-ce encore ces rêves de destruction du monde qui avaient envahi mon enfance, et m'avaient suivi au Vietnam et dans tous les bars de l'Orient ? Où était-ce le tigre de William Blake, beaucoup plus gros qu'on l'avait jamais pensé, dont l'heure était enfin venue ?

J'ai appelé Clete sur son portable.

– Où es-tu ? demandai-je.

– Au motel.

– Aucun signe de Bledsoe ?

– Non.

– Écoute, je ne veux pas quitter la maison. Viens.
– Pourquoi ?
– Pour rien. C'est ça. Il ne se passe rien. Et je suis impuissant face à ça.
– Face à quoi ?
– Je ne sais pas. C'est ça. Je ne sais pas. Dimanche, j'ai fait exploser la poitrine d'un type avec une balle de la taille d'une pièce de monnaie. Et ça m'a fait plaisir. J'ai rêvé que ce type se retrouvait en enfer.
– Et alors ?
– On est éclaboussés de sang, Clete.
– Le seul problème, c'est quand c'est le nôtre.
– Faux.
– Détends-toi. J'arrive.

Et c'est moi qui avais conseillé à Sidney Kovick de mettre de l'ordre dans sa vie. Quelle blague.

Le mercredi matin, j'ai connu l'expérience consistant à voir une famille bourgeoise entrer dans une officine de justice et, quelques instants plus tard, confier aveuglément son destin à un système bureaucratique qui opère avec autant de compassion qu'un dé tombant d'un gobelet de cuir.

Je jetais un coup d'œil par la fenêtre à l'instant où Mélanie, Otis et Thelma Baylor sont entrés dans le bâtiment. Je croyais connaître la raison de leur visite, et je ne voulais pas m'en mêler. Contrairement à ce qu'on imagine, la plus grosse part du travail d'un policier est de nature administrative ou cléricale. Il nous arrive de boucler des gens dont on ne connaît même pas tous les crimes, et qu'on prend plaisir à isoler du reste du monde. Mais on est parfois forcés de traiter avec des délinquants qui sont peu différents de nous. Ils n'arrivent pas à croire aux dégâts qu'ils ont causés dans leur propre existence. Et, ce qui est encore pire, ils sont incapables d'envisager les conséquences qui les attendent sur un plan pénal. J'en étais arrivé à croire que les Baylor entraient dans cette catégorie, et je n'avais aucune envie de les aider à enfoncer un clou dans leur cercueil.

Comme je m'y attendais, Wally m'a appelé sur ma ligne et m'a dit que les Baylor désiraient me voir.

– Surtout, qu'ils restent en bas, dis-je.

– Je croyais que t'aimais bien M. Baylor. Je leur ai déjà dit de monter.

– C'est bon, Wally. Ne t'inquiète pas.

Je les ai attendus à la porte, et j'ai arrêté Otis avant qu'il ait ouvert la bouche.

– Je crois que vous devez vous adresser soit au procureur, soit au shérif Soileau.

– Non, c'est à vous qu'on veut parler, monsieur Robicheaux. On vous a menti, et on veut réparer ça, dit Otis.

Évidemment, ils n'avaient pas d'avocat avec eux.

– Il faut que vous compreniez bien une chose. Le bureau du shérif d'Iberia n'a pas de relation directe avec votre affaire, monsieur Baylor. On a un rôle de liaison, on collabore avec d'autres services. Sans Katrina, on n'aurait pas été mêlés à votre affaire. Votre problème regarde le FBI, ou le procureur de la paroisse de La Nouvelle-Orléans. Réfléchissez un peu, monsieur Baylor.

– Fermez-la, monsieur Robicheaux, dit Mélanie Baylor.

– Je vous demande pardon ?

– Vous allez nous dire de prendre un avocat. Nous avons déjà un avocat. Je vous ai laissé harceler mon mari, et je dois rendre compte de ça. C'est moi qui ai tiré sur les deux Noirs. Mon mari n'avait rien à voir là-dedans, pas plus que ma belle-fille.

Elle avait des cernes sous les yeux, et son haleine sentait le whisky et le tabac. Je soupçonnais que, dans sa naïveté, elle était persuadée que le fait de soudain reconnaître qu'elle était coupable allait désarmer et vaincre tous ceux qui les avaient persécutés, sa famille et elle. Persuadée que, pour ainsi dire, la culpabilité et l'accusation feraient place au baume guérisseur qu'est le martyre.

– Vous voulez bien vous asseoir ? proposai-je.

– Pourquoi ?

Je sortis d'un tiroir un bloc-notes jaune et un stylo à bille, que je laissai tomber sur mon bureau.

– Pour que vous puissiez écrire une déposition à propos de ce qui s'est passé la nuit où les deux hommes ont été abattus devant chez vous, dis-je.

– Je n'en vois pas la nécessité. Je viens de vous dire ce qui s'était passé.

– Vous êtes en état d'arrestation, madame Baylor. Si vous le désirez, on peut faire venir un avocat. Vous n'êtes pas forcée de me parler, vous n'êtes pas forcée d'écrire une déposition. À partir de maintenant, tout ce que vous direz pourra être utilisé contre vous. Vous êtes officiellement en détention préventive, et, selon toute probabilité, vous ne rentrerez pas chez vous aujourd'hui. Mais vous êtes venue me voir de votre propre chef. Je pense que ce fait aura une grande influence pour la suite. Je ne voudrais pas que ce geste soit gâché par une attitude récalcitrante et obstrusive.

Elle regarda son mari et sa belle-fille.

– Fais ce qu'il dit, Mélanie, dit Otis.

Leurs visages commençaient à se décomposer, comme du papier mâché à la lumière d'une ampoule brûlante.

Mme Baylor n'était pas une femme aimable. Je suis persuadé qu'elle avait visé la gorge d'Eddy Melancon, qu'elle savait ce qu'elle faisait et qu'elle avait eu l'intention de le tuer. J'étais persuadé aussi que la mort de Melancon était entièrement évitable, et que Kevin et lui ne menaçaient pas sa sécurité. Mais en cet instant, en la voyant s'effondrer dans mon bureau, je n'avais aucune envie d'alourdir son fardeau et de devenir son juge.

Je lui ai tendu une boîte de Kleenex et, pendant qu'elle rédigeait sa déposition, j'ai regardé le Sunset Limited cahoter sur ses rails.

Clete est passé me chercher à midi, et on a pris le chemin de la maison dans sa Caddy, capote baissée. Molly était à son travail, et Alafair faisait des recherches pour son roman à la bibliothèque de l'Université de Lafayette. Ronald Bledsoe n'avait toujours pas regagné son pavillon du motel. J'ai parlé à Clete de la confession de Mélanie Baylor.

— Comment ça va se terminer, à ton avis ? demanda-t-il.

— Tu te souviens de cet étudiant japonais qui était venu pour un échange ? C'était à Baton Rouge. Il était entré dans une allée, un soir de Halloween. Il avait frappé à une porte pour demander le chemin d'une fête.

— La femme a paniqué, et le mari a tiré et tué le gamin avec un magnum .44, c'est ça ?

— Ouais, et le tireur s'en est sorti.

— C'est parce que les Fédés ne s'en sont pas mêlés. Cette fois-ci, ils sont là. Écoute, Dave, notre seul problème, c'est de boucler les types qui ont essayé de tuer ta famille.

Il tourna dans East Main, un filet de lumière et d'ombres glissant sur son visage.

— On a manqué un truc, mais je ne sais pas quoi. Cette nuit, j'ai fait un drôle de rêve. Je marchais dans une forêt, et je sentais l'automne dans l'air. Par terre, il y avait des feuilles et des champignons partout, et des plantes grimpantes pendaient aux arbres. Quand je suis sorti du bois, tu te trouvais au bord d'un torrent avec une mallette à tes pieds, comme si tu t'apprêtais à partir en voyage. Tu m'as dit : « Tu as marché sur une tombe, Clete. Tu ne t'en es pas aperçu ? » Et alors tu as fait un pas dans l'eau.

Ce que son rêve sous-entendait m'a fait tomber un poids dans la poitrine, comme une pierre qui dégringole dans un puits.

— Qu'est-ce que ça signifie, à ton avis ? demanda Clete.

— Rien. Un rêve, c'est juste un rêve.

— Non, on a manqué un truc. J'ai marché sur une tombe et je ne m'en suis pas aperçu. On a poursuivi des « diamants de sang » et des voyous, on s'est occupés de Dagwood et de Blondie¹ pendant que Ronald Bledsoe se torchait dans les rideaux. La clef, c'est Bledsoe. Comment un mec comme ça a-t-il pu durer aussi longtemps sans se faire coincer, pour quelque chose, quelque part ? Il y a autre chose derrière tout ça, Belle-Mèche.

On s'est arrêtés dans mon allée. J'ai ouvert la porte d'entrée, puis j'ai vérifié toutes les serrures, toutes les fenêtres. Je suis même allé dans le jardin pour voir si Snuggs et Tripod étaient bien là. Je me suis accroupi pour regarder sous la maison, à la recherche de fils, d'un mécanisme, d'un paquet qui n'aurait rien à faire là. Voilà bien la peur : tout en restant chez lui, votre ennemi fait de vous son prisonnier et contrôle vos moindres gestes.

Lorsque je suis entré dans la maison, Clete m'attendait dans la cuisine.

– Quand je t'ai raconté le rêve, quand je t'ai dit que tu avais fait un pas dans l'eau, j'ai vu une expression sur ton visage. Pourquoi avais-tu cet air-là, Dave ?

– Je ne me souviens plus, dis-je en évitant son regard. On se prépare un truc à manger ? Il faut que je retourne au bureau.

Cet après-midi-là, Wally est monté dans mon bureau, sifflant sous l'effort que l'escalier exigeait de lui. Il tenait à la main une feuille de papier quadrillé.

– Ça vient de la prison. C'est pour toi, dit-il.

J'ai déplié la feuille, et regardé la calligraphie fleurie et le nom en bas de la lettre.

– Merci, Wally

Quand il a été parti, je me suis assis pour lire la lettre. Personne ne sait exactement ce qui provoque l'alcoolisme. Les

---

1. Les deux héros — mari et femme — d'une bande dessinée américaine très célèbre, *Blondie* (créée en 1933). Dagwood est un Américain moyen, qui a donné son nom à un sandwich qu'il aime particulièrement.

brochures des AA parlent de « peur centrée sur soi », de « débâcle volontaire », de « délabrement moral et psychologique ». Certains considèrent qu'il s'agit d'une névrose enfouie et d'un trouble de la personnalité. Mais, indépendamment de ses origines, l'orgueil en est une caractéristique très importante.

À l'inspecteur Robicheaux

Je veux clarifier la déposition que j'ai faite dans votre bureau tout à l'heure. J'ai tiré dans le noir pour dissuader les pillards d'entrer chez nous. Je dois payer pour ça, même si je pense qu'un des pillards s'est mis lui-même sur le trajet de la balle, sans doute en raison de la nature autodestructrice des gens comme ça, mais je n'en suis pas certaine.

J'ai confessé mon « crime » parce que vous harceliez mon mari et ma fille, et que nous ne laissiez pas ma famille en paix. Des membres de mon club d'aérobic m'ont dit que vous avez une histoire avec l'alcool, et que votre façon de vous mêler de tout est un moyen d'éviter d'être ivre tout le temps.

Si vous voulez connaître la vérité sur ce qui s'est passé au cours de cette terrible nuit, je vais vous la dire, et vous pourrez ajouter ça à ma déposition précédente. Nous étions à la merci d'animaux pervers. Le voisin d'à côté et ses amis avaient dit qu'ils nous protégeraient. Mais le voisin, avec son prétendu entraînement militaire et son passé de « gentleman du Sud », est un poseur, un fanfaron et un alcoolique comme vous-même, et quand mon mari est tombé d'épuisement, j'ai dû prendre les choses en main, et j'ai tiré à l'aveuglette dans le noir avant que les pillards, qui étaient aussi les violeurs de ma fille, ne défoncent nos portes.

Je vous pardonne ce que vous avez fait. Vous n'êtes sans doute pas responsable de votre incapacité et de votre peu d'intelligence, mais vous l'êtes de votre alcoolisme. À votre place, je ferais quelque chose à ce sujet, sinon pour votre bien à vous, du moins pour celui de ceux qui vous entourent.
Sincèrement,
Mélanie Baylor

J'ai photocopié la lettre et envoyé l'original au bureau du procureur, espérant ne plus jamais entendre parler de Mélanie Baylor.

31

Un peu plus tard, j'ai appelé Betsy Mossbacher au bureau du FBI à Baton Rouge. Je lui avais laissé un message quand j'avais découvert que Bertrand Melancon se trouvait dans le Neuvième District. Je l'avais appelée aussi après que Bobby Mack Rydel eut essayé de tuer ma famille. Mais elle n'avait pas répondu à mes appels. Cette fois, elle a décroché.

– Où t'étais passée ? demandai-je.

– Un peu partout dans l'État. Que se passe-t-il ?

– Je t'ai laissé un message à propos de Bertrand Melancon. Otis Baylor l'a découvert. Melancon est chez sa tante, dans le Neuvième District. Je t'ai aussi laissé un message à propos de Bobby Mack Rydel.

– Ouais, j'ai été désolée d'apprendre ça. Je suis contente que tu t'en sois tiré.

J'attendais qu'elle continue, mais elle n'a rien dit de plus.

– Tu as été très occupée ?

– Donne-moi l'adresse de Melancon. Je verrai ce que je peux faire.

Je sentais mon énergie s'épuiser. On nous avait appelés dans une juridiction qui n'était pas la nôtre, on nous avait demandé d'effectuer un travail de routine qui relevait de la responsabilité d'autres services. Et maintenant j'avais l'impression d'être devenu un poids. Je lui ai donné l'adresse de la tante de Melancon, dans le Neuvième District.

— Ce matin, Mélanie Baylor a avoué que c'était elle qui avait tiré sur les pillards. Son mari la couvrait.

— Le shérif Soileau nous a faxé l'info il y a une heure.

— Melancon a écrit une lettre d'excuses à la famille Baylor. Il leur a indiqué comment retrouver les « diamants de sang », mais la lettre a été mouillée, et jusque-là on n'a rien pu en sortir. Entre-temps, deux des hommes de main de Sidney Kovick ont été dézingués dans le bassin d'Atchafalaya.

— Ouais, on a appris ça.

— Je suis censé partager mes informations avec toi, Betsy. Si tu n'en veux pas, dis-moi d'aller me faire foutre.

— On croule sous le travail. Peut-être que tout ça sera éclairci un jour, mais ça prendra longtemps. Est-ce que tu as une idée du nombre d'affaires d'homicides qu'on a à La Nouvelle-Orléans ? La ville est un gigantesque répertoire nécrologique. Je ne parle pas des gangs, je parle des patients qui ont été autorisés à se noyer dans les cliniques. Tu te rends compte combien il y a de plaintes à propos de tirs non justifiés de la part du NOPD ? Je n'arrive même pas m'informer sur les gens de chez nous. Je pense que des Navy SEAL[1] ont déniché des snipers dont on ne sait rien.

Mais les problèmes du FBI ne m'intéressaient pas.

— Il faut que je coince Ronald Bledsoe. Il saccage la vie de tout le monde, dis-je.

Je l'entendis souffler par le nez. Mais je ne l'ai pas laissée parler, et j'ai continué d'enfoncer ma sonde.

— Sidney Kovick m'a quasiment dit qu'il avait pris les diamants à des types du Moyen-Orient. Tu m'as dit toi-même qu'il se vantait d'être patriote. Il s'agit peut-être de gens d'al-

---

1. Sea, Air and Land. Équipes de forces spéciales, issues principalement de la Marine, chargées de missions spéciales (contre-terrorisme, etc.).

Qaida. Pour les affaires de Sécurité du territoire, tu as un accès électronique illimité. Bledsoe est le maillon faible. Il suffit qu'on tire dessus, et tout le pull-over viendra avec.

– Bien tenté, mais c'est raté.

– Salut Betsy. Je crois que tu travailles pour les gens qu'il faut, dis-je avant de raccrocher violemment.

La soirée du mercredi était exceptionnellement belle, comme si la terre et les cieux avaient décidé de s'associer pour recréer la Louisiane du Sud telle qu'elle était avant d'être dévastée par Katrina et par Rita. Le ciel était d'un bleu dur, les étoiles scintillaient à l'ouest, et une grosse lune brune se levait au-dessus des champs de canne à sucre. La pluie avait rendu plus sombre le vert des chênes et avait fait déborder Bayou Teche, qui tourbillonnait au bord de notre jardin. On sentait des feux de barbecue dans le parc, l'odeur tannique des chrysanthèmes, et une autre, plus sèche, plus éclatante, qui signalait peut-être l'arrivée de l'hiver, mais d'une façon qui n'était pas désagréable. Sans raison précise, j'éprouvais un sentiment de paix, comme si j'avais été convié à une guerre, mais qu'au dernier moment j'avais décidé de ne pas y aller.

Alafair voulait retourner à la bibliothèque de l'université pour terminer ses recherches, et Molly devait l'y conduire.

– Tu es sûr que tu ne veux pas venir ? me demanda Molly du seuil de la porte.

– Je vais lire un peu et aller me promener.

– Je crois que j'ai presque reconstitué les mots en bas de la lettre que le Noir a laissée chez les Baylor, me dit Alafair. Il reste juste à trouver la bonne combinaison, pas des lettres, mais des mots eux-mêmes, pour que ça ait un sens.

J'ai essayé de ne pas trahir mon peu d'enthousiasme.

– C'est bien, dis-je.

– Est-ce que le mot « briques » signifierait quelque chose ?

Je réfléchis un instant.

– Ouais, ça se pourrait.
– Je te dirai ce que j'ai trouvé. C'est un matériel super. Je m'en servirai dans mon roman.

Elles me dirent au revoir et se dirigèrent vers la porte. Alafair claqua des doigts.

– J'ai oublié mon sac. Je n'ai pas d'argent. Je voulais prendre un dessert là-bas.

Je sortis vingt dollars de mon portefeuille et les lui tendis.
– Tiens. Je mettrai ça sur ton compte.
– On ne rentrera pas tard, dit-elle.
– Je ne serai pas couché.

J'ai levé les pouces, comme je le faisais quand elle était petite.

Une demi-heure plus tard, je vis la Caddy de Clete s'arrêter dans l'allée. Je sortis, pour l'attendre sur la galerie. Il arracha la languette d'une cannette de bière, et s'assit sur les marches, son feutre incliné sur le front. Il se colla une cigarette dans la bouche, l'alluma et souffla la fumée en direction du jardin. Il n'avait encore rien dit, sinon un commentaire négatif à propos du prix de l'essence. Je lui ai retiré la cigarette de la bouche, me suis approché du trottoir et l'ai laissée tomber dans le caniveau.

– Dave, être copain avec toi, c'est comme être marié. Tu voudrais bien me foutre un peu la paix ?

– Qu'est-ce que t'as en tête, Cletus ?

– Ce que j'ai en tête, c'est que soit j'ai passé trop de temps perdu dans mes propres pensées, soit je développe un syndrome de cerveau en bouillie.

Je me suis assis à côté de lui. Les lampadaires étaient éteints, et la canopée des chênes qui faisaient une arche au-dessus de la rue froufroutait dans le vent.

– Tu te souviens, quand on fouillait la maison de Baylor, et que le voisin est venu et nous a demandé ce qu'on faisait là ?

– Ouais, il s'appelle Tom Claggart.

– Tu te souviens que je t'ai dit que je pensais l'avoir déjà vu quelque part ?

– Ouais, je m'en souviens.

– L'an dernier, j'ai emmené une nana pour une balade en bateau dans le bassin de l'Atchafalaya. Il faisait très froid, et je suis tombé en panne d'essence. Il y avait quelques chasseurs dans un camp un peu plus haut sur une île, à trois cents mètres de la rivière. Je me suis approché pendant qu'ils préparaient un chevreuil. Le chevreuil était suspendu par les pattes à un arbre. Il y avait des tripes et des boyaux partout par terre. Ces types avaient l'air assez mal à l'aise, et je me suis souvenu que la chasse aux chevreuils était fermée depuis deux ou trois jours.

» Un des types me dit : « On avait repéré ce six cors la semaine dernière, mais il nous a plantés là. » J'ai fait semblant de ne pas savoir de quoi il parlait, ou que je m'en fichais. Ils m'ont donné dix litres d'essence et n'ont pas voulu que je les paie. Au moment où je partais, un type avec une tête ronde et une grosse moustache est arrivé à la porte et m'a regardé. Je crois que c'est ce Claggart.

– Ainsi, peut-être que Claggart chasse le chevreuil ou a une cabine de chasse près du bassin, dis-je.

– Il y avait un ordinateur ouvert sur la table derrière lui. Je le voyais par la porte ouverte. L'image sur l'écran représentait un paquet de cartes à jouer rentrant en flottant dans un chapeau noir, tu sais, comme ceux des magiciens. Je crois que c'est un de ces jeux vidéo pour les joueurs. Bledsoe en a un comme ça.

Je fermai les yeux, très fort, puis les rouvris.

– Non, il n'en a pas un *comme ça*. Il a *le même*.

– Répète un peu ?

– J'ai vu le programme sur l'ordinateur de Bledsoe quand je suis entré dans son pavillon.

– Oh, mec. Et on avait marché là-dessus sans s'arrêter, hein ? Où tu vas ?

– M'excuser auprès du FBI.

Je suis entré dans la cuisine, et j'ai appelé Betsy Mossbacher sur son portable

– Salut, Dave.

– Est-ce qu'on peut oublier la conversation qu'on a eue cet après-midi ? J'ai besoin de ton aide.

– Tu me pousses dans mes retranchements, tu souffles le froid et le chaud. Je ne sais jamais ce qui va sortir du chapeau. Ça commence à devenir fatigant.

Une voix me dit : *Ne discute pas, ne cherche pas la bagarre.*

– On ne cherchait pas les informations sur Ronald Bledsoe au bon endroit. On cherchait un dossier criminel qui n'existe pas, et on s'en voulait de ne pas le trouver. La vraie histoire d'un type comme Bledsoe, c'est sa façade de normalité.

– Je ne te suis pas.

– La raison pour laquelle des types comme BTK, et John Wayne Gacy, et le type de Green River, comment s'appelle-t-il, déjà, Gary Ridgway[1], ont pu tuer des gens pendant des dizaines d'années, c'est qu'ils étaient protégés. Les membres de leur famille vivent dans le déni, parce qu'ils ne peuvent accepter le fait qu'ils sont parents d'un monstre, ou qu'ils ont couché avec, ou qu'ils ont eu des enfants avec lui. Ça te plairait d'apprendre que ton père est Norman Bates ?

– J'ai compris. Qu'est-ce que tu veux ?

– Tout ce que tu peux trouver sur un nommé Tom Claggart. Il habite à côté de chez Otis Baylor, à La Nouvelle-Orléans.

– Quel rapport ?

– Il est dans l'import-export. Baylor dit que Claggart a fait ses études à l'Institut militaire de Virginie, ou à la Citadelle.

---

1. Tueur en série, meurtrier d'au moins quarante-huit femmes.

La Citadelle se trouve en Caroline du Sud. Apparemment, c'est de là que vient Bledsoe.

– Quand est-ce qu'il te faut ça ?

– Tout de suite.

– Je vais voir ce que je peux faire.

– Betsy, Bledsoe a envoyé Bobby Mack Rydel pour tuer ma fille. À quelques centimètres près, elle y passait. On a été corrects avec vous. Tu me dois quelque chose.

Il y eut un silence.

– Je pense que c'est vrai, dit-elle.

*
* *

Quand Alafair et Molly ont garé leur voiture près de Burke Hall, le vieux conservatoire d'art dramatique juste à côté d'un lac gros de cyprès engloutis, le ciel était d'un bleu plus doux. Molly avait sur sa voiture un autocollant de la faculté et utilisait presque toujours la même place de parking quand elle se rendait à l'université, car, le soir, il n'y avait pas de cours à Burke Hall, et que l'endroit entre le bâtiment et le lac était isolé, et généralement vide. Elle mit son sac sous son siège et ferma la voiture, puis Alafair et elle traversèrent le campus en direction de la bibliothèque.

Le carré de pelouse venait d'être tondu. L'air sentait les fleurs, l'herbe coupée, et la fumée de feuilles mortes et d'écales de pécan en train de brûler. Les passages couverts entourant la pelouse grouillaient d'étudiants, et, à la lueur des salles de cours et des dortoirs, la mousse des chênes verts se découpait sur le ciel. Un club d'étudiantes vendait des pâtisseries devant l'entrée de la bibliothèque. À cause de la fraîcheur, les filles portaient des pull-overs. Elles étaient entourées d'une aura d'innocence qui évoquait un film américain des années 1940. La scène que je décris n'a rien de nostalgique. C'est une scène qui a existé. C'est une scène à laquelle on peut croire, ou non. Pour nous tous, selon moi, elle représente le type de moment qui doit rester inviolé.

Ce qui ne fut malheureusement pas le cas.

Quand Molly et Alafair furent entrées dans le bâtiment, un homme en imperméable s'arrêta à la table de pâtisserie et acheta un gâteau. Il portait un chapeau de pluie qui semblait trop grand pour lui, enfoncé jusqu'aux oreilles, comme un melon trop grand sur la tête d'un mannequin. Il avait aussi une moustache striée de poils blancs. Il paraissait nerveux, et l'odeur qu'il dégageait était entre le dédorant et le tissu moisi, ou les chaussettes oubliées dans un casier de vestiaire.

Il paya sa pâtisserie avec un billet de cinq dollars et refusa la monnaie. Quand il enfourna le gâteau dans sa bouche, il avait les yeux fixés sur l'intérieur de la bibliothèque. L'étudiante qui lui avait vendu le gâteau lui proposa une serviette en papier. Il la prit, et pénétra dans le bâtiment en s'essuyant la bouche. Il tenait toujours dans sa main droite la serviette en papier et la Cellophane qui entourait le gâteau. Il y avait une poubelle à moins de un mètre de lui. Mais il fit une boule de la Cellophane et de la serviette, et la fourra dans la poche de son imper. Puis il monta les marches menant au premier étage, regardant au-dessus de lui, comme un chasseur qui lève les yeux sur la canopée de la forêt.

Je n'ai pas attendu que Betsy Mossbacher me rappelle pour me donner des informations concernant Thomas Claggart. Au cas où elle me rappellerait sur le fixe, j'ai pris mon portable pour contacter la police de l'État de Virginie et celle de Caroline du Sud, mais je suis tombé après la fermeture, et le personnel de garde avait le même problème que moi, à savoir que les bureaux qui auraient pu fournir des renseignements sur Tom Claggart étaient fermés.

J'ai alors utilisé le moyen d'enquête le plus efficace et le plus méconnu des États-Unis : la modeste bibliothécaire. Leur salaire est catastrophique, et on ne reconnaît jamais leur travail. Leur bureau est en général coincé au milieu des rayonnages, dans un coin écarté où elles doivent demander le silence à des étudiants bruyants et héberger des clochards qui leur soufflent au visage une haleine avinée, ou qui ronflent sur les sièges confortables. Mais elles sont douées pour dénicher des informations obscures, et elles ont une obstination de Spartiates.

Entendre l'accent de l'estuaire de celle sur laquelle je suis tombé à la bibliothèque de la Citadelle, à Charleston, était un véritable plaisir. Elle s'appelait Iris Rosecrans, et j'avais le sentiment qu'elle aurait pu lire un annuaire à voix haute en donnant l'impression qu'il s'agissait d'un sonnet de Shakespeare. Je lui ai dit qui j'étais, et lui ai demandé si elle pouvait trouver un dossier concernant un ancien étudiant du nom de Tom Claggart.

– Comme vous le savez sans doute, monsieur Robicheaux, le bureau des registres est fermé jusqu'à demain matin. Mais je crois qu'en parcourant quelques annuaires annuels je pourrai vous donner des renseignements.

– J'ai besoin de toutes les informations que je pourrai recueillir sur cet homme, madame Rosecrans. C'est extrêmement urgent. Je ne veux pas vous infliger mon fardeau, ni paraître dramatiser, mais quelqu'un a essayé de tuer ma fille, et je crois que le responsable de cette tentative est un certain Ronald Bledsoe. Et je crois aussi que Ronald Bledsoe a peut-être un lien avec Tom Claggart.

Elle marqua une pause, puis :

– Comment écrivez-vous « Bledsoe », s'il vous plaît ?

Vingt minutes plus tard, elle me rappela.

– Thomas S. Claggart a été élève ici en 1977 et 1978. Il est originaire de Camden. On perd sa trace après l'annuaire de 1978. Apparemment, Ronald Bledsoe n'a jamais été étudiant ici.

– Eh bien, merci pour…

J'entendis un froissement de papier, comme si on repliait une feuille sur une tablette.

– J'ai une autre information, monsieur Robicheaux.

– Allez-y.

– J'ai parlé à la bibliothécaire de Camden. Elle a parcouru les vieux annuaires téléphoniques, et elle a trouvé un T. S. Claggart entre les années 1976 et 1979. J'ai appelé le poste de police, mais personne n'avait entendu parler de la famille Claggart. L'inspecteur auquel j'ai parlé a eu la gentillesse de me donner le numéro du chef de la police à l'époque, alors je l'ai appelé chez lui. Vous voulez son nom ?

– Non, non. Que vous a-t-il dit ?

– Il se rappelait bien Claggart senior. Il m'a dit qu'il était sergent de l'armée américaine, en poste à Fort Jackson. Sa femme était morte quelques années plus tôt. Il avait un fils qui s'appelait Tom junior, et peut-être un beau-fils. Le beau-fils s'appelait Ronald.

– Bledsoe ?

– Le chef de la police en retraite n'était pas sûr du nom de famille, mais ce n'était pas Claggart. Il m'a dit que ce garçon avait une allure étrange, qu'il se conduisait de façon bizarre. Il avait l'impression qu'il avait été dans une famille d'accueil, ou dans un endroit pour les enfants inadaptés. C'est tout que j'ai pu trouver. On va fermer. Vous voulez que je cherche encore un peu demain ? Ça ne me dérange pas.

– Ce que j'aimerais, madame Rosecrans, c'est vous acheter une île dans les Caraïbes. Ou peut-être demander au Vatican de vous canoniser.

– C'est très gentil à vous, dit-elle.

J'ai raconté à Clete ce que je venais d'apprendre de Mme Rosecrans. Il mangeait un sandwich au salon, devant la chaîne d'histoire.

– Tu penses que Claggart a couvert Bledsoe pendant tout ce temps ? demanda-t-il.

– Sans doute. Ou peut-être qu'ils travaillent en équipe. Tu te souviens de l'affaire de l'étrangleur de Hillside, en Californie ? Les criminels étaient cousins. Explique-moi un peu comment il peut y avoir deux types comme ça dans la même famille !

Il s'apprêtait à me répondre, mais j'ai ouvert mon portable et commencé à composer un numéro.

– Qui tu appelles ?

– Molly.

– Relax. Elles sont à l'université. Tu me donnes le tournis rien qu'à te regarder. Et je dis ça sérieusement, mon noble ami.

Je suis tombé sur la boîte vocale de Molly, et j'ai compris qu'elle avait dû laisser son portable dans la voiture ou qu'elle l'avait éteint avant d'entrer dans la bibliothèque. J'ai essayé le numéro d'Alafair, pour le même résultat, puis je me suis souvenu qu'elle avait laissé son sac à la maison.

Le téléphone a sonné dans la cuisine.

Alafair avait étalé ses fiches sur une table non loin de l'étagère contenant les livres sur la faune et la flore du Nord-Ouest américain. Elle notait des noms d'arbres et le type de roches caractéristiques des escarpements le long des gorges de la Columbia River, au sud de Mount Hood. Puis ses yeux commencèrent à la picoter, en raison de la fatigue de la journée et des nuits sans sommeil qu'elle avait passées depuis que Bobby Mack Rydel, un homme qu'elle n'avait jamais vu, avait essayé de la tuer.

Lors de ses premières tentatives de fiction, elle avait appris qu'il y a un tas de choses qu'on peut faire en étant fatigué, mais qu'imaginer une intrigue, écrire des dialogues, animer des personnages de fiction et écrire correctement n'en fait pas partie.

Elle rassembla ses fiches et les rangea dans sa sacoche, puis prit le bloc-notes jaune sur lequel j'avais noté ce qu'il restait des mots en bas de la lettre de Bertrand Melancon à la famille Baylor.

Au milieu des rayonnages, un homme avec un imperméable sur le bras et sur la tête un chapeau trop grand regardait avec curiosité les titres des livres rangés sur l'étagère. Il souleva un lourd volume et s'assit à la table, en face d'Alafair, à trois chaises d'elle. Il ne regarda pas dans sa direction et semblait concentré sur son livre, un album de photos de paysages du Colorado. Puis, comme s'il y pensait seulement maintenant, il parut se rappeler qu'il portait toujours son chapeau. Il l'ôta et le posa à l'envers sur la table. Son crâne était blanc ivoire sous les racines fraîchement tondues de ses cheveux.

– Enchanté, dit-il avec un hochement de tête.
– Pareillement, répondit Alafair.

Il ouvrit son livre et commença à lire, le front plissé. Alafair se remit à la lettre pâlie de Bertrand Melancon à propos des diamants de Sidney Kovick. Molly revint des toilettes et lut par-dessus son épaule. Les lettres d'origine étaient *Le diam es so les ri a ote de a ok*. Alafair les avait espacées dix fois sur dix lignes, essayant à chaque ligne des combinaisons différentes. À la dixième ligne, elle était parvenue à une formulation qui, syntaxiquement et visuellement, semblait avoir un sens.

– Tu aurais dû être cryptographe, dit Molly.
– Ce qui pose un problème, c'est l'orthographe, dit Alafair. Il doit sans doute écrire phonétiquement la plupart des mots à plusieurs syllabes. Donc si le premier mot est « Les », et que de « diam » on fait « diamans », on a le début d'une phrase. Si le troisième mot ne s'accorde pas en nombre avec « diamans », et qu'on remplace « es » par « sont », ça commence assez vite à s'organiser.

L'homme à la moustache et au crâne rasé fit une pause dans sa lecture, étouffa un bâillement, et détourna la tête de Molly et d'Alafair. Il scrutait à travers les hautes fenêtres, à la recherche d'un éclair dans le ciel. Il regarda passer un jeune Noir en sweater de basket, puis reprit sa lecture.

– « so » devient « sous », et on garde « les ». On met un « b » devant « ri » et on ajoute « c », et on obtient « bric ». On laisse « a » tel quel, et « ot » devient « coté », « de » reste tel quel, et « a » devient « la ». Et on arrive à « Les diamans est sous les bric a coté de la »… Il reste le « ok » que je n'ai pas encore trouvé.

Molly réfléchit.

– Ajoute un « c » devant, et un « e » derrière.

– « Coke », c'est ça ? « Les diamans est sous les bric a coté de la coke. » Qu'est-ce que tu en penses ? dit Alafair.

L'homme qui regardait des scènes alpines dans le gros livre de photos qu'il tenait par les deux couvertures, le dos sur la table, regarda sa montre et bâilla à nouveau. Il se leva et replaça le volume sur l'étagère. Puis il s'approcha d'un présentoir de périodiques et commença à feuilleter un magazine, jetant de temps en temps un coup d'œil sur le ciel obscur.

À 21 h 53, Molly et Alafair quittèrent la bibliothèque et se dirigèrent vers leur voiture.

Quand le téléphone a sonné dans la cuisine, il était 21 h 12. J'espérais que c'était Molly. J'ai regardé l'indicateur d'appel, mais le numéro était masqué. J'ai décroché.

– Allô ? dis-je.

– J'ai dû cajoler un certain nombre de gens, mais voilà ce que j'ai trouvé, dit Betsy. Tom Claggart a fréquenté la Citadelle à la fin des années 1970. Son père était en poste à Fort Jackson. Le père était veuf et avait un seul enfant portant le nom de Claggart. Mais, plusieurs fois, sur ses déclarations d'impôts, il a inscrit deux personnes dépendant de lui. Son fils Tom junior et un enfant qu'il élevait, qui s'appelait Ronald Bledsoe.

– Ouais, je sais déjà tout ça.

– Tu sais tout ça ? Comment tu l'as su ?

– Par une bibliothécaire de la Citadelle.
– Une bibliothécaire. Merci de me prévenir.
– Allons, Betsy. Dis-moi la suite.
– Essaie de bien comprendre une chose, Dave. Un agent de Columbia, en Caroline du Sud, s'est rendu à Camden, à quarante-cinq kilomètres, pour trouver des gens qui se souviennent de la famille Claggart. Il a fait ça pour me rendre service, parce qu'on était en formation ensemble à Quantico. Un peu de patience, tu veux bien ?
– Je comprends, dis-je.
Je bouillais d'impatience.
– À l'origine, Claggart senior était de Myrtle Beach. Visiblement, il avait un enfant d'une liaison avec une certaine Yvonne Bledsoe. Elle venait d'une vieille famille qui avait connu des temps meilleurs, et tenait une garderie. Visiblement, elle se prenait pour une aristocrate du Sud obligée de mener une vie en dessous de son niveau social. Selon ce que mon ami a trouvé, plusieurs parents l'ont accusée de violences sur les enfants confiés à sa garde. Tom Claggart junior semble avoir vécu avec son père sur plusieurs bases militaires à travers le pays, mais Ronald Bledsoe est resté avec sa mère jusqu'à quinze ou seize ans.
– Et maintenant, où est-elle ?
– Elle est morte carbonisée dans un incendie, dont on ne connaît pas l'origine.
Quand j'ai raccroché, j'avais un côté de la tête engourdi. Clete me regardait avec une expression étrange.
– Qu'y a-t-il ? demanda-t-il.
– On va faire un tour.

Molly et Alafair traversèrent dans l'obscurité une bande de gazon entre deux bâtiments de brique, croisèrent le boulevard et pénétrèrent dans une zone non éclairée sur le côté de Burke Hall. Le vent était plus froid, creusant des sillons dans le film d'algues gelées sur le lac. Les véhicules garés près de celui de Molly n'étaient plus là, et les fenêtres de Burke Hall étaient sombres. Molly déverrouilla la portière, se mit au volant et se pencha sur le siège pour ouvrir la portière côté passager. À la lueur d'un éclair, elle aperçut un homme à l'arrière du bâtiment, appuyé contre le mur de brique, les bras croisés sur la poitrine. Elle plissa les yeux pour mieux voir, mais il avait disparu.

Alafair s'assit coté passager et ferma la portière derrière elle.

– Je suis fatiguée. Si on n'allait pas prendre de dessert ?
– Ça me va, dit Molly.

Molly prit son sac sous le siège et le posa à côté d'elle. Puis elle tourna la clef de contact. Le starter resta silencieux, sans même le clic sec qui aurait indiqué une batterie à plat. Les voyants du tableau de bord ne s'allumèrent pas, comme si la batterie n'était plus connectée au système.

– Ça ne fait pas trois semaines que j'ai acheté une batterie neuve à AutoZone, dit-elle.

– Donne-moi ton portable, que j'appelle Dave, dit Alafair.

Une rafale de vent et de pluie souffla sur les cyprès au bord du lac, dessinant des formes sur le pare-brise. Soudain, l'homme qui était assis en face de Molly et d'Alafair à l'intérieur de la bibliothèque se trouva devant la vitre de Molly, vêtu de son imperméable, son chapeau trop grand enfoncé jusqu'aux oreilles. Il souriait et faisait un geste circulaire pour dire à Molly d'ouvrir sa fenêtre. C'est à cet instant qu'elle remarqua en haut de sa vitre un espace de deux ou trois centimètres qu'elle ne se souvenait pas d'avoir laissé en quittant la voiture.

Elle ouvrit la fenêtre d'une vingtaine de centimètres supplémentaires.

– Oui ? dit-elle.
– Je vous ai vue là-haut, dans la bibliothèque.
– Je sais. Que voulez-vous ?

– On dirait que vous avez un problème. Je peux appeler un dépanneur, ou vous faire faire un bout de chemin.

– Pourquoi pensez-vous qu'on a un problème ? demanda Molly.

– Parce que votre voiture ne démarre pas, répondit l'homme avec un demi-sourire.

– Mais comment vous le savez ? Le moteur ne fait aucun bruit.

– Je vous ai vu tourner la clef plusieurs fois, c'est tout.

– Tout va bien. On est bien ici. Merci de votre proposition, dit-elle.

L'homme regarda dans l'obscurité en direction du côté du bâtiment, serrant son imperméable contre sa gorge, le visage couvert d'un voile de brume venue des cyprès.

– Drôle de temps pour être dehors. Je pense qu'une tempête se prépare, dit-il.

Alafair jeta un coup d'œil sur Molly et tira vers elle le sac de Molly, qu'elle posa à ses pieds.

L'homme qui portait un chapeau enfoncé jusqu'aux oreilles et dont la moustache était striée de blanc se pencha vers la fenêtre.

– Il faut que je vous dise quelque chose, mesdames. Je n'ai pas choisi de faire ça. Je suis désolé pour vous. Je ne suis pas ce genre d'homme.

– Arrêtez de faire du cinéma, et dites ce que vous avez à dire, dit Molly.

Mais avant que l'homme à l'imperméable ait pu répondre, la vitre d'Alafair explosa à l'intérieur de la voiture. La tête d'Alafair sursauta sous le choc. Ses cheveux et sa jupe étaient semés de débris de verre. Une main qui tenait une brique égalisa le verre à la hauteur du cadre, le réduisant en poudre contre le métal.

Alafair et Molly regardèrent le visage souriant de Ronald Bledsoe. Dans la main droite, il tenait la brique et, dans la gauche, un automatique bleu foncé calibre .25. Il dirigea le canon sur le menton d'Alafair, et augmenta la pression jusqu'à ce qu'elle lève le menton et ferme les yeux.

— Ouvrez le capot, que Tom puisse reconnecter votre batterie, madame Robicheaux, dit-il. Ensuite, penchez-vous par-dessus le siège et ouvrez-moi la portière arrière. On va faire un petit tour.

Il se pencha en avant et respira l'odeur des cheveux d'Alafair.

— Seigneur, je vous aime bien, mademoiselle Alafair. Vous êtes une petite chérie, et je sais de quoi je parle, parce que j'ai eu les meilleures.

Molly hésita.

— Vous avez envie de voir sa cervelle sur le tableau de bord, madame Robicheaux ?

Molly tira la poignée du capot, puis se pencha sur le siège arrière et ouvrit la portière. Bledsoe se glissa à l'intérieur, ferma la porte aussi vite que possible pour éteindre la lumière intérieure. Molly était toujours penchée sur le siège, le visage et les yeux de Bledsoe à quelques centimètres d'elle. Elle sentait la moiteur de sa peau, le savon séché avec lequel il s'était rasé le crâne, l'odeur de litière de chats qui montait de ses aisselles.

L'homme à l'imperméable referma violemment le capot.

— Démarrez, ordonna Bledsoe en éteignant la lumière.

— Je ne pense pas que je vais le faire, dit Molly.

L'homme à l'imperméable ouvrit la portière arrière et entra. Gêné par son imperméable, il mit quelques instants pour refermer la portière. Il ne regarda ni Molly ni Alafair en face.

— Vous voulez provoquer la mort de la jeune fille ? demanda Bledsoe. Vous voulez provoquer votre propre mort, juste parce que vous avez décidé de vous montrer têtue ? Pour moi, ça ne ressemble pas à l'attitude d'une nonne. Ça ressemble à une crise de fierté.

Quand elle démarra, la main de Molly se mit à trembler.

– Mon mari va vous étrangler, mon petit pote, dit-elle.

– C'est ce qu'il aimerait faire. Mais jusque-là, il n'a pas tellement réussi, n'est-ce pas ? dit Bledsoe.

Il chatouilla l'oreille d'Alafair du canon de son .25.

– Descendez sur la chaussée, madame Robicheaux.

Molly alluma les phares et commença à reculer, tordant le cou pour voir par la vitre arrière. Le trottoir et la pelouse devant Burke Hall étaient déserts, le chêne géant de l'entrée cachant la lumière de l'intersection, vers le sud.

– Mademoiselle Alafair, fouillez dans votre sacoche et donnez-moi le carnet jaune sur lequel vous écriviez, dit Bledsoe. C'est bon, prenez-le et donnez-le-moi. Vous êtes une gentille fille. Si vous jouez franc-jeu, on ne sait pas ce qui peut se passer. Il se pourrait que vous vous en sortiez.

Bledsoe lui prit le bloc-notes jaune des mains et examina la page du dessus, tout en tenant son .25 contre la tempe d'Alafair.

– Vous venez de faire plaisir à un tas de gens, mademoiselle Alafair. Tu imagines ça, Tom ? Il est resté tout ce temps dans ton jardin, sous le gros générateur, je suppose. Il fallait une jeune fille avec de l'éducation pour trouver la solution pour nous. Elle est spéciale, on peut le dire. T'as entendu, chérie ? T'es spéciale, et je vais te traiter comme telle. Tu vas aimer ça, quand on sera là-bas.

Il ôta un morceau de verre des cheveux d'Alafair et, d'une chiquenaude, le jeta par la fenêtre. Il ne dit pas où était « là-bas ».

Ils suivirent le boulevard et passèrent devant le dortoir des filles, puis avancèrent jusqu'à un stop au bord du campus. Ensuite ils prirent l'avenue de l'Université et se dirigèrent vers les faubourgs de la ville.

Plus tard, à quelques pâtés de maisons de là, entre un cimetière juif dans l'ombre des cèdres et des chênes, et un ancien glacier converti en club topless, un jogger dut éviter une voiture qui était sortie de la circulation, avait traversé le carrefour et, sans doute, avait été heurtée par un autre véhicule. À cause de la brume, le jogger ne distingua pas clairement l'intérieur de la voiture, mais quand il appela le 911, il dit à l'opérateur qu'il avait entendu comme le son d'un canon muni d'un silencieux, et qu'il avait cru voir une série d'éclairs à l'intérieur.

*
* *

Je mis sur le toit de mon pick-up le gyrophare amovible et laissai le volant à Clete. On a traversé la petite ville de Broussard. La route était glissante, le ciel noir, et la circulation ralentie par des travaux à la sortie de Lafayette. On est passés à travers une zone de banlieue étendue. Quand j'étais au collège, il y avait là des champs de canne, des vergers de pacaniers et une nationale à deux voies bordée de chênes verts de chaque côté. Mais tout ça avait disparu.

Il était presque 22 heures. J'avais appelé trois fois le portable de Molly pendant le trajet, mais chaque fois j'étais tombé sur sa boîte vocale.

– Tu t'inquiètes trop. En ce moment, elles doivent être en train de rentrer chez toi, dit Clete.

– Elle consulte toujours sa boîte vocale. C'est une obsession chez elle.

– Réfléchis une minute, Dave. Rien n'a changé depuis cet après-midi, à part qu'on a découvert que Claggart est le demi-frère de Trou-du-cul. Ça ne veut pas dire que Molly et Alafair courent un plus grand danger. Tu veux que je te dise ce qui t'embête, à mon avis ?

– J'ai l'impression que tu vas me le dire.

– Tu as descendu Rydel, et maintenant tu as envie de boire.

Comme je ne répondais pas, il continua :

– Tu te souviens quand on a eu cette bande de Colombiens ? J'ai jamais eu autant la trouille de ma vie. Ce soir-là, j'ai bu une dizaine de doubles whiskys, et ça ne m'a rien fait.

– Clete ?

– Ouais ?

– Tu veux bien la fermer un peu ?

Il me regarda à la lueur du tableau de bord, puis appuya sur l'accélérateur. L'embardée qu'il fit pour dépasser un semi-remorque, franchissant une bande jaune, nous jeta contre les portières.

J'ai fait le 911, et je suis tombé sur le poste de la paroisse de Lafayette.

– Quelle est la nature de votre urgence ? a demandé une voix de femme noire.

– Ici l'inspecteur Dave Robicheaux, des services du shérif d'Iberia. Je suis en route pour le campus de l'université, pour retrouver ma femme et ma fille. En général, elles se garent près de Cypress Lake, à côté de Burke Hall. Elles ne répondent pas à mes appels. Je crois qu'elles sont en danger. Vous voulez bien envoyer une voiture de patrouille sur le campus, pour voir si leur voiture est là, s'il vous plaît ?

Je lui ai donné la marque et le modèle de la voiture de Molly.

– On a un accident impliquant cinq voitures sur University, mais on envoie quelqu'un sur le campus aussi vite que possible, dit-elle. Vous voulez que j'appelle la sécurité du campus ?

– Oui, s'il vous plaît.

– Vous ne m'avez pas dit la nature de l'urgence.

– Dimanche, des types ont essayé de tuer ma famille. Ils sont toujours dans le coin.

– Donnez-moi votre numéro, et je vous rappellerai toutes les dix minutes jusqu'à ce qu'on soit sûrs qu'elles sont en sécurité.

– Merci.

Ce sont les membres les plus humbles de la communauté humaine qui nous rappellent ce qu'a dit Orwell, que les gens sont toujours meilleurs qu'on ne l'imagine.

Clete est arrivé sur une bande dégagée de route à quatre voies, et il a mis le pied au plancher. Nous avons traversé une zone commerciale très éclairée, puis nous avons pénétré dans le vieux Lafayettte, où les chênes verts couverts de mousse forment une canopée au-dessus des rues. On a tourné à gauche dans University Avenue, et on est passés à côté des cinq voitures carambolées dont avait parlé la femme du 911. Une brume grise flottait sur les arbres, les arbustes et les haies du quartier de l'université. On a croisé un bus qui conduisait des gens à l'église, puis un camion-citerne, puis une longue limousine et une petite voiture à peine visible de l'autre côté de la limousine.

Le toit de la voiture avait la même teinte rouille que celle de Molly. Je me suis retourné pour regarder par la vitre arrière, mais la voiture avait disparu.

– C'était Molly et Alafair ? demanda Clete.

– Je n'en suis pas sûr.

– Tu veux que je fasse demi-tour ?

J'ai réfléchi un instant.

– Non, on va d'abord aller voir à Burke Hall.

– Comme tu veux, mon noble ami, dit Clete.

*
* *

Quand ils passèrent à côté d'un carambolage de cinq voitures sur University Avenue, Ronald Bledsoe appuya les deux bras sur l'arrière du siège d'Alafair pour cacher le .25 automatique qu'il lui enfonçait dans le dos. Il huma à nouveau l'odeur de ses cheveux et lui chatouilla la nuque du bout d'un ongle. Quand elle fit mine de se pencher en avant, il la retint par le col.

– Pourquoi est-ce que tu m'as donné un coup de pied, dans le parc ? demanda-t-il.

– Où est-ce qu'on va ? demanda Molly.

– Tout droit. Ensuite, je vous dirai quoi faire. Jusque-là, je ne veux plus vous entendre.

Il poussa Alafair avec l'automatique.

– Tu n'as pas répondu à ma question, chérie.

– Je vous ai donné un coup de pied dans la bouche parce que vous l'aviez bien cherché.

– Absolument pas. Il ne faut pas mentir.

Le visage d'Alafair prit une expression tendue, ses traits se durcirent. Il posa ses lèvres sur sa nuque, puis, de sa main libre, fit mousser ses cheveux.

– On va vraiment laisser ce putain de malade nous prendre notre voiture ? demanda Alafair à Molly.

– Ne parlez pas comme ça à Ronald, mademoiselle, dit Tom Claggart. Il ne faut pas faire ça.

– Qu'est-ce que vous pouvez nous faire de pire ? Vous allez nous tuer. Regardez-vous, vous êtes pitoyables. Vous avez tous les deux des têtes de prépuces. C'était qui, votre mère ? Elle a dû être inséminée par un virus.

L'effet de ses mots sur les deux hommes fut différent de ce à quoi elle s'attendait. Bledsoe lui mit la main sous le menton et rapprocha sa tête de sa bouche. Puis il lui mordilla les cheveux. Mais c'est Claggart qui parut perdre le contrôle de lui-même, comme s'il assistait au prélude d'événements qu'il avait déjà vus et n'avait pas envie de revoir. Il s'agita, les yeux pleins de tics, se frottant les mains sur les cuisses. Puis il s'aperçut que son imperméable était pris dans la portière. Il commença à tirer dessus, comme s'il était content de trouver une occasion de se distraire.

– Arrêtez-vous. Mon imper est coincé, dit-il.

– J'ai un semi-remorque qui fait du quatre-vingts en train de me coller aux fesses, dit Molly.

– Je m'en fiche. Arrêtez-vous immédiatement. Force-la à s'arrêter, Ronald, dit Claggart.

À ce moment-là, Claggart ouvrit la portière alors que la voiture roulait encore. Molly tourna brusquement le volant, et Claggart roula sur le côté. Bledsoe ne savait pas trop ce qui se passait. En quelques secondes, il perdit le contrôle total qu'il avait sur les événements. Il cracha les cheveux d'Alafair et rattrapa Claggart par le bras, à l'instant où la portière ouverte était heurtée par une voiture qui arrivait en sens inverse.

Alafait tendit la main vers le sol. D'un seul mouvement, elle sortit de son sac le Ruger .22 de Molly, fit coulisser la glissière et appuya le canon sur le visage de Bledsoe, incrédule. Mais son plus gros problème, c'était le fait qu'il était tordu sur son siège, son propre frère luttant avec lui par-dessus un imperméable, son épaule coincée contre le siège l'empêchant de tirer sur Alafair. La seconde qui suivit fut sans doute la plus longue de la vie de Bledsoe.

– Suce un peu ça, espèce de débile, dit Alafair.

Elle appuya quatre fois sur la détente. La première balle pénétra dans sa bouche et ressortit par sa joue. La deuxième se logea dans son avant-bras quand il le leva devant lui, la troisième lui arracha le bout d'un doigt, et la quatrième lui fit exploser le menton, éclaboussant de sang et de salive le siège et la vitre arrière.

Molly fut assourdie par le souffle du Ruger. Dans le rétroviseur, elle vit Bledsoe qui la regardait, sa bouche défoncée tordue comme du caoutchouc, son visage concave comme celui d'un personnage de dessin animé incapable de comprendre ce qui vient de lui arriver.

La voiture de Molly heurta le trottoir et s'arrêta, sous les coups de klaxon des voitures forcées de faire des embardées dans le brouillard. Alafair sauta de la voiture et, par la portière arrière, tira Bledsoe sur le trottoir. Elle se baissa, ramassa le revolver de Bledsoe et le jeta dans les arbustes en lisière du cimetière. Tom Claggart était figé sur son siège, son imper et sa chemise décorés de sang.

Depuis le caniveau, Bledsoe avait les yeux levés sur Alafair, attendant, le regard sincèrement perplexe, comme aurait pu l'être un enfant qui observe depuis son berceau la présence menaçante de sa mère. Alafair prit le Ruger à deux mains et tendit les bras, visant le centre de son front.

— Alafair…, dit Molly, presque dans un murmure.

Les phalanges d'Alafair blanchirent sur la poignée du Ruger.

— Hé, chérie, dit Molly.

— Quoi ? dit Alafair, irritée.

— Ne leur donne pas ce pouvoir.

— Il reviendra.

— J'en doute. Mais même s'il revient, ne leur donne pas ce pouvoir.

Alafair écarquilla les yeux, relâcha sa respiration, fit un pas en arrière, appuya du pouce sur le cran de sécurité du Ruger. Elle déglutit et regarda Molly, les yeux voilés de larmes.

Quand on est arrivés sur place, Clete et moi, Alafair et Molly étaient assises à l'arrière d'une voiture de patrouille et parlaient à un inspecteur sur le siège avant. Tom Claggart était dans un deuxième véhicule, menotté derrière un grillage, et deux infirmiers chargeaient Ronald Bledsoe dans une ambulance.

Quand elle me vit sortir de mon pick-up et me diriger vers elle, Alafair bondit de la voiture de patrouille. L'inspecteur lui avait donné un rouleau de papier essuie-tout, et elle s'essuyait les cheveux, le menton levé, écartant une mèche de son œil. Elle était absolument superbe, comme une jeune fille qui émerge d'un rayon de soleil.

— Quel est le problème, Belle-Mèche ? dit-elle.

— Aucun problème, Alf.

– Ne m'appelle pas de ce nom stupide.

Molly se pencha sur le siège arrière de la voiture de patrouille, rayonnante. Elle leva les deux pouces dans ma direction.

– Pourquoi as-tu mis si longtemps ? dit-elle.

ÉPILOGUE

Je suis depuis longtemps persuadé que les morts exigent beaucoup des vivants, que leur esprit rôde et se manifeste pendant nos veilles, murmurant au moment où nous nous y attendons le moins. Il y a bien des années de cela, pendant une période très noire de ma vie, ma femme assassinée me parlait dans la pluie. Des membres de ma section dont je savais qu'ils avaient été tués au combat me passaient des appels longue distance pendant un orage électrique. Au milieu de l'électricité statique, j'entendais leurs voix — cacophoniques, parfois apeurées et incohérentes, parfois se coupant, comme une transmission par baladeur, quand celui qui appelle est trop éloigné.

Un psychothérapeute me dit que je connaissais un épisode psychotique. Je n'ai pas discuté avec lui.

Mais si jamais vous avez connu des expériences de ce type, je suis sûr que vous êtes arrivé, à leur sujet, à la même conclusion que moi. Vous savez ce que vous avez entendu, vous savez ce que vous avez vu, et vous ne doutez pas plus de la validité de votre expérience que vous ne doutez de l'existence du soleil. Un grand changement s'est produit en vous, et ce changement réside dans le fait que vous n'avez plus à convaincre les autres de votre vision du monde, ni de celui-ci ni du monde à venir.

La Nouvelle-Orléans était une chanson sous les vagues. Parfois, dans mes rêves, je vois une ville engloutie. Dans cette ville, des tramways métalliques verts datant de 1910 avancent toujours pesamment sur le terrain communal de Garden District, passant devant des immeubles victoriens et des maisons d'avant la guerre, passant près des palmiers et des gigantesques chênes verts, passant devant les pensions de famille, les cafés en plein air et les restaurants Art déco dont les néons rouges, roses et verts font des volutes dans la brume, comme de la fumée qui monte de grenades de repérage.

Sur Canal, il y a toujours un orchestre sur le toit de chaque hôtel, et les gens dansent sous les étoiles, se persuadant mutuellement que la douceur de la saison est éternelle et a été créée spécialement pour eux. Au loin, le lac Pontchartrain est rouge sombre, bordé de palmiers, des pélicans rasent la surface de l'eau, les manèges du parc d'attractions scintillent, blancs, contre le ciel. Irving Fazola joue au Famous Door, et Pete Fountain dans son propre club, près de Bourbon. Jackson Square est une place médiévale, où des jongleurs, des mimes, des orchestres à cordes et des monocyclistes avec des ombrelles sanglées au-dessus de la tête donnent leur spectacle devant la cathédrale St. Louis. Personne ne se préoccupe de l'heure. La cité est aussi sybarite que religieuse. Même la mort devient prétexte à une fête.

Peut-être la ville a-t-elle trouvé sa permanence dans sa disparition, comme Atlantis, à jamais enfermée sous les vagues. Le soleil n'y est jamais dur, filtré par le vert de l'océan, si bien que la ville n'est pas touchée par la rouille, la moisissure, le pourrissement.

Voilà le rêve que je fais. Mais la réalité est différente. Un ouragan de force 5 ne fait pas de quartier, et la truie qui dévore sa portée fait passer son intérêt avant la pitié.

La Nouvelle-Orléans a été systématiquement détruite, et cette destruction a commencé au début des années 1980, quand on a délibérément réduit de moitié les fonds fédéraux accordés à la ville, et que, en même temps, le crack s'est introduit dans les cités. Je laisse à d'autres le soin d'expliquer l'absence d'entretien des digues avant Katrina, et l'abandon de dizaines de milliers de personnes à leur destin. Mais, selon moi, il reste un fait irrévocable : on a vu une ville de la côte Sud des États-Unis devenir une autre Bagdad. Si cette situation a un précédent dans notre histoire, il m'échappe.

Ronald Bledsoe a été condamné à vingt ans à Angola, pour l'enlèvement de ma femme et de ma fille. Je pense que ce sont lui, Bobby Mack Rydel et d'autres, sans doute, qui ont tué André Rochon, Courtney Degravelle et les hommes de main de Sidney Kovick, mais Bledsoe n'a donné personne.

Je ne crois pas qu'on puisse dire de Bledsoe qu'il est un taulard « solide », ou « digne ». Ronald Bledsoe appartient à cette catégorie de gens qui emportent leurs secrets dans la tombe. Ils ne révèlent jamais la nature de leurs pulsions, ni leurs motivations ni leurs méthodes. Paradoxalement, ce sont les psychiatres, les administrateurs de prison et les journalistes qui finissent par inventer à leur comportement de psychopathes une explication composite qui leur confère une personnalité, et travaille dans leur sens. Personnellement, je suis persuadé que les gens comme Bledsoe nous posent des questions théologiques auxquelles les psychiatres ne peuvent pas répondre.

Ma seule crainte, c'est qu'un jour Ronald Bledsoe ne soit libéré. Si ça se produit, je l'attendrai. J'aimerais pouvoir dire que ça me console, mais ce n'est pas le cas. Parfois je fais à propos de Bledsoe un rêve désagréable, qui me réveille avant l'aube. Alors je vais dans le jardin, et je bois un café à notre table de cèdre rouge jusqu'à ce que le ciel devienne clair. Puis le jour prend sa forme habituelle, et je fais les choses ordinaires que font les gens ordinaires.

Tom Claggart, le demi-frère de Bledsoe, a essayé de mouiller le maximum de gens, excepté lui-même. À l'en croire, il s'est trouvé mêlé sans le savoir à une affaire de trafic de diamants à Buenos Aires, une affaire menée par des opérateurs du Moyen-Orient. Il a levé un capital grâce à Sidney Kovick et à Bo Diddley Wiggins. Sidney a été touché par un accès de patriotisme et a pris les diamants à l'intermédiaire arabe, en même temps que sa réserve de dope, un revolver et des milliers de dollars en faux billets. La ferveur patriotique de Sidney n'a pas été jusqu'à donner les diamants et les faux billets au Trésor, à la Sécurité du territoire ou aux douanes américaines.

La conséquence ?

Devinez.

Pour l'instant, Tom Claggart sarcle du soja pour l'État de Louisiane, Sidney continue à diriger son magasin de fleurs, et Bo Diddley et sa bovine épouse tapent des balles de golf avec des célébrités télévisuelles dépassées dans un country-club de Lafayette. J'ai vu Bo il y a trois jours, dans un centre commercial, les bras chargés de paquets. Il m'a serré la main avec enthousiasme, le visage chaleureux, la poigne ferme et moite. Il n'y avait pas dans ses yeux le moindre soupçon de culpabilité ou de malaise. J'aurais dû me contenter de lui rendre sa poignée de main, mais trop de choses s'étaient passées, trop de gens avaient souffert.

– Mme Degravelle a été torturée à mort, Bo, dis-je.

Un bref instant, il parut avoir un tic à l'œil.

– Je ne vois pas où tu veux en venir, mais selon ce que les Fédés m'ont expliqué, cette femme faisait passer de la fausse monnaie, ou je ne sais quoi.

– Passe une bonne journée, Bo. Je ne te reverrai sans doute plus, mais j'espère que tout continuera à bien marcher pour toi. Si tu vois ma fille, ne t'approche pas d'elle.

Il essaya de tenir ses paquets plus solidement, mais faillit en laisser tomber un.

– Ouais, sûr, à un de ces jours, dit-il, incapable de comprendre ce que je sous-entendais.

Mélanie Baylor a évité l'inculpation pour homicide et a pris un an dans une prison fédérale pour entorse aux droits civiques. Toutes les deux ou trois semaines, elle m'envoie une carte postale, dans laquelle elle m'indique des moyens d'améliorer ma spiritualité grâce à des programmes en douze étapes. Celle que je préfère contient les lignes suivantes :

> Inspecteur Robicheaux, il y a parmi nous des gens psychologiquement incapables d'honnêteté. Mais même pour eux l'espoir subsiste. Ne renoncez pas. Je prie pour vous, et d'autres aussi.

Otis Baylor a ouvert une compagnie d'assurances indépendante, et une épicerie dont il est copropriétaire avec un réfugié du Laos qui a été cultivateur d'opium et mercenaire pour la CIA. Si le purgatoire existe, je suis persuadé que notre Seigneur acceptera le mariage d'Otis avec Mélanie comme un remboursement complet de toutes ses dettes.

Clete est toujours Clete. Il semble avoir accepté la destruction du lieu où il est né, mais il ne l'appelle plus « Big Sleazy ». Je le regrette, d'ailleurs, parce que ça signifierait que la ville sous la mer est toujours vivante dans ses rêves. À la suite de cette histoire, il y a eu une seule bizarrerie dans le comportement de Clete, mais il ne veut ni en parler ni l'expliquer.

Je suis retourné dans le Neuvième District pour voir comment allaient la grand-mère et la tante de Bertrand Melancon. Je voulais voir aussi où en était Bertrand, parce que j'imaginais que Clete avait toujours l'intention de l'arrêter pour rupture de conditionnelle et le remettre en prison. Mais la maison de la tante de Bertrand était vide, et les débris d'autres maisons détruites dans le quartier s'entassaient jusqu'au toit. Quand j'ai demandé aux voisins ce qui était arrivé à la tante et à la grand-mère, elles m'ont dit qu'un homme blanc en Cadillac décapotable bleue avait amené là des gens de la FEMA, et que les gens de la FEMA avaient conduit les deux femmes dans un hôpital du nord de la Louisiane.

– Où est parti Bertrand ?

Personne ne paraissait le savoir. Mais, au moment où je m'apprêtais à m'en aller, un vieil homme terriblement courbé et qui marchait à l'aide de deux cannes s'est approché de mon pick-up. Sa peau était si noire qu'elle semblait enduite de goudron.

– Vous avez l'intention d'arrêter ce garçon ? m'a-t-il demandé.

– Peut-être.

– Je ne peux pas dire qu'il ne le mérite pas, mais je pense qu'il a déjà été puni.

– En quoi ?

– Un soir, juste après le départ de sa grand-mère et de sa tante, il est arrivé avec un bateau à rames et une remorque. Je lui ai dit : « Où tu crois que tu vas avec ce bateau ? » Il a montré le sud, et il m'a dit : « Par là-bas. »

» Je lui ai dit : « Là-bas, il n'y a rien que de l'eau. Tous les arbres, tout le pays ont été emportés. Il n'y a que de l'eau aussi loin qu'on puisse voir. Et dans l'eau, il n'y a que des morts. »

» Il a dit : « Ça m'est égal, c'est là que je vais. »

– Il n'a pas dit où, hein ? demandai-je.

– Où qu'il aille, quelle importance ? Ce garçon n'a jamais connu la paix. Il ne la connaîtra pas maintenant.

Je l'ai remercié et je suis parti. Pendant longtemps, j'ai continué à le voir dans le rétroviseur, appuyé sur ses cannes, mes roues lui envoyant de la poussière au visage, entouré par une quantité de débris qui défie toute description.

Je n'aimais pas Bertrand Melancon ou, plus précisément, je n'aimais pas le monde qu'il représentait. Mais, ainsi que je me le répète tous les jours, la plupart des gens auxquels j'ai affaire n'ont pas choisi le monde dans lequel ils vivent. Certains essaient de lui échapper, certains y adhèrent, la plupart sont dépassés et submergés par lui. Après la mort de son frère, je pense que Bertrand a essayé de devenir la personne qu'il aurait pu être s'il avait eu plus de chance dans son enfance. Mais qui sait ? Comme le dit Clete, qu'on monte ou qu'on descende, *it's only rock'n'roll*. Avant de disparaître, Bertrand a été capable de quelques actions nobles. C'est plus qu'on en attend de la plupart des gens qui ont commencé leur vie comme lui.

Parfois, au crépuscule, quand Clete et moi sommes sur la plage et qu'on peut voir vers le nord la bordure grise et brumeuse des côtes de la Louisiane, je fais un rêve à propos de Bertrand Melancon et de mon vieil ami, le père Jude LeBlanc, dont la seule crainte, dans la vie, était, à cause du tremblement de ses mains, de laisser tomber le calice quand il donnait la communion. Dans mon rêve, je vois Bertrand loin sur la mer, tirant sur ses rames, ses bras gonflés par l'effort, la cité détruite de La Nouvelle-Orléans s'amenuisant dans le lointain, une vaste obscurité s'étendant sur le ciel juste après le coucher du soleil. Les ampoules sur ses mains deviennent des blessures qui tachent de sang le bois des rames. Tandis que le vent se lève et que l'eau devient plus noire, il voit des centaines, sinon des milliers de lumières qui nagent sous la surface. Puis il se rend compte qu'il ne s'agit pas du tout de lumières. Elles ont la forme d'hosties brisées, et la luminosité qu'elles irradient réside précisément dans le fait qu'elles ont été rejetées et brisées. Mais, sans comprendre pourquoi, Bertrand sait que toutes sont maintenant en sécurité, y compris lui-même, dans un gobelet d'étain aussi grand que la main de Dieu.

Composé par Nord Compo Multimédia
7, rue de Fives, 59650 Villeneuve-d'Ascq

Achevé d'imprimer en avril 2011
sur les presses de Normandie Roto Impression s.a.s.
61250 Lonrai
pour le compte
des Éditions Payot & Rivages
106, bd Saint-Germain - 75006 Paris

Dépôt légal : avril 2011
N° d'imprimeur : 11-1746

Imprimé en France